Heldensagen
vom
Kosmosinsel

옮긴이 **김완**

만화에서 라이트노벨, 일반소설까지 다방면으로 활동하는 번역자.
옮긴 책으로는 카와하라 레키의 『소드 아트 온라인』,
우로부치 겐의 『블랙 라군』, 후카미 마코토의 『영건 카르나발』 등이 있다.

GINGAEIYUDENSETSU -YABOU HEN-

ⓒ 2013 Yoshiki TANAKA
First published in Japan in 2007 by TOKYO SOGENSHA CO., LTD.
Korean translation rights reserved by D&C MEDIA Co., Ltd.
Under the license from Wright staff CO., Ltd., Tokyo

02

야망편
野望篇

다나카 요시키 _지음

미치하라 카츠미 _그림

김완 _옮김

은하영웅전설

HELDENSAGEN VOM KOSMOSINSEL

GC BOOKS

리뉴얼판
은하영웅전설 2권
야망편野望篇

2025년 8월 31일 초판 1쇄 발행

ISBN 979-11-278-7412-4 04830
ISBN 979-11-278-7344-8 (세트)

지은이 다나카 요시키
일러스트 미치하라 카츠미
옮긴이 김완

펴낸이 최원영 **l 본부장** 장혜경 **l 편집장** 김승신
표지·권도비라 이혜경**디자인 l 디자인** 양우연
국제업무 박진해, 조은지, 남궁명일 **l 마케팅** 김민원, 조은걸
물류 이순우 최준혁 박찬수

펴낸곳 (주)디앤씨미디어
출판등록 2002년 4월 25일 제 20-260호
주소 서울시 구로구 디지털로 32길 30, 코오롱디지털타워빌란트 1301-1308호

전화번호 02-333-2513
팩스 02-333-2514
E-mail globalcontents@dncmedia.co.kr

값 16,000원

* 별다른 표기 없는 각주는 모두 역자주입니다.
* 잘못 만들어진 책은 구매처에서 바꾸어 드립니다.

| 차례 |

은하
제국

라인하르트 폰 로엔그람	원수. 우주함대 사령장관. 후작. 상승(常勝)의 천재.
지크프리트 키르히아이스	라인하르트의 심복. 상급대장. 우주함대 부사령장관.
안네로제	라인하르트의 누이. 그뤼네발트 백작부인.
파울 폰 오베르슈타인	우주함대 총참모장. 중장.
볼프강 미터마이어	함대 사령관. 대장. '질풍 볼프'.
오스카 폰 로이엔탈	함대 사령관. 대장. 금은요동의 제독.
칼 구스타프 켐프	함대 사령관. 중장.
프리츠 요제프 비텐펠트	'슈바르츠 란첸라이터(흑색창기병)' 함대 사령관. 중장.
힐데가르트 폰 마린도르프	프란츠 폰 마린도르프 백작의 영애. '힐다'.
클라우스 폰 리히텐라데	재상. 공작.
겔라흐	부재상. 자작.
브라운슈바이크	귀족연합군의 맹주. 공작.
안스바흐	브라운슈바이크의 충신.
리텐하임	후작.
빌리바르트 요아힘 폰 메르카츠	노련한 숙장. 귀족연합군의 사령관. 상급대장.
슈나이더	메르카츠의 부관.
슈타덴	귀족연합군의 제독.
아달베르트 폰 파렌하이트	귀족연합군의 제독.
오프레서	장갑척탄병총감. 상급대장.
에르빈 요제프 2세	제37대 황제.
루돌프 폰 골덴바움	은하제국 골덴바움 왕조의 시조.

자유행성
동맹

폐잔
자치령

제 I 장

폭풍전야

I

무수한 별들이 무수한 빛을 뿜어낸다. 그러나 그 힘은 미약했으며, 무한히 펼쳐진 공간 대부분은 연마된 흑요석과도 같은 암흑에 지배당하고 있었다.

끝이 없는 어둠. 무한한 허무. 상상을 초월하는 한랭寒冷. 이들은 인간을 거부하지 않는다. 그저 무시할 뿐이다. 우주는 광대하나, 인간에게는 그렇지 않다. 인간이란 인식하고 행동할 수 있는 능력의 범주 내에만 의미를 두기 때문이다.

인간은 우주를 무미건조하게 구분한다. 거주가 가능한 구역과 불가능한 구역으로. 항행이 가능한 구역과 불가능한 구역으로. 그리고 가장 구세할 길 없는 인간들, 즉 직업군인은 적이 지배하는 구역과 아군이 지배하는 구역, 빼앗아야 할 구역과 지켜야 할 구역, 혹은 싸우기 용이한 구역과 어려운 구역 등, 온갖 공간과 별들을 분류하는 것이다.

애당초 우주에는 이름이 없다. 왜소한 인간들이 인식할 수 있는 범위 내의 것들을 구별하기 위해 자신들의 기호를 붙인 것뿐이다.

그 공역에는 이제르론 회랑이라는 기호가 붙어 있었다. 은하계 우주에서 가장 험난한 관문을 관통하는 가늘고 긴 안전지대 터널이다.

그 터널 한복판을 전함 한 척이 항행하고 있었다. G0형 스펙트럼의 항성광 옆에서 본다면 은회색으로 빛나는 유선형의 기체와 'Ulysses'라 각인된 함명도 뚜렷하게 확인할 수 있을 것이다.

율리시스. 고대 전설에 등장하는 영웅의 이름을 딴 이 전함은 자유행성동맹 이제르론 요새 주둔함대 소속이다.

반년쯤 전만 해도 율리시스의 소속은 동맹군 제8함대였다. 제8함대는 암릿처 성역에서 벌어진 사상 최대 규모 전투에 참가해 장병과 함정의 90퍼센트 이상을 영구히 잃었다. 그와 함께 제8함대 그 자체도 사라졌다. 얼마 남지 않은 생존병력은 다른 함대와 기지로 재배치되었다.

사투 한복판에서 살아남은 만큼 율리시스는 역전의 용사 대접을 받아 마땅했다. 함정 자체도, 승무원들도. 하지만 실제로 '전함 율리시스'란 이름은 존경의 대상이라기보다는 악의 없는 농담거리가 되었다.

암릿처 회전에서 율리시스가 입은 피해는 경미했다. 미생물을 이용한 배수 시스템이 파괴된 것뿐이었다. 그 때문에 승무원들은 역류하는 오물에 발을 담근 채 전투를 치러야만 했다.

귀환한 율리시스를 기다리고 있었던 것은 '화장실이 박살 난 전함'이라는 생각지도 못한 별명이었다. 그들의 노고를 치하하는 목소리에는 참으로 표현하기 힘든 감정이 섞여 있어, 함장 닐슨 중령도, 부장副長에다 소령도 낙심할 수밖에 없었다. 하지만 3000만 원정군 중 7할을 잃는 충격의 참패에 직면한 동맹군은 이렇게라도 해서 웃지 않으면 이성을 유지할 수 없었을지도 모른다. 설령 그렇다고 해도 율리시스 승무원들에게는 조금도 위안이 되지 않았지만.

현재 율리시스는 이제르론 요새를 뒤로하고 초계 임무를 수행하는 중이었다. 이는 승무원 훈련도 겸한 것이다. 변광성, 적색거성, 이상중력장 등이 가득한 공역 너머에는 더욱 거대하고 인위적인 위험이 도사리고 있다. 자유행성동맹 영역은 이제르론 주변에서 끝나며, 그 전방은 은하제국 변경인 것이다. 이 공역은 과거 수차례 치러진 대규모 전투의 전장이 되었기에, 이따금 몇 세기도 더 전에 파괴된 우주선의 파편을 목격할 때도 있었다.

함장 닐슨 중령이 지휘 시트에서 거구를 일으켰다. 오퍼레이터에게서 미확인함선 발견 보고를 받았기 때문이다. 율리시스의 관측 시스템은 다른 함과 마찬가지로 레이더, 질량계, 에너지 계량장치, 선행정찰 위성 등으로 이루어져 있는데, 이 모든 시스템에 반응이 나타난 것이다. 함대가 아니라 단 한 척의 함정이었다.

"현재 이 공역에 아군 함선은 없겠지?"

"예. 현재 이 공역에 아군 함선은 한 척도 없습니다."

"그럼 적이로군. 단순한 뺄셈이지. 전원 제1급 임전태세!"

경보가 울려 퍼지고 승무원 140명의 아드레날린 분비량이 급증했다. 각 부서에서 보고가 오갔다.

"적선 기리 33광초!"

"레일 캐논 이상 무!"

"열선포 준비 완료!"

"스크린 입광량 조정 완료!"

함장은 힘찬 목소리로 공통신호 발신을 명령했다.

"정선停船하라. 응하지 않을 경우 공격하겠다."

긴장으로 땀을 흘리는 승무원들에게 답신이 도착한 것은 5분 후였다. 수신한 통신장교가 고개를 갸웃하더니 함장에게 플레이트를 건넸다. 그곳에는 다음과 같은 문맥이 적혀 있었다.

『우리에겐 교전할 의사가 없다. 대화에 응해주기 바란다.』

"대화라고?"

닐슨 함장은 자신에게 묻듯 중얼거렸다. 에다 부장은 팔짱을 끼었다.

"요즘 좀 뜸하다 싶었더니, 오랜만에 망명자라도 온 것일까요?"

"뭐, 그건 나중에 알아봐도 되겠지. 아직 임전태세를 풀지 마라. 기관을 정지하고 통신 스크린을 열도록 지시하라."

닐슨 함장은 하얀색 오각형 별 마크를 염색한 검은 베레모를 벗어 얼굴에 부채질했다. 살육전을 피할 수 있다면 그보다 나은 것이 없다. 이긴다고 해도 희생이 전혀 없을 수는 없기 때문이다. 스크린에 떠오른 율리시스와 비슷한 크기의 적함을 바라보며 함장은 생각했다.

'저 친구들도 지금쯤 땀을 흘리며 긴장하고 있으려나.'

이제르론은 은하제국령과 자유행성동맹령 경계에 위치한 인공행성으로, 항성 알테나Altena 주위를 돌고 있다. 이른바 '이제르론 회랑'의 중심이며, 이곳을 지나지 않는 한 상대 영역으로 군대를 파견해 침공하는 것은 불가능하다.

제국이 건설하고 동맹이 탈취한 이 인공행성은 직경 60킬로미터이며, 내부를 세분하면 수천 개의 계층으로 나뉜다. 표면에는 광선 공격에 대응하기 위한 미러 코팅이 된 초경도강과 결정섬유, 슈퍼 세라믹 복합 장갑이 4중으로 요새를 엄중히 에워싸고 있다.

아울러 전략기지에 필요한 기능은 모두 갖추었다. 공격, 방어, 보급, 휴양, 정비, 의료, 통신, 관제, 정보……. 우주항은 2만 척 함정을 수용할 수 있으며, 정비공장은 동시에 400척을 수리할 수 있다. 병원 침상 수는 20만 개. 병기창에서는 한 시간에 7500자루의 레이저 핵융합 미사일을 생산한다.

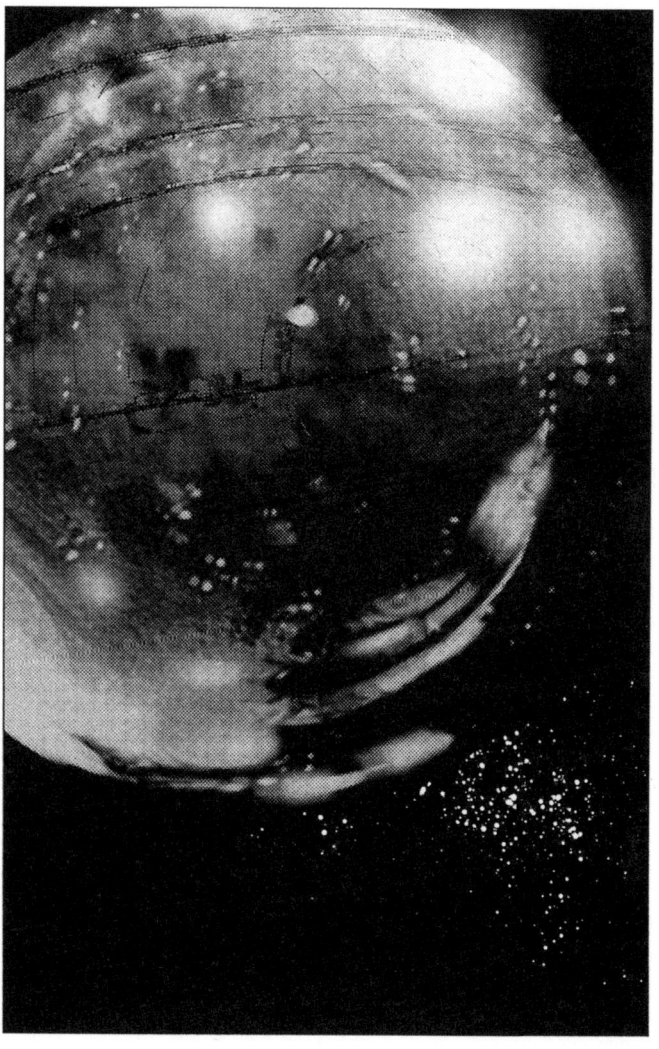

요새와 주둔함대를 합쳐 군인 수는 200만 명에 이르고, 여기에 더해 300만 명의 민간인도 함께 거주한다. 대부분이 장병의 가족이지만 생활과 오락 관련 시설을 군부에서 위탁받은 사람들도 포함되어 있다. 개중에는 여성들만 있는 가게도 있을 정도였다.

이제르론은 요새임과 동시에 500만 명 인구를 보유한 대도시이기도 하다. 유인행성 중 이보다 인구가 적은 별도 꽤 많다. 사회자본도 충실했다. 학교는 물론이고 극장, 음악당, 15층을 통째로 터 만든 스포츠 센터, 조산원, 보육원, 그리고 내부 완결형 급배수 시스템, 담수공장을 겸한 수소동력로, 산소 공급 시스템의 일환인 동시에 삼림욕장이기도 한 광대한 식물원, 주로 식물성 단백질과 비타민 공급처인 수경 플랜트 등의 시설이 갖추어진 것이다.

요새 사령관과 주둔함대 사령관을 겸해 이 거대한 우주도시의 최고책임자로서 장병을 지휘하는 인물이 자유행성동맹군 대장 양 웬리 제독이었다.

II

양 웬리를 처음 본 사람이 그를 동맹군에서도 손꼽히는 중요 인물로 인식하기란 매우 어렵다. 애초에 군복을 입고 있을 때조차도 군인다워 보이지 않는다.

자세가 반듯하고 사려 깊은 노신사는 아니다. 근육이 우락부락한 거한도 아니다. 냉철한 수재처럼 보이지도 않으며, 우아한 귀공자는 더더욱 아니다.

나이는 서른이지만 외견은 그보다도 두세 살 젊어 보인다. 검은 머리에 검은 눈, 중키에 중간 체구를 가진 인물로, 잘생겼다고 해주지 못할 것도 없지만 희소가치를 주장할 정도는 아니다.

비범한 것은 그의 두개골 바깥쪽이 아니라 알맹이였다. 작년, 즉 우주력 796년, 그는 자유행성동맹의 군사적 성공을 독점했다. 아군의 피를 한 방울도 흘리지 않고 난공불락이라 일컬어지던 이제르론 요새를 제국군의 손에서 빼앗았다. 아스타테 성역과 암릿처 성역에서 동맹군이 제국군의 라인하르트 폰 로엔그람 제독에게 참패했는데도 전멸을 모면한 것은 양의 침착하면서도 절묘한 작전지휘가 있었기 때문이었다.

그가 없었더라면 우주력 796년 자유행성동맹의 전투기록에는 '패배'라는 두 글자만이 있었을 것이다. 만인이 인정하는 사실이었다. 그런 까닭에 양은 1년도 되지 않는 기간 동안 준장에서 대장까지 승진했다. 하지만 사상 유례를 찾아볼 수 없는 출세를 거둔 청년 제독이 감격해 눈물을 흘리는 일은 없었다. 비할 데 없는 전쟁의 달인인데도, 양은 전쟁이라는 것에 아무런 가치도 느끼지 못했기 때문이다.

군복을 벗고 일개 무명 시민으로 살아가려고 생각한 것도 한두 번이 아니지만, 오늘까지도 그 소망은 이루어지지 않았다.

그날, 그는 개인실에서 3차원 체스를 즐기고 있었다.

"체크메이트!"

율리안 민츠가 외쳤다. 양은 검은 머리를 긁적이며 패배를 인정했다. 양 웬리는 아무래도 3차원 체스에선 명장이라고 불리기 어려울 것 같았다.

"이런, 벌써 17연패구나."

분한 내색도 없이 한숨을 쉰다.

"18연패예요."

웃으면서 율리안이 정정해주었다. 그는 아직 한참 소년기로, 나이는 양의 절반밖에 되지 않았다. 자연스럽게 곱슬거리는 아마색 머리와 짙은 갈색 눈동자, 만인이 인정하는 미모의 소유자였다.

이른바 '트래버스 법'이 시행됨에 따라 전몰장병의 아이가 군인 가정에서 양육되기 시작한 3년 전, 율리안은 양의 식구가 되었다. 그는 학교에서는 우등생이며, 플라잉 볼이라는 스포츠 경기에서는 연간 득점왕이었고, 병장 대우 군무원이 된 후로는 탁월한 사격 센스를 보여주었다. 보호자인 양에게는 다소 멋쩍은 일이지만 자랑거리임에는 틀림이 없었다.

양의 사관학교 선배이자 독설가로 유명한 알렉스 카젤느는 이렇게 평한 바 있다.

"율리안의 유일한 단점은 양을 숭배한다는 거야. 정말 악취미지. 그것만 아니면 사위로 삼아도 좋을 텐데."

참고로 올해 서른여섯인 카젤느에게는 딸이 둘 있으며, 큰딸의 나이는 일곱 살이다……

"한 판 더 두자."

아직도 혼이 덜 났는지 양이 도전했다.

"19연패를 거두시려고요? 저야 상관없지만요."

율리안에게 3차원 체스를 가르쳐준 것은 양이었지만 제자가 스승을 추월하는 데는 반년도 걸리지 않았다. 그 후로 두 사람의 실력 차이는 벌어지기만 할 뿐이었다. 하지만 율리안이 자기 실력을 자랑하는 것은 어디까지나 농담의 범주일 뿐이었다. 문제는 체스와 같은 지엽적인 기술이 아니며, 더욱 근원적인 면에서 자신이 양에게 한참 못 미친다고 생각하기 때문이다.

그때 경쾌한 차임 소리가 울렸다.

『사령관 각하, 그린힐 대위입니다.』

금갈색 머리와 개암색 눈동자를 가진 아름다운 여성 장교가 TV 전화 화면에 나타났다. 그녀는 작년부터 양의 부관이 된 여성이었다.

"지금 좀 바쁜데, 무슨 일이지?"

양의 말투에서 성실함이라고는 전혀 느껴지지 않았다.

『제국군 전함이 사절로 왔습니다. 중대한 용건으로 사령관 각하를 뵙고 싶다고 합니다.』

"그래?"

체스를 중단하고 일어나면서도 양은 딱히 놀라는 빛을 보이지 않았다. 양이 권총을 책상 위에 내팽개쳐둔 채 문을 나서려는 것을 본 율리안이 그를 불렀다.

"총을 잊으셨어요, 각하."

"됐어, 됐어."

젊은 제독은 귀찮다는 듯 손을 휘저었다.

"하지만 맨손으로는 좀……."

"만약 내가 총을 들고, 쏜다고 치자. 그게 맞을 것 같아?"

"……아뇨."

"그럼 가져가봤자 의미가 없잖아?"

양은 다시 뒤돌아 걷기 시작하고, 율리안은 황급히 뒤를 따랐다.

이것은 양이 대담해서가 아니라, 그가 인간의 능력이라는 것에 어느 정도 선을 긋고 생각하기 때문이다. 난공불락이라던 이제르론을 그 누구도 상상하지 못한 방법으로 손쉽게 함락한 것은 그였다. 그렇기 때문에 인간은 '완전'이나 '절대'라는 말과 거리가 멀다는 것을 잘 안다.

애초에 군인이 될 생각이 없었으며 역사학자 지망생이었던 그는 아무리 강대한 국가라 해도 반드시 멸망하고, 아무리 위대한 영웅이라 해도 권력을 쥔 후에는 타락한다는 것을 잘 알고 있었다.

생명도 마찬가지이다. 수많은 전장을 헤쳐 나온 용사가 감기에 걸려 죽는다. 피로 피를 씻는 권력투쟁에서 살아남은 인물이 이름도 없는 암살자에게 살해당한다. 옛 은하제국 황제 오트프리트 3세는 독살당할 것을 두려워한 나머지 식사에 손을 대지 않아 쇠약사 했을 정도였다.

"조심해봤자 안 될 때는 안 되는 거지."

양은 호위병조차 두지 않았다. 이제르론에 부임한 초기에는 경비병이 열두 명씩 4교대로 그의 신변을 보호했으나, 화장실까지 따라오는 데 질려버린 양은 이들을 해산해버렸다.

반면 그는 요새 내의 경비 보안 시스템 운영에는 주의를 기울였다. 관제기능을 세 곳으로 분산해 서로를 감시케 해, 세 곳이 동시에 제압당하지 않는 이상 기능을 장악할 수 없게 했다. 그뿐만이 아니라 공조 시스템에는 대기성분 분석장치를 설치해 요새 내에 가스가 흘러 들어오지 않도록 고안했다.

이러한 아이디어는 양의 본심에서 나온 것은 아니었다. 잔소리 심한 군 상층부, 걱정 많은 부하, 예산 소화에 골몰하는 관료, 시찰하기 좋아하는 정치가, 건수 잡을 틈만 파헤치려 드는 매스컴을 상대하기 위한 것이었다. 보시다시피 경비체제에 만전을 기하고 있습니다, 라고 광고해야 하기 때문이다.

양이 율리안에게 푸념을 늘어놓은 적이 있다.

"지위가 올라가면 발상이 불순해진다는 걸 잘 알겠다니까."

"스스로 아시면서도 휩쓸릴 건 없잖아요? 쓸데없는 문제가 발생하지 않는다면 그보다 좋을 게 없잖아요."

율리안은 어른스럽게 대꾸하고 한마디 의견을 덧붙였다.

"그보다도 지위가 올라가면서 술을 많이 드시는 게 저는 더 걱정스러운걸요. 조금 삼가 주세요."

"그렇게 많이 마시나?"

"3년 전에 비해 적어도 다섯 배는 늘었어요."

"다섯 배? 아무리 그래도 그 정도는 아니지."

의심하는 양 앞에 율리안은 3년간 가계 데이터를 보여주었다. 알코올 음료 지출지표를 따지면 3년 전을 100으로 놓았을 때 491까지 올라갔다. 집 밖에서 마시는 것은 포함되지 않았으므로 다섯 배 이상이라는 율리안의 주장에는 근거가 있었다.

양은 찍소리도 못하고 술을 줄이겠노라 약속했으나, 얼마나 지켜질지는 약속을 하는 사람이나 받아낸 사람이나 모두 별로 자신이 없었다.

두 시간 후, 양은 회의실에 간부들을 집합시켰다.

제국군이 이 요새를 지배하던 당시에는 요새 사령관과 주둔함대 사령관이 회의를 하던 장소였으나, 사사건건 충돌하고 싸우다 갈라서며 끝나는 경우가 대부분이었다는 유래를 가진 곳이었다.

요새 사무감 알렉스 카젤느 소장.

요새방어 지휘관 발터 폰 쇤코프 준장.

함대 부사령관 피셔 소장.

참모장 무라이 소장.

부참모장 파트리체프 준장.

참모 블러드조 대령, 라오 중령.

고급부관 프레데리카 그린힐 대위.

그리고 전함 율리시스 함장 닐슨 중령과 부장 에다 소령.

양은 열석列席한 장교들의 얼굴을 한 차례 돌아본 후 입을 열었다. 젠체하는 말투는 그의 성미에 맞지 않았다. 그저 친구들과 잡담이라도 나누는 듯한 분위기가 느껴졌다.

"이미 다들 알고 있겠지만, 군 사절로 내방한 제국군 전함 브로켄이 재미있는 이야기를 들고 왔습니다. 동맹과 제국이 데리고 있는 200만 명 이상의 포로를 교환하자더군요."

"아무래도 피차 먹여 살리기 힘들 테니."

카젤느 소장이 빈정거렸다. 중키에 건강한 몸집을 가진 그는 군인이라기보다는 군사관료에 가까우며, 전선 근무보다 후방 사무경험이 풍부하다. 또한 서류작업 달인으로, 보급과 조직운영과 시설관리 전문가였다. 암릿처에서 패전했을 때 보급계획이 잘못되었던 책임을 지고 한때는 좌천당했으나, 양의 요청으로 이제르론에 부임한 것이다. 사실 당시 보급 문제는 제국군 로엔그람 원수의 교묘한 책략 때문이었지만.

인구 500만인 도시 이제르론의 실질적인 시장은 바로 이 카젤느라고 해도 과언이 아니다. 그의 행정 처리능력은 아마 더욱 거대한 조직에서도 통할 것이다.

"그것도 있겠죠. 뭐, 그렇다면 절반은 제게도 책임이 있다는 소리지만요."

이제르론을 함락했을 때 대도시 인구에 필적하는 포로를 얻었다는 것을 자조하는 말이었다.

쉰코프 준장이 씨익 웃었다. 세련된 용모를 지닌 서른세 살인 그는 양의 작전안을 실행하고 성공한 공로자였다. 어렸을 때 조부모에게 이끌려 제국에서 동맹으로 망명한 귀족 출신 사내다. 용기도 지략도 충분히 갖추고 있으며, 대담한 성격은 이따금 위험시되는 경우도 있다. 당사자야 의심을 사든 미움을 사든 태연했지만.

"하지만 사실은 웃을 일이 아닙니다. 먹여 살리기 힘들다는 말에는 중요한 의미가 있으니까요. 조만간 포로를 먹여 살리는 문제에는 신경도 쓸 수 없는 사태가 닥칠 겁니다."

"그 말씀은?"

"다시 말해 로엔그람 후작이 드디어 문벌귀족 연합군과 무력항쟁에 나서기로 결심했기 때문이다, 그렇게 보아도 되겠죠."

동맹군에 최대 위협이 될 금발 청년의 이름이 양의 입에서 나오자 실내가 순식간에 조용해졌다.

지난 몇 달 동안 양은 줄곧 생각했다.

'은하제국에서 패권의 자리에 다가가고 있는 라인하르트 폰 로엔그람 후작에게, 과연 어떻게 대처해야 할 것인가?'

라인하르트가 완전한 권력을 손에 넣으려면, 그를 적대시하는 강대한 문벌귀족 파벌을 타도해야만 한다. 아마도 대규모 내전이 발생할 것이다. 양에게 들어오는 정보는 그리 많지 않았으나, 라인하르트가 이를 위한 준비를 착착 진행하고 있다는 것은 명백했다.

문제는 라인하르트의 포석이 제국 내에 국한되지 않고 자유행성동맹에까지 손을 뻗칠 경우였다. 라인하르트로서는 귀족연합이 동맹과 손을 잡거나, 양측이 내전으로 지쳤을 때 동맹군이 쳐들어오는 것은 결코 바람직한 일이 아니다. 동맹군은 암릿처 패전의 상처가 가시지 않아 원정에 나설 형편이 못 되지만, 라인하르트는 분명 만전을 기하려 할 것이다.

'그럼 어떤 식으로 나올까?'

양은 라인하르트가 처한 상황을 분석해보았다. 라인하르트에게는 최저한의 조건이라는 것이 있으니, 그것을 염두에 두고 포석을 놓을 것이 분명하다.

분석하고 정리한 결과는 다음과 같았다.

1. 라인하르트의 병력은 문벌귀족 연합과 싸우는 데만도 벅차다.

2. 따라서 양면작전은 불가능하다.

3. 1과 2의 조건에 의해, 동맹에는 무력보다도 모략으로 대처해야 한다.

4. 모략은 적을 분열시켜 서로 항쟁을 벌이게 하는 것이 핵심이다.

이런 과정을 밟아, 양은 라인하르트가 펼칠 책략을 알아낼 수 있었다.

'동맹군에 내부분열을 일으킨다!'

라인하르트는 그렇게 나올 것이다. 그렇게 할 수밖에 없다. 양이 라인하르트였더라도 그 외의 방법은 생각하지 못했으리라. 동맹군이 내부분열을 일으킨다면 그는 등을 찔릴 염려 없이 문벌귀족들과 싸울 수 있는 것이다.

'그렇다면 구체적으로는 어떤 책략을 동원할 것인가?'

여기까지 생각을 진행한 양은 어떤 결론을 도출했다.

지나친 우려일지도 모른다는 생각이 없었던 것은 아니다. 남들이 보는 것만큼 양은 자신만만한 사람이 아니었다.

하지만 그가 종사하는 일은 진리나 인도人道를 추구하는 일이 아니다. 절대 가치를 추구하는 일도 아니다. 승패. 경쟁. 이런 단어는 어디까지나 상대적인 개념을 품고 있으며, 남보다도 한 걸음 먼저, 한 수 앞서면 그것으로 족하다. 말은 쉽지만, 로엔그람 후작 같은 천재를 한 수 앞선다는 것은 매우 어려운 일이다.

양에게는 다소 아쉬움이 있었다.

작년 암릿처 회전 때, 실전에서 양은 그 누구도 흉내 내지 못할 활약을 보였다. 그러나 사전에 개최된 작전회의 때 최선을 다했다고는 말할 수 없었다. 완력을 동원해서라도 강경파의 무책임한 주전론을 저지했어야 하지 않았을까.

'하기야, 완력을 동원해봤자 내가 졌겠지만.'

그렇게 생각하고 쓴웃음을 짓는 양이었다.

아무튼 제국 측에서 포로교환 요청이 있었다는 사실을 양은 동맹 수도, 국부國父의 이름을 딴 행성 하이네센에 보고해야만 했다. 정부는 기꺼이 응할 것이다. 포로에게는 선거권이 없지만 귀환병에게는 있기 때문이다. 200만 표에 가족의 표까지 얻을 수 있는 셈이다. 공허하고도 성대한 환영 행사가 벌어질 것이 분명하다.

"율리안, 오랜만에 하이네센에 다녀와야 할지도 모르겠구나."

그 목소리에 활기가 느껴져 율리안은 조금 이상하게 생각했다. 식전式

典, 파티, 연설, 기타 등등 양이 싫어하는 온갖 것들이 하이네센에는 가득하지 않은가.

하지만 양은 하이네센에 가야 할 이유가 있었다.

III

동맹과 제국의 포로교환은 양국 정부 사이에서 이루어지는 것이 아니다. 양국 모두 스스로를 인류사회 유일한 정통 정권이라 주장하며, 상대의 존재를 공식 인정하지 않기 때문이다. 따라서 외교관계도 성립되지 않는다.

이것이 개인 차원 문제라면 사람들은 그 고집스럽고 어리석은 면모를 비웃을 것이다. 그러나 국가 차원 문제가 되면 권위니 존엄이라는 이름 아래 사람들은 온갖 악덕을 용인하고 만다.

이제르론 요새에서 포로교환식이 거행된 것은 그해 2월 19일이었다. 양측 군부에서 나온 대표자가 서로 명단을 교환하고 증명서에 서명했다.

"은하제국군 및 자유행성동맹군은 인도와 군규에 의거, 양군이 억류한 장병을 각자의 고향으로 귀환시킬 것을 맹세하며, 명예를 걸고 이를 실행한다.

제국력 488년 2월 19일, 은하제국군 대표 지크프리트 키르히아이스 상급대장,

우주력 797년 2월 19일, 자유행성동맹군 대표 양 웬리 대장."

사인을 마친 양에게 키르히아이스가 젊은이다운 미소를 보냈다.

"형식이란 것을 무시할 수는 없겠지만…… 참으로 어리석은 일이군

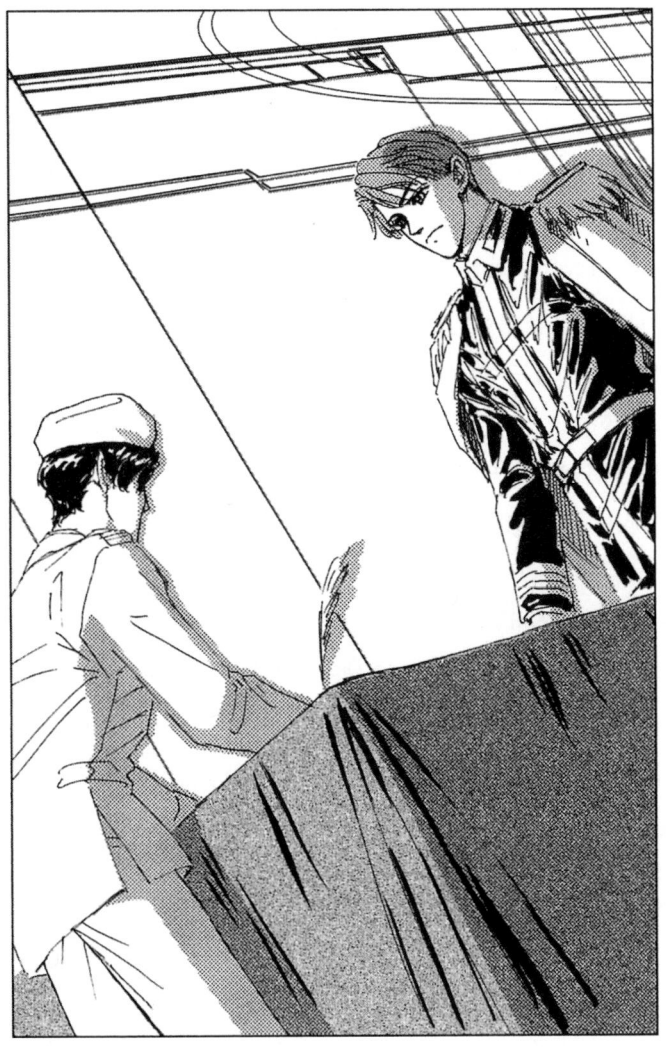

요, 양 제독님."

"동감입니다."

양은 키르히아이스를 관찰했다. 양도 젊지만 키르히아이스는 훨씬 젊다. 아직 스물한 살밖에 되지 않았다. 루비를 녹인 액체로 물들인 듯한 붉은 머리, 우수 어린 푸른 눈동자, 훤칠한 장신의 미남이며, 은하제국군에서도 손꼽히는 효장骁將으로 알려져 있다. 이제르론 여성들 사이에서도 호감 어린 소문이 나돌고 있다고도 들었다. 양은 암릿처에서 그와 직접 전투를 했던 몸이며 그가 로엔그람 후작의 심복이라는 사실도 알고 있었지만 그래도 이 젊은이를 미워할 수 없었다.

키르히아이스 역시 양에게 비슷한 인상을 품은 모양이었다. 헤어질 때 나눈 악수에는 성의가 깃들어 있었다.

"괜찮은 사람인 것 같네요."

나중에 율리안도 그렇게 평가했다. 양은 고개를 끄덕였으나, 자국 정치가들보다 적국 지휘관에게 호감을 품는다는 것은 생각해 보면 기묘한 일이다. 하기야 정면의 적이 배후에서 음모를 책동하는 자들보다 훨씬 당당한 경우는 드물지 않으며, 현재의 적과 아군이 영원히 고정되리라는 법도 없다.

이들의 감상은 차치하고서라도, 이로써 양에게는 귀환병 환영식을 위해 잠시 하이네센으로 돌아갈 공공연한 구실이 생겼다.

IV

이제르론에서 출발한 지 4주 만에 양과 율리안은 동맹 수도 하이네센에 도착했다. 200만 명의 귀환병과 그들을 마중 나온 가족, 보도진 무리로 말미암아 살인적으로 혼잡해진 중앙 우주항을 피해, 국내선 여객선과 화물선 전용인 제3우주항에 도착했다. 즉시 무인 택시를 타고 관사로 향했다. 하지만 도중에 창고와 노동자 아파트가 한데 섞인 허치슨 거리에서 제지를 받았다. 통행금지령이 내려진 것이었다. 살펴보니 경관들이 구슬땀을 흘리며 군중을 정리하고 있었다. 지상교통 중앙 관제 시스템이 미비한 것을 인력으로 보완하는 모양이었으나 통행금지 원인 그 자체는 알 수 없었다. 양은 택시에서 내려, 아직 일에 익숙하지 않은 듯한 젊은 경관에게 다가갔다.

"무슨 일이오? 왜 지나가지 못하는 거요?"

"아무것도 아닙니다. 아무튼 다가오지 마십시오. 위험하니까."

모순된 소리를 하며 경관은 긴장된 표정으로 양을 제지했다. 사복 차림이라 양이 누구인지 알아차리지 못한 모양이었다. 순간 이름을 밝히고 사정을 물을까 하는 가벼운 유혹에 사로잡혔지만 결국 양은 잠자코 무인 택시로 돌아왔다. 특권을 행사하는 것에 대한 혐오감이 호기심보다도 강했기 때문이다.

사정을 알게 된 것은, 크게 길을 돈 끝에 4개월 동안 텅 비워놓았던 실버브리지 거리의 관사에 도착한 후였다.

입체 TV의 뉴스 전용 채널을 선택하자 곧바로 그 정보가 양의 눈에 들어왔다.

『……최근 귀환병에 의한 범죄가 급증하는 추세입니다. 오늘도 허치슨 거리에서 참사가 발생해, 아직까지 해결되지 않고 있습니다. 최소 세 명이 숨졌으며…….』

슬퍼하는 아나운서의 표정과 무뚝뚝한 목소리가 어울리지 않았다.

전장에서 죽음의 공포를 잊기 위해 환각제나 흥분제를 사용한 병사가 마침내 중독자가 되어 시민사회로 돌아온다. 그리고 어느 날, 폭발한다. 공포와 광기는 눈에 보이지 않는 용암이 되어 흘러나와 주위를 불태우는 것이다.

문득 궁금해진 양은 율리안을 불러 데이터 서비스 뱅크에서 범죄 통계에 관한 자료를 받아달라고 부탁했다. 직접 하지 않은 이유는 홈 컴퓨터를 어떻게 조작하는지 몰랐기 때문일 뿐, 일부러 율리안을 부려먹은 것은 아니었다.

양의 예감은 적중했다. 5년 전에 비해 범죄 발생 건수가 65퍼센트나 증가한 반면 검거율은 22퍼센트 저하된 것으로 나타났다. 인심이 황폐해짐에 따라 경찰관의 질이 떨어진 것이다.

오랜 기간에 걸친 전쟁으로 수많은 장병이 죽었다. 군대는 장병을 보충한다. 그 결과 사회 온갖 분야에서 인적 자원이 부족해진다. 의사, 교육자, 경찰관, 시스템 관리자, 컴퓨터 기술자…… 어디서나 숙련자가 줄어들고, 그 자리는 미숙련자들이 채우거나 공석으로 방치된다. 이렇게 군대를 뒷받침할 사회 그 자체가 약해진다. 약한 사회는 다시 군대를 약하게 하며, 약해진 군대는 다시 장병을 잃고, 그 보충을 사회에 요구한다.

이 악순환은 말하자면 전쟁이라는 물레가 자아내는 모순의 실타래라 해도 과언이 아니었다.

'전쟁으로 인한 파괴보다 평화로 인한 부패가 두렵다고 떠들어대는 전쟁 예찬론자들에게 한번 보여주고 싶군.'

이렇게나 사회 붕괴를 촉진하면서, 과연 무엇을 지키기 위해 싸운다고 강변할 수 있으리오.

무엇을 지키기 위해?

손에 든 자료를 테이블 위에 툭 던진 양은 소파에 드러누웠다. 이 질문을 끊임없이 이어나가면 결국 자기 자신이 하는 일의 의미에 대한 의문으로 귀결된다. 자신이 하는 일에 의미가 없다고 생각하는 것은 양에게 결코 유쾌한 일이 아니었다.

이튿날 오후 환영식은 아니나 다를까 내용 없는 미사여구와 히스테릭한 군국주의의 열광 속에 막을 내렸다.

"그 두 시간 동안 평생 쥐어짜낼 인내심을 허비한 것 같구나."

식장을 나온 양은 기다리던 율리안에게 투덜거렸다. 율리안이 생각하기에도 정말 용케 참았다 싶었다. 예전에 양은 이런 식전에 숨김없이 반감을 드러내며, 전원이 기립한 가운데 혼자 자리를 지키고 앉아있기도 했다. 오늘은 입속으로 "뭐라고 지껄이고 앉았어? 멍청하기는." 하고 투덜거리는 정도로 끝낸 모양이었다.

식장에서 들이마신 독기를 내뱉으려는 듯 심호흡을 한 양의 눈에, 가두행진을 벌이는 100명 정도의 집단이 지나가는 것이 보였다. 가장자리가 붉게 장식된 하얀 장옷을 입은 그들은 '성지를 우리 손에'라고 적힌 플래카드를 든 채 무언가를 웅얼웅얼하며 천천히 걸어갔다.

곁에 있던 젊은 장교에게 물었다.

"저건 뭔가?"

"아, 네. 지구교 신자들입니다."

"지구교?"

"예. 요즘 굉장히 유행하는 종교입니다. 숭배의 대상이 지구라고 합니다. 신이 아니라 신체神體라고 해야 할까요."

"지구라……."

"인류의 고향인 지구는 말하자면 최고 성지인 셈이지요. 하지만 지구는 지금 은하제국이 지배하고 있으니, 이를 무력으로 되찾아 전 인류의 영혼을 이끌어줄 대성당을 세워야 한다는 겁니다. 그 어떤 희생을 치러서라도, 그러기 위한 성전聖戰에 협력하겠다나……."

양은 어이가 없었다.

"설마 진심으로 하는 소리는 아니겠지. 어떻게 그런 일이 가능하겠나."

"꼭 그렇지만도 않을 겁니다."

젊은 장교는 정색하며 말했다.

"우리에게는 정의가 있고, 무엇보다도 양 제독님 같은 위대한 군인이 계십니다. 그러니 포악한 은하제국을 무너뜨리고 지구를 되찾을 수도 있을 겁니다. 그렇지 않습니까?"

"글쎄. 세상일이 그리 쉬운 게 아니라서."

불쾌함이 표정에 드러나지 않도록 조심스럽게 대답했다.

어느 시대나 광신자의 씨는 마를 줄을 모른다. 하지만 그렇다고 해도 이건 도가 지나쳤다.

지구는 분명 전 인류의 모성母星이다. 하지만 이는 극단적으로 말해 감상주의의 대상에 불과하다. 8세기도 더 전에 지구는 인류사회의 중심 역할을 그만두었다. 문명이 미치는 범위가 넓어지면 그 중심도 이동한다. 역사가 이를 증명해주지 않는가.

노쇠한 일개 변경 행성 하나를 탈환하기 위해 수백만 명이 피를 흘려도 된다는 발상은 대체 어디서 튀어나오는 것일까.

"그러고 보니 비슷한 단체가 있지 않았나? 우국기사단. 그것들은 요즘 뭘 하고 있지?"

"잘은 모르겠습니다만, 단원들 대부분이 지구교에 입교했다고 합니다. 뭐, 비슷한 사상이니까 위화감도 없겠지요."

"스폰서도 같을까?"

너무 작은 목소리였기 때문에 장교에게는 들리지 않은 모양이었다.

야간 연회 때까지 관사에서 쉬기로 하고 율리안과 함께 무인 택시를 탄 양은 생각에 잠기고 말았다.

머나먼 옛날, 지구에는 십자군이라는 것이 있었다. 성지를 탈환한다는 명목으로 신의 이름 아래 타국을 침략하고, 도시를 파괴하고, 재화를 약탈하고, 주민을 학살했다. 그러고도 이처럼 극악무도한 짓을 부끄러워하기는커녕 이교도를 박해한 공적을 과시하기까지 했다.

무지와 광신과 자아도취와 무자비함이 낳은 역사의 오점. 신과 정의를 믿어 의심치 않는 자야말로 가장 잔인하고 광포해질 수 있다는 사실을 쓸쓸하게 증명해주는 사건이었다. 2500년이나 지난 과거가 된 그 우행愚行을, 지구교도들은 우주 규모로 재현하려는 것일까.

선행을 베푸는 자는 혼자 하려 하며 우행을 범하는 자는 동료를 탐한다는 격언이 있다. 덜미를 붙들린 입장에선 웃어넘길 일이 아니다.

'그러나 이 지구 탈환 운동이라는 것이 과연 표면에 보이는 대로 우행에 불과할까?'

십자군 배후에는 이교도 세력을 약화시켜 동서 교역 독점을 꾀하는 베네치아와 제노바의 해상 무역상들이 있었다. 타산이 부추긴 야심이 광신을 지탱해준 것이다. 그 역사가 되풀이되고 있다면…….

'뒤에는 제3세력인 페잔이 있는 것인가?'

뇌리에 번뜩인 생각에 양은 깜짝 놀랐다. 넓지도 않은 택시 뒷자리에서 갑자기 흠칫하는 바람에 율리안이 눈을 크게 뜨고 영문을 물었다. 애매하게 대답한 양은 다시 생각에 잠겼다.

페잔 입장에서 보자면 지구를 둘러싸고 제국과 동맹이 서로를 증오하며 죽고 죽이는 것이 바람직하리라. 그 점은 분명하다. 하지만 쌍방이 모두 쓰러져 질서가 완전히 붕괴된다면 상업국가인 페잔은 오히려 입장이 난처해지지 않을까? 페잔의 의도와 계산으로 제어할 수 있는 범위의 운동이 아니고서야 선동할 의미가 없다. 그러나 광신적인 에너지가 제어를 벗어나 폭주하는 것은 필연적인 귀결이라고 해도 좋다. 이를 모를 페잔이 아닐 터.

설마 진심으로 지구의 무력 탈환과 잃어버린 영광의 회복을 노리는 것은 아닐 테고.

"도통 모르겠군. 페잔의 생각이란……."

그렇게 중얼거린 양은 갑자기 쓴웃음을 지었다. 지구교라는 자들의 배후에 페잔이 있다고 정해진 것도 아닌데 괜한 고민을 했다는 생각이 들어 스스로 우스워진 것이다.

관사에 도착한 양은 피로를 회복할 한잔이 그리워져 율리안에게 말했다.

"브랜디 한 잔 따라다오."

"채소 주스라면 있는데요."

"……율리안. 채소 주스 가지고 영감이 떠오르겠니?"

"그야 마음먹기 달렸죠."

"너, 너, 그런 말투는 누구에게 배운 거냐?!"

"이제르론에선 모두가 선생님이니까요."

카젤르며 쉔코프 같은 독설가들의 얼굴을 떠올리며 양은 신음했다.

"소년 시절의 교육환경이란 걸 좀 더 고려했어야 하려나."

율리안은 웃음을 터뜨리더니, 딱 한 잔만이라고 못을 박으면서도 브랜디를 가져와 주었다.

V

연회는 제법 괜찮았다. 어디까지나 오후 행사에 비하면 말이지만.

정치가며 자본가며 고급 관료들의 유머 센스라곤 찾아볼 수도 없는 연설이 이어졌으나, 그래도 히스테릭하고 열광적이지는 않았다.

이제르론에서도 군과 민간 교류 등을 목적으로 이따금 연회가 벌어진다. 최고책임자인 양은 그럴 때도 자기 스타일을 고집했다. 예를 들어 연설을 부탁받으면,

"여러분, 재미있게 즐기다 가십시오."

이 한마디로 끝내고 마는 것이다. 군에도 민간에도 연설을 좋아하는 명사는 많지만 **정작 중요한** 양이 이 모양이니, 다른 '고명하신 분들'의 연설도 짧아질 수밖에 없었다. '양 제독의 2초 스피치'는 이제 이제르론 명물이 되고 말았다.

생전에, 그것도 젊어서 전설의 대상이 된 흑발 제독은 이 연회에서도

명가 부인들의 호기심을 한 몸에 받아 식사 외에도 입을 놀려야만 했다.

"양 제독님께서는 왜 훈장을 달지 않으셨나요?"

"무겁거든요. 그것들을 차고 걸으면 몸이 꾸부정해진답니다."

"어머나."

"등을 구부리고 걸으면 노인 같다고 제 피보호자가 야단을 쳐서 말이지요."

부인들은 유쾌하게 웃었으나, 말한 당사자는 그리 즐겁지 못했다. 이것도 월급에 포함되는 일이라고 자신과 타협할 뿐이었다.

율리안은 쓸데없이 넓은 연회장 한구석에서 의자에 앉아 군중들이 오가는 모습을 무료하게 바라보고 있었다. 1만 명 정도 되는 참석자들은 저명인사들뿐이라 장관壯觀이라고 하면 장관이었다.

동맹 국가원수인 최고평의회 의장 트뤼니히트가 있었다. 미사여구의 달인이라고 하며, 양은 이 사내가 입체 TV에 등장하면 스위치를 꺼버릴 정도로 그를 싫어했다. 다행히 트뤼니히트도 양을 피하는 모양이었다.

그러고 있자니 양이 발 빠르게 부인들 틈에서 빠져나왔다.

"율리안, 슬슬 튀자."

"예, 각하."

모두 사전에 공모된 계획이었다. 율리안은 프런트에 맡겨놓았던 가방을 찾아오고, 양은 화장실에서 눈에 뜨이지 않는 사복으로 갈아입은 후 예복을 가방에 집어넣었다. 그리고 두 사람은 아무도 모르게 연회장을 빠져나왔다.

'미하일로프 식당'이란 이름 자체가 다소 과대포장인지도 모른다. 그곳은 노동자가 많은 서민층 거주지역 한 모퉁이에 위치한 코트웰 공원의 입구에서 24시간 영업하는 조그만 매점이었다.

가난하지만 젊음과 희망만큼은 남 못잖은 연인들이 이 가게에서 음식이며 음료수를 사 들고 가로등 아래 벤치에서 이야기를 나누는, 그런 곳이다.

군대에서도 취사반에 있었다는 부지런한 미하일로프는 바쁠 때는 손님 얼굴도 일일이 확인하지 않는다. 노인과 청년과 소년이라는 이상한 조합의 손님들이 왔을 때조차, 조명이 어두웠던 탓도 있고 해서 딱히 신경을 쓰지 않았다.

흰살생선 튀김, 프렌치 프라이드 포테이토, 키시 파이, 여기에 밀크티를 주문한 후 3인조는 벤치 하나를 점령한 채 먹고 마시기 시작했다. 3대가 함께 외출이라도 나온 것 같은 풍경이었다.

사실 세 사람 모두 연회에서는 제대로 먹지도 못했다.

"나 원. 이런 곳에서 사람들 눈을 피해 이야기를 해야만 하다니. 불편해서 못 해먹겠구먼."

"저는 꽤 재미있는데요. 사관학교 시절 생각도 나고요. 사감 눈을 피해 기숙사로 들어갈 방법을 찾으려고 온갖 궁리를 다 했지요."

노인이 동맹군 우주함대 사령장관 뷰코크 대장, 청년이 이제르론 요새 사령관 양 웬리 대장이라는 것을 안다면 미하일로프도 다른 손님들도 벌린 입을 다물지 못했을 것이다. 군 간부 두 사람은 따로 연회장을 빠져나와 미리 약속했던 이곳에서 만난 것이었다.

피시 앤드 칩스 같은 즉석음식을 보면 어딘가 향수가 느껴진다. 사관학교 시절 양은 악우惡友 장 로베르 랍과 기숙사를 빠져나와선 싸고 맛있는 이런 매점에서 청년 시절의 식욕을 만족시키곤 했다.

와인으로 만족하면 좋았을 것을 시냅스 같은 센 증류주를 주문했다 가게를 나온 직후 인도에 엎어진 채 꼼짝하지 못한 적도 있다. 그때는 가게 주인의 연락을 받은 제시카 에드워즈가 달려와, 엄격한 교관에게 들키지 않도록 가게 안쪽으로 운반해 간호를 해 주었다.

"장 로베르 랍, 양 웬리! 눈 좀 떠봐. 정신 차리라니깐. 새벽까지 기숙사에 못 들어가면 어떻게 될지 몰라!"

곤드레만드레가 된 두 젊은이를 위해 제시카가 타준 커피는 블랙이었는데도 묘하게 달콤했다…….

그런 장 로베르 랍은 작년 아스타테 회전에서 전사했다. 그와 약혼했던 제시카 에드워즈는 테르누젠 행성구에서 대의원에 선출되어 반전 평화파 급선봉으로 동맹 의회에서 자리를 차지하고 있다.

모든 것이 변했다. 시간이 그저 시간으로 걸어가는 사이에 아이는 어른이 되고, 어른은 늙어, 돌이킬 수 없는 일들만이 늘어나가는 것이다.

노장의 목소리가 낡은 몽상을 깨뜨렸다.

"자, 이곳이라면 아무도 모를 걸세. 이야기를 들어볼까?"

"알겠습니다."

생선튀김을 밀크티와 함께 위장에 흘려 넣은 후, 양은 천천히 입을 열었다.

"조만간 이 나라에서 쿠데타가 일어날 가능성이 있습니다."

조용한 어조였으나, 입가로 움직이던 노장의 손이 공중에서 급정지하기에는 충분했다.

"쿠데타라고 했나?"

"예."

그것이 양이 도달한 결론이었다. 그는 담담히, 다만 상세하게, 그가 깨달은 로엔그람 후작의 의도를 설명했다. 쿠데타를 일으킬 사람은 자신이 로엔그람 후작의 조종을 받고 있다는 사실을 모르리라는 것 또한.

뷰코크는 납득하고 고개를 끄덕였다.

"그렇군. 지극히 합리적이야. 허나 로엔그람 후작은 정말 쿠데타 따위가 성공할 거라고 생각한단 말인가?"

"성공하지 않아도 상관없습니다. 로엔그람 후작에겐 동맹군을 분열시키는 것 자체에 의의가 있으니까요."

"그렇구먼."

노장은 빈 종이컵을 두 손으로 구겼다.

"하지만 쿠데타를 사주하려면 그것이 성공할 거라 굳게 믿도록 할 필요가 있습니다. 치밀하면서도, 언뜻 보기에는 실현 가능성이 높은 계획을 입안할 겁니다."

"흐음……."

"지방 반란은 매우 대규모로, 그것도 다른 지방으로 연쇄반응을 일으키지 않는 한 중앙권력을 흔들 수 없습니다. 따라서 가장 효율이 높은 수단은 수도를 내부에서 제압하는 겁니다. 여기에 권력자까지 인질로 잡을 수 있다면 더할 나위가 없겠지요."

"분명 그렇겠군."

"여기서 난관은, 권력중추가 곧 무력중추라는 점입니다. 무력봉기를 일으켜봤자 그보다도 강력하고 조직화된 무력과 직면한다면 실패하고 말 것 아닙니까. 성공해봤자 삼일천하로 끝날 테고요."

양은 마지막 프라이드 포테이토를 입안에 털어 넣었다.

"따라서 지방 반란과 함께 수도 권력중추 탈취를 유기적으로 연계할 필요성이 있습니다."

양 곁에 앉아 있던 율리안은 젊은 사령관의 논리 전개에 눈을 반짝였다. 그것은 몇 달에 걸친 지적 격투의 결실이었다.

"다시 말해 이런 거군. 수도 병력을 분산할 필요가 있다. 그러기 위해 변경에서 반란을 일으킨다. 군은 진압을 위해 출동해야만 한다. 그리고 그 빈틈을 주력부대로 장악한다. 흐음, 잘만 하면 멋지게 성공하겠어."

"조금 전에도 말씀드렸듯, 로엔그람 후작 입장에선 쿠데타가 성공할 필요는 없습니다. 동맹이 분열과 혼란을 일으켜 제국 내 동란에 개입할 수 없게 하면 목적을 달성하는 겁니다."

"그거 참, 성가신 계획을 다 세웠구먼."

"당하는 입장에서는 그렇지요. 하지만 시키는 입장에서는 별다른 노력을 들이지 않아도 됩니다."

대담무쌍한 금발 젊은이에게 이 정도 책략은 가벼운 식후 소화용 게임에 불과할 것이다.

"누가 쿠데타에 가담할지, 그것까지는 귀관도 모르겠나?"

"그건 무리죠."

"그러면, 나는 조만간 발생할 쿠데타를 미연에 방지해야만 한다 이거로군."

"발생한다면 진압하는 데 많은 병력과 시간이 필요할 테고, 피해도 남습니다. 하지만 미연에 방지한다면 헌병 1개 중대로 끝날 일이니까요."

"그렇구먼. 책임이 막중한걸."

"그리고 한 가지 더 부탁이 있습니다."

"응?"

양의 목소리가 살짝 낮아져, 노제독은 귀를 가까이 가져갔다.

조금 떨어진 곳에 앉아 있던 율리안에게는 이야기 내용이 들리지 않았다. 그는 다소 낙심했으나, 들어도 될 이야기라면 양이 언젠가 말해줄 것이다. 이제까지 들은 이야기만으로도 소년의 심장 고동이 빨라지기에는 충분했다.

"좋아. 잘 알겠네."

뷰코크가 고개를 크게 끄덕였다.

"그건 귀관이 하이네센을 떠날 때까지 반드시 전해주도록 함세. 하기야 그런 건 쓸 일이 없는 게 가장 좋겠네만."

양은 텅 빈 프라이드 포테이토 종이봉투에 숨을 불어넣어 부풀리더니 손바닥으로 내리쳤다. 커다란 소리가 나 주위 사람들이 깜짝 놀랐다.

"수고를 끼쳐드려 죄송합니다만, 사정이 사정인지라 남에게는 함부로 이야기할 수가 없어서요."

양이 구겨버린 종이봉투를 던지자 반구형 청소 로봇 카가 20년 전 유행가 멜로디를 울리며 촐랑촐랑 달려오더니 쓰레기를 자신의 몸 안으로 집어넣었다. 뷰코크도 로봇 카에 종이봉투를 던져주고는, 살짝 튀어나온 턱을 쓰다듬으며 자리에서 일어났다.

"그러면 따로 돌아가기로 하세나. 자네들도 조심해서 가게."

노장의 모습이 밤거리 속으로 사라진 후, 양과 율리안도 자리에서 일어났다.

양과 나란히 무인 택시 승강장으로 걸어가며 율리안은 문득 생각난 것을 말했다.

"쿠데타를 계획하는 그 사람들도 지금쯤 남의 눈을 피해 어디선가 밀담을 나누고 있을까요?"

그 말이 재미있었는지, 양은 입가에 웃음을 지었다.

"그럴 거다. 아마 우리보다도 좋은 걸 먹으면서, 우리보다 심각한 표정으로 말이지."

VI

창문도, 소유자의 개성을 드러내는 세간도 하나 없는 살풍경한 공간이었다. 조명도 어두침침해 회의용 테이블을 에워싼 열 명가량 되는 사내들의 얼굴은 뚜렷이 보이지 않았다.

"그러면 다시 한 번 확인하겠다."

낮은 목소리가 참가자들의 얼굴을 한 방향으로 쏠리게 했다. 벽면 일부가 그대로 디스플레이가 되어 자유행성동맹 영역을 천정 방향에서 부감하는 성도星圖를 띄웠다.

"첫 일격은 행성 네프티스. 표준력 4월 3일이다."

성도 오른쪽 아래에 붉은 점이 반짝였다. 사내들 사이에 가벼운 술렁임이 일어났다.

"거리는 하이네센으로부터 1880광년. 제4변경성구 중심지이며, 우주항과 물자 집적 센터, 항성간 통신기지가 있다. 잊지 말도록, 4월 3일이다. 이 지구의 거사 책임자는 하비……."

이름이 언급된 사내가 시커먼 그림자를 드리우며 천천히 고개를 끄덕였다.

"제2격은 행성 카퍼. 표준력 4월 5일. 거리는 하이네센으로부터 2092 광년, 장소는 제9 변경성구. 제3격은 행성 팔메렌드, 4월 8일. 제4격은 행성 샴풀, 4월 10일."

사내는 그렇게 설명하며 봉기 지점 네 곳이 하이네센을 중심으로 둔 가상 구체 표면 부근에 위치하면서 서로 멀리 떨어져 있다는 사실을 성도를 통해 보여주었다. 정부는 각 진압부대를 완전히 다른 방향으로 파견해야만 한다.

"이러면 수도 하이네센은 무력의 진공상태에 빠질 터. 소수 병력으로 요충지를 제압할 수 있게 된다."

동맹 최고평의회, 동맹의회, 동맹군 통합작전본부, 군사통신 관제센터 등 점거 목표들이 열거되고, 습격할 시각과 지휘관, 인원 등을 확인했다. 그러나 세부사항은 이미 열 번 이상에 걸친 시뮬레이션으로 검토를 끝냈으므로 참석자들은 계획의 전모와 자신의 역할을 완전히 숙지하고 있을 것이다.

참석자들에게는 한 가지 공통된 인식이 있었다. 이대로 가다간 자유행성동맹은 멸망하고 말 것이라는 위기감이었다. 작년 암릿처 회전에서 입은 타격의 심각함도 심각함이거니와, 급속히 진행되는 정치 부패, 경제와 사회 약체화가 그들의 위기감에 박차를 가했다.

지금 같은 정치꾼들에게는 도저히 이 나라를 맡겨놓을 수가 없다. 권력을 카드게임 칩처럼 거래하는 놈들은 일소해야만 한다는 생각이었다.

좌장격인 사내가 참석자들을 둘러보았다.

"이상을 잃고 부패의 극에 달한 중우정치를 우리 손으로 정화해야만 한다. 이것은 정의로운 싸움이며, 국가를 재건하는 데 있어 반드시 거쳐야 할 관문이다."

그 목소리는 충분히 억제되어 있었으며, 광신자의 자아도취와는 분명한 선을 그은 것이기도 했다. 그에 대한 신망을 드러내듯 일동은 한 차례 고개를 끄덕였다.

"헌데, 여기서 문제가 되는 인물이 하나 있다."

사내의 어조가 바뀌자 일동은 슬쩍 자세를 고쳤다.

"바로 이제르론 요새 사령관 양 웬리 대장이다. 수도에 없었던 탓도 있어 그를 동지로 삼지는 못하였으나, 무언가 이에 관한 의견이 있다면 기탄없이 발표해주기 바란다."

사내의 말이 끝나자 논의가 시작되었다.

"그를 아군으로 끌어들일 수는 없겠소? 그의 지략과 인망은 크게 도움이 될 것이오. 이제르론의 전략적 가치도 무시할 수는 없지."

"만약 그가 동지가 되어준다면 하이네센과 이제르론 두 곳에서 모든 영토를 제압할 수 있을 것입니다."

"허나 시간이 없지 않나? 3월 말에 거사를 일으킬 때까지 스케줄이 빠듯한데, 과연 그를 설득할 수 있을지……."

"굳이 그런 작자를 동지로 삼을 필요가 있을까요?"

그 소리는 일동 가운데에서도 가장 젊은 목소리였으나 기이하게도 음습하고 활력이 없었다. 억지로 단정하는 듯한 말투와 음성의 느낌 사이에 미묘한 부조화가 느껴졌다. 다른 참석자들 사이에서 어색한 분위기가 피어오르려 할 때, 좌장격인 사내가 다독이듯 입을 열었다.

"감정적으로 이야기할 것은 없지 않나. 하지만 양 웬리를 동지로 삼기

46

에는 시간이 없는 것도 사실이군. 오히려 봉기 후에 다시 생각하는 게 좋을 것으로 보인다. 샴풀 봉기에는 지리적 조건으로 봐도 양이 진압 임무를 맡을 텐데……."

이제르론에서 샴풀까지는 펄스 워프 항법을 이용한 최대 전투속도로 달려간다 해도 닷새가 필요하다. 그곳에서 수도에 쿠데타가 일어났다는 보고를 받고, 즉시 수도로 급행한다 해도 최소 25일은 걸린다. 합계 30일. 그사이에 수도는 완전히 제압할 수 있다. 무엇보다도 하이네센에는 가공할 방어 시스템, 열두 개 전투위성으로 이루어진 '아르테미스의 목걸이'가 있지 않은가. 이것이 있는 한 제아무리 '기적의 양'이라 해도 하이네센을 탈취하는 일은 쉽지 않을 것이다.

"그런 상황에서 양과 이야기를 나눈다면 의외로 쉽게 그를 설득해 아군으로 삼을 수 있을지도 모르지. 따라서 우리는 당분간 예정대로 행동해 권력중추를 장악한 후 새 체제의 실력과 권위를 확대해야 할 것이다."

"제안합니다……"

조금 전과 같은 젊지만 음습한 목소리에 일동의 시선이 모였다.

"동지 하나를 이제르론에 파견해 양을 감시하게 해야 합니다. 만약 그가 우리에게 불리한 행동을 취한다면 해치워야 하지 않겠습니까."

잠시 간격을 두고, 이번에는 찬성하는 소리가 여러 사람에게서 일어났다. 거사의 성공을 저해할 만한 위험인자는 배제해야 한다는 것이었다.

"반대는 없나? 그러면 그 의견을 채용하겠다. 즉시 인선에 착수하지."

그러나 좌장격인 사내의 목소리에는 어딘가 내키지 않아하는 구석이 있었다.

한구석에 앉은 채 한마디도 입을 열지 않고 있던 사내가 크게 숨을 내쉬었다. 그 숨결에서는 술 냄새가 풍겼다. 사내의 손에는 로더램 위스키 병이 들려 있었으며, 내용물은 이미 반이 줄어든 상태였다.

그의 이름은 아서 린치라고 한다.

악의 어린 중얼거림이 린치의 마음 표면에 맥주 거품처럼 솟아났다.

'춤춰라, 춤춰. 이놈이고 저놈이고 운명의 손바닥 위에서 어디 신나게 춤을 춰 보라지. 도중에 발을 잘못 디뎌 떨어지든 죽을 때까지 추든, 그건 네놈들 기량에 달린 거다.'

자신이 바라는 것은 쿠데타의 성공일까, 실패일까. 린치는 알 수 없었다. 9년 전 그날 이후로는 자기 미래조차 관심의 대상에서 멀어진 것 같았다.

그때까지 린치의 인생은 그리 비관적이지만은 않았다. 전선에서도 행정 업무에서도 어느 정도 공적을 거두었으며, 마흔도 되기 전에 소장을 달아 각하 소리도 들어보았다. 그런데 단 한 걸음 길을 잘못 들고 말았다. 엘 파실 성역에서 제국군과 싸웠을 때, 극심한 공포에 사로잡힌 나머지 부하와 주민을 버리고 도망을 친 끝에 제국군 포로가 되고 말았다. 그날부터 산 채로 동맹군의 치부가 되어 비겁자라는 낙인이 찍힌 채 살아가야만 했다.

'자, 과연 이 사태는 어떻게 굴러갈까.'

린치는 눈을 감았다. 알코올과 허무함이 자아낸 두꺼운 커튼 너머에서 한 행성이 어슴푸레한 윤곽을 드러내고 있었다.

그 행성, 1만 광년 너머 은하제국 수도 오딘에서는 그에게 이 임무를 내린 젊은 후작 라인하르트 폰 로엔그람이 별들의 대해를 향해 날카로운 야심의 안광을 내뿜고 있을 것이다.

제 2 장

발화점

I

린치가 은하제국 우주함대 사령장관 라인하르트 폰 로엔그람 후작에게 불려 나간 것은 작년 11월이었다. 라인하르트가 제국령에 침공했던 동맹군을 암릿처 성역에서 대파하고 얼마 지나지 않았을 무렵이었다.

엘 파실 성역에서 불명예스러운 포로가 된 후로 린치는 변경성구에 있는 교정구矯正區에서 생활했다.

제국에는 포로수용소라는 것이 존재하지 않는다. '반란군' 장병은 제정帝政에 반대하는 악질 사상범이므로 '사상 및 도덕 교정'을 목적으로 하는 이러한 시설에 수용되는 것이다.

광대한 시설 안에서 식량은 어찌어찌 자급할 수 있었다. 제국군은 경계선을 감시하며 4주에 한 번 의약품이며 의복을 공급해주었다. 수용자들의 거주지에는 그다지 간섭하지 않는다. 이것은 제국군이 관대해서라기보다는 예산과 인원이 부족함을 말해주는 것이었다. 징병제를 채택하고 있어도 인적자원에는 한계가 있으며, 사실상 변경성구 구석구석까지는 손을 댈 수 없었다. '사상범'끼리 내분이 일어나 살육전이라도 벌인다면 손을 덜게 되어 감사할 지경이었다.

그렇다면 자유행성동맹 쪽에서는 포로들을 어떻게 대접할까. 처음에는 제국군 포로를 손님처럼 극진하게 대했다. 자유로운 사회체제가 얼마나 좋은지를 피부로 교육시켜 주겠다는 일종의 심리작전이었다. 하지만 1세기 반이나 전쟁이 이어지고 보니 **허세**를 부릴 여유도 사라졌다. 요즘 포로들의 대우는 일반사회와 형무소의 중간 정도 되는 것이었다.

아무튼 린치와 그의 옛 부하들은 한 거주지 안에 모여 살고 있었다. 그러다 나중에 교정구에 들어온 병사들의 입을 통해 엘 파실의 불명예가 전해지자, 다른 포로들로부터 백안시당하게 되었다.

린치는 술로 도피했다. 무슨 욕을 들어도 변명할 수 없는 입장이 그를 그렇게 만들었다. 신참 포로들에게서 아내가 스스로 호적을 빼 두 아이를 데리고 친정으로 가버렸다는 말도 들었다. 그는 점점 더 술에 찌들었으며, 점점 더 평가가 나빠졌다. 옛 부하들마저 숨김없이 멸시하고 혐오하는 눈으로 그를 쳐다보았다.

그때 구축함 한 척이 나타나더니, 그를 제국수도 오딘으로 데려간 것이었다.

라인하르트 폰 로엔그람 후작은 양 웬리와는 달리 외견부터 비범함 그 자체였다.

당시 나이는 스무 살이었다. 늘씬한 장신에 우아함과 날렵함이 절묘한 조화를 이루고 있었다. 살짝 곱슬곱슬한 황금색의 화사한 머리칼은 작년보다 길어져 사자 갈기와도 같은 모양을 이루었다. 주름 하나 없는 백옥 같은 피부와 지극히 단아한 콧날은 조화의 여신에게 총애를 독점한 것 같다. 하지만 천사 같다고 표현하기에는 푸른 얼음빛 눈동자에서 뿜어내는 광채가 지나치게 예리하고도 격렬하다. 신조차도 능가하고 싶다고 열망하던 타천사 루시퍼의 눈동자가 저랬을지도 모른다.

"린치 소장인가?"

라인하르트의 집무용 책상 앞에는 의자가 하나 놓여 있었다. 위병들이 한 사내를 데려와 막 그곳에 앉힌 참이었다. 라인하르트의 목소리에는 따뜻함을 찾아볼 수 없었으며, 말한 본인도 이를 자각했으나 고칠 생각은 들지 않았다. 눈앞에 있는 자는 멸시를 받아 마땅한 파렴치한이었다.

"……댁은 누구요?"

"라인하르트 폰 로엔그람이다."

린치는 붉게 충혈된 눈을 크게 떴다.

"헤에, 댁이……? 젊구만, 젊어. 엘 파실이라고 아나? 몇 년 전이었더라…… 댁은 그 무렵에 꼬맹이였겠지……. 난 소장이었어……."

라인하르트 왼쪽에는 키가 큰 붉은 머리 청년 장교가 서 있었는데, 그의 푸른 눈에는 혐오와 연민의 빛이 있었다.

"라인하르트 님, 이런 자가 무슨 도움이 되겠습니까?"

"도움이 되게 해야지. 그렇지 않고선 이딴 놈은 살아 있을 가치도 없어, 키르히아이스."

금발의 젊은 원수는 린치를 노려보았다. 얼음 칼을 내지르는 듯한 시선이었다.

"잘 들어라, 린치. 두 번 말하지 않겠다. 네게 어떤 임무를 줄 테니, 그걸 실행해라. 성공한다면 네게 제국군 소장 자리를 주마."

반응은 느리지만 확실했다. 붉고 탁한 눈 안쪽에서 불꽃이 피어오른 것처럼 보였다. 뇌를 에워싼 알코올의 독안개를 걷어내려는 듯 린치는 몇 번이고 고개를 가로저었다.

"소장…… 하하하, 소장이라……."

그는 혀를 내밀고 윗입술과 아랫입술을 번갈아 핥아댔다.

"그거 나쁘지 않구만. 그래서, 뭘 하면 되지?"

"네 고국으로 잠입해서, 군부 내 불평분자들을 선동해 쿠데타를 일으키게 하는 거다."

한동안 침묵하던 린치의 입에서 어이가 없다는 웃음소리가 튀어나왔다.

"헤, 헤헤, 헤…… 무리야. 그런 건 불가능해. 당신 지금 술도 안 마시고 주정해?"

"가능하다. 여기 계획서가 있다. 이대로 하면 반드시 성공할 거다."

린치의 눈이 다시 둔중한 빛을 발했다.

"하지만…… 잠입에 실패하면 난 죽는걸. 분명 죽겠지. 총살당할 거야……."

"그땐 그냥 죽어버려!"

라인하르트의 목소리는 채찍이 되어 공기를 갈랐다.

"지금 네게 살 가치가 있다고 생각하나? 넌 비겁자다. 지켜야 할 민간인도, 지휘해야 할 병사도 버리고 도망친 파렴치한이다. 그 누구도 너를 변호해주지 않을걸. 그런 주제에 아직도 목숨이 아깝나?"

그 목소리는 알코올에 찌든 린치의 어두운 정신을 압도하고 일깨워주었다. 정신 에너지의 질과 양에 어마어마한 차이가 있었다. 린치는 온몸을 부들부들 떨고 땀까지 흘렸다.

이윽고 약하디약한, 그러나 또렷한 목소리가 새어 나왔다.

"맞아. 난 비겁자야……. 이제 와서 오명을 씻을 방법은 없어. 그렇다면, 철저하게 비겁하게, 파렴치한으로 살아볼까……."

그는 얼굴을 들었다. 눈 속 탁한 기운은 사라질 줄 몰랐으나, 지금은 그 안쪽에서 용광로와 같은 불꽃이 도사리고 있었다.

"좋아, 알았어. 내가 하겠다. 소장 자리를 준다는 건 틀림없겠지?"

10년도 더 전에 품고 있던 예리함의 흔적이 느껴지는 목소리였다.

II

린치가 떠나자 라인하르트는 붉은 머리 벗을 올려다보았다.

"저놈이 성공하면 양 웬리는 국내 정세에 쫓겨 이쪽에는 손을 대지 못할 거야."

"그렇습니다. 영토 내 평화가 어지러워져 반란군도 속수무책이겠지요."

"평화? 평화란 건 말이지, 키르히아이스. 무능함이 최대 악덕으로 비난받을 일이 없는 행복한 시대를 가리키는 거야. 귀족들 꼴을 보라고."

라인하르트의 혀는 신랄했다.

제국은 표면으로는 동맹과 전쟁상태를 유지하고 있으나, 그 안에서 귀족계급만은 '성벽 속 평화'를 누렸다. 수천 광년 너머 암흑 허공에서 병사들이 상처 입고 쓰러지며 죽음의 공포에 떨고 있을 동안, 황궁의 수정 장식등 아래에서는 화려한 무도회가 벌어지고 있었다. 극상極上의 샴페인과 적포도주에 절인 사슴고기 구이와 초콜릿 바바루아, 새하얀 페르시안 고양이에 청진주 머리핀에 호박琥珀 벽장식에 수백 년이나 된 백자 꽃병에 흑담비 모피에 현란한 스테인드글라스.

'이것이…… 이 비참하고도 우스꽝스러운 대비가 현실이란 말인가?'

'그렇다, 이것이 바로 현실이다.'

'그러면 현실을 바꾸어야만 한다.'

처음으로 무도회에 섰을 때, 푸른 얼음빛 눈을 가진 소년은 그렇게 생각했다.

그것은 곧 확고한 의지로 성장해, 그 후 무도회나 연회는 그에게 타도해야 할 적을 관찰할 자리가 되었다. 그리고 관찰을 거듭한 라인하르트는 휘황찬란하게 치장한 대귀족들 가운데 경계해야 할 적은 없다는 결론에 도달했다.

그 생각을 키르히아이스에게만 털어놓았다.

"저도 귀족을 두려워할 필요는 없다고 생각합니다."

그 무렵부터 키르히아이스는 라인하르트에게 깍듯한 말투를 쓰고 있었다.

"하오나 귀족들은 주의하셔야 합니다."

그 말에 라인하르트는 놀라서 벗을 쳐다보았다.

'집단의 통일된 의지'라고 거창하게 말할 것까지는 없더라도, 공통된 적에 대한 이기적인 증오의 집합을 경시해서는 안 된다. 정면의 적과 검을 맞대고 있을 때 다른 누군가가 등에 비수를 꽂을지도 모르는 일이다.

"알았다. 조심하지."

라인하르트는 대답했다. 그의 내면에 있는 세검細劍처럼 날카로운 부분은 항상 이 붉은 머리 벗에게 에워싸여 보완되고 있었다.

또 한 사람, 그의 날카로움과 가혹함을 감싸주는 것은 다섯 살 많은 누이 안네로제였다.

나이 열다섯에 선제 프리드리히 4세의 후궁이 된 그녀는, 그 순간 자기 앞날에 놓인 모든 가능성을 포기한 것 같았다. 황제로부터 그뤼네발트 백작부인이라는 칭호를 받은 그녀는 성격파탄자에 가까운 아버지로

부터 라인하르트를 거둬주었으며, 형제와도 같은 존재였던 키르히아이스를 지원해주는 등 두 사람의 둘도 없는 보호자가 되었다.

이제는 예전 피보호자들이 그녀의 키를 훌쩍 넘어섰으며, 제독이라는 칭호까지 받아 우주 전장을 누비는 몸이 되었다. 그러나 그녀 앞에 서면 두 사람은 눈 깜짝할 사이에 그리 멀지 않았던 소년 시절로, 감미로운 투명감에 에워싸인 반짝이는 나날로 돌아갈 수 있었다.

선제 프리드리히 4세가 방탕한 생활 끝에 급사한 이후 은하제국 지배계급은 간헐적인 지각변동에 휩싸였다.

우선 다섯 살 난 어린아이 에르빈 요제프가 새 황제가 되었다. 그는 프리드리히 4세의 직계 손자이기는 하였으나, 즉위하자마자 두 대귀족의 분노와 질투를 사게 되었다.

두 대귀족, 즉 오토 폰 브라운슈바이크 공작과 빌헬름 폰 리텐하임 후작이었다. 그들은 자기 딸이 즉위해 여제가 되고 자신은 섭정을 맡아 제국을 지배하겠다는 야심을 품었던 것이다.

그 야심이 무너진 순간, 공통된 적을 둔 두 사람은 손을 잡고 보복하기로 맹세했다. 적이란 어린 황제 에르빈 요제프 2세와 그를 지지하는 두 중신, 일흔여섯 살의 제국재상 클라우스 폰 리히텐라데 공작과 스무 살의 원수 라인하르트 폰 로엔그람 후작이었다.

이렇게 은하제국 지배계급은 두 파벌로 분열되고 말았다. 황제파와 반황제파, 다시 말해 리히텐라데-로엔그람의 추축파와 브라운슈바이크-리텐하임의 연합파로.

제국의 장래를 근심하는 한편 자신의 보신까지 생각해 중립을 희망하는 자도 다수 있었으나, 점점 험악해지는 정세는 그들이 언제까지고 장

외에 있도록 내버려두지 않았다.

어느 쪽에 붙어 살아남을 것인가. 어느 쪽에 대의명분이 있으며 승산이 있는가. 그들은 판단력과 통찰력을 시험받게 된 것이다.

감정은 처음부터 브라운슈바이크 공작 일파에게 기울었지만, 라인하르트가 전쟁 천재라는 것도 엄연한 사실이었으므로 쉽게 결심을 내리지 못한 채 귀족들은 감정과 타산의 틈바구니에서 분위기만 살피기에 급급했다.

"귀족 놈들이 우왕좌왕하는군. 어느 쪽에 붙어야 유리할지 없는 지혜를 쥐어짜면서 말이지. 요즘 보기 드문 명희극이야."

어느 날 라인하르트가 말했다. 상대는 제국 우주함대 총참모장 파울 폰 오베르슈타인 중장이었다.

"해피엔딩으로 끝나지 않는다면 희극이라고 할 수 없을 겁니다."

오베르슈타인은 좀처럼 들뜨는 경우가 없는 사내였다. 그에게는 유머 감각이 전무하리라는 것이 일반적인 품평이었다. 그는 아직 30대 중반이건만 머리는 반백이고, 光 컴퓨터가 내장된 좌우 의안은 싸늘한 빛을 내뿜는다. 이 눈과 굳게 닫힌 얇은 입술이 빚어내는 표정에서 애교란 찾아보려야 찾아볼 수도 없었다. 당사자 또한 그 어떤 평판을 듣더라도 관심을 두지 않았다.

"아무튼 각하께서는 기다리고만 계시면 됩니다. 적이 발버둥치는 모습을 보시면서."

"그래, 기다리지. 느긋하게."

라인하르트는 물론 가만히 기다리고만 있지는 않았다. 그는 온갖 신랄한 책략을 동원해 대귀족들이 승산도 없는 맹목적인 분노에 몸을 맡기도록 부추겼다. 그들이 감정적으로 폭발하는 것이야말로 라인하르트가 바라는 바였다. 게다가 그는 그러한 책략조차, 아름다운 나비를 쫓는 소년처럼 순수한 정열을 담아 해치운 것이었다.

"귀족 놈들을 진짜로 궁지에 몰 필요는 없어."

벗의 붉은 머리를 나긋나긋한 손가락으로 가지고 놀며 라인하르트가 말했다.

"궁지에 몰렸다고 믿게 하면 그만이야."

귀족들이 대동단결하면 그 무력과 자금력은 라인하르트를 훨씬 능가하는 것도 사실이다. 그런데도 귀족들은 이대로는 파멸이다, 어떻게든 반격을 가해야 한다고 초조함에 빠져선 균형감각이 결핍된 반응만을 보였다. 그것이 라인하르트를 실소케 했다.

라인하르트의 두뇌는 어리지 않았으나, 감성에는 아직도 소년 같은 면모가 남아 있었다. 그는 적대하는 자를 한없이 증오하는 반면, 한편으로는 상대의 언동에서 주목할 만한 개성을 느끼면 그것이 설령 '미美'라 칭할 수 없는 것이라 해도 호기심을 품고 만다. 현재 그러한 존재가 귀족들 가운데에서는 보이지 않아 그는 상당히 낙심하고 있었다.

III

프란츠 폰 마린도르프 백작은 온화하고 양식 있는 인물로 귀족들만이 아니라 영민領民 사이에서도 신망이 높았다.

그런 그도 이번 사태에는 어떻게 대처해야 할지 결심을 내리지 못해, 매일 머리를 싸쥐고만 있었다. 중립을 유지할 수 있다면 그렇게 하고 싶었으나, 과연 그것이 가능할까.

장녀인 힐다가 오딘의 대학에서 잠시 귀성한 것은 그런 어느 날이었다.

힐다, 즉 힐데가르트 폰 마린도르프 백작영애는 이제 막 스무 살이 된 아가씨였다.

거무스름한 색조의 금발은 활동하기 편하도록 짧게 깎아놓았다. 단단해 보이는 미모를 가졌지만 비인간적인 느낌이 들지 않는 것은 청록색 눈동자가 생생하게 빛을 발하기 때문이리라. 그 눈에서 약동하는 지성과 생기를 발산하여, 모험정신 풍부한 소년 같은 인상을 주었다.

"아씨, 건강하신 것 같아 다행입니다."

매끈매끈한 핑크색 뺨을 한 노인이 저택 홀에서 그녀를 맞이하며 살찐 몸을 굽혔다.

"한스도 건강해 보이네. 아버님은 어디 계셔?"

"일광욕실에 계십니다. 도착하셨다고 알려드릴까요?"

"괜찮아, 내가 갈 테니까. 아, 커피 부탁해."

옷깃에 핑크색 스카프를 감은 것 말고는 남자와 다를 바 없는 차림인 백작영애는 리드미컬한 걸음으로 복도를 걸어갔다.

넓은 일광욕실 창가에 소파 한 쌍이 놓여 있었다. 햇빛 속에 등을 구부정하게 굽힌 채 앉아 사색에 잠긴 마린도르프 백작이 보였다. 딸이 말을 걸자 그는 얼굴을 들고 미소 지으며 손짓했다.

"무슨 생각을 하고 계셨나요, 아버님?"

"음, 아니, 대단한 일은 아니다."

"참 든든한 말씀인걸요. 은하제국의 운명과 마린도르프 가문의 미래가 대단한 일이 아니라니."

마린도르프 백작은 자신도 모르게 흠칫 몸을 떨고 말았다.

그는 굳은 얼굴로 딸을 보았다. 장난기가 묻어나지만, 그것만으로는 설명할 수 없는 표정으로 힐다는 아버지를 마주 보았다.

집사인 한스가 은쟁반에 커피세트를 얹고 들어왔다. 그가 물러날 때까지 침묵이 이어졌으나, 딸이 먼저 이를 깨뜨렸다.

"그러면 어떻게 하실지 결심은 서셨나요, 아버님?"

"나는 중립을 원한단다. 하지만 꼭 어느 한쪽에 붙어야만 한다면, 브라운슈바이크 공작에게 갈까 한다. 제국귀족으로서 그것이……."

"아버님!"

날카로운 목소리와 표정으로 딸은 아버지의 말을 가로막았다.

아버지는 놀라 딸을 쳐다보았다. 청록색 눈동자가 격렬하게 빛나고 있었다. 보석 속에서 불꽃이 춤을 추는 듯 이채로운 아름다움이었다.

"귀족들이 대부분 바로 보려 하지 않는 사실이 있어요. 인간이 태어나면 반드시 죽듯, 국가에도 죽음이 찾아온다는 거예요. 지구라는 작은 행성 위에 문명이 탄생한 후로 멸망하지 않았던 국가는 하나도 없었어요. 은하제국만, 골덴바움 왕조만 어떻게 예외가 될 수 있을까요?"

"힐다, 얘야. 힐다……."

"골덴바움 왕조는 500년 가까이 이어져왔지요."

대담한 딸은 과거형을 사용했다.

"그러는 동안 200년 이상이나 전 인류를 지배하고, 권력과 부를 독점해왔어요. 사람을 죽이는 것도, 남의 집 여식을 빼앗는 것도, 자기들 좋을 대로 법률을 만드는 것도 마음대로였고……."

테이블을 내리칠 듯한 기세였다.

"그렇게나 횡포를 부렸으니, 슬슬 막을 내린다 해도 책망할 사람은 없을 거예요. 아니, 오히려 500년에 걸쳐 영화를 누린 걸 감사해야지요. 그걸 잃는 것은 자연의 섭리라고도 할 수 있으니까요."

온화한 성격의 아버지는 혁명파를 방불케 하는 딸의 격렬한 탄핵에 잠시 넋이 나갔으나, 간신히 반박할 기력을 쥐어짜냈다.

"하지만 그렇다고 로엔그람 후작에게 가야 할 이유가 있을까, 힐다?"

"있고 말고요."

"그게 뭐냐?"

그렇게 묻는 아버지의 목소리에는 의심스러움과 동시에 매달리는 듯한 음색이 깃들어 있었다.

"이유는 네 가지예요. 들어보시겠어요?"

아버지가 고개를 끄덕였다. 딸이 말한 것은 다음과 같았다.

첫째. 라인하르트 폰 로엔그람 후작은 새 황제를 옹립했으므로, 황제에게 등을 돌린 자를 황제의 명령으로 토벌한다는 대의명분을 가지고 있다. 이에 비해 브라운슈바이크 공작과 리텐하임 후작 진영은 야심을 앞세워 반란을 일으키려 할 뿐이다.

둘째. 아마도 귀족 대부분이 결집하게 될 브라운슈바이크 공작 진영 병력은 이미 강대하기 때문에 마린도르프 가문이 가담한다 해도 별 대접을 받지 못할 것이다. 그에 비해 로엔그람 진영은 열세이므로 이곳에 가담한다면 세력이 강화될 뿐만 아니라 정치적 효과도 있다. 따라서 마린도르프 가문은 후대厚待를 받을 것이다.

셋째. 브라운슈바이크 공작과 리텐하임 후작은 잠시 손을 잡은 것뿐이라 협력한다는 마음이 없다. 무엇보다 군의 지휘체계가 통일되지 않

64

은 것은 치명적이다. 이에 비해 로엔그람 진영은 통일된 지휘체계와 의사 아래 움직인다. 과정이야 어찌 됐든 마지막 승패의 행방은 정해진 것과 다름없다.

넷째. 로엔그람 후작은 문벌귀족 출신이 아니며 주된 부하들도 그렇기 때문에 평민계급에 인기가 많다. 양 진영 병사들은 모두 평민이다. 장교만으로 전쟁을 할 수는 없다. 그뿐 아니라 병사들이 귀족 출신 장교들에게 반감을 품는다면 브라운슈바이크 공작 진영에서 병사들의 폭동이나 모반이 발생해 내부붕괴를 일으킬 가능성마저 있다.

"어때요, 아버님?"

힐다가 그렇게 마무리를 지었을 때, 마린도르프 백작은 잠자코 땀을 닦을 뿐이었다. 딸에게 반론을 할 수가 없었던 것이다.

"마린도르프 가문은 승자에게, 다시 말해 로엔그람 후작에게 붙어야 한다고 저는 생각해요. 충성의 증거로 영지와 인질을 제시해서라도 말이지요."

"영지는 헌상해도 좋다. 하지만 인질은 잡힐 수 없어. 그런 일은……."

"본인이 바란다면요?"

"하지만 과연 누가……."

말을 하다 말고 마린도르프 백작은 흠칫 놀랐다.

"설마, 너……."

"예. 제가 가겠어요."

"힐다!"

아버지는 놀라 소리쳤지만 딸은 태연히 자기 커피에 크림과 설탕을 듬뿍 탔다. 그녀는 자신이 살찌지 않는 체질이라는 것에 자신이 있었다.

"전 아버님께 감사해요. 이렇게 재미있는 시대에 절 낳아 주셨으니까요."

"……."

"제가 역사를 움직일 수는 없겠지만, 역사가 어떻게 움직일지, 그 안에서 사람들이 어떻게 살아가고 죽어갈지. 그걸 확인할 수는 있을 거예요."

커피를 마신 힐다는 자리에서 일어나 아버지의 머리를 끌어안으며 윤기 없는 갈색 머리에 뺨을 비볐다.

"아버님, 걱정하지 마세요. 마린도르프 가문은 제가 지킬 테니까요. 무슨 방법을 써서라도, 무슨 일이 있어도."

"네게 맡기마."

아버지의 목소리에 침착함이 되살아나고 있었다.

"어떤 결과가 기다리고 있더라도 나는 원망하지 않겠다. 마린도르프 가문을 위해 네가 희생할 필요는 없어. 오히려 마린도르프 가문을 도구로 삼아 네가 살아갈 길을 열 생각을 하려무나. 알겠느냐?"

"아버님……."

"몸조심하고……."

딸은 얼굴 각도를 바꾸어 아버지의 이마에 입을 맞추더니, 나비처럼 몸을 돌려 일광욕실을 나섰다.

IV

엿새간의 여행을 거쳐 힐다는 수도성 오딘에 도착했다. 그녀의 감각으로 보자면 돌아왔다는 표현이 더 어울릴 것이다. 오딘에서 생활한 지

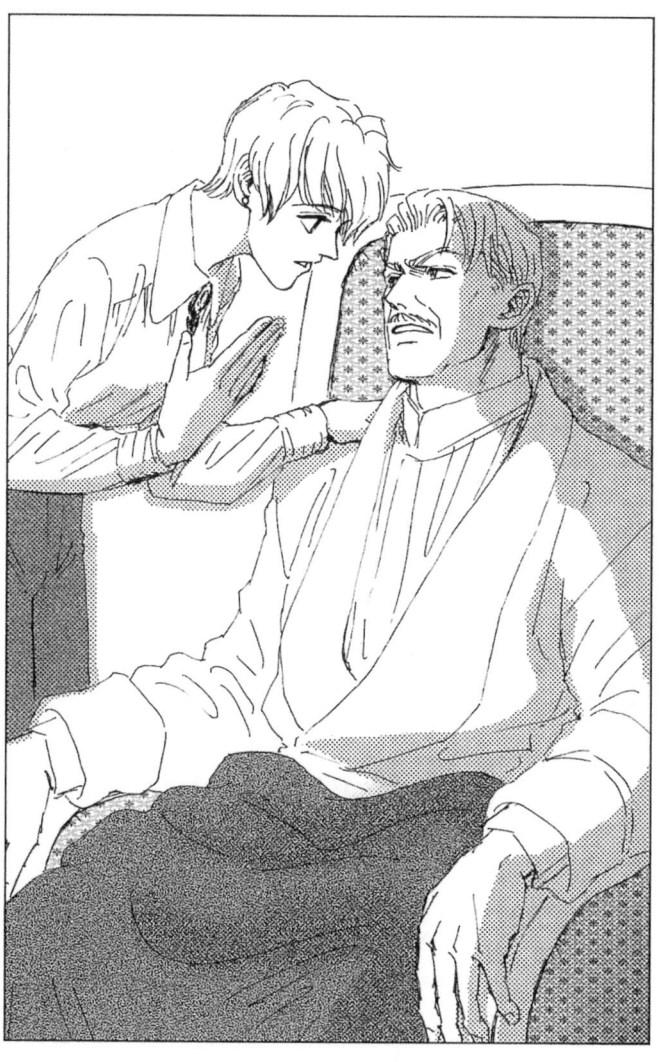

도 벌써 4년이 지났으니까.

힐다는 로봇 카를 타고 우주항에서 라인하르트 원수부로 직행했다. 기분이 고양된 탓인지 피로가 느껴지지 않았다. 일이 끝난 다음에 쉬더라도 늦지 않다.

위병실 창구에서 뤼케 중위라는 명찰을 단, 아직 앳된 기가 남아 있는 젊은 장교가 물었다.

"면회 예약을 하고 오셨습니까, 프로이라인fraulein, 아가씨?"

"아니요, 그렇지는 않아요. 하지만 많은 사람의 생명과 희망이 걸린 일이랍니다. 원수 각하께서는 분명히 만나 주시리라 믿어요. 부디 전해 주실 수 있을까요?"

아름다운 아가씨의 필사적인 표정(3할가량은 연기였으나)이 뤼케 중위의 기사도 정신을 자극한 모양이었다. 그녀를 기다리게 하고 몇 곳에 연락을 취하더니, 이내 자기 일인 양 기뻐하는 얼굴로 대답했다.

"면회 허가를 내려주셨습니다. 4호 엘리베이터를 타고 10층으로 가십시오."

"고맙습니다. 폐를 끼쳐드려서 죄송해요."

진심으로 인사를 한 후 힐다는 엘리베이터에 올라탔다. 이 엘리베이터는 그 자체가 무기 탐지장치 기능을 겸한 것이었다.

그날 라인하르트는 좀처럼 도착할 줄을 모르는 어떤 보고를 기다리던 참이었다. 그때 아름다운 아가씨가 방문했다는 말을 듣고 흥미가 동한 것이었다. 물론 아름다운 아가씨라는 수식어는 그에게 중요한 의미를 주지 못했다. 하지만 화장기 없는 생생한 힐다의 미모를 보고 귀족 가문

영애답지 않다는 생각에 약간 감탄했다.

응접실 소파에 앉으며 라인하르트는 말을 꺼냈다.

"키르히아이스가 없는 것이 유감이로군. 그는 마린도르프 가문과 조금 인연이 있는데, 혹시 아시는지?"

"예, 물론입니다. 작년 카스트로프 동란 때 아버지의 목숨을 구해주셨지요. 직접 뵙지는 못했습니다만."

"……그래서, 내게 용무란 것은?"

유년학교 생도로 보이는 소년이 커피를 가져왔다. 라인하르트가 크림 단지에 손을 가져갔을 때 힐다가 말했다.

"이번 내전에서 마린도르프 가문은 로엔그람 후작님을 지지하고자 합니다."

라인하르트의 손이 한순간 멈췄으나, 그는 아무렇지도 않게 일련의 동작을 마쳤다.

"내전이라 하시면?"

"내일이라도 일어날지 모르는, 브라운슈바이크 공작과의 내전 말입니다."

"대담한 분이로군. 설령 그렇다 쳐도 내가 이긴다는 보장은 없소. 그래도 나를 지지하시겠다는 거요?"

힐다는 숨을 고르며, 아버지에게 설명했던 것을 젊은 원수에게 되풀이했다. 라인하르트의 푸른 얼음빛 눈동자가 빛났다.

"훌륭한 견식이로군. 좋소. 말씀대로 나도 아군이 필요하던 참이었으니. 그대의 후의厚意에는 반드시 보답하겠소. 마린도르프 가문은 물론이고, 프로이라인이 소개하는 가문들도 후대할 것을 약속하겠소."

"로엔그람 후작님의 관대한 말씀 덕에 저희도 지인과 친척들을 설득하기가 한결 수월할 것입니다."

"이 정도쯤이야. 이렇게 당당히 지지를 표명하시는데 소홀히 대할 수는 없지. 그대의 노고와 용기에 보답코자 하는 것은 당연한 일이오. 만약 내가 할 수 있는 일이 있다면 무엇이든 말해보시오. 사양하지 말고."

"그럼 염치 불구하고, 한 가지만 부탁드리고자 합니다."

"얼마든지."

"마린도르프 가문의 충성에 대한 보수로, 가문과 영지 소유권을 인정하겠다고 보증하시는 공문서를 작성해 주셨으면 합니다."

"호오, 공문서라."

라인하르트의 말투가 조심스러워졌다. 그는 이제까지와는 조금 다른 시선으로 힐다를 쳐다보았다. 전혀 주눅 들지 않은 채 마린도르프 백작 영애는 젊은 권력자를 마주하고 있었다.

라인하르트는 무언가 생각에 잠긴 듯했으나, 그것도 오래가지는 않았다.

"좋소. 오늘 안으로 문서를 작성해드리겠소."

"고맙습니다."

힐다는 공손하게 고개를 숙였다.

"마린도르프 가문은 각하께 절대적인 충성을 맹세하고, 무슨 일에나 각하께 도움이 되도록 노력하겠습니다."

"기대하겠소. 헌데, 프로이라인 마린도르프."

"예?"

"그대가 설득해줄 다른 귀족들에게도 역시 마찬가지로 보증서가 필요한지?"

"스스로 청하는 자가 있다면 그렇게 해 주십시오. 그 외에는 굳이 그렇게 해주실 필요가 없을 것입니다."

힐다의 말에는 한 치 흐트러짐도 없었다.

"대단한 아가씨로군."

라인하르트는 웃었다.

그의 목적은 골덴바움 왕조를 떠받치는 구체제를 일소하는 것이었다. 5세기에 걸쳐 특권을 잠식했던 귀족들을 새로운 체제 아래 살려둘 생각은 전혀 없었다. 절대적인 권력을 쥔 단계에서, 웬만큼 도움이 될 만한 자들을 제외한다면 숙청하거나, 민중이 피를 바란다면 그들에게 내던져 줄 생각이었다.

살아남을 능력이 없다면 멸망하라. 그들의 선조들이 섬긴 루돌프의 신념이 그러했듯. 인과는 돌고 도는 것이다.

힐다는 이를 꿰뚫어보고 라인하르트에게 자필 공문서를 청한 것이다. 공문서가 있다면 구두 약속과는 달리 함부로 무시할 수는 없다. 라인하르트 자기 명예가 손상될 뿐만 아니라 권력체제 그 자체에 대한 불신을 초래하는 결과가 되기 때문이다.

마린도르프 가문에 대해서는 그만한 조치를 취해둔 후, 힐다는 '다른 귀족들의 생사여탈은 마음대로'라고 말한 것이다. 이것은 단순히 '나만 잘되면 된다'는 이기심에서 나온 생각이 아니었다. 구체제 귀족들과 횡적 연대를 도모하지 않겠다는 의사를 표명한 것이었다.

정치와 외교에 무서울 정도로 예리한 감각을 지닌 아가씨였다.

제국 귀족 수천 가문 중에서 겨우 칭송할 만한 인재가 나타난 모양이었다. 그것도 겨우 스무 살의 어린 나이에, 게다가 여성이었다. 그래봤자 라인하르트도 그녀보다 겨우 한 살이 많을 뿐이었지만.

'상징적인 일이로군.'

라인하르트는 그런 생각이 들었다. 노인이 지배하는 시대는 끝나가고 있었다. 제국만이 아니다. 자유행성동맹의 양 웬리 제독은 이제 갓 서른이 되었을 뿐이며, 페잔 란데스헤르 루빈스키도 아직 40대였다.

'그렇다고 해도 이 아가씨는……'

라인하르트는 새삼 힐다를 바라보며 무언가를 말하려 했다.

그때 문 밖에서 쿵쾅거리는 발소리가 들리는가 싶더니 흥분으로 얼굴을 붉게 물들인 고급 장교가 뛰어 들어왔다. 혼자서도 문을 가로막을 만한 거구였다.

"각하! 불평분자 귀족들이 기어이 움직이기 시작했다고 합니다!"

체격에 어울리는 큰 목소리였다.

칼 구스타프 켐프는 라인하르트 원수부에 소속된 제독들 중 한 사람으로, 한때는 발퀴레를 몰던 에이스 파일럿이었으며 오늘날에는 용맹한 지휘관으로 명성이 높다.

라인하르트는 자리에서 일어났다. 이 보고를 기다렸던 것이다. 힐다가 자신도 모르게 눈을 크게 뜰 만큼 나긋나긋한 동작이었다.

"프로이라인 마린도르프, 오늘은 만나 뵈어 즐거웠소. 언젠가 함께 식사라도 할 수 있으면 좋겠군."

라인하르트를 따라 나가려던 켐프가 잠시 힐다에게 호기심 어린 시선을 보낸 것 같았다.

V

로엔그람 후작과 리히텐라데 공작 추축파에 반대하는 귀족들은 수도 오딘에 위치한 브라운슈바이크 공작의 별장이 있는 립슈타트 숲에 집합했다. 명목은 고대 명화 경매와 원유회였으나, 별장 지하 홀에서는 로엔그람 후작과 리히텐라데 공작의 전횡에 반대하는 '애국서명'이 이루어진 것이다.

이것이 훗날 '립슈타트 맹약'이라 불리게 된 서명이었으며, 이에 따라 탄생한 귀족들의 군사조직을 '립슈타트 귀족연합'이라 칭한다.

참가한 귀족은 3740명, 정규군과 사병私兵을 합친 병력은 2560만이었다.

맹주는 오토 폰 브라운슈바이크 공작, 부맹주는 빌헬름 폰 리텐하임 후작이었다.

4000명에 육박하는 귀족의 이름이 늘어선 연판장 한쪽에는 리히텐라데 공작과 로엔그람 후작을 격렬한 논조로 비난하고, 골덴바움 왕조를 수호할 신성한 사명은 선택받은 존재인 전통 귀족 계급에 내려졌다는 문장이 있다.

『대신大神 오딘이여, 우리를 수호하소서. 정의의 승리는 이제 의심할 여지도 없도다.』

문장은 그렇게 끝을 맺고 있었다.

"글쎄. 대신 오딘께서 과연 그들을 수호해주실지."

켐프의 보고를 들은 라인하르트는 한껏 비아냥거린 후 한자리에 모인 부하들의 얼굴을 돌아보았다.

지크프리트 키르히아이스가 있다. 오베르슈타인이 있다. 다른 제독들도, 전군에서 으뜸가는 우수한 지휘관들뿐이다.

"처음부터 신에게 빌어대고 있으니, 대신께서도 어이가 없겠군요."

"아름다운 처녀라도 제물로 바친다면 모를까. 아, 하지만 브라운슈바이크 공작이라면 자기가 먼저 가로챌 것 같군요."

미터마이어, 로이엔탈, 비텐펠트가 소리 높여 웃었다.

볼프강 미터마이어는 다른 제독들에 비해 몸집이 작은 편이었지만, 다잡은 몸이 매우 준민駿敏해 보였다. 정리가 잘 되지 않는 벌꿀색 머리카락과 활력이 넘치는 회색 눈동자를 가졌다. 용병 속도에서 그와 어깨를 견줄 자는 없다. 작년 암릿처 회전 때 도주하는 적 함대를 추격하는 속도가 지나치게 빠른 나머지 적 후미와 아군 선두가 뒤섞여버릴 정도였다. 이후 그에게는 '질풍 볼프'라는 명예로운 별명이 붙었다.

오스카 폰 로이엔탈은 키가 크며 검은색에 가까운 암갈색 머리를 가졌다. 대단한 미남자지만, 처음 그를 본 사람들이 놀라는 것은 무엇보다도 좌우 눈동자 색이 다르기 때문이다. 오른쪽 눈이 검은색, 왼쪽 눈이 푸른색인, '금은요동金銀妖瞳'이라 불리는 일종의 이상이다. 암릿처에서도 그 외의 전투에서도 수많은 무훈을 세워 작전 지휘 능력을 높이 평가받고 있다.

프리츠 요제프 비텐펠트는 오렌지색 긴 머리와 엷은 갈색 눈을 가졌다. 가느다란 얼굴에 어울리지 않는 다부진 몸집에서는 약간 위화감을 품는 사람도 있을 것이다. 그는 '맹장'이라는 말이 어울리는 자로, 적들은 그가 지휘하는 함대 '슈바르츠 란첸라이터'라는 이름만 들어도 겁을 먹는다. 다만 용병에 약간 유연성이 떨어지는 면이 있어, 암릿처에서는 그것이 불리하게 작용했다.

그 외에도 코르넬리우스 루츠, 아우구스트 자무엘 바렌, 에르네스트 메크링거, 나이트하르트 뮐러, 울리히 케슬러 같은 라인하르트 원수부의 장성들이 모였다. 개성은 다양하지만 모두들 젊다. 그들이 라인하르트의 가장 귀중한 재산이었다.

재산이라고 하면 사전적 의미의 재산도 빼놓을 수 없을 것이다. 긴긴 전쟁과 궁정의 혼란 속에서 재정 위기가 닥쳐왔다고 수군거리는 자들이 늘어나기 시작한 것이다. 하지만 라인하르트는 이렇게 말했다.

"재정 위기는 단숨에 해결될 것이다."

덮어놓고 무책임한 발언을 한 것이 아니었다. 제국에는 황실 재산 외에, 그 누구의 손도 타지 않은 어마어마한 재원財源이 남아 있었다.

귀족 재산.

브라운슈바이크 공작과 리텐하임 후작은 물론, 그들과 손잡은 귀족들의 재산은 모조리 몰수할 것이다. 그 외 귀족들에게도 유산상속세, 고정자산세, 누진소득세 등의 제도를 적용하면 국고로 들어오는 금액은 10조 제국마르크를 가볍게 넘어설 것이라는 잠정 집계가 있었다.

다만 아군이 된 귀족들에게는 규제를 느슨하게 해줄 정치적 필요성이 있으므로, 그런 의미에서 보자면 적으로 돌아설 귀족은 많으면 많을수록 고마운 상황이었다.

귀족에게서 재산을 쥐어짜내는 것은 재정을 채우기 위해서만은 아니었다. 막대한 재산을 소유했으면서도 세금도 내지 않고 호사스러운 생활에 빠진 귀족들에게 평민 계급은 500년 동안 분노와 반감을 품고 있다. 라인하르트는 그 분노를 가라앉혀야만 하며, 또한 이용할 필요도 있었다.

정치와 사회를 개혁할 의지는 확고하다. 그러나 그에게 개혁이란 골덴바움 왕조를 타도하는 과정에서 나오는 부산물이어야만 했다. 정치와 사회가 개혁되고, 그 결과 골덴바움 왕조가 재활성해선 의미가 없다.

루돌프가 세운 골덴바움 왕조는 유혈과 겁화劫火 속에 멸망해야 한다. 그것은 어린 소년 시절, 사랑하는 누이 안네로제를 추악하고 늙은 권력자에게 빼앗겼을 때 가슴에 새긴 신성한 맹세였다. 그리고 그것을 지크프리트 키르히아이스도 공유하고 있었다.

오이겐 리히터와 칼 브라케는 개혁파 혹은 진보 진영이라 불리는 그룹의 지도자로 주목받고 있었다. 귀족임에도 '폰von' 칭호를 스스로 떼어낸 것이 그 태도를 드러내는 일례였다.

두 사람이 라인하르트에게 불려 나가, 매우 진보적인 '사회 경제 재건 계획'이라는 것을 입안하라는 명령을 받은 것은 3월이 되고 얼마 지나지 않아서였다. '립슈타트 맹약'이 맺어진 후 한 달 정도 지난 후였다.

라인하르트의 앞에서 물러난 두 사람은 얼굴을 마주 보지 않을 수 없었다.

"로엔그람 후작의 속내는 명백한 것일세. 개혁자로서 민중의 지지를 얻을 심산 아니겠나. 그것이 곧 문벌귀족에 대항할 유력한 무기가 될 테니."

리히터의 말에 브라케가 고개를 끄덕였다.

"그렇지. 우리는 그의 야망을 위해 이용당하는 것일세. 썩 유쾌한 기분은 아닌걸. 거절할 수는 없겠지만…… 눈치껏 게으름이나 피울까?"

"그럴 것까지야 있겠나. 우리가 이용을 당한다 해도 그리 못마땅해할 이유는 없을 것 같네. 오랫동안 우리가 꿈꾸던 개혁이 시행된다면, 그것이 누구 이름으로 이루어져도 좋지 않겠나?"

"그야 그렇지만……."

"다른 관점으로 보자면, 우리가 로엔그람 후작을 이용한다고 볼 수도 있네. 우리에게는 이상과 정책은 있어도, 이를 실행할 만한 권력과 무력이 없지 않나? 로엔그람 후작에게는 그것이 있지. 적어도 그는 브라운 슈바이크 공작 같은 반동파 수괴보다는 훨씬 나아. 그렇지 않나, 브라케?"

"하긴. 브라운슈바이크 공작 일파가 정권을 잡는다면 정치와 사회를 옛날로 되돌릴 것이 뻔하니까……."

리히터는 브라케의 어깨를 두드렸다.

"다시 말해 우리와 로엔그람 후작은 서로에게 필요한 존재라 이 말일세. 그렇다면 협력할 부분은 협력해 조금이라도 나은 방향으로 사회를 움직여야 하지 않겠나."

리히터의 말에 브라케는 고개를 꼬았다.

"허나, 최고 권력을 쥔 로엔그람 후작이 진보적인 자세를 고수할 거라고 확신할 수는 없잖나. 갑자기 전제적인 독재자로 변모하지 않으리라는 보장이 있나?"

리히터는 무겁게 고개를 끄덕였다.

"그렇지. 그때를 위해서라도 우리는 개혁을 추진해야만 하네. 로엔그람 후작이 개혁자 자세를 버렸을 때, 이를 비판하고 이에 저항할 만한 능력을 갖춘 시민들을 길러내야만 하는 게야."

VI

'립슈타트 맹약' 아래 뭉친 귀족들은 잡다한 무력을 조직화할 필요
에 봉착했다. 통일된 사령부, 통일된 전략 구상, 통일된 관리와 보급 시
스템은 라인하르트라는 천재에게 대항하기 위해 필요불가결하기 때문
이다.

순서로 따지자면 가장 먼저 실전부대 총사령관을 정해야만 했다. 부
대 편성과 배치는 총사령관의 생각과 구상을 통해 결정될 것이다.

브라운슈바이크 공작은 처음엔 자기 자신이 실전 총지휘를 맡을 생각
이었으나, 리텐하임 후작은 총사령관 자리에 용병 전문가를 앉혀야 한
다고 주장했다.

"실적과 인망 모두 풍부한 메르카츠 제독을 총지휘관으로 초빙하는
것이 좋지 않겠습니까? 맹주께서 직접 전선에 나가시는 것은 모양이
좀……."

브라운슈바이크 공작이 무훈을 세우지 못하도록 하려는 리텐하임 후
작의 속내는 뻔했지만 요지는 정론 그 자체였으므로 그 의견을 물리칠
수는 없었다.

"그렇군요. 메르카츠 제독이라면야."

다른 귀족들도 찬성했으므로 브라운슈바이크 공작은 내심 혀를 차면
서도 자신이 도량 넓은 인물이라는 것을 보여주어야만 했다. 그는 예를
갖추어 메르카츠를 초청해 귀족연합군의 실전 총사령관이 되어줄 것을

청원했다.

빌리바르트 요아힘 폰 메르카츠 상급대장은 쉰아홉 살의 노련한 무인으로, 찬란한 무공과 견실하고도 허점 없는 용병술을 겸비한 인물이었다. 아스타테 성역 회전에서는 라인하르트와 함께 동맹군과 싸웠으며, 그의 천재성을 처음으로 인정한 인물 중 하나라는 것도 잘 알려져 있다.

메르카츠는 브라운슈바이크 공작의 부탁을 금방 받아들이지는 않았다. 본래 그는 이 무의미한 전쟁에 반대하는 입장이었으며, 충돌이 불가피할 때는 중립을 고수할 생각이었다.

메르카츠는 거절했으나, 브라운슈바이크 공작은 물러나지 않았다. 맹주가 직접 교섭했는데도 거절당한다면 맹주의 권위에 흠이 간다.

제국 및 황실에 대한 진정한 충성을 역설하며 공작은 끈질기게 설득했다. 그 말은 차츰 협박의 색채를 띠었다. 결국 이야기 내용이 가족의 안전에까지 미쳤을 때, 마침내 메르카츠는 뜻을 굽혔다.

"그러시다면 미력하나마 받아들이도록 하겠습니다. 그러나 다음과 같은 점을 제후께서 양해해 주셔야겠습니다. 실전에 관해서는 모든 권한을 제게 일임해 지휘체계를 일원화할 것. 아울러 아무리 지위와 신분이 높은 분이라 하더라도 제 명령에는 따라야 하며, 명령을 어길 경우 처벌을 감수할 것. 이를 인정해 주셔야만 합니다."

"좋소. 받아들이지."

브라운슈바이크 공작은 고개를 끄덕이고, 연회를 열어 새 사령관을 대접했다.

주빈인 메르카츠는 연회가 끝난 후 밤늦게 자기 집무실에 돌아왔으나, 영 마음이 무거워 보였다. 부관인 베른하르트 폰 슈나이더 소령은 의아한 생각이 들었다.

"각하께서는 연합군 총사령관이 되셨고, 두 가지 조건도 맹주들에게 인정을 받으셨잖습니까? 대군을 이끌고 강적과 싸우는 것은 무인의 본분이라고 생각합니다만, 침통해하시는 이유를 알고 싶습니다."

메르카츠는 참담한 표정으로 쓴웃음을 지었다.

"소령, 경은 아직 젊군. 물론 브라운슈바이크 공작과 귀족들은 내가 제시한 조건을 받아들였네. 하지만 어디까지나 말뿐이지. 금세 이리저리 작전에 개입하려 들 걸세. 또한 군법으로 그들을 처벌한다 해도 고분고분 받아들이지는 않을걸. 조만간 로엔그람 후작보다도 나를 더 미워하게 될 게야."

거무스름한 금발의 청년 장교는 이마를 찡그렸다.

"설마 그러기까지야……."

"특권은 인간의 정신을 부패시키는 최악의 독일세. 그들 대귀족들은 수십 세대에 걸쳐 이 독에 푹 빠져 있었지. 자신을 정당화하고 남을 책망하는 일은 이제 그들의 본능이 되었네. 이러는 나도 말단이기는 하나 귀족이다 보니, 군대에서 하급 병사들을 접할 때까지는 그 사실을 알아차리지 못했지. 로엔그람 후작의 칼날이 머리 위로 떨어질 때까지 그들이 그 사실을 깨닫는다면 좋으련만……."

지극히 충성스러운 부관을 퇴실시킨 후, 메르카츠는 책상에 앉아 서툴게 워드프로세서를 조작하기 시작했다. 가족들에게 편지를 쓰기 위해서였다.

그것은 이별의 편지였다.

VII

브라운슈바이크 공작의 부하들 중 라인하르트 파와 반反라인하르트 파의 전면충돌을 회피하려는 사람들이 있었다. 그것은 절대평화주의자여서가 아니라, 라인하르트와 싸워도 승산이 없다고 보았기 때문이었다.

슈트라이트 준장이 선봉이 되었다. 그는 브라운슈바이크 공작에게 면담을 청해, 한순간 오명을 감수하고 라인하르트를 암살해 전쟁을 회피해야 한다고 주장했다.

"멍청한 소리 하지 말게."

공작은 일언지하에 이를 무시했다.

"하오나, 공작님……."

"나는 수백만 대군을 동원해 정면에서 당당하게 그 금발 애송이를 격파할 것이다. 그래야만 리텐하임 후작에게도 제국 전토에도 내 정의와 실력을 보일 수 있지 않겠는가. 그런데 암살이라니. 그렇게 내 명예에 흠을 내고 싶나?"

"공작님. 아뢰옵기 황송하오나, 로엔그람 후작은 용병의 천재이옵니다. 설혹 싸워서 이긴다 한들 희생이 클 것이며, 온 제국이 불바다가 되어 민중에게도 해가 미칠 것이옵니다. 부디 재고해 주시기 바라옵니다."

슈트라이트의 간원은 노성으로 보답받았다.

"'설혹 싸워서 이긴다 한들'이라니, 그게 무슨 소리냐! 필승의 신념도 없는 놈은 더 이상 보고 싶지 않다! 목숨이 아깝거든 썩 물러나 변경 행성에서 채소밭이나 일구며 살아라!!"

슈트라이트가 실망과 함께 물러난 후, 페르너 대령이라는 인물이 브라운슈바이크 공작에게 의견을 개진했다. 그가 열변을 토하며 주장한 것도 소수에 의한 테러였다.

"수백만 대군은 필요 없습니다. 파괴공작 훈련을 받은 병사 300명만 빌려주신다면 로엔그람 후작의 숨통을 끊어버리겠습니다."

"닥쳐라! 네놈도 내가 그 애송이에게 이기지 못하리라는 것이냐!"

"공작님, 제가 말씀드리고 싶은 것은 제국을 양분하는 대전이 벌어졌을 때의 참상이 너무나도 심각하며, 승자 또한 상처를 입을 것이 틀림없다는 사실입니다. 로엔그람 후작은 파괴 후 재생을 바라니 괜찮겠지만, 공작님께서는 체제를 유지할 의무가 있지 않습니까? 단순히 이기기만 한다고 될 일이 아닙니다."

"어디서 주제넘은 소리를 하느냐!"

터져 나온 노호에 페르너는 퇴실했으나, 그렇다고 해서 그가 자기 생각을 버린 것은 아니었다. 주군의 고집스러움과 어리석음을 경멸하면서도 슈트라이트처럼 그대로 물러나지는 않았다.

"이렇게 된 바에는 직접 해치울 수밖에. 로엔그람 후작을 죽이지 못한다면 놈의 누이 그뤼네발트 백작부인을 납치해 인질로 삼는 방법도 있다."

그는 직속 부하를 중심으로 300명의 병사와 총화기를 모아, 어느 날 밤 주군에게 비밀로 하고 라인하르트 관저를 습격하려 했다.

하지만 이 작전은 실패로 끝났다. 이미 무장한 병사 5000명을 직접 이끈 키르히아이스가 라인하르트와 안네로제가 사는 슈바르첸 관저를 엄중히 경비하고 있었기 때문이다. 기습할 틈은 조금도 없었다.

"과연 로엔그람 후작과 그의 심복이로군. 나 같은 자의 잔꾀가 통할

상대가 아니었어."

단념한 페르너는 그 자리에서 병력을 해산한 후 자신도 행방을 감추고 말았다. 무단으로 병사를 움직인 이상 브라운슈바이크 공작의 분노를 살 것이 명백했기 때문이다.

허무하게 맨손으로 돌아온 병사들의 입을 통해 사태의 추이를 들은 브라운슈바이크 공작은 당연히 격노했으며, 주제넘은 부하에게 벌을 내리겠노라 행방을 찾았다.

하지만 찾을 수 없었다.

"흥, 됐다. 어차피 우주 어디에도 숨을 곳이 없는 놈이니, 어디서 객사하고 말 게 분명하지. 내버려둬라."

페르너 따위의 행방을 찾는 것보다도, 사태가 갑작스럽게 진행된 만큼 오딘을 탈출해 자기 영지로 돌아가는 것이 급선무였다. 안스바흐 준장이라는 부하가 계획을 세웠다. 황제를 초청해 원유회를 연다고 소문을 퍼뜨리고 초대장까지 뿌린 후, 그 전날 밤 공작 자신과 가족, 그리고 소수 부하들만을 이끌고 탈출한 것이다.

이를 알아차린 라인하르트는 미리 짜놓은 계획을 실행할 시기가 온 것을 깨달았다.

라인하르트의 명령을 받은 비텐펠트는 무장한 병사 8000명을 이끌고 군무성 건물을 점거한 후 군무상서 에렌베르크 원수를 구금해 제국군 전체의 지휘문서 발송기능을 장악했다.

반라인하르트 파는 이미 대부분이 수도 오딘을 떠났으므로 비텐펠트에게 저항할 수 있는 자는 거의 없었다. 상서실 문 앞을 가로막던 대령한 사람이 비텐펠트의 총에 맞아 중상을 입은 것이 전부였다.

구식 외알 안경을 걸친 백발 원수는 큰 걸음으로 들어온 비텐펠트를 보고도 꿈쩍하지 않았다. 거만할 정도로 의연한 태도였다.

"벼락출세한 애송이가 감히 누구 허락을 받고 들어온 것이냐. 무엇을 바라고 쳐들어왔는지는 모르겠다만, 지켜야 할 예의범절을 배우지 못한 모양이로군."

냉소를 지으며 비텐펠트는 총을 거두고 공손하게 경례했다.

"실례했습니다. 원수 각하, 제가 바라는 것은 모든 사람이 시대가 변했다는 인식을 가지는 것입니다."

두 사람 사이에는 반세기의 나이 차이가 있었다. 노인은 전통을 짊어진 쪽, 청년은 전통을 파괴하려는 진영에 속해 있었다.

잠시 서로를 노려보는 가운데, 원수의 어깨가 늘어졌다.

이어서 통수본부도 무력으로 점거되었으며, 본부총장 슈타인호프 원수도 구금되었다.

이 무렵 행성 오딘의 대기권 밖 위성궤도는 키르히아이스 함대가 완전히 봉쇄했으며, 그보다 바깥쪽 공역에선 켐프와 로이엔탈의 함대가 임전태세를 갖추고 있었다.

오딘이 라인하르트 일파에게 제압당했다는 것을 깨달은 귀족들 가운데에는 탈출을 꾀한 자도 있었으나, 우주항으로 달려간 이들은 미터마이어 휘하 경비병들에게 구속당했다. 전용선으로 날아오른 자들도 키르히아이스의 감시망을 벗어날 수는 없었다. 키르히아이스는 사로잡힌 귀족들을 정중하게 대했으나, 그렇다고 귀족들의 패배감이 수그러드는 것은 아니었다.

마린도르프 백작의 저택에 달려와 보호를 청하고 라인하르트와 줄을

대 달라고 부탁한 몇몇은 가장 머리가 잘 돌아가는 부류에 속했다. 그들을 응대한 힐다는 명석하고도 자신감 넘치는 화법으로 그들의 신뢰를 따냈다. 억지로 받아들이는 것 같지 않으면서도 확실하게 은혜를 베푸는 데에 성공한 것이다.

도망치는 데 실패한 자들 가운데에는 브라운슈바이크 공작의 부하 슈트라이트 준장도 있었다. 주군이 몰래 오딘을 떠날 때 버림받았던 것이다. 브라운슈바이크 가문 사람들의 입장에서는 고의로 그랬다기보다는 단순히 잊어버린 것뿐이었지만.

체포된 슈트라이트는 전자석 수갑을 찬 채 라인하르트 앞으로 끌려나와 심문을 받았다.

"경은 브라운슈바이크 공작에게 나 라인하르트를 암살하도록 진언했다고 들었는데, 이것이 사실인가?"

"사실입니다."

체념한 것인지, 슈트라이트는 조금도 위축되지 않았다.

"왜 그런 생각을 했나?"

"당신을 방치해 둔다면 오늘과 같은 사태가 일어날 것이 분명했기 때문입니다. 제 주군께 결단력만 있었더라면 지금쯤 수갑을 차고 있는 것은 제가 아니라 당신이 되었겠지요. 브라운슈바이크 공작 가문만이 아니라 골덴바움 왕조에도 참으로 애석한 일입니다."

라인하르트는 화를 내지 않았다. 오히려 용기를 찬미하는 표정으로 상대를 바라보고 있었다. 이윽고 수갑을 풀어주라는 명령이 내려졌다.

통증이 남은 손목을 문지르면서 슈트라이트는 의아함을 감추지 못했다.

"죽이기 아까운 자로군. 통행허가증을 내줄 테니 브라운슈바이크 공작에게 가서 경의 충성을 다하도록 하라."

이 관대한 말에 돌아온 대답은 감사가 아니었다.

"주제넘은 청인 줄은 압니다만, 이대로 오딘에 머물 수 있도록 허락해 주셨으면 합니다."

"흠? 주군에게 가지 않겠단 말인가?"

"그렇습니다. 이유는……."

설명하는 슈트라이트의 목소리에는 씁쓸한 그늘이 있었다. 만약 자신이 무사히 오딘을 떠나 브라운슈바이크 공작에게 간다 해도 주군은 기뻐하지 않을 것이다. 오히려 자신을 의심하고, 라인하르트와 내통했기 때문에 풀려난 것이 틀림없다고 생각해 힐문할 것이다. 경우에 따라서는 투옥하거나 죽일 가능성마저 있다. 오딘을 탈출할 때 수많은 부하며 가신들을 내버려두었듯, 부하의 충성심을 경시하는 경향이 있기 때문이다.

"그런 분입니다. 절대로 어리석은 분은 아니지만……."

준장은 한숨을 섞어 말했다.

"알았다. 그러면 아예 내 부하가 되는 건 어떻겠나? 소장으로 진급시켜 주지."

"고마운 말씀입니다만, 오늘까지 섬기던 주군을 내일부터 적으로 돌릴 생각은 없습니다. 용서해 주십시오."

라인하르트는 고개를 끄덕이고 슈트라이트에게 증명서를 발급해 자유로이 풀어주었다.

한편 페르너 대령도 미처 도망치지 못했다. 평민 지구에 숨어 있던 그는 체포는 면했으나, 오도 가도 못하는 상태에 빠진 것은 변함이 없었다. 생각한 끝에 그는 스스로 헌병대에 출두해 라인하르트와 직접 만나 자기 운명을 개척하고자 했다.

그는 슈트라이트보다는 훨씬 맺고 끊는 것이 확실해서, 주군 브라운 슈바이크 공작은 가망이 없으니 부하로 삼아달라고 부탁했다. 자신이 병사를 움직여 무엇을 하려 했는지도 감추지 않았다.

"그렇다면 경의 충성심은 어떤 판단으로 경의 오랜 주군을 버릴 것을 허락했나?"

"충성심이라 함은 충성의 가치를 이해할 수 있는 인물에게 바쳐야 하는 것입니다. 사람을 보는 안목이 없는 주군에게 충성을 다하는 것은 보석을 진흙탕에 내버리는 것과 마찬가지. 사회에 대해서도 큰 손실이 아니겠습니까?"

"참으로 뻔뻔하군."

라인하르트는 어이가 없어 고개를 가로저었으나, 그렇게 말하는 페르너의 모습이 쾌활한 것이 마음에 들었는지 참모 중 하나로 삼았다. 이 정도로 넉살 좋은 성격이라면 냉철함이 얼음과도 같은 오베르슈타인 밑에서도 위축되지 않을 것이다. 오베르슈타인은 일부러 부하를 괴롭히는 자는 아니었으나, 지나치게 날카롭고 냉정한 탓에 젊은 참모들은 농담도 함부로 할 수 없는 분위기였던 것이다.

여기에 끼어든 페르너는 처음엔 백안시당했으나 금세 기반을 다져나갔다. 그는 자기 입장과 역할을 똑똑히 알고 있었다. 그는 해독제 역할을 맡아야 했던 것이다. 필요하다면, 그리고 생각만 있다면 극약도 될 수 있는 자였지만.

라인하르트는 우주함대 사령장관에 군무상서와 제국군 통수본부총장을 겸직해 전면적 군사 독재권을 손에 넣었다.

황제 에르빈 요제프 2세는 라인하르트에게 '제국군 최고사령관' 칭호를 내렸다. 물론 여섯 살 난 어린아이의 생각이 아니라 칭호를 받는 자의 생각이었다.

동시에 라인하르트에게 칙명이 내려졌다. 도당을 결성해 황제에게 반역을 꾀하는 브라운슈바이크 공작 이하 국적國賊들을 토벌하라는 내용이었다.

그것이 4월 6일의 일이었다. 이미 동맹에서 터져 나오기 시작한 이변의 속보는 라인하르트 곁에도 도달했다.

바야흐로 때는 무르익었다. 라인하르트는 키르히아이스와 한순간의 이별을 아쉬워하는 악수를 나누었다. 키르히아이스에게는 전군의 3분의 1을 이끌고 별동대가 되어 활동한다는 사명이 내려진 것이다.

"이제 얼마 안 남았어, 키르히아이스. 이제 곧 우주는 우리 것이 된다."

두려움을 모르는 표정이었다. 그 표정을, 그 눈동자를, 키르히아이스는 소년 시절부터 얼마나 소중하게 여겼는지 모른다.

제 3 장

양 함대 출동

I

자유행성동맹에 첫 일격이 떨어진 것은 3월 30일이었다. 양 웬리가 수도 하이네센을 떠난 후 얼마 지나지 않았을 때였다.

따라서 우주함대 사령장관 뷰코크 대장의 '쿠데타 계획 수사'도 진척될 틈이 없었다. 노제독은 대함대를 지휘 통솔하는 능력에서는 진가를 발휘했지만, 헌병이 하는 이런 종류의 일에는 원래부터 서툴기도 했다. 그래도 신중한 인선 끝에 수사팀을 편성하고 군의 치부를 스스로 들추는 첫걸음을 막 내디디려 하던 참이었다.

양이 뷰코크에게 제시한 사실은 논리적 사고의 예술이라 부를 만했으나, 명확한 물증이 있었던 것은 아니었다. 양 자신도 이를 잘 알고 있었으므로 뷰코크 외 다른 사람에게는 말하지 않았던 것이다.

"그 젊은 놈이, 나만큼은 절대로 그런 어리석은 짓에 가담하지 않으리라 믿었던 게지. 그렇다면 나도 그놈의 신뢰에 보답할 수밖에."

같은 군인이었던 아들을 전쟁으로 잃고, 손자도 없이 부인과 단둘이 살던 노제독은 양이나 율리안과 함께 먹었던 매점의 소박한 맛이 반가웠던 것이다. 물론 남에게는 절대 말하지 못할 일이지만.

그리고 3월이 끝날 무렵이었다.

뜻밖에도 화를 입은 것은 쿠브르슬리 대장이었다.

자유행성동맹군 통합작전본부장 쿠브르슬리 대장은 작년 말 그 자리에 올랐다. 그때까지 5년에 걸쳐 본부장 자리에 있었던 것은 시톨레 원수였으나 암릿처 성역의 역사적 대패에 책임을 지고 사임했다.

시톨레 자신은 이 무모한 출병에 반대하였으나, 제복군인의 일인자로서 책임을 면할 수는 없었다. 그는 현재 수도 하이네센을 떠나 고향 카시나 행성에서 과수원을 경영하고 있다.

그날. 쿠브르슬리 본부장은 하이네센 근린 성구의 군사시설을 시찰한 후 군용 우주항에서 통합작전본부로 전용차를 타고 돌아온 참이었다. 고급 부관과 다섯 명의 위병이 그를 따랐다.

그들이 로비에 들어서자, 면회인 대기석에서 일어나더니 다소 위태로운 걸음걸이로 다가오는 자가 있었다. 위병들은 긴장했으나, 아직 서른 살이 되지 않은 그 사내는 안색 나쁜 얼굴에 모양뿐인 웃음을 지으며 본부장에게 말을 걸었다.

"쿠브르슬리 제독님, 접니다. 포크입니다."

"……아니, 자네는 요양소에 있는 줄 알았는데?"

암릿처 회전에서 무모한 작전을 세웠던 장본인인 포크 준장은 전투 직전에 전환성 히스테리 발작을 일으켜 일시적으로 시력을 잃었으며, 패전 후에는 강제 예편과 함께 입원을 명령받았다. 사관학교를 수석으로 졸업한 젊은 엘리트에게는 견딜 수 없는 좌절이었으리라.

"요양소는 이미 나왔습니다. 오늘은 각하께 현역 복귀를 부탁드리러 온 것입니다."

"현역 복귀?"

쿠브르슬리는 고개를 갸웃했다. 사실 로비에서 말을 걸어 세워놓고 이야기를 하는 것은 매우 무례한 행위였으나, 쿠브르슬리는 포크와 면식도 있는 데다 부하에게 거드름을 피우는 성격이 아닌지라 상대의 이야기를 일일이 들어주고 있었다.

"의사는 뭐라고 하던가?"

"물론 완치됐다고 했습니다. 현역 복귀에는 아무런 지장도 없다고⋯⋯."

"그런가? 그렇다면 정식으로 수속을 밟게나. 의사의 진단서와 보증서를 첨부해, 국방위원회 인사부에 현역 복귀 신청서를 제출하게. 정식으로 통과된다면 귀관의 바람도 이루어질 걸세."

"그래서는 시간이 너무 많이 걸리지 않습니까. 저는 내일이라도 현역으로 복귀해 국가에 보탬이 되고 싶습니다."

"정식 수속이란 원래 시간이 걸리는 법일세, 준장."

"그러니 그걸 각하의 힘으로⋯⋯."

쿠브르슬리 대장의 안광이 한층 엄격해졌다.

"포크 예비역 준장. 자네는 무언가 오해를 하는 것 아닌가? 내 권한은 규칙을 지키도록 하기 위해 있는 것이지, 어기기 위해 있는 것이 아닐세. 자네에 관한 소문은 몇 차례 들었네. 자신을 특별하다고 믿는 경향이 있다던데. 내가 보기에는 아직 완치되었다고는 하기 힘들겠는걸."

포크의 얼굴이 굳어지며, 원래부터 핏기가 없었던 피부가 거의 흙빛이 되었다.

"우선 자네는 지켜야 할 규칙을 지키는 것부터 시작해야겠네. 그렇지 않고서는 원대복귀해도 동료들과 협력할 수 없겠군. 그래서야 자네에게도 주위에게도 불행한 결과만 낳을 뿐일세. 서운하게 생각하지 말고, 오늘은 물러나게."

전환성 히스테리라는 포크의 병명이 무엇을 뜻하는지, 쿠브르슬리는 정확하게 이해하지 못했다. 그것은 이기심이 완전히 충족되길 바라며

신경이 이상을 일으키는 것이다. 쿠브르슬리의 충고가 아무리 성실하며 도리에 맞는 것이라 해도 포크에게는 의미가 없었다. 그는 고대의 폭군과도 같이 오로지 '긍정과 동의'만을 탐냈다.

"각하!"

전속부관 위티 대령이 비명 섞인 경고성을 터뜨렸을 때, 포크의 손목에서 번뜩인 하얀 섬광이 소리도 없이 통합작전본부장의 오른쪽 옆구리를 꿰뚫었다.

쿠브르슬리 대장의 표정이 공백으로 물들고, 앞으로도 옆으로도 넉넉한 보통 키의 몸이 균형을 잃고 비틀거렸다. 이를 위티 대령이 떠받들었다.

포크 준장은 건장한 위병들에게 깔려 바닥에 짓눌렸다.

"의사를 불러!"

위티는 외쳤다. 분노한 나머지 위병들에게까지 고함을 질러댔다.

"뭣들 하나! 왜 발포하기 전에 붙잡지 못했나! 위병이 무엇 때문에 있는 거냐! 이 월급 도둑놈들!"

위병들은 송구스러운 나머지 구속한 포크를 필요 이상으로 구타했다.

포크의 흐트러진 머리가 땀에 젖어 이마에 들러붙었다. 그 안에서 초점을 잃은 눈이 잃어버린 미래를 집요하게 바라보고 있었다.

보고를 들은 뷰코크는 문자 그대로 의자에서 펄쩍 뛰어올랐다. 이런 형태로 기습을 받을 줄은 상상도 못했던 것이다. 물론 노제독은 이것이 완전히 독립된 일개 사건이라고는 생각하지 않았다.

"그래서, 본부장님의 용태는 어떤가?"

"예, 다행히 고비는 넘기셨습니다. 하지만 전치 3개월을 받고 당분간 절대 안정을 취하셔야 한다고 합니다."

"어이쿠……. 그건 그나마 다행이네만."

뷰코크는 중얼거렸다. 다소 뒷맛이 씁쓸했다. 암릿처 회전 때 포크의 무능함과 무책임함을 신랄하게 꾸짖어 발작을 유발시켰던 것은 그였다. 포크가 원한을 갚을 생각이었다면 쿠브르슬리가 아니라 뷰코크가 희생될 수도 있었다.

예비역 준장 포크가 통합작전본부장 쿠브르슬리를 기습해 부상을 입혔다는 뉴스는 행성 하이네센 전역을 놀라게 했으며, 이내 초광속통신을 타고 동맹 전역으로 퍼졌다. 군부 입장에서는 지극히 불명예스러운 일인지라, 제국처럼 이런 사건은 보도를 금지할 수 있으면 좋겠다는 위험한 발상을 품으며 아쉬워하는 자도 있었다.

아무튼 통합작전본부에는 임시 본부장이 필요했다. 누군가를 후임으로, 혹은 대리로 세워야만 한다.

제복군인의 일인자가 통합작전본부장이라면, 그다음은 우주함대 사령장관이다.

국방위원회로부터 본부장 임시 대행으로 취임해 달라는 연락을 받은 뷰코크는 즉시 이를 거절했다. 조직의 1, 2위 자리를 같은 인물이 겸하는 것은 독재 권력으로 가는 길을 열어주는 일이다. 그것이 노제독의 정론이었으나, 사실 그가 생각했던 것은 테러 대상을 분산할 필요성이었다.

테러 표적이 되는 것을 두려워할 뷰코크는 아니었다. 그러나 뷰코크에게 권력이 집중된 다음에 그가 테러로 쓰러진다면 우주함대 사령부와 통합작전본부 양대 조직이 우두머리를 잃고 기능이 마비될 것 아닌가.

하다못해 어느 한쪽이 살아 있어야만 동맹군 전체가 움직이지 못하는 일을 면할 것이다.

결국 본부장 대행으로 뽑힌 것은 본부차장 셋 중 최연장자인 도슨 대장이었다. 그 사실을 들은 뷰코크는 생각했다.

'이거 차라리 내가 하는 게 나았겠구먼.'

도슨은 성실하다기보다는 소심하고 신경질적인 자였다. 헌병대 사령관, 국방위원회 정보부장을 지냈는데, 언젠가 제1함대 후방주임참모를 맡았을 때는 식량 낭비를 경고한답시고 각 함정 조리실 쓰레기 통로를 뒤지고 다닌 끝에 감자가 수십 킬로그램이나 함부로 버려져 있었다느니 하는 내용을 발표해 병사들을 진절머리 치게 한 소인배였다. 사사로운 원한을 잊지 않는 인물이라는 평판도 있다. 사관학교 때 그보다도 석차가 1등 높았던 장교가 모종의 실수로 강등돼 그의 아래에 머물렀을 때는 그 장교를 한없이 들볶기도 했다.

어쨌든 인사는 결정이 났다.

그다음 날.

수도방위 사령부에 소속된 지하 기지 중 하나에서 사고가 발생했다. 정비 센터에서 낡은 행성간 미사일이 점검 도중 갑자기 폭발한 것이다.

원인은 절연 불량으로, 추진부 전류가 미사일 본체의 신관에 흘러들었기 때문이었다. 이것은 명백한 병기 제조 시스템의 약체화를 뜻하는 것이었으나, 세간에 충격을 준 것은 즉사한 정비병 14명 전원이 아직 10대인 소년병이라는 점이었다.

"인적자원이 이렇게나 고갈되었단 말인가!"

시민들은 오한을 느꼈다. 이유는 잘 알고 있다. 너무나도 오랜 전쟁

탓이다. 군대 안에서조차 제1선 외의 장소에서는 어른이 줄어들고 있었다.

의회의 반전파를 대표하는 제시카 에드워즈는 희생자에게 애도의 뜻을 표하고, 군부의 관리 능력 결핍을 비판한 후 전쟁을 계속하는 사회 전체를 탄핵했다.

"미래를 짊어진 소년들을 전쟁의 희생양으로 삼는 사회. 그런 사회에 과연 미래가 있겠습니까? 그런 사회가 정상이라고 할 수 있겠습니까? 우리는 광기의 꿈에서 깨어나, 지금 무엇이 가장 필요하고 실현 가능한가를 물어야만 합니다. 그 대답은 단 하나, 평화입니다."

뷰코크는 그 방송을 우주함대 사령부의 자기 집무실에서 보고 있었다. 부관 파이펠 소령이 씁쓸하게 혀를 찼다.

"우리가 얼마나 고생하는지도 모르고 하고 싶은 말만 하는군요, 저 여자는. 은하제국의 침략을 받으면 반전 평화도 언론의 자유도 없을 텐데, 참 태평하기 짝이 없죠."

"아닐세, 그녀의 말이 옳아."

노제독은 부관의 감정론을 다독였다.

"인간이 나이 순서대로 죽어가는 것이 제대로 굴러가는 사회란 걸세. 나 같은 노병이 살아남고 소년들이 죽는 사회는 어딘가 잘못된 게야. 아무도 그걸 지적하지 않는다면 잘못은 점점 더 커지지 않겠나. 그녀 같은 존재는 사회에 꼭 필요한 걸세. 하기야 저렇게 말을 잘하는 아가씨를 며느리로 삼기는 좀 그렇겠지만."

마지막 부분은 노제독다운 농담이었다.

뷰코크의 입장에서는 농담 한마디라도 던지지 않으면 견딜 수 없는 기분이었다. 그날 신임 통합작전본부장 대행에게 인사하러 방문한 뷰코크에게, 그보다도 열네 살 어린 도슨은 우스꽝스러울 정도로 어깨를 쫙 폈다. 그리고 굳이 할 필요도 없는 말을 높디높은 목소리로 역설했다.

"설혹 아무리 전력이 풍부하다 해도, 조직 질서를 지키기 위해 내 명령에는 고분고분 따르도록."

뷰코크는 하마터면 역정을 낼 뻔했다. 만약 노제독이 쿠데타 가능성과 대책에 대해 말했다면 소인배인 본부장 대행은 거품을 물고 쓰러졌을지도 모른다.

어둑한 실내에서 낮은 목소리로 대화가 오가고 있었다.

"포크 준장은 쿠브르슬리 본부장 암살에 실패했다. 본부장은 목숨을 건졌다고 한다."

"입만 산 놈이었군. 애초에 놈은 언제나 그랬지. 암릿처 때도……."

그 목소리에는 냉소와 실망이 복잡하게 얽혀 있었다. 동의하는 속삭임이 여기저기서 들려왔다.

"본부장은 중상을 입었으니, 통합작전본부의 기능을 약화시킨다는 당초 목적은 어느 정도 달성한 셈이지. 포크는 오히려 잘 해준 셈이네. 완전히 실패할 수도 있었으니."

"허나 놈이 우리 계획에 대해 발설할 우려는 없겠습니까? 사태가 사태인 만큼 헌병대도 위법행위를 각오하고 고문하거나 자백제를 투여할지도 모르는데."

"물론 그렇겠지만, 걱정할 필요 없다. 철저하게 심층암시를 걸었으니까. 모두 포크 혼자 생각하고 실행한 일이다. 누구의 명령도 지시도 받지 않은 것이다."

그것은 포크의 유아독존적 자의식을 만족하는 행위였으므로 당사자가 믿어 의심치 않도록 만들기는 매우 쉬웠다. 또한 그 믿음은 매우 깊었다. 인간의 심층의식까지 파고들어 분석하고 구체화하고 재구성하는 공상 속 장치라도 동원하지 않는 한 해명은 불가능할 것이다.

"포크는 정신병원에서 광인으로 평생을 마칠 것이다. 가엾긴 하지만 그보다도 가엾은 사람은 얼마든지 있지. 우리에게는 조국을 구하고 제국을 멸하고 전 우주에 정의를 펼칠 의무가 있다. 감상은 필요 없다."

자신을 타이르듯, 그 목소리는 무겁게 울려 퍼졌다.

"그보다 앞으로도 할 일이 남아 있다. 쿠브르슬리 본부장은 목숨은 건졌지만 앞으로 2, 3개월은 공인으로서 죽은 거나 마찬가지고, 대행인 도슨은 대장으로 승진한 것조차 의문스러운 사내라 사무능력은 모르겠지만 인망이 없지. 당분간 통합작전본부 운영은 혼란을 빚을 터……. 다시 말해, 결정을 연기할 이유는 무엇 하나 없다. 디데이에 대비해 모두들 준비에 소홀함이 없도록."

II

그해 3월 말부터 4월 전반에 걸쳐 자유행성동맹 130억 국민은 놀라움과 불안에 사로잡히는 뉴스를 잇달아 접하게 되었다.

3월 30일, 쿠브르슬리 통합작전본부장 암살 미수.

4월 3일, 행성 네프티스에서 군 일부가 무장봉기, 점거.

4월 5일, 행성 카퍼에서 무력반란.

4월 6일. 은하제국에서 대규모 내전 발발.

4월 8일. 행성 팔메렌드, 반란세력이 점거.

4월 10일. 행성 샴풀, 무장세력이 점령.

수도 하이네센을 떠난 곳에서 양은 이러한 사건들을 가만히 관찰하고 있었다.

쿠브르슬리 본부장 암살 미수까지는 생각하지 못했으나, 나머지는 거의 그의 예상대로 사태가 전개되고 있었다.

'이번에는 대체로 로엔그람 후작의 수를 읽었다고 자랑해도 좋으려나.'

하지만 라인하르트의 입장에서 보자면 이것은 일종의 예방조치에 불과했다. 실패한들 얼마든지 회복할 여지가 있다. 실행해서 손해 보진 않겠다는 정도의 가치밖에는 없었으리라.

그리고 그 '예방조치'에 동맹 전체가 휘둘리고 있다.

'로엔그람 후작이 용병 천재라고? 그 금발 젊은이는 병사 한 명도 동원하지 않고 동맹을 혼란에 빠뜨렸는데도?'

양은 어깨를 으쓱했다. 수를 읽었다고 해봤자 허무할 뿐이었다. 저지할 수도 없었거니와, 이것이 앞으로 어떤 전개를 보일지, 수도에서 쿠데타가 일어나리라는 것 외에는 예측도 할 수 없었다. 연출가와 각본가를 겸한 라인하르트 자신조차 이후 시나리오는 준비하지 않았을 것이다.

그렇다면 앞으로 전개는 주연 및 조연 배우들의 역량에 달려 있다.

양은 생각에 잠겼다. 주연은, 쿠데타 실행 주모자는 대체 누구란 말인가? 어차피 조만간 알게 되겠지만, 역시 마음에 걸렸다.

4월 13일이 되어서야 하이네센에서 초광속통신이 날아와 도슨 대장의 명령을 전했다.

『양 제독은 이제르론 주둔함대를 이끌고 네프티스, 카퍼, 팔메렌드, 샴풀의 반란군을 최대한 신속히 진압하라.』

"네 곳의 반란을 모두 말입니까?"

양도 놀랄 수밖에 없었다. 언젠가 출동 명령이 내려올 거라고는 예상했으나, 한 곳에 파견될 뿐 나머지 세 곳에는 수도 하이네센에 있는 함대가 동원되리라 생각했던 것이다.

"이제르론 요새를 오랫동안 비워야 하는데, 그래도 괜찮은 겁니까?"

못을 박아보았다.

『현재 제국은 대규모 내전이 벌어진 상태다. 큰 부대를 동원해 이제르론을 침공할 위험은 매우 적을 것이다. 양 사령관은 마음껏 군인으로서 책무를 다하기 바란다.』

양은 감탄했다. 그렇군. 이런 사고방식도 나올 수 있구나. 원인과 결과, 액션과 리액션이 멋지게 뒤집혔어. 그들은 아직 아무것도 모르겠지만.

갑자기 우스워졌다. 통합작전본부장 대행 도슨 대장은 용병가로서는 평범한 인물이지만, 의외로 그런 사람이 라인하르트의 의도에서 벗어나 행동할지도 모른다.

수도에 대부대가 머무르고 있다면 쿠데타를 꾀한 도당도 계획 실행에 차질을 빚을 것이다. 움직이려야 움직이지 못해 불발에 그칠 수도 있다. 물론 그렇게 되면 그들도 다른 방법을 강구하겠지만, 수도가 느슨해진 틈을 타 점령한다는 시도는 당분간 어려워지지 않을까.

물론 이것은 모두 결과론일 뿐이다. 도슨의 의도는 양과 부하들을 최대한 혹사시키려는 데 있을 것이다. 그 점은 알겠지만, 왜 그러는지는 이해할 수 없었다. 도슨은 사사로운 원한을 잊지 않는 인물이라던데, 양은 그와 대면한 적도 없었으며, 따라서 원한을 살 이유도 없지 않은가.

양의 의문을 풀어준 것은 율리안이었다. 소년의 입은 매우 무거웠기 때문에 양은 이따금 반쯤 혼잣말을 하듯 율리안에게 자기 생각을 들려주곤 했다.

양의 말을 들은 율리안은 키득키득 웃더니 말했다.

"그건 별것 아니네요. 그 도슨이라는 사람은 몇 살인가요?"

"40대 중반일걸?"

"제독님은 서른 살이시고요."

"응. 결국 서른이 되고 말았지."

"바로 그거예요. 그렇게 나이 차이가 많은데도, 계급은 똑같은 대장이잖아요. 뷰코크 제독님 같은 분이 아니고서야 질투하죠."

양은 머리를 긁적였다.

"그렇구나. 과연. 그건 나도 생각하지 못했다."

전장에서 적의 심리를 읽는 능력에서는 그 누구도 따라오지 못하는 양이지만, 율리안의 지적은 양의 맹점이었다.

작년 한 해 동안 양은 준장에서 대장까지 세 계급을 올라왔다. 당사자에게는 성가시기만 했지만 남에게는, 특히 지위와 계급을 절대시하는 자들에게는 선망과 질투의 대상임이 틀림없었다.

이러한 인간들은 언제나 자신과 다른 가치관이 존재한다는 것을 인정하지 않으므로, 양의 소원이 하루 빨리 퇴역해 연금으로 생활하면서 죽을 때까지 역사책이나 한 권 써보는 것이라 해도 믿어주지 않을 것이다.

'기적의 양'이라 불리는 자라면 네 곳의 반란을 모조리 혼자서 제압해봐라. 성공하면 그건 그거대로 좋은 일이고, 실패하면 무슨 조치든 내릴 수 있다. 그렇게 생각한 것이리라.

'실패하면 퇴역할 수 있을지도 모르겠는데.'

양이 그런 불순한 생각을 하고 있을 때 율리안이 말했다.

"네 곳을 모조리 하나하나 공격하면 시간과 수고가 너무 많이 들겠네요."

양이 고개를 크게 끄덕였다.

"지극히 동감이다. 게다가 그건 최대한 편하게 이기려는 내 사상과 어긋나거든. 만약 너라면 어떻게 **정리**하겠냐?"

율리안은 몸을 앞으로 내밀었다. 요즘 율리안은 용병에 대한 관심이 부쩍 늘었다.

"이러면 어떨까요? 네 곳의 적을 한자리에 모아서 한 번에 치는 거예요."

양은 검은 군용 베레모를 벗어 가볍게 얼굴에 놓았다.

"좋은 아이디어지만, 문제가 두 가지 있구나. 하나는 네 곳의 적을 한 곳으로 모을 방법. 적은 정부군 병력을 분산할 목적으로 동시에 반란을 일으킨 거니까, 그 유리함을 스스로 포기하지는 않을 것 같거든. 그들이 병력을 집중하면 우리도 집중하는 게 도리잖니?"

베레모를 다시 머리에 썼다.

"또 한 가지 문제. 적을 한곳에 모은다는 것은 상대에게 병력을 집중하지 않고 각개격파해야 한다는 용병학 근본에 위배되는 일이지."

"안 되려나요?"

율리안은 유감스러워했다. 소년은 나름 뇌세포를 최대한 가동한 모양이었다.

양은 미소를 지었다.

"아이디어는 좋았어. 응용을 생각해 보자. 그래…… 어떻게 끌어들일지는 차치하고서라도."

그는 잠시 생각에 잠긴 후 말했다.

"적을 거점에서 이끌어낸다, 이건 좋아. 하지만 한곳에 모이기를 기다릴 필요는 없다는 뜻이지. 적이 모여들려 하는 루트를 미리 계산해 각개격파하는 거야. 이럴 경우 적과 아군의 총병력이 거의 같다면 우리는 2개 함대로 나뉘어 한쪽으로 적의 A, B 함대를, 나머지로 C, D 함대를 시차를 두고 치는 거지. 두 배 병력으로 적을 치게 되니 승리할 확률은 매우 높아."

율리안은 열심히 고개를 끄덕였다.

"다른 방법도 있어. 우리 함대는 한꺼번에 행동하는 거지. A, B 함대를 각개격파한 후, 적의 집결지점으로 향해 C, D 함대와 상대한다. 이때 트릭을 써서 상대에게 아군과 적을 오인시키거나 함대를 양분해 협공할 수 있다면 효과는 훨씬 커질 거다. 이 방법이라면 처음에는 적의 네 배, 다음에는 두 배 병력으로 적과 싸우게 되니 역시 승률은 높지."

소년은 감탄했으나, 한편으로는 자신이 한심하기도 했다. 양 제독의 지략은 샘처럼 솟아나온다. 그에 비해 자신은 양 제독이 열다섯 살이었을 때의 발밑에도 미치지 못할 것이다. 조금이라도 좋으니 지금보다 나아져서 이 사람을 도와주고 싶은데도.

율리안은 양의 피보호자라는 입장에 안주할 마음은 없었다. 대등한 파트너가 된다는 가당찮은 바람까지는 품지 않았지만, 어떻게든 양에게 둘도 없는 존재가 되고 싶었던 것이다.

"하지만 솔직히 말해, 이번엔 양쪽 다 쓰고 싶지 않구나. 원래는 같은 동맹군이잖아. 싸워서 이겨봤자 상처만 남을 뿐이니까."

"정말로 그래요."

"그러니까 싸우지 않고 항복시킬 방법을 생각해 보자꾸나. 사실 그게 제일 편하고."

"병사들은 편하겠지만 사령관은 고생하는군요."

"오, 너도 이젠 뭘 좀 아는구나."

양은 웃었으나, 그 웃음은 그리 오래가지 않았다.

"하지만 세상의 절반 이상은 병사를 많이 죽게 하는 사령관일수록 고생한다고 생각한단다."

양 웬리는 그 지위를 편하게 얻었다고 말하는 목소리가 그 자신의 귀에도 들어오고 있었다. 그 목소리의 원천은 하나가 아닌 것 같았지만, 도슨도 그 목소리를 퍼뜨리는 데 힘을 보태고 있을지도 모른다.

아무튼 양이 그 무책임한 목소리를 좀 더 의식에 담아두었더라면 도슨의 명령 밑바닥에 깔린 저의를 율리안보다도 먼저 깨달았을지도 모른다.

III

참모들을 회의실로 부른 양은 도슨 대장의 명령을 전달했다.

"네 곳의 반란을 모두 우리끼리 진압하라, 그겁니까?"

피셔, 카젤느, 쉰코프, 무라이, 파트리체프 같은 양의 참모들도 한 방 맞은 표정이었다. 개중에서 가장 먼저 평정을 회복한 것은 쉰코프였다.

"수도 병력을 남겨두고 우리를 혹사시키겠다는 거군요."

양과 같은 통찰이었으며, 그 이유에 대해서도 정확히 파악하고 있었다. 쉰코프는 양을 쳐다보며 씨익 웃었다.

"질투를 사고 계시나 봅니다."

양은 대답이 궁색했다. 율리안과 쉰코프가 날카롭다기보다는 양이 둔하다고 해야 하리라.

"아무튼 통합작전본부의 명령이라면 어쩔 수 없겠군요……. 이제르론에서 가장 가까운 곳은 샴풀입니다만, 여기부터 시작할까요?"

무라이가 3차원 디스플레이 스위치에 손을 뻗었을 때 부저가 울리더니 벽 스크린에 통신장교의 모습이 비쳤다.

양은 통신장교의 스카프에 커다란 얼룩이 묻어 있는 것을 보았다. 커피라도 마시다가 놀란 나머지 컵을 뒤집어버린 모양이었다.

『수도에서 이변이 발생했습니다. 지금 놀라운 정보가……!』

"무슨 이변인가?"

무라이가 책망하듯 묻자, 장교는 침을 삼키는 소리를 내더니 목소리를 쥐어짜냈다.

『쿠, 쿠데타입니다.』

양을 제외한 전원이 숨을 삼켰다. 파트리체프는 거구를 출렁이며 벌떡 일어날 정도였다.

화면이 바뀌더니 수도의 초광속통신 센터가 나타났다. 하지만 웃음을 지은, 최소한 웃음을 짓는 척하는 아나운서의 얼굴이 아니라 장년의 군인이 오만한 모습으로 방송석에 앉아 있었다.

『반복한다. 우리는 이 자리에 선언한다. 우주력 797년 4월 13일, 자유행성동맹 구국군사회의救國軍事會議는 수도 하이네센을 실효적 지배하에 두었다. 동맹헌장은 정지되고, 구국군사회의의 결정과 지시가 모든 법에 우선한다.』

이제르론의 고급 장교들은 얼굴을 마주 보았다. 그리고 일제히 젊은 흑발의 사령관을 쳐다보았다.

양은 잠자코 화면을 바라볼 뿐이었다. 참모들에게는 그 모습이 매우 냉정하게 비춰졌다.

결국 도슨 대장의 의도는 쿠데타 일파의 계획을 변경할 힘을 지니지 못한 모양이었다. 그렇다기보다는 그들의 행동이 신속했다고 해야 할까. 아니면 도슨의 반응이 그들의 기대보다도 훨씬 둔했거나. 아마도 양쪽 모두이리라.

"구국군사회의라……."

중얼거린 양의 어조는 매우 우호적이지 못했다. 그는 구국이니 애국이니 우국이니 하는 **거창한** 단어에서 아름다움이나 성실함을 느낀 적이 없었다. 그런 말을 부끄러운 줄도 모르고 큰 소리로 지껄여대는 자들일수록 꼭 안전한 곳에서 편안하고 안락한 생활을 보내는 것은 어떻게 된 노릇일까.

마침내 동맹헌장을 대신한다는 구국군사회의 포고령이 공표되었다. 그것은 다음과 같은 내용이었다.

1. 은하제국 타도라는 숭고한 목적을 지향하는 거국일치擧國一致 체제

를 확립한다.

2. 국익에 반하는 정치 활동 및 언론을 질서에 따라 통제한다.

3. 군인에게 사법경찰권을 부여한다.

4. 전국에 무기한 계엄령을 선포한다. 또한 이에 따라 모든 데모 및 파업을 금지한다.

5. 항성간 수송 및 통신을 전면 국영화한다. 또한 이에 따라 모든 우주항을 군부의 관리하에 둔다.

6. 반전, 반군 사상을 가진 자를 공직에서 추방한다.

7. 의회를 정지한다.

8. 양심적 병역거부를 처벌 대상으로 삼는다.

9. 정치가 및 공무원의 비리에 엄벌로 대응한다. 악질적일 경우 사형을 적용한다.

10. 유해한 오락을 추방하고 건전한 미풍양속을 회복한다.

11. 필요를 넘어선 약자 구제 제도를 폐지해 사회 약체화를 방지한다.

"어이쿠야, 이건 무슨."

화면을 바라보던 양은 어이가 없어졌다. 구국군사회의라는 자들이 요구하는 내용이란 반동적 군국주의 체제 그 자체였다. 그리고 그것은 5세기 전에 루돌프 폰 골덴바움이 주장한 것과 거의 다를 바가 없었다.

인류에게 지난 500년은 대체 뭐였단 말인가. 인류는 루돌프라는 교재로 무엇을 배웠단 말인가. 구국군사회의는 루돌프가 낳은 제국을 타도하기 위해서라는 명분을 내세우면서 루돌프의 시체에 다시 생명을 불어넣으려 하고 있었다.

양은 웃었다. 웃지 않을 수 없었다. 이것은 엄청난 희극, 그것도 추악하기 이를 데 없는 희극이었다.

하지만 희극으로 시작한 이 1막은 희극으로 끝나지는 않았다.

『시민 및 동맹군 제형에게 구국군사회의 의장을 소개한다.』

그 이름이 발표된 순간, 실내 공기는 무거운 유동물로 변해버린 것 같았다.

양은 통신 스크린에 등장한 중년 남성을 잘 알고 있었다. 백발 섞인 갈색 머리, 말랐지만 단정한 얼굴. 양은 이 인물과 몇 번이나 이야기를 나누었으며, 함께 식사를 한 적도 있다. 그에게는 딸이 있으며, 그녀는……

낮은 외침 소리에 양은 고개를 돌렸다.

부관인 프레데리카 그린힐 대위가 창백한 얼굴로 그의 뒤에 서 있었다.

개암색 눈동자가 더할 나위 없을 정도로 크게 뜨인 채 스크린을 보고 있었다.

스크린에 비친 그녀의 아버지, 드와이트 그린힐 대장의 얼굴을.

IV

페잔 자치령.

은하제국과 자유행성동맹의 중간지점, 이른바 '페잔 회랑'에 위치한 상업교역국가. 본성과 인공 식민지에 20억 인구를 가졌으며, 그 부는 제국과 동맹에 육박한다고 한다.

지금 페잔의 정보수집 시스템은 전력을 다해 돌아가고 있었다. 모여

든 정보는 각 부처 비서실을 거쳐 국가원수인 란데스헤르 루빈스키에게 올라간다. 이에 따라 '폐잔의 검은 여우' 루빈스키는 자리에 앉아서도 쿠데타 발생 상황을 알 수 있었다.

그날, 4월 13일.

우주함대 사령장관 뷰코크 대장은 집무실에서 국방위원회 사열부장 그린힐 대장의 연락을 받았다.

『오늘 수도에서 지상전투 부대의 대규모 훈련을 실시합니다. 원래부터 연초로 예정을 잡았던 것이므로 각 부서에서는 이에 괘념치 말고 평상시와 같이 업무를 수행하기 바랍니다. 변경에서 발생한 일련의 사태를 보더라도 이번 훈련의 의미는 매우 크며……』

그 연락은 거의 모든 군 수뇌부에 전해졌으며, 방송을 통해 시민들에게도 고지되었다.

그러므로 완전무장한 병사가 시가지를 집단으로 행동하는 것을 보고도 의심하는 자는 적었다. 수상하게 여긴 사람이 헌병이나 경찰에 신고해도 "훈련입니다." 한마디로 넘어갔다. 사열부장이라는 최고 간부 이름으로 내려진 사항이라서 전문가일수록 그대로 믿었던 것이다.

뷰코크조차 변경의 잇단 반란에 대비해 임전상태인 우주함대 감독에 바쁘기도 해서 깊이 생각하려 하지 않았다. 여기에는 설마 우주함대 주력이 수도에 있는 동안 쿠데타가 일어날 리 있겠느냐는 생각도 있었다.

그러나 정오, 노제독은 총부리를 들이대는 병사들에게 이끌려 쿠데타 주모자들과 얼굴을 마주하게 되었다.

사열부장 그린힐 대장에, 정보부장 브론즈 중장. 이만한 고관들이 참가했다는 사실은 노제독의 상상을 넘어선 것이었다.

"그랬군. 징보부와 사열부도 이미 타락했나?"

뷰코크는 콧방귀를 뀌었다. 사열부의 임무는 국내에서 전투 외 훈련, 구조, 이동과 같은 활동을 관리하고 운영하는 것이다. 따라서 사열부장이 쿠데타 계획의 일원이라면 봉기를 위해 부대를 이동하는 것도 쉬웠을 터.

자신을 에워싼 여러 명의 사내들 가운데에서 시큼한 알코올 냄새가 풍겨났다. 백발 사령장관은 그 냄새의 원천을 향해 신랄한 안광을 보냈다.

"흠, 기억이 나는군. 몇 년쯤 전에 엘 파실 성계에서 제국군 포로가 되었던 린치 소장 아닌가."

린치는 탁한 웃음소리로 대답했다.

"기억해 주시다니, 황송무지하군요."

"잊어버리고 싶었지만 그렇게도 안 되더군. 민간인을 보호할 의무도, 부하에 대한 책임도 내팽개치고 자기 혼자 살려 했던 유명인이니 말일세."

린치가 그 말에 상처를 입은 것 같지는 않았다. 그는 얄팍한 웃음을 지은 채 노제독의 말을 흘려듣더니 마치 과시하듯 조그만 위스키 병을 꺼내 뚜껑을 따고 한 모금 마셨다. 주위에 있던 금욕적인 장교들은 눈살을 찡그렸다. 린치가 동지들의 경애를 받지 못한다는 사실은 명백했으나, 그런 사내를 왜 동지로 받아들였는지 노제독은 이유를 알 수 없었다.

뷰코크는 새삼 그린힐을 쳐다보았다.

"귀관은 군부 내에서도 이성과 양식이 풍부한 인물이라고 생각했는데. 내 착각이었나?"

"면목 없습니다."

"아무래도 내 과대평가였나 보군. 이렇게 경솔한 행위에 가담할 줄이야, 이성도 양식도 푹 꿇아떨어진 모양이지?"

"심사숙고해 행동한 것입니다. 생각해 보십시오, 제독님. 지금의 정치가 얼마나 부패하고, 사회가 얼마나 정체 상태에 빠졌는가를. 민주주의의 미명 아래 중우정치가 횡행해 자정능력은 찾아볼 수도 없지 않습니까? 달리 그 어떤 방법으로 이를 숙청하고 개혁할 수 있겠습니까?"

"하긴. 분명 지금 체제는 부패하고 정체 상태에 빠졌지. 하지만 그렇기 때문에 무력으로 쓰러뜨려야 한다는 말인가? 그럼 어디 묻겠네만, 무력을 가진 귀관들이 부패한다면 그 누가, 무슨 방법으로 그걸 숙청하지?"

뷰코크의 어조는 날카로웠으며, 그린힐은 눈에 띄게 움츠러들었다. 하지만 다른 목소리가 끼어들어 단언했다.

"우리는 부패하지 않습니다! 우리에겐 이상이 있습니다. 수치가 무엇인지도 압니다. 지금의 위정자들처럼 민주주의의 미명 아래 사리사욕을 채우고, 권력만을 얻기 위해 유권자와 영합하고 자본가와 결탁하고, 나아가서는 제국 타도의 대의를 소홀히 하는 일은 절대로 없을 것입니다. 우리는 오로지 구국의 정열이 명하는 대로 어쩔 수 없이 일어난 것뿐입니다. 부패는 사리사욕에서 나오는 법. 우리가 부패하는 일은 절대 없을 것입니다."

"과연 그럴까? 구국이니 대의니 정열이니 하는 미명 아래 무법 권력 탈취를 정당화하려는 것으로밖에 안 보이네만."

노제독의 독설은 장교들의 자존심을 깊고 날카롭게 도려냈다. 거친 목소리가 터져 나왔다.

"뷰코크 제독님! 우리는 가능한 신사적으로 행동하고 싶습니다. 하지만 말씀이 지나치시면 저희도 생각을 바꿀 수밖에 없습니다."

"신사적이라고?"

한껏 비꼬는 웃음소리가 실내에 울려 퍼졌다.

"인류가 지상을 기어 다니기 시작한 무렵부터 오늘에 이르기까지 폭력으로 규칙을 깨려는 놈들을 신사라고 부른 적은 없었다. 정 그렇게 불리고 싶다면, 기왕 손에 넣은 권력을 동원해 잊어버리기 전에 새로 사전을 만드는 게 어떻겠나?"

장교들 사이에서 노기의 아지랑이가 피어올랐다. 그린힐은 눈짓으로 그들의 격발을 저지했다.

"아무리 대화를 나누어도 접점을 찾을 수 있을 것 같지 않군요. 저희는 그저 역사에 판단을 물을 뿐입니다."

"역사는 귀관에게 아무 대답도 없을지도 몰라, 그린힐 대장."

그 목소리에 구국군사회의 의장은 눈을 돌렸다.

"별실로 모셔라. 예의에 어긋나지 않도록."

그때 이미 수도 하이네센의 요충지는 쿠데타 부대에 의해 장악당하고 있었다.

통합작전본부, 기술과학본부, 우주방위관제 사령부 등 군사 중추는 물론, 최고평의회 건물이며 항성간 통신 센터도 거의 유혈을 뿌리지 않고 쿠데타 부대의 수중에 들어갔다. 통합작전본부장 대행 도슨 대장도 감금되었다.

하지만 습격의 최대 목표였던 최고평의회 의장 트뤼니히트의 모습은 관저에 없었다. 아마도 긴급용 비밀통로를 통해 지하로 숨어든 것으로 보였다.

V

운명이라는 것이 늙은 마녀처럼 심술궂다는 것을 양은 충분히 이해하고 있다고 생각했다.

그것이 '생각'에 불과했다는 것을 양은 뼈저리게 깨달았다. 만약 운명에 인격이 있다면 '이렇게까지 심술궂을 필요는 없지 않느냐'고 불평 한마디 해주고 싶을 정도였다. 물론 그런 일은 불가능하다. 운명이란 우연과 무수한 개인의 의사가 집적된 것이며, 초월적인 존재는 아니기 때문에.

아무튼 트뤼니히트 같은 사내의 권력을 지켜주기 위해 그는 부관 프레데리카 그린힐의 아버지와 싸워야 하는 것이다!

개인실 안을 몇십 바퀴나 돌았는지 기억나지 않았다. 정신을 차리고 보니 율리안 민츠가 벽쪽에 선 채 가만히 양을 바라보고 있었다. 그 암갈색 눈에 걱정의 빛이 보였다. 양에게 도움이 되지 못하는 것을 소년은 안타깝게 생각하고 있다. 결단은 양 한 사람의 책임이며, 그것을 덜어줄 수 있는 사람은 세상에 존재하지 않는 것이다.

"율리안, 브랜디 한 잔만 다오. 그리고 간부들을 15분 후에 회의실로 소집해 주겠니?"

"예, 즉시 시행하겠습니다."

"그리고 그린힐 대위를 급히 불러다오."

소년은 뛰어나갔다.

결단을 내리고 싶지 않을 때 내리지 않아도 된다면 인생은 장밋빛으로 가득할 것이다. 그렇지 못한 것이 인생의 맛이라고 옛 성현은 말했지만, 그렇다 쳐도 이번에는 양념이 과한 것 같았다.

2분 후, 프레데리카 그린힐이 모습을 나타냈다. 표정은 침착했지만 안색이 나쁜 것은 감출 수가 없었다.

양은 자신의 처지에 대해서는 어느 정도 체념하고 있었다. 열여섯 살 때 아버지를 잃은 그는 공짜로 역사를 배울 수 있는 학교를 찾아 사관학교 전쟁사 연구과에 입학했다. 군인 따위 될 생각은 추호도 없었다. 그 불순한 선택의 응보가 돌고 돌아 눈앞에 떨어진 것이라는 생각도 들었다.

하지만 프레데리카의 처지는 신의 부조리함을 증명하는 것 같았다. 친아버지와 적과 아군으로 갈라져 싸워야만 하는 것이다. 스물세 살의 젊은 여성에게는 너무나도 가혹한 상황이다.

"그린힐 대위, 부름 받고 왔습니다."

"……어, 응. 잘 있었나?"

그만 바보 같은 소리를 했다. 프레데리카도 대답하기 난감했으리라.

"……무슨 용건이십니까?"

"……응. 참모들을 소집해서, 다시 회의를 시작할 생각인데. 그 준비랑, 기기 조작을 부탁하고 싶어서."

프레데리카는 의외라는 표정을 지었다.

"저는…… 아니, 소관은 부관에서 해임되는 것이 아닌가 생각했습니다. 그럴 각오로 찾아왔습니다만……."

"그만두고 싶나?"

이때 양의 말투는 오히려 매정했다.

"아니요, 그래도……."

"자네가 없으면 안 돼. 난 배우는 것도 느리고, 기계에도 약하고, 유능한 부관이 필요하니까."

"……예, 앞으로도 맡은 바 소임을 다하겠습니다."

사무적인 표정 아래, 한순간이지만 눈물 섞인 웃음의 물결이 스치고 지나갔다.

"고마워. 그럼 먼저 회의실로 가 주게."

다른 말을 할 수도 있었겠지만, 양에게는 그것이 고작이었다.

통로로 나가자 쇤코프 준장과 맞닥뜨렸다. 제국 출신의 준장은 경례를 하더니 상관에게 웃음을 지었다.

"미스 그린힐의 **모가지**는 무사한가 보군요."

"당연하잖나. 그녀보다 유능한 인재를 찾지 못하는 한."

"솔직하지 못하시긴."

무례한 소리를 다 한다.

"그게 무슨 뜻인가?"

"뭐, 여러 가지 뜻이죠……. 그녀는 각하를 어떻게 생각할지 그런 생각들을 좀 해서 말입니다. 음, 부하로서."

"자네는 어떻게 생각하나?"

양은 서툴게 회피를 시도했다.

"글쎄요. 저도 사실은 잘 모르겠습니다. 양 웬리는 모순 덩어리니까 말입니다."

뜻밖이라는 표정을 짓는 상관을 쉔코프는 키득거리는 얼굴로 마주 보았다.

"왜 그러냐면, 우선 각하만큼 전쟁의 어리석음을 싫어하는 사람도 없지만 동시에 각하만 한 전쟁의 달인도 없으니까요. 안 그렇습니까?"

"로엔그람 후작이 있잖나."

"한번 붙여보면 재미있겠군요."

얼토당토않은 소리를 태연하게 주워섬기는 구舊제국인이었다.

"똑같은 조건에서 병사를 움직인다면 아마 각하가 이길 거라고 생각하는데 말입니다."

"그런 가정은 무의미한데."

"그건 저도 압니다."

전술이란 전장에서 승리를 얻기 위해 병사를 움직이는 기술이다. 전략이란 전술을 가장 유효하게 살리기 위한 조건을 갖추는 기술이다. 따라서 쉔코프가 한 말은 전쟁에서 전략의 요인을 무시한 가정일 뿐, 현실에서는 의미가 없다.

"그럼 다음으로 넘어가죠. 현재 자유행성동맹 권력체제가 능력 면에서나 도덕 면에서나 얼마나 **개판**인지, 각하는 뼈저리게 알고 있을 겁니다. 그런데도 최선을 다해 이를 구하려 하죠. 이것도 큰 모순이로군요."

"나는 베스트best보다 베터better를 선택하고 싶은 거야. 현재의 동맹 권력체제가 **개판**이란 건 분명 사실이지. 하지만 구국군사회의인지 하는 자들의 슬로건을 자네도 보았겠지. 그자들은 지금 정치가들보다도 끔찍해."

"제 생각을 말해볼까요?"

쉰코프의 눈에 기묘한 빛이 어려 있었다.

"구국군사회의라는 어릿광대들이 지금 권력자들을 쓸어버리게 놔두는 겁니다. 완전히, 철저하게 말입니다. 하지만 그다음엔 언젠가 바닥을 드러내 사태를 수습하지 못할 날이 올 테지요. 그때 각하가 쳐들어가서 청소부들을 쫓아내고 민주주의의 회복자로서 권력을 잡아버리는 겁니다. 그거야말로 베터 아닐까요?"

이제르론 요새의 젊은 사령관은 기가 막혀 아무 말도 하지 못한 채 부하를 쳐다보았다. 쉰코프는 이젠 웃지도 않고 있었다.

"어떻습니까? 형식은 상관없으니, 독재자가 되어 민주정치를 실천을 지키는 것은."

"독재자 양 웬리라. 아무리 생각해도 안 어울리는데."

"애초에 군인이란 게 각하하곤 안 어울리지 않습니까? 그래도 더할 나위 없이 잘 해나가고 있지요. 독재자도 의외로 잘 해낼지 모릅니다."

"쉰코프 준장."

"왜 그러십니까?"

"나 말고 다른 사람에게 자네 생각을 말한 적이 있나?"

"그럴 리가요."

"그렇다면 다행이고……."

그 말만을 하고 양은 쉰코프에게 등을 돌렸다.

대여섯 걸음 떨어져 따라가면서 쉰코프는 미소를 지었다. 자신만큼 부하가 막말을 하도록 내버려두는 고급 군인은 없다는 사실을 과연 알고 있을까? 쇤코프의 상관 노릇을 한다는 것은 매우 힘든 일이다.

이제르론에는 수많은 민간인이 살고 있다. 쿠데타와 그에 따른 내전
은 그들을 불안케 했다. 그중 한 사람이 양의 볼일로 민간인 거주구역에
외출을 나온 율리안을 발견하고는 과연 승산이 있는 거냐고 물었다.

소년은 상대의 얼굴을 바라보더니, 걱정하는 그를 달래듯 당당하게
대답했다.

"양 웬리 제독님은 승산 없는 싸움은 하지 않습니다."

이 대화는 눈 깜짝할 사이에 온 이제르론에 퍼졌다. 양 제독은 승산
없는 싸움은 하지 않는다. 분명히 그는 항상 승리를 거둔 사나이다. 이
번에도 반드시 이길 것이다. 민간인들의 불안은 적어도 표면에서는 가
라앉았다.

훗날 이 이야기를 들은 양은 율리안에게 사실을 확인한 후 놀리듯 말
했다.

"네게 공보관 재능이 있는 줄은 몰랐다."

"하지만 제가 말한 건 허풍이 아니라 사실인걸요. 안 그런가요, 각하?"

그의 보호자가 살짝 표정을 흐리는 것처럼 보였다.

"응, 맞아. 이번에는. 앞으로도 계속 그렇다면 좋겠다만……."

단좌식 전투정 스파르타니안을 조종하는 연습을 위해 율리안이 나간
후, 양은 쇤코프 준장을 불렀다.

양은 휘하 함대를 자신이 직접 지휘하는 고속기동부대와, 보급 및 방
어화력 기능을 중심으로 한 후방지원부대로 나누어 편성할 생각이었다.
다만 쇤코프를 어느 쪽에 배속할지를 결정하지 못했다. 그 일에 관해 상

담한 후, 결국 양 곁에 참모로 두기로 확정했다.

검사검사 율리안에 대해 물어보았다. 쇤코프는 율리안의 사격 및 백병전 기술 교사이기도 하기 때문이다.

"한 명의 전사로서는 훌륭하게 제 몫을 다할 겁니다. 각하보다도 훨씬 도움이 되겠지요."

쇤코프는 이럴 때도 봐주는 법이 없다.

"하지만 각하께서 율리안에게 바라시는 건 그런 차원의 문제가 아니잖습니까?"

양의 대답은 반쯤 혼잣말에 가까웠다.

"……인간의 능력에는 한계가 있지만, 그래도 자기 기량 범위 내에서 운명을 움직일 수는 있지. 율리안은 가급적 큰 범위에서 운명을 움직였으면…… 실제로 그렇지는 않더라도, 그럴 가능성을 가져줬으면 하거든."

"그럼, 각하는요?"

"난 글러먹었지. 자유행성동맹에 너무 발을 깊이 담갔거든. 월급을 주는 상대에게도 나름 의리를 지켜야 하지 않겠나?"

쇤코프는 그 대답을 완전히 농담이라고는 생각하지 않은 모양이었다.

"알겠습니다. 율리안을 정식 군인으로 만들지 않으시는 데는 그런 이유가 있었군요. 자유행성동맹에 의리를 느낄 필요가 없도록."

"그 정도까지 생각했던 건 아니지만……."

양은 두세 차례 고개를 가로저었다. 그는 언제나 깊고 넓게 생각해 행동하는 것은 아니지만, 남들에겐 그렇게 보이지 않는 모양이었다. 그것이 유리하게 작용할지 어떨지 양은 잘 알지 못했다.

수도 하이네센의 동맹군 통합작전본부는 구국군사회의 본거지로 탈바꿈했다. 지하회의실에 간부들이 모여 있었다.

"양 웬리는 구국군사회의에 참가할 것을 거부했다."

그린힐 대장이 말하자 참석자들 사이에서 가벼운 술렁임이 일어났다.

"그러면 싸울 수밖에 없겠군요."

"'기적의 양'의 실력을 한번 보는 것도 좋겠지. 과연 실력이 소문만큼 대단한지 어떤지."

자신만만한 목소리는 어쩌면 자신들의 불안을 불식하기 위한 것이었을지도 모른다.

그린힐 대장은 그들이 만들어낸 열기에 동조하지 않았다.

딸에게 용서를 빌 생각은 없었다. 용서해줄 리가 없다. 자신은 신념에 따라 행동하고 있다. 군부가 재건하지 않는다면 조국은 부패 끝에 붕괴할 것이다. 그것을 양이 이해해주지 않는다면, 싸울 수밖에 없다. 결심은 쉽지 않았으나 한번 정해진 의지는 흔들림이 없었다.

"루글랑주 제독."

호명하자 백금발의 짧은 머리와 각진 턱을 가진 중년 사내가 일어났다.

"귀관이 제11함대를 이끌고 이제르론으로 가 양과 싸워 주었으면 하네."

"알겠습니다. ……하지만, 따님은……?"

프레데리카 그린힐이 양의 부관이라는 것은 모두가 다 아는 사실이다.

"그게 무슨 문제가 된단 말인가!"

그린힐은 강하게 말하고 감정을 억제하며 덧붙였다.

"이 계획을 세울 때부터 딸에 대해서는 포기했네. 게다가 양도 아마

딸을 해임하고 이제르론에 연금했겠지. 고려할 필요도 없네."

"알겠습니다. 그렇다면 반드시 양을 물리치거나 항복시키도록 하겠습니다."

동맹군 우주함대에서 제11함대는 손실을 입은 적이 없는 희귀한 존재였다. 그런 제11함대가 쿠데타에 가담해, 상처 없는 강대한 병력을 일으켜 양의 진로를 가로막으려 하는 것이었다.

4월 20일, 양은 카젤느를 요새 사령관 임시 대리로 임명하고 전 함대에 출동을 명했다. 목적지를 묻자, 그는 대답했다.

"마지막엔 하이네센으로."

제 4장

유혈의 우주

I

라인하르트가 기함 브륀힐트에 승함하기 직전, 군무성 서기관이 헐레벌떡 달려왔다.

"무슨 일인가?"

서기관은 검은색과 은색의 화려한 군복을 걸친 미모의 청년 사령관을 감탄하는 표정으로 바라보다가 더듬거리면서 용건을 말했다. 적의 공식 호칭이 아직 정해지지 않았다는 것이었다.

"공식 호칭?"

"아, 예. 다시 말해, 그들은 '정의파 제후군諸侯軍'을 자칭하고 있습니다만 당연히 그런 말을 공문서에 기록할 수는 없습니다. 그렇다고 '반란군'이라 한다면 자유행성동맹을 참칭하는 자들과 구별이 되지 않습니다. 무언가 공식 호칭을 결정해야만 합니다."

그의 말을 이해한 라인하르트는 나긋나긋한 손가락으로 모양 좋은 턱을 매만지며 잠시 생각에 잠겼다. 그리고 5초도 지나지 않아 손을 떼었다.

"놈들에게 딱 어울리는 명칭이 있지. 바로 **적도군**賊盜軍이다. 공문서에는 그렇게 기록하라. 적도군이라고. 알았나?"

"예, 알겠습니다."

"그렇게 정해졌다는 사실을 전 제국에 전달하도록. 그렇게 불리는 당사자들에게도 자기네들의 입장을 가르쳐 주는 거야. 네놈들은 적도군이라고."

라인하르트는 소리를 내 웃었다. 짓궂은 웃음소리였으나 그것마저도 영롱한 울림이 있었다.

"볼일은 다 끝났나? 그러면 나는 가보겠다. 내 지시를 잊지 말도록."

몸을 돌려 떠나가는 모습이 마치 체중이 없는 사람인 것처럼 경쾌했다. 오베르슈타인, 미터마이어, 로이엔탈, 켐프, 비텐펠트와 같은 뭇 장수들이 그 뒤를 따랐으며, 마침내 대함대는 푸르른 하늘을 압도하며 발진했다.

그동안 오딘을 방어할 방위부대 지휘관 모르트 중장이 부관들과 함께 경례로 이를 배웅했다.

라인하르트는 오딘에 얼마 안 되는 병력만을 남겨두었다. 황제의 거성 '노이에 상수시', 원수부 및 군무성, 그리고 그와 누이가 사는 관저를 지키기 위한 3만 장병들뿐이었다. 방위부대를 맡은 모르트 중장은 이미 초로에 접어든 노장으로 용병의 달인이라 할 만한 타입은 아니었으나 충실하기로 신뢰가 두터운 인물이었다.

군무성으로 돌아온 서기관은 라인하르트의 명령을 즉시 실행했다. 초광속통신이 제국 전토로 날아가 '적도군'이라는 호칭을 연호했다.

"적도군! 우리더러 도적 군대라고?!"

분명 그 호칭은 선민의식으로 똘똘 뭉친 대귀족들의 긍지에 큰 상처를 입혔다. 그들은 증오와 굴욕에 새파랗게 질린 채 술잔을 바닥에 내던지며 '금발 애송이'에게 적의를 불태웠다. 메르카츠의 부관 슈나이더가 보기에는 대귀족들도 늘 라인하르트를 욕하니 피장파장이 아닐까 싶었지만.

하나를 보면 열을 안다는 말이 있듯, 연합군의 작전회의는 언제나 귀족들의 감정에 좌우되기 일쑤였다.

브라운슈바이크 공작에게도 나름 전략구상이 있었다. 제국 수도 오딘에서 귀족연합의 본거지인 '가이에스부르크' 요새까지 이어지는 항로에 9개 군사 거점을 설치하고 각각 강대한 병력을 배치해, 쳐들어오는 라인하르트 군과 맞서 싸운다는 것이었다. 9개 거점을 차례차례 공격하는 동안 라인하르트 군은 적잖은 인명과 함정을 잃고, 남은 병력도 피폐해질 것이다. 그때 가이에스부르크에서 총출격해 단숨에 궤멸시킨다는 생각이었다.

메르카츠는 그 생각이 얼마나 효과가 있을지 회의적이었다. 라인하르트가 이쪽의 의도대로 9개 군사 거점을 하나하나 공략하려 든다면 다행이지만, 그렇게 되지 않을 경우에는 어떻게 할 것인가. 라인하르트가 보급선과 통신망을 파괴해 각 거점을 무력화하며 직진해 가이에스부르크를 공격한다면 이 전략은 의미가 없다. 그뿐이랴, 각 거점에 많은 병력을 배치하면 당연히 가이에스부르크의 수비가 약해진다.

메르카츠가 그 의견을 피력하자 브라운슈바이크 공작의 낯빛이 바뀌었다. 저속도촬영으로 찍은 듯 뚜렷한 변화였다.

이럴 때 그의 종자들은 바닥에 넙죽 엎드려 평복하고 사죄하며 주군에게 용서를 빌 것이다.

물론 메르카츠는 그러지 않았다.

"……하면, 어떻게 해야 좋겠소?"

간신히 브라운슈바이크 공작이 목소리를 쥐어짜냈다. 그의 심리를 알아차리지 못한 척하며 메르카츠는 설명했다.

9개 군사 거점을 포기할 필요는 없으나, 많은 병력을 배치할 필요도 없다. 각 거점의 기능은 정찰과 전자정보전으로 적을 감시하는 데만 그치고, 실전기능은 가이에스부르크에 집중해야 한다는 것이었다.

"그러면 금발 애송이를 가이에스부르크까지 끌어들여 그곳에서 결전을 벌이는 것이오? 흠, 고생하며 먼 길을 원정 온 적의 피로가 정점에 달했을 때 친다 그거로군."

브라운슈바이크 공작은 용병학에 대해 완전히 무지하지는 않다는 점을 과시했다.

"그렇습니다."

메르카츠가 단 한 마디만으로 대답했을 때, 갑자기 끼어드는 자가 있었다.

"제게 더 좋은 전법이 있습니다."

전략 이론의 전문가를 자처하는 슈타덴 제독이었다. 과거 아스타테에서는 라인하르트의 지휘를 받았던 사내지만, 메르카츠와는 달리 라인하르트의 재능을 인정하지 않고 있다.

"그건 어떤 생각이오, 슈타덴 제독?"

"메르카츠 총사령관 각하의 생각에 일부 수정을 가한 것입니다."

슈타덴은 곁눈질로 메르카츠를 보았다. 노련한 제독은 망연자실했다. 그는 슈타덴이 무슨 말을 꺼낼지 똑똑히 예상하고 있었다. 그것은 어떤 이유 때문에 메르카츠가 단념할 수밖에 없었던 작전과 똑같은 내용이리라.

"바로 대규모 별동대를 조직해, 금발 애송이를 가이에스부르크로 끌어들이는 동안 역진, 방어가 허술해진 제국 수도 오딘을 공략하고, 황제 폐하를 우리가 옹립하는 것입니다."

"흐음……."

"그리고 로엔그람 후작 라인하르트야말로 역적이라는 칙명을 내리게 한다면 놈과 우리 입장은 뒤집힐 것입니다. 금발 애송이는 돌아갈 곳 없는 우주 고아가 되겠지요."

'역시 그 작전이로군.'

메르카츠는 아무 말도 하지 않은 채 커피잔에 시선을 떨어뜨렸다. 슈타덴은 이론가지만 현실을 통찰하는 능력은 약간 부족하다. 로엔그람 후작은 실제로 수도 오딘을 텅 비워놓았다. 그것은 어째서일까. 태연히 비워놓아도 되는 이유가 있기 때문이다. 그것을 생각한다면 슈타덴의 작전이 사실상 힘을 얻을 수 없다는 것도 깨달을 수 있을 텐데…….

"훌륭합니다!"

젊은 귀족 알프레트 폰 란즈베르크 백작이 외쳤다. 흥분한 나머지 얼굴이 붉게 달아올랐다. 그는 잇달아 슈타덴의 작전안이 얼마나 장대하고 화려하고 적극적인가를 칭송하더니, 사심이 섞이지 않은 천진난만함으로 가볍게 한마디를 덧붙였다.

"헌데 별동대는 누가 지휘하는 겁니까? 매우 큰 명예와 책임이 따를 텐데."

실내가 순식간에 조용해졌다.

란즈베르크 백작의 한마디는 진흙탕을 휘저어 밑바닥에 도사리고 있던 무거운 독기를 해방시킨 것이나 다름없었다.

제국 수도 오딘을 공략하고 어린 황제를 탈환한다. 이에 성공한 자야말로 이 내전에서 최고 최대 공로자가 될 것이 분명했다. 그 위업에 비한다면 가이에스부르크에 남아 라인하르트를 끌어들이는 자의 공적 따위 항성 앞 소행성처럼 빛을 잃을 것이다.

전후처리 단계에서 최대 공로자가 최대 발언권을 얻는 것은 당연하다. 게다가 황제를 옹립한다면 형식적이라고는 하나 최고 권위를 자기편으로 삼을 수 있다. 칙명이라는 이름 아래 지위와 권력을 독점하는 것마저 가능하다.

별동대 지휘관.

최고권력으로 가는 최단거리.

이를 남에게 양보해서는 안 된다.

브라운슈바이크 공작과 리텐하임 후작의 눈동자에 기름막을 친 듯 번뜩이는 빛이 맴돌았다.

이미 문제는 전략이니 전술이니 하는 단계를 떠나 정략 차원으로 넘어가고 말았다. 숲만 보았을 뿐인데도 담비가죽 값을 계산하는 꼴이었다.

이렇게 될 것이 뻔했다. 그래서 메르카츠는 순수하게 군사적인 견지에서는 매우 유용하다는 것을 알면서도 그 작전을 속으로 포기했던 것이다. 고도로 통일된 의사와 조직이 있어야만 실현할 수 있는 작전. 본대 지휘관과 별동대 지휘관 사이에는 흔들림 없는 상호신뢰가 필수였다.

귀족연합군에는 그것이 없었다. 그렇기 때문에 로엔그람 후작은 태연하게 오딘을 비워놓을 수 있었던 것이다.

원래 귀족연합의 기반은 라인하르트의 하극상에 대한 증오였다. 라인하르트를 타도한다면 그의 지위와 권력을 누가 차지할 것인지 합의가 이루어지지 않은 상태였다. 그들의 단결에 **균열**을 일으키는 것은 쉬운 일이었다.

슈타덴은 싸우기도 전부터 그 **균열**을 일으키고 말았다. 결과로 보자면 매우 심각한 이적행위라고 할 수 있다. 이제 거짓 단결은 노골적인 욕망에 자리를 넘겨주고 말았다. 브라운슈바이크 공작, 리텐하임 후작, 그 외 귀족들 사이에서 이기심의 정열이 화산의 연진煙塵처럼 솟아올라 메르카츠는 질식할 것만 같았다.

이런 군대로 라인하르트에게 이길 수 있을까.

만약 이긴다 한들…….

대체 누구를 위해 이긴단 말인가?

II

그 후로 메르카츠에게 작전이란 타협하거나, 자기 의사를 관철하는 소모적인 양자택일을 뜻하는 것이 되었다. 물론 귀족들의 반대를 무릅쓰고 관철할 경우 작전이 묵살당할 것은 불을 보듯 뻔했다.

그가 실전 총지휘관이 되었을 때 젊고 사기 넘치는 귀족들은 환영의 뜻을 표했으나, 그것도 오래가지는 않았다. 그들은 명령받는 데 익숙하지 않았으며, 자아를 억제하는 것이 불가능하지는 않다 해도 매우 어려웠다. 나이 든 자들이 나름 분별을 갖추어야겠지만 이쪽은 젊은이들의 과격함을 선동해 자신들의 이익을 채우려 했다.

메르카츠가 처음으로 타협할 수밖에 없었던 것은 명백하게 그에게 경쟁의식을 품고 있는 슈타덴을 선봉으로 내보낸다는 것이었다.

"우선 일전을 겨루어 적의 역량을 알아보겠습니다."

그의 주장에 전투를 갈망하는 청년 귀족들이 가담했다.

'한번 호되게 혼이 나보는 것도 좋겠지.'

메르카츠는 그렇게 생각했다. 아니, 정확하게 말하자면 그렇게 자신을 납득시킬 수밖에 없었다.

청년 귀족들은 전투준비를 하는 동안 보안에 대해서 생각도 하지 않았으므로 '적도군'의 출격 정보가 라인하르트에게도 도달했다.

"미터마이어를 불러라."

다른 제독들에 비해 몸집이 작은 편이지만 매우 준민해 보이는 볼프강 미터마이어 제독이 나타나자 라인하르트는 물었다.

"경은 사관학교에서 슈타덴에게 전술론을 배웠다지?"

"그렇습니다."

"귀족들…… 적도군 선봉은 슈타덴이 지휘한다더군. 일전을 겨루어 보겠다는 생각인 모양이다."

"호오, 드디어 말이군요."

대담한 청년 제독은 태연하기 짝이 없었다.

"어때, 이길 수 있겠나?"

미터마이어의 눈동자에 떠오른 미소는 날카롭고도 대담한 것이었다.

"슈타덴 교관은 지식은 풍부하지만 사실과 이론이 대립할 때는 이론을 우선시하는 경향이 있는 사람이었습니다. 저희 생도들은 이론무쌍 슈타덴이라고 험담을 했지요."

"좋아, 경에게 명령한다. 함대를 이끌고 알테너Altener 성역 방면으로 진격해 경의 옛 스승을 상대하라. 닷새 후에는 나도 갈 테지만 그때까지 일전을 겨루어도 좋고, 방어에만 치중하며 기다려도 좋다. 운용은 경에게 일임하지."

"존명!"

경례를 한 후 미터마이어는 탄력 있는 걸음으로 기함 브륀힐트의 함교를 나섰다. 뭐니 뭐니 해도 선봉은 무인의 명예이다.

제국력 488년, 우주력 797년 4월 19일.

속칭 '립슈타트 전역戰役'은 이렇게 시작되었다.

슈타덴이 이끄는 함대 1만 6000척과 미터마이어가 지휘하는 함대 1만 4500척은 모두 상대의 본거지로 가는 최단거리를 선택해 서로 접근했다. 전투를 벌이는 것이 목적이다 보니 전략상 의미는 그다지 없었다. 굳이 들자면 '초전 승리'라는 심리상 효과와 적의 전술능력을 일부나마 파악하는 데 있을 것이다.

양측은 알테너 성계에 인접한 항성간 공간에서 마주했다. 그러나 미터마이어는 함대 전방에 600만 개의 핵융합기뢰를 부설해 적 공격을 막고는 함대를 구형진球型陣으로 편성한 채 꼼짝도 하지 않았다. 하루가 지나고 이틀이 지났으나 그 공점空點을 벗어나려 하지 않았다.

슈타덴은 의심암귀疑心暗鬼에 사로잡혔다.

"'질풍 볼프'라 불릴 만큼 재빠르고 용맹한 미터마이어가, 선봉을 맡았으면서도 수비만 단단히 할 뿐 싸우려 들지 않는 것은 어째서인가? 무언가 꿍꿍이가 있는 것이 분명하다고밖에 생각할 수 없다. 하지만 무엇을 꾸미고 있는 거지?"

이렇게 슈타덴도 움직이지 않았다.

생각에 잠긴 슈타덴을 보며 조바심을 낸 것은 그를 따라온 청년 귀족들이었다. 별다른 장애물도 없는 인생을 남에게 업힌 채 걸어왔으며, 태어날 때부터 무수한 특권을 누렸기 때문에 특권 없는 사람들을 얕잡아

보는 자들. 그들에게 '바라는 것'이란 곧 '노력 없이 실현되어야만 하는 것'이었다. 이기고 싶다고 생각하면 이기는 것이다. 슈타덴의 태도는 신중하다기보다는 겁쟁이처럼 보였으며, 개중에는 공공연히 이를 떠들어대는 자마저 있었다. 그들은 병적으로 커진 자존심을 가진 한편 남의 감정에는 지극히 둔감했다.

슈타덴은 그들의 철없는 비방에 상처를 입으면서도 꿋꿋하게 달래가며, 그들이 무모한 행동에 나서지 않도록 억눌렀다. 보통 노력이 필요한 일이 아니었다.

"슬슬 때가 됐겠군. 슈타덴 교관께 옛 은혜를 갚아드리도록 할까?"

미터마이어가 부하들에게 명령을 내린 것은 사흘째 날이 끝날 무렵이었다.

미터마이어 군의 통신을 방수했다는 통신장교의 보고가 슈타덴에게 날아들었다. 음성분석을 해본 결과, 미터마이어가 싸우지 않고 시간만 버는 동안 로엔그람 후작 본대가 접근하고 있다는 것이었다. 미터마이어는 이들과 합류해 압도적 다수로 전면공격에 나설 생각이다……. 그런 내용이 판명되었다고 했다.

'미터마이어가 고의로 흘린 정보는 아닐까?'

슈타덴은 그렇게 생각했다. 하지만 그 정보가 옳다면 미터마이어가 수비를 강화하고 싸우려 하지 않았던 이유도 납득이 갔다. 그렇다면 미터마이어는 올바른 정보를 고의로 흘렸다는 말인가?

슈타덴은 혼란에 빠졌다. 미터마이어의 행동은 완전히 모순된 것으로밖에 보이지 않았기 때문이다. 그러나 적이 기습을 가할 위험을 고려해 경계를 엄중히 하도록 지시했다.

청년 귀족들의 불만은 폭발 직전에 이르렀다.

"이렇게 소극적이고 우유부단할 수가!"

"일전을 겨루어 적의 역량을 가늠하고 사기를 꺾는 것이 이 성역까지 진격한 목적이 아니었던가?"

"이제 사령관에게는 기대하지 않겠다. 의지할 수 있는 것은 우리뿐이다."

청년 귀족들은 의견을 하나로 모아 슈타덴에게 출전을 요구했다. 그 것은 협박에 가까웠다. 거부한다면 그들은 슈타덴을 감금한 후 무질서 한 전투에 돌입할 것이 분명했다.

슈타덴은 마침내 굴복하고 출전을 허가했다. 그래도 가급적 청년 귀 족들을 통제하기 위해 작전안을 제시했다. 전군이 좌우로 갈라져 기뢰 밭을 우회하고, 좌익부대가 미터마이어 군과 전면충돌한 후 우익부대는 적 후방으로 돌아가 측면과 배후에서 적을 공격해 기뢰밭으로 몰아넣는 것이다. 슈타덴이 세운 것치고는 엉성하기 짝이 없는 작전이었으나, 지 나치게 치밀한 작전을 세운다 한들 분명히 아군이 서로 연계해 움직일 수 없을 것이다.

슈타덴은 이런 부대를 끌고 온 것을 후회하기 시작했다. 그러나 이렇게 된 이상 한시라도 빨리 미터마이어를 격파하고 라인하르트 본대가 도착 하기 전에 철수하는 수밖에 없다. 그는 스스로 좌익을 지휘하고 청년 귀 족 중 하나인 히르데스하임 백작에게 우익 지휘를 맡겨 행동을 개시했다.

히르데스하임 백작은 함대를 이끌고 서둘러 나아갔다. 공명심에 들뜬 나머지 끓어오르는 호전성을 억누르려고도 하지 않았다. 이 때문에 8000척 함정은 한 방향으로 전진하기는 했으나 무리의 질서를 유지하

지 못했다.

그때 미터마이어 군은 물론 처음 위치에서 크게 이동한 후였다. 기뢰밭의 아득한 바깥쪽이었다. 천정 방향에서 본다면 히르데스하임 군은 기뢰밭과 미터마이어 군 사이에 끼인 꼴이 되었다.

"3시 방향으로부터 에너지파 및 미사일 다수 접근!"

히르데스하임 군의 각 함에서 오퍼레이터들이 공황에 빠졌을 때, 첫 핵융합로 폭발의 새하얀 빛이 번뜩였다. 그것이 사라지기도 전에 제2, 제3의 폭발이 연쇄했다. 에너지 광선이, 핵융합 미사일이, 레일 캐논의 거탄이, 인간의 이해가 개입될 여지도 없는 스피드로 쇄도해 무지갯빛 빛줄기로 세상을 에워쌌다. 그것이 사라졌을 때, 모든 것은 무無로 돌아갔다. 불타고 뜯겨 나간 인간의 몸은 원자로 환원되어 우주먼지 속에 섞였다. 수억 년 후 이를 핵으로 삼아 새로운 항성이 태어날지도 모를 일이다.

히르데스하임 백작은 자신도 모르는 사이에 전사했다. 아마도 이 내전에서 대귀족 전사자 제1호가 되었을 것이다.

절망적일 정도로 무질서한 히르데스하임 군의 반격을 말 그대로 분쇄한 후 미터마이어는 곧장 함대를 전속력으로 전진시켰다. 기뢰밭을 시계 방향으로 우회해 슈타덴의 본대를 배후에서 치기 위해서였다. 반감된 적을 배후에서 치는 필승의 태세였다. '질풍 볼프' 외의 그 누가 이런 전술을 구사할 수 있으리오.

라인하르트의 본대가 도착했을 때, '알테너 회전'은 이미 끝을 맺은 후였다. 라인하르트에게서 용병의 묘를 칭찬받은 미터마이어는 슈타덴을 놓친 것을 사죄했다.

"소도구로 사용한 기뢰를 회수할 생각을 하니 암담하군요."

청년 제독은 그렇게 말하며 웃었다.

III

제국과 동맹이 각각 내부에서 살육전과 모략전을 벌이고 있을 때.

상업국가 페잔 자치령은 활력에 넘쳐나고 있었다. 전쟁의 참극을 피하면서, 전쟁으로 얻는 이익은 모조리 흡수하려는 탐욕스러운 경제행위가 한창이었다. 온갖 진영의 온갖 물자, 즉 병기를, 식량을, 광석을, 군복을, 정보를, 때로는 용병으로 인간까지도 팔아치워 전 우주의 부를 독점할 기세였다.

수도 우주항에서 그리 멀지 않은 '드라쿨'은 한 척의 배와 얼마 안 되는 장사 재능만을 자본 삼아 우주를 누비는 독립상인들이 모이는 술집이다.

보리스 코네프는 스물여덟 살의 독립상인으로, 상선 '베료즈카 호'의 선장이다. 기개만큼은 남들의 몇 배나 되지만 세간에는 아직 영세상인으로 알려져 있을 뿐이었다. 흑맥주로 얼마 안 되는 자유시간을 즐기던 참에, 같은 독립상인 친구가 말을 걸었다. 두세 마디 말을 나눈 후 그가 문득 말했다.

"그보다도, 내가 수상쩍은 소문을 하나 들었거든."

"소문이란 건 원래 다 수상쩍은 법이지."

코네프는 흑맥주 잔을 비우고 소문 내용을 물었다.

"그게 말이지, 란데스헤르 루빈스키 각하가 뭔가 엄청난 생각을 하고 있다더라고."

"그 대머리가?"

코네프는 아름다움과는 거리가 먼 루빈스키의 얼굴을 잠시 머릿속으로 그려보았지만, 상대의 이야기를 듣는 동안 냉소를 금할 수가 없었다.

"제국과 동맹 양대 세력이 모두 망하게 한 다음 페잔이 어부지리를 챙긴다고? 제정신으로 할 생각은 아니구만."

"그러니까 수상쩍은 소문이라고 했잖나. 너무 웃지 말라고. 내가 꺼낸 말도 아닌데."

"나 원, 어떤 놈이 그런 소리를 떠들고 다닌담."

코네프는 새로 주문한 흑맥주에 손을 뻗으려다 문득 한쪽 뺨을 일그러뜨렸다. 수상쩍은 소문이니 신뢰할 수 없다는 공식은 성립되지 않는다. 루빈스키도 지금까지는 유능한 지도자로 통했지만, 아무도 모르고 있을 뿐 사실은 과대망상증 환자일지도 모른다. 어느 날 갑자기 착란상태에 빠질지 누가 알겠는가.

페잔은 기생충이다. 젊은 코네프는 그렇게 생각한다. 숙주가 없으면 살아갈 수 없는 법이다. 숙주인 제국과 동맹이 멸망한다면 페잔도 사라질 것이다. 군사니 정치니, 어울리지도 않는 일에 손을 대서는 안 된다.

코네프는 화제를 바꾸었다.

"그보다도 자네, 다음 일은 어떻게 됐어?"

"지구교 신자인지 뭔지를 3만 명 정도 실어 나르게 됐어. 순례를 간다나."

"순례?"

"성지 순례 말이야. 지구래."

"헹, 성지라."

젊은 선장은 코웃음을 쳤다. 종교니 신이니 하는 것은 그에게 웃음거리밖에 되지 않았다. 전능한 신인지 뭔지는 자기 말을 듣지 않는 여자를 만들 수 있을까? 만들 수 없다면 전능하지 못하다는 뜻이고, 말을 듣지 않는다면 그 또한 전능하지 못하다는 증거가 아니겠는가.

그렇다 쳐도 지구교인지 뭔지가 요즘 놀라운 속도로 신자를 늘려나가고 있는 것도 사실이었다. 좋은 현상인지 나쁜 현상인지 코네프는 판단할 수가 없었다.

흑맥주 두 잔을 비운 코네프는 지인과 헤어져 술집을 나와 우주항 건물로 향했다. 그에게 할당된 좁은 사무실이 그곳에 있었다.

"사무장, 다음 일은 뭐야?"

사무장 마리네스크는 선장보다도 겨우 네 살 위일 뿐이지만 열 살은 더 늙은 것처럼 보인다. 아직 젊은데도 머리는 반쯤 벗겨졌으며, 몸에는 쓸데없는 지방이 달라붙어 있고 표정에는 활달함이 없어서, 생활에 찌든 중년 사내라는 인상을 씻을 수 없었다. 하지만 이 사내의 견실한 사무처리 및 경리 능력이 없었다면 독립상선 베료즈카 호는 이미 옛날에 대형 자본에 팔려 갔을 것이 분명하다.

"이번엔 사람을 실어 나를 겁니다, 선장님."

"어느 어여쁜 부잣집 딸이라도 되나?"

이건 질문이 아니라 희망사항이었다.

"지구로 가는 순례단 일행이죠."

"……."

코네프는 눈살을 찡그리며 서류를 받아 들고는 페이지를 넘겨보았으나, 마침내 언짢은 듯 탁 덮어버렸다.

"지구 같은 데 가봤자 돌아오는 길엔 배가 텅 비잖아. 자원이라곤 한 덩어리도 안 남은 행성이니까."

"지구에서 돌아오는 순례단을 태우면 되죠. 게다가 선금까지 받았거든요. 내일까지 세 군데에 상환을 못 하면 베료즈카 호가 경매에 넘어갈 위기상황에서 말입니다."

젊은 선장은 혀를 찼다. 전쟁 호황이란 대체 어느 세상 이야기란 말인가. 한 번이라도 좋으니 선창에 금속 라듐이나 다이아몬드 원석을 가득 싣고 별에서 별로 오가며, '올해의 신드바드 상' 트로피를 선장실에 장식하고 싶었다. 물론 견실함의 표본 그 자체인 마리네스크는 '일확천금의 꿈을 버렸을 때 진정한 대상인으로 가는 길이 열린다.'고 하지만.

어쨌든 코네프는 일을 고를 수 있는 입장이 아니었다. 자신만이 아니라 20명의 선원들도 먹여 살려야만 하기 때문이다.

폐잔 본성을 출발하고 닷새 후, 베료즈카 호는 수만 척의 대함대와 조우했다. 우주가 광대하다고는 하나 항로로 쓰이는 공간은 얼마 되지 않으므로 있을 수 없는 우연은 아니다.

『정선하라. 응하지 않을 경우 공격한다.』

신호를 받았을 때 코네프의 함선은 이미 포위된 상태였다. 이렇게 된 이상 지휘관이 이해심 많은 사람이기를 비는 수밖에 없다. 그렇지 않으면 스파이로 오인받아 총살을 당할 위험마저 있었다.

함대는 라인하르트와 떨어져 변경성역을 공략하고 있던 키르히아이스의 것이었다.

통신 스크린에 나타난 키르히아이스의 얼굴이 얌전해 보여, 코네프는 가슴을 쓸어내리며 사정을 설명했다.

"탑승객들은 모두 순례자들입니다. 병사가 아니고요. 노인, 여자, 아이들이 대부분입니다. 한번 보시면 아시겠지만⋯⋯."

『아니, 됐소.』

키르히아이스는 고개를 가로저었다. 순례자들을 바라보는 푸른 눈동자에 동정하는 빛이 어려 있었다. 그들은 너무나도 빈궁해 보였다. 화물선에 간이침대를 설치해, 휴대식량으로 세 끼 식사를 해결하며 편도로만 한 달이 걸리는 여행에 견뎌야 하는 것이다. 화물선을 이용하면 여비는 여객선의 10분의 1이면 된다. 하지만 법으로는 화물 취급을 받으므로 사고가 일어나도 인명 보상의 대상이 될 수 없다.

『식량이나 의료품이 부족하진 않소?』

키르히아이스가 순례단 장로에게 물었다. 아이들에게 먹일 유제품, 인조 단백질, 의류용 세제 등이 부족하다는 대답에 고개를 끄덕이더니 그는 함대 물자를 제공하도록 부하 진처 대령에게 명령했다. 장로는 더듬거리며 감사 인사를 올렸다.

『조심해서 가십시오.』

키르히아이스는 웃는 얼굴로 대답하고는 통신 화면에서 사라졌다. 마리네스크가 감탄한 나머지 벗겨진 머리를 쓰다듬었다.

"좋은 사람이네요, 키르히아이스 제독이란 사람은."

"안됐지 말이야."

"응? 뭐가 말입니까?"

"좋은 사람은 오래 못 살아. 특히 이런 시대에는."

코네프는 마리네스크를 쳐다보았으나, 대답이 돌아오진 않았으므로 자기 자리로 돌아갔다.

그 뒷모습을 지켜보며 사무장은 고개를 갸웃했다.

'우리 선장은 필요하지도 않을 때 멋있는 소리를 하려는 습관만 없다면 참 괜찮은데…….'

지구까지는 아직도 먼 여정이 남았다.

IV

당초 브라운슈바이크 공작이 제3의 거점으로 상정했던 렌텐베르크 요새는 프레이아 성계의 한 소행성에 설치된 것이었다. 이제르론만큼 거대하지는 않지만, 그래도 100만 단위의 장병과 1만 척 이상의 함정을 수용할 능력이 있었으며, 전투, 통신, 보급, 정비, 의료 등 다양한 기능을 겸비해 귀족연합군에게는 중요한 존재였다.

미터마이어에게 패하고 라인하르트에게 쫓긴 슈타덴은 잔존병력 덕에 간신히 목숨을 부지하며 요새로 도망친 후 상처 입은 몸과 마음을 달랬다.

그뿐이라면 라인하르트는 이 요새를 길가 돌멩이 정도로 치부해 무시하고 넘어갔을지도 모른다. 하지만 이 요새에는 수많은 정찰위성이며 부유 레이더 등의 관제 센터, 초광속통신 센터, 통신 방해 시스템, 함정 정비 시설 등이 있으며, 개전 이전부터 주둔한 병력의 규모도 상당했다. 무시하고 전진한다면 배후에서 귀찮게 굴 위험이 있다. 독초의 싹은 일찌감치 뽑아버려야 한다.

"전력을 다해 렌텐베르크를 함락하겠다."

라인하르트는 결단을 내렸다. 기함 브륀힐트의 함교에 제독들을 모아 스크린에 요새의 단면도며 평면도를 비추고 이렇게 지령했다.

오딘에서 군무성을 접수했을 때 막대한 양의 기밀서류도 라인하르트의 수중에 떨어졌다. 렌텐베르크 요새 도면도 그중 하나였다. 요새의 장점과 약점은 그의 손바닥 위에 있는 것처럼 훤했다. 적에게는 약점을 보강할 시간 여유도 없었을 것이다.

공략에서 가장 문제가 되는 것은 제6통로였다. 소행성을 뚫어 건설한 요새 중심부에는 핵융합로가 있었으며, 이것이 온 요새에 에너지를 공급해주었다. 제6통로는 외벽에서 핵융합로에 이르는 최단 루트를 이루었으며, 이곳을 지나 핵융합로를 탈취하면 요새의 숨통을 거머쥘 수 있다. 그러나 화력을 집중했다간 핵융합로를 직격해 유폭을 일으킬 우려도 있었다.

그렇다면 백병전으로 돌파할 수밖에 없다.

사흘 후, 렌텐베르크 요새로 육박한 라인하르트 군은 총공격을 개시했다. 실전지휘를 맡은 것은 로이엔탈과 미터마이어였다.

첫 포격에 이어 렌텐베르크 요새에서는 주둔함대가 쏟아져 나와 함대전을 청했으나, 라인하르트 군은 정면에 화력이 뛰어난 전함들을 배치해 장대한 벽을 쌓은 후 고속순항함으로 양 측면을 향해 달려들었다. 에너지 광선과 미사일이 교차해 죽음의 그물을 만들고, 연쇄하는 불덩어리는 암흑 공간에 무수한 보석을 세공했다.

한 시간도 지나지 않은 전투 끝에 반감된 적은 요새 안으로 후퇴했다. 로이엔탈과 미터마이어는 이를 추격해, 아군을 쏠까봐 두려웠던 요새의 포수들이 포격할 타이밍을 놓친 사이에 도면으로 산출한 거포들의 사각으로 파고들었다.

우주복을 입은 공병들이 레이저 수폭으로 벽면을 파괴하자 요새의 회전속도에 동조한 강습양륙함强襲揚陸艦이 접현해 장갑복을 입은 병사들을 잇달아 토해냈다. 미터마이어와 로이엔탈은 접현한 양륙함 안에 임시 지휘소를 설치하고 감시 카메라로 전황을 관찰하며 최전선에서 작전을 지휘했다.

공략은 시간문제라고 생각했다. 그러나 두 사람의 얼굴은 긴장으로 물들었다. 제6통로의 방어를 지휘하는 것이 장갑척탄병총감 오프레서라는 것을 알았기 때문이다.

장갑척탄병총감 오프레서 상급대장은 40대 후반의 거한으로, 다부지고 힘찬 근육이 굵은 골격을 에워싼 사내였다. 투우사에게 도발당한 투우처럼 역동감과 전의가 넘쳐난다.

왼쪽 광대뼈 언저리에는 생생한 보라색 흉터가 있다. 맹장의 상징이었다. 과거 자유행성동맹군과 싸웠을 때 적의 병사가 지근거리에서 쏜 레이저가 피부와 근육, 뼈의 일부까지 도려낸 것이었다. 물론 그 병사는 답례를 받았다. 거대한 토마호크 일격에 두개골이 박살 난 것이다.

백병전에 쓰이는 전투용 도끼 '토마호크'는 다이아몬드에 필적하는 경도를 가진 탄소 크리스탈로 만든다. 표준형 사이즈는 전장全長 85센티미터에 무게 6킬로그램이며 한 손으로 휘두르지만, 오프레서의 것은 전장 150센티미터에 무게 9.5킬로그램이며 양손으로 사용한다.

이 거대한 사이즈에 오프레서의 걸출한 전투기술과 완력이 더해졌을 때, 파괴력은 상상을 초월한다. 헬멧이며 장갑복이 일격을 견뎌냈다 해도 그 안의 인간은 견뎌내질 못한다. 장갑복에 에워싸인 채 팔뼈가 부러지고 내장이 짓이겨져, 목숨을 유지한다 해도 전투능력은 사라지고 만다.

"일대일로 오프레서와 마주친다면 경은 어떻게 하겠나?"

"잽싸게 튀어야지."

"동감이야. 그놈은 인간을 때려죽이기 위해 태어난 작자니까."

로이엔탈과 미터마이어의 대화였다. 그들은 사격이나 백병전 기술도 일류였으나, 그런 만큼 인간의 영역을 초월한 오프레서의 무서움을 잘 알고 있었다. 도망쳐도 부끄러움이 없는 상대라는 것은 분명 존재한다. 그것을 변별하지 못하는 것은 무모하거나 저능한 자들이다.

그렇다고는 하나, 부하들에게 도망쳐도 좋다고 할 수는 없는 것이 현재 그들의 입장이었다. 제6통로를 파괴하지 않고 점령해야만 하는 상황이다. 장갑복에는 에어 필터가 붙어 있으므로 가스를 흘려보낸다 해도 의미가 없다. 수단은 백병전뿐이었다.

오프레서와 그의 부대로 말미암아 제6통로에는 라인하르트 군 병사들의 시산혈해가 펼쳐지게 될 것이다. 미터마이어도 로이엔탈도, 영 마음이 내키지 않는 명령을 내려야만 했다.

"어떤 희생을 치러서라도 제6통로를 확보하라."

이렇게 하여 제6통로에서는 원시적이고 처참한 전투가 시작될 수밖에 없었다.

돌진, 그리고 후퇴.

여덟 시간 동안 라인하르트 군의 장갑척탄병 부대는 아홉 차례에 걸쳐 제6통로에 돌입했으며, 아홉 차례에 걸쳐 격퇴되었다.

라인하르트 파와 반라인하르트 파를 불문하고, 제국군의 고급 장교들 가운데 오프레서만큼 많은 인간을 직접 죽인 자는 없을 것이다. 하급귀족으로 태어난 이 사내가 제국군 최고 간부가 될 수 있었던 것은 정치력도, 용병의 재능 덕택도 아니었다. 바로 그가 직접 흘린 피의 양 때문이었다.

그런 사내가, 제6통로에 기체폭약이나 마찬가지인 제플 입자를 가득 뿌려 경화기 사용조차 거부한 채, 오로지 육체와 완력만을 써서 적을 하나라도 많이 죽음으로 몰아넣으려 하고 있었다.

그의 토마호크는 소유자의 피비린내 나는 의지가 그대로 달라붙은 것처럼 라인하르트 군 병사들의 몸을 박살 내 피투성이 고깃덩어리로 바꿔놓고 마는 것이었다.

미터마이어도 로이엔탈도 마음이 약하다는 표현과는 거리가 먼 사내들이다. 그런 그들조차, 한쪽 다리가 무릎 아래에서 잘려 나간 병사가 두 팔로 열심히 도망치려 할 때 오프레서가 다가와서는 피에 젖은 거대 토마호크로 머리를 때려 부수는 광경에는 눈을 돌릴 수밖에 없었다.

풀 페이스 헬멧 속에서 엿보이는 오프레서의 두 눈에는 가학적인 웃음의 파도가 출렁이고 있었다. 미터마이어와 로이엔탈이 오프레서를 무조건 칭찬할 수 없는 이유는 용맹하다는 표현의 틀을 넘어선 이 잔인함이 생리적 혐오감을 자극하기 때문이다.

하지만 그들의 생각이야 어쨌든, 이 맹수 같은 사내 하나 때문에 제6통로를 확보하지 못한 채 작전 전체 진행이 난항을 겪고 있다는 점은 부정할 수 없는 사실이었다. 그리고 그 사실이 오프레서에 대한 그들의 분노를 배가했다.

"저 자식, 절대로 살려두지 않겠다."

미터마이어가 중얼거렸으나, 격렬한 안광과 어조에도 박력은 어딘가 약해 보였다. 광대한 우주공간에서 대함대를 지휘하는 능력으로 보자면 전 인류 가운데에서도 톱클래스에 속하는 두 사람이지만, 이렇게나 조건과 환경이 제한되면 원시적인 투쟁심과 완력 앞에 속수무책일 수밖에 없었다.

그건 그렇다 쳐도 거듭되는 라인하르트 군의 파상공세에도 인원조차 교체하지 않은 채 계속 싸우고 계속 격퇴하는 오프레서 부대의 체력과 기력은 대체 무엇에서 비롯되는 것이란 말인가.

장갑복은 완전한 단열구조로 되어 있어, 우주공간의 절대영도조차 견뎌낼 수 있다. 하지만 이는 동시에 인체가 발산하는 열을 바깥으로 내보내지도 못한다는 뜻이다. 병사는 견딜 수 없는 고열에 시달리며 체력을 엄청나게 소모한다. 전투에 지장을 주지 않을 만한 소형 온도조절장치는 장갑복 내 기온을 체온보다 섭씨 7, 8도 낮춰주는 것이 고작이다.

아무리 라인하르트에 대한 증오와 적의에 미쳤다고 해도 고온을 비롯해 땀, 가려움, 배설의 욕구, 답답함 같은 온갖 불쾌한 요소들에 견딜 수 있는 한계는 두 시간이라고 한다. 그것을 여덟 시간이나 유지하고 있다면…….

"약물을 쓰고 있군."

그렇게 결론을 내릴 수밖에 없었다. 흥분제나 각성제를 쓰고 있기 때문에 초인적인 활동을 할 수 있는 것이리라. 때마침 전황보고를 듣고자 하는 라인하르트의 통신이 도착해, 두 사람은 일단 전선을 이탈했다.

"오프레서는 용사다. 단, 석기시대의 용사지만."

이야기를 들은 라인하르트는 냉소와 함께 평가했다. 면목 없어하는 두 제독을 질타하려고 하지도 않았다.

"살려둬 봤자 도움도 안 될 테고, 애초에 그도 살아남기를 바라지 않을 테지. 가능한 요란하게 죽여 보도록."

그때 잠시 기다려줄 것을 청하며 끼어드는 자가 있었다. 참모장 오베르슈타인이었다.

"산 채로 잡고 싶습니다. 각하께 도움이 되도록 만들겠습니다."

"그 완고한 자가 내게 도움이 되고 싶어하겠나?"

"그의 생각 따위 아무런 문제도 되지 않습니다."

그 말에 라인하르트가 눈살을 살짝 찡그렸다.

"……세뇌하겠다는 건가?"

화학적 혹은 기계적 세뇌에 라인하르트는 호감을 가질 수 없었다. 참모장은 소리를 내지 않고 웃었다.

"그렇게 **촌스러운** 짓은 하지 않습니다. 그저 제게만 맡겨 주십시오. 귀족 놈들에게 상호 불신의 씨를 뿌려놓겠습니다."

"좋아. 경에게 맡겨보지."

라인하르트가 말했을 때, 통신장교의 보고가 날아들었다.

오프레서가 통신 스크린에 모습을 나타냈다는 것이었다. 거들먹거리며 소리를 지르고 있다는 이야기에, 화면이 접속되었다.

『금발 애송이, 스크린을 통해서라도 좋으니 내 얼굴을 똑바로 지켜볼 용기가 있느냐?』

오프레서는 장갑복 헬멧을 뒤집어쓴 채 거구로 스크린을 꽉 채우고

있었다. 장갑복은 인간의 피로 시커멓게 물들었으며, 여기저기 살점까지 말라붙어 있었다. 라인하르트의 주위에서 분노와 공포의 신음소리가 터져 나왔다.

맹수 같은 거한은 그 모습 그대로 장갑복의 통화 시스템을 통해 라인하르트를 매도하기 시작했다. 황실의 은혜를 짓밟은 배신자, 비겁자, 배은망덕한 놈, 운만 좋은 미숙자 등등 욕설이 한동안 이어지더니, 급기야.

『남매가 나란히 꼬랑지를 흔들어 선제를 홀려서는…….』

라인하르트의 수려한 얼굴에서 냉정한 이성의 빛이 터져 나가며 폭발하는 노기가 한순간에 그 자리를 차지했다. 푸른 얼음빛 눈동자에 번갯불이 번뜩이더니 단아한 입술 사이에서 이를 가는 소리가 새어 나왔다.

"로이엔탈! 미터마이어!"

『예!』

"저 **상것**을 내 앞으로 끌고 와라. 산 채로 잡아야 한다. 사지를 뜯어버려도 좋으니 절대로 죽이지 마라. 내가 직접 놈의 지저분한 주둥이를 찢어버릴 테다!"

두 제독은 눈을 마주 보았다. 이 사람도 감정의 동물인 인간이란 것을 그들은 새삼스럽게 확인할 수 있었다.

아무튼 어려운 과제가 떨어졌다.

V

열 번째 돌격을 감행하려는 라인하르트 군 장갑척탄병들 앞에 시체 바리케이드가 구축되었다. 그 너머에선 유혈과 약물에 취한 오프레서

부대가 이글거리는 눈으로 이쪽을 노려보고 있었다.

"덤빌 테면 덤벼라, 겁쟁이 쥐새끼들아!"

흉포한 웃음소리가 터져 나왔다.

"네놈들의 시체를 솥에 처넣고 프리카세Frikassee 스튜를 잔뜩 만들어 주마. 천한 것들의 고기라 별로 맛도 없겠지만, 전장에서 배부른 소리를 해선 안 되니까."

로이엔탈이 내뱉었다.

"야만인 같으니. 최고사령관 말씀대로 놈은 석기시대의 용사로군. 2만 년 늦게 태어난."

"덕분에 2만 년 후의 우리만 이 고생이지."

미터마이어는 씁쓸하게 대답하더니 부관을 불러서 장갑복을 두 벌 가져오도록 지시했다.

"두 분께서 직접 적과 맞서시려는 겁니까?!"

"우리는 미끼다. 그 함정을 더욱 완벽하게 만들기 위한 미끼. ……그쪽 진행 준비는 어떻게 되어가고 있나?"

"예, 이제 다 끝났을 겁니다. 그렇다고는 해도 두 분께서 직접 나서실 필요는 없을 텐데……."

"우리 두 사람은 대장 아닌가. 괴물 오프레서는 상급대장이고. 균형이 딱 맞아서 좋지 뭘 그러나."

로이엔탈과 미터마이어가 나란히 나타났을 때 오프레서는 과연 어떤 반응을 보일까. 그의 성격으로 보았을 때 이만큼 귀중한 사냥감을 남에게 맡길 리가 없다. 석기시대부터 내려온 전통인 '단신승부'를 바라고 뛰어들 것이 분명했다.

그들의 계략이 성공하려면 미끼가 필요했다. 그것도 맛있는 미끼여야만 했다.

라인하르트 자신이라면 조건은 완벽할 테지만, 오히려 함정이 눈에 뜨일 가능성도 있다. 그들 두 사람 정도가 가장 적당할 것이다.

로이엔탈과 미터마이어가 장갑복을 걸치고 나서자 오프레서의 부하들 사이에서 흥분한 속삭임이 새어 나왔다. 두 사람의 용명勇名은 널리 알려진 바, 그들의 목숨에는 천금의 가치가 있기 때문이다. 술렁거리는 부하들을 제지하며 석기시대에서 온 거한이 두 사람을 쳐다보았다.

"둘이 덤벼들면 내게 이길 수 있을 거라 생각했느냐? 애송이의 지혜란 게 겨우 그 정도였나?"

"길고 짧은 건 재봐야 알지."

미터마이어가 내뱉었다. 그 말을 불손한 도전으로 받아들인 오프레서는 시체 바리케이드를 짓밟고 넘어서더니 큰 걸음으로 다가왔다. 사납기 그지없는 살의의 에너지를 장갑복 너머로 뿜어내 주위를 압도했다. 피에 대한 갈망으로 두 눈을 이글거리며, 거한은 두 사람에게 뛰어들었다.

그 순간, 오프레서의 거구가 줄어들었다. 가히 2미터에 이르는 그의 머리는 184센티미터인 로이엔탈이나 172센티미터인 미터마이어보다도 훨씬 아래까지 내려갔다. 적도 아군도 마술을 보는 심정에 사로잡혀 말문이 막혔다. 어떻게 이런 일이 일어날 수 있단 말인가……?

바닥이 함몰된 것이었다. 오프레서는 양쪽 겨드랑이 부근까지 바닥에 파묻혀 그 이상 몸이 가라앉는 것을 두 팔로 간신히 버티고 있을 뿐이었다. 그의 분신인 양손용 토마호크는 1미터 정도 떨어진 바닥 위에 내동

댕이쳐졌다.

　문자 그대로 함정이었다. 복합결정섬유 바닥에 뚫린 구멍. 정확하게는 제6통로 아래층에서 세 시간에 걸쳐 수소와 불소의 반전분포[1] 조사照射를 실시해 섬유 분자결합력을 약화한 함정으로, 이 위에 장갑복을 착용한 오프레서의 중량과 동작의 충격이 가해지면 무너지도록 만든 것이었다.

　미터마이어가 뛰어나가 토마호크를 오프레서의 손이 닿지 않는 곳으로 걷어차 버렸다. 너무나 갑작스러운 사태에 아연실색했던 오프레서는 그제야 사태를 깨달았는지 헬멧 안에서 얼굴을 시뻘겋게 물들였다.

　로이엔탈이 외쳤다.

　"오프레서를 사로잡았다! 남은 놈들에게는 볼일이 없다. 장갑척탄병 전원 돌격!"

　전우가 걷어찬 토마호크를 집어 든 로이엔탈은 사냥감에게 냉소를 지어 보였다.

　"맹수를 붙잡으려면 함정이 필요하다고 생각했다만, 제대로 걸려주었구나. 네놈이 아니면 걸려들 리 없는 **시시한** 함정이다만."

　"비겁하다!"

　"칭찬으로 받아들이지."

　돌격하는 병사들이 그들 곁을 스치고 지나갔다.

　지휘관을 잃은 오프레서의 부하들은 사기충천한 라인하르트 군의 돌

1＿ 반전분포反轉分布：특정 원소나 물질을 인위로 들뜬 상태로 만드는 것. 불안정한 들뜬 상태의 원자는 안정된 바닥 상태로 돌아가려 하고, 이 과정에서 빛에너지를 방출한다. 레이저도 이 현상을 응용한 것.

진 앞에 움츠러들었다. 초인적인 지휘관이 사라진 순간 그들의 사기도 한여름의 물웅덩이처럼 증발하고 만 것일지도 모른다.

복수의 열망에 사로잡힌 라인하르트 군은 오프레서의 부하들에게 달려들어선 토마호크를 휘둘러 학살을 벌였다. 이에 저항하는 반격의 파도는 두 번 만에 허물어졌다.

제6통로는 제압되었다. 붉게 도장된 채로.

이중으로 수갑을 찬 데다 전기처형용 헬멧까지 쓴 채로, 1개 분대의 총구가 노려보는 가운데 오프레서는 통신 스크린 앞에 무릎을 꿇었다.

분노와 증오의 불꽃을 뿜어내는 라인하르트와 피할 수 없는 죽음을 눈앞에 두고도 오프레서는 도도하게 고개를 들고 있었다. 아무리 결함이 많은 사내라 해도, 그가 겁쟁이가 아니라는 것만은 분명했다.

그러나 통신 스크린은 금세 꺼졌다. 브륀힐트 함교에서 의안의 참모장이 상관을 설득한 것이다.

"죽이기는 쉽습니다. 하지만 오프레서는 죽음을 두려워하지 않습니다. 그뿐이 아니라 지금 그를 죽인다면 불굴의 용사, 골덴바움 왕조의 순교자로 명성만 올려주는 꼴이 될 것입니다. 그 점은 각하께서도 바라지 않으실 텐데요."

"……."

라인하르트의 푸른 얼음빛 눈동자를 통해 그의 몸속을 미친 듯이 날뛰는 폭풍이 엿보였다. 마침내 이를 악다문 채 입술이 살짝 벌어지며 짧은 질문을 내뱉었다.

"어쩌라는 거냐?"

"오프레서를 귀족들의 본거지로 돌려보내야 합니다. 물론 사지 멀쩡하게."

"말도 안 됩니다!"

그렇게 외친 것은 미터마이어였다. 얼굴은 분노와 흥분으로 시뻘겋게 물들었다.

"그렇게 고생을 하고 수많은 부하를 잃어가며 겨우 사로잡은 맹수인데, 경은 이를 자유로이 풀어주라는 말이오?! 아무리 관대한 조치를 내린다 한들 놈의 토마호크는 다음 전장에서 또다시 아군의 피를 있는 대로 빨아들일 거요! 내기해도 좋소만, 그런 내기에는 이기고 싶지 않소. 나는 살려서 돌려보낼 필요성을 느끼지 못하겠소. 즉각 처형해야 하오!"

"동감."

짧지만 힘 있는 어조로 로이엔탈도 동의했다. 길들일 수 없는 맹수를 풀어놓으란 말인가. 그렇게 힐문했으나, 참모장은 꿈쩍하지 않았다.

"사지 멀쩡하게 돌아온 오프레서를 본다면, 안 그래도 의심이 많은 귀족들이 어떻게 생각하겠나? 그것도 그의 부하 간부 16명이 총살당하는 광경을 초광속통신으로 지켜본 뒤라면? 그런 상황에서 단 한 사람, 오프레서만이 멀쩡하게 돌아왔을 때는……."

"……알았다."

라인하르트가 오베르슈타인의 말을 가로막았다. 그의 눈에서 뿜어내는 안광은 이미 격정을 억누르고 있었다. 그는 불만스러워하는 두 공로자를 쳐다보았다.

"경들도 이제는 이해했겠지. 이번에는 오베르슈타인에게 맡기고 싶다. 이의 있나?"

"없습니다. 각하의 뜻에 따르겠습니다."

로이엔탈과 미터마이어는 이구동성으로 대답했다. 그들도 오베르슈타인의 의도를 깨달은 것이었다. 표정이 씁쓸했던 것은 그 방식이 그들의 취향에는 그리 맞지 않았기 때문이리라.

오프레서는 석방되었으며, 워프 능력이 있는 셔틀까지 주어졌다. 감사의 인사를 올리지는 않았으나 그가 어리둥절해한 것은 사실이었다. 오프레서는 고개를 갸웃거리며 셔틀에 올라타 요새를 떠났다.

오프레서의 동료며 부하 등 16명은 공개 총살형에 처해졌다. 슈타덴은 병실 침대에 누운 채 포로가 되었다. 젊은 원수는 그를 만날 필요를 느끼지 못했다.

VI

환호와 함께 마중 나온 인파에 영웅 대접을 받는 모습까지는 기대하지 않았다. 하지만 연합군의 본거지 가이에스부르크에 도착한 오프레서가 맞이한 상황은 예상치도 못한 것이었다.

생환했음을 통신으로 알렸을 때 통신장교가 보여준 반응은 경악뿐이었고, 입항한 셔틀은 꽃다발을 든 미녀가 아닌 무장한 병사들에게 포위되었던 것이다.

"렌텐베르크에서 분전하신 오프레서 상급대장이십니까?"

연극적인 말투로 물은 것은 브라운슈바이크 공작의 심복이며 오딘 탈출 계획을 세웠던 안스바흐 준장이었다.

"보고도 모르겠느냐, 무례한 놈."

"확인한 것뿐입니다. 맹주님께서 기다리시니, 이쪽으로 오시지요."

렌텐베르크의 영웅은 안내를 받으며 광대한 홀을 걸었다. 도열한 장병들이 그에게 시선을 돌렸으나, 따뜻함이 깃든 눈빛은 하나도 없었다.

계단 위 호화로운 의자에 브라운슈바이크 공작이 앉아 있었다. 자세는 지극히 오만했으나, 어딘가 뻣뻣한 모습이 마치 수습생 황제처럼 보였다.

"용케도 살아남으셨구려, 오프레서 경."

누가 들어도 규탄하는 어조였다.

"경의 직속 부하들은 모조리 공개처형을 당했거늘, 어떻게 경만이 살아 돌아오셨는지?"

"처형당했다고?!"

오프레서는 입을 딱 벌렸다. 의치투성이인 구강은 뺨의 상처와 마찬가지로 백병전의 지옥에서 살아남은 투사의 상징이었다. 멍하니 풀린 상급대장의 얼굴에 조롱 섞인 노성이 날아들었다.

"이 얼간이 같은 놈! 이것을 똑똑히 보아라!"

벽면에 VTR 영상이 재생되었다. 오프레서가 낮은 신음소리를 냈다. 그가 잘 아는 얼굴들이 줄지어 서 있었다. 렌텐베르크 요새에서 라인하르트 군이 공개처형을 집행하는 광경이었다. 공포와 패배감에 몸부림치는 부하들의 표정은 레이저 광선에 뇌수가 꿰뚫리는 순간 하나하나 공백이 되어갔다.

"어떠냐. 이래도 할 말이 있느냐, 오프레서?"

"······."

"네놈이 혼자서만 살아남은 것은 우리를 배신하고 금발 애송이에게 양심을 팔았기 때문이렷다! 파렴치한 적의 끄나풀 같으니! 내 목을 들고 돌아가기로 놈과 약속했더냐?!"

오프레서의 바위 같은 얼굴에 갑자기 분노와 이해의 표정이 퍼져 나가더니 다시 입이 벌어졌다.

"함정이다! 이건 함정이다! 그걸 모르겠느냐, 이 저능한 것들아!"

외침이라기보다는 숫제 포효였다. 그의 주위에서 벽을 이루고 있던 장병들이 무형의 에너지에 압도당해 뒤로 펄쩍 물러났다. 몇몇 사람의 손은 반사적으로 허리춤의 블래스터를 더듬었다.

"쏴라! 쏴 죽여!"

브라운슈바이크 공작이 외쳤다. 그 명령은 질서보다도 혼란만을 부추겼다. 블래스터를 뽑기는 했으나, 모두들 군중 속에서 발포한다는 위험을 떠올린 것이다.

거대한 주먹이 바람 소리를 내며 날아가 한 병사의 턱에 작렬했다. 기이한 소리와 함께 턱뼈가 박살 난 병사의 몸이 하늘을 날았다.

광란에 빠진 거한은 "함정이다!"라고 되풀이해 포효하며 계단 위 브라운슈바이크 공작을 향해 돌진했다. 당사자는 이야기를 나눌 생각이었을지도 모르지만 남들에게는 그렇게 보이지 않았다. 안스바흐 준장의 명령이 떨어지자 수십 명의 병사들이 공작과 오프레서 사이를 가로막고 맨손의 거한에게 레이저 라이플의 개머리판을 내리쳤었다. 피부가 찢어지고 피가 튀며, 뼈가 함몰되는 소리가 울려 퍼졌다. 보통 사람이라면 혼수상태에 빠져 그대로 죽었을지도 모르지만 오프레서의 돌진은 전혀 수그러들지 않았다. 병사들은 튕겨 나가 고통스런 비명을 지르며 계단에서 굴러떨어졌다.

피 섞인 타액을 바닥에 내뱉고 안스바흐 준장이 몸을 일으켰다. 그도 나가떨어진 사람 중 하나였다. 흐트러진 머리를 한손으로 쓸어 넘기면서 한손으로 블래스터를 뽑아 들었다.

숨을 고르며, 그러나 흐트러짐 없는 걸음으로, 준장은 오프레서에게 다가갔다. 피투성이가 된 거상巨像으로 변한 상급대장은 새로운 적에게 무거운 안광을 뿜어내더니 짐승처럼 으르렁거리며 굵은 팔을 뻗었다. 가볍게 백스텝으로 이를 피한 준장은 상대의 귀에 총구를 들이대고 방아쇠를 당겼다.

반대쪽 귀에서 피와 섬광을 뿜어냈다.

오프레서의 거구에 잔물결 같은 경련이 일어났다. 그것이 가라앉자, 생명을 잃은 거대한 근육덩어리는 몇 초 동안 보이지 않는 신의 손에 떠받들린 것처럼 꼿꼿이 서 있었으나, 마침내 앞으로 고꾸라졌다. 이마가 계단 모서리에 부딪치자 둔중한 소리가 피비린내 나는 광시곡의 종장을 연주했다. 그 시체를 에워싼 채, 한동안 아무도 소리를 내지 못했다.

"더러운 배신자!"

마침내 브라운슈바이크 공작이 높은 목소리로 욕설을 퍼부었으나 얼굴에는 아직도 공포가 엷은 베일처럼 드리워져 있었다.

"마지막에 마각을 드러냈구나, 이 광견 놈. 감히 내게 위해를 가하려 들다니……."

그때 안스바흐 준장이 헛기침을 했다.

"하오나, 정말로 배신한 것일는지요."

"이제 와서 무슨 소릴 하나. 그렇게 생각한다면 왜 놈을 사살한 겐가?"

안스바흐가 머리를 가로젓는 바람에 겨우 자리를 잡아놓았던 머리칼이 다시 흐트러졌다.

"그것은 공작님의 목숨을 지키기 위해서였습니다. 하오나 오프레서경이 광란에 빠진 것은 의심을 받은 것이 분해서, 그리고 스스로 말했던 것처럼 함정에 빠졌다는 것을 깨달았기 때문이 아니었을까요?"

"그럴지도 모르지. 허나 이제 와서 그게 어쨌단 말인가. 놈은 죽었고, 두 번 다시 토마호크를 들 수 없게 되었네. 그 이유가 아군을 배신했기 때문이든 나를 해치려 했기 때문이든, 이렇게 된 이상 구분에는 의미가 없지 않은가."

"알겠습니다. 그러면 어떻게 조치하는 것이 좋겠습니까? 다시 말해, 오프레서 상급대장의 사인은……."

일련의 소동이 귀족연합군의 질서와 규율에 심각한 불명예를 남길 것이 뻔한 만큼 병사로 처리해 무마하는 것이 타당하지 않겠느냐고 행간으로 물은 것이었다.

브라운슈바이크 공작은 자리에서 일어났다. 표정에도 동작에도 불쾌함이 숨김없이 드러났다. 원래부터 그리 유연하지 못했던 그의 신경이 지금은 끊어지기 일보 직전이었다.

"얼버무린다 해서 감출 수 있는 일도 아니잖나. 오프레서는 아군을 배신한 죄로 사형에 처했다. 그렇게 전군에 하달하도록."

한 걸음 한 걸음마다 바닥을 박차며 맹주가 물러나자 안스바흐는 어깨를 늘어뜨렸다.

그는 살아생전 용맹함과 흉포함으로 칭송과 두려움의 대상이 되었던 거구의 시체를 치우도록 병사들에게 명했다. 죽은 자의 퀭한 눈이 안스바흐를 노려보는 것 같아 그는 지친 목소리로 중얼거렸다.

"그렇게 원망스러운 표정 하지 마십시오……. 소관도 내일 당장 어떻게 될 몸일지 모르니. 오늘 죽을 수 있었던 것을 경은 발할라에서 감사해야 할지도 모릅니다."

준장은 몸을 부르르 떨었다. 스스로 내뱉은 말이 기묘하게도 예언처럼 들렸던 것이다.

이 사건의 후유증은 심대했다. 오프레서는 라인하르트를 싫어하는 이들의 대표와도 같은 인물이었다. 그런 오프레서마저 배신을 했다면 그 누가 마지막까지 지조를 지킬 수 있을까. 귀족들은 서로를 불신 어린 눈으로 쳐다보았으며, 개중에는 스스로에게 자신감을 잃는 자마저 나오기 시작했다.

오프레서의 처참한 죽음을 알리는 소식은 라인하르트의 기분을 다소 풀어주었다. 자신만이 아니라 누님마저 모욕했던 사내에게는 응당한 대가였다.

라인하르트는 디켈 중장을 렌텐베르크 요새 사령관으로 임명하고, 이 곳을 근거지로 삼아 새로이 가이에스부르크 진공작전을 구상하기로 했다.

라인하르트 군에도 단 한 가지 후유증이 남았다. 로이엔탈과 미터마이어 두 제독이 프리카세를 보면 제6통로의 시산혈해를 떠올려 한동안 이를 먹지 못하게 되었던 것이었다.

제 5 장

도리아 성역 회전

I

처음에 양은 샴풀 성역의 동란 따위는 무시하고 수도 하이네센으로 달려가 구국군사회의 본대를 전격전으로 물리칠 생각이었다. 뿌리를 뽑으면 가지와 잎은 말라버릴 것이기 때문이다.

그러나 작전을 변경해 샴풀 성역의 적을 치기로 결정한 것은 그들이 게릴라 전법으로 이제르론 요새와 양 함대 사이의 연락 및 보급선을 교란할 위험성을 떠올렸기 때문이었다. 그가 샴풀 성역에 있는 구국군사회의의 지휘관이었다면, 토벌부대가 왔을 때는 도망쳤다가 떠날 때는 추격하는 식으로 배후며 보급선을 치는 전법을 최대한 오래 되풀이해 적 전력을 소모시켰을 것이다. 적이 그런 전법으로 나온다면 버텨낼 재간이 없었다.

"하지만 적 지휘관은 양 웬리가 아닌걸요."

괜한 고생은 아닐까 생각한 율리안이 자기 의견을 말하자, 흑발 사령관은 씨익 웃으며 대답했다.

"미래의 양 웬리가 있을지도 모르지."

누구나 처음에는 무명의 존재다. 엘 파실 이전에 그 누가 양 웬리의 이름을 알고 있었을까? 양은 그렇게 말한 것이다.

"평화로운 시대라면 나는 아직 무명이었을 거야. 아직 병아리도 못 된 달걀 역사학자 아니었을까?"

그것이 양 웬리가 바라는 바이기도 했다. 이제는 전 인류 중 그의 이름을 모르는 자가 소수였으나, 그래도 양은 일개 역사학도로 남고 싶다는 희망을 버리지 못했다. 불패의 명장이라고 칭송을 받기는 하지만 그것은 허상일 뿐이었다. 적어도 양 자신에게는.

양은 역사상의 인물과 사건에 관심이 있어 역사학자가 되고 싶었다. 하지만 어처구니없게도 이젠 양 웬리 본인이 흥미와 연구의 대상이 되고 말았다. 은하제국, 페잔, 그리고 당면한 적인 구국군사회의가 저마다 양의 용병술을 연구하고 있다. 그뿐이랴, 하이네센을 비롯한 여러 별에서는 『양 웬리로 보는 리더십 연구』니 『전략적 발상과 전술적 발상 — 양 웬리의 4대 전투』니 『현대인재론 III 양 웬리』니 하는 제목도 경박하고 내용도 무책임한 책이며 비디오가 수도 없이 출판되고 있는 판국이었다.

찬란한 시대의 영웅.

"양 웬리인지 뭔지 하는 놈은 굉장히 대단한 인간인 모양이야. 너랑 동성동명인데, 엄청난 차이가 아니냐?"

거울을 볼 때마다 양은 전혀 위대해 보이지 않는 자신에게 비아냥거리는 것이었다.

"하지만 역시 대단한걸요."

율리안이 열심히 말했다.

"어디가?"

"다른 사람 같았으면 이미 옛날에 자제심을 잃고, 자신감만 넘쳐서 객관적으로 판단을 하지 못했을 거예요. 분명히."

양은 고개를 갸웃거리며 듣다 갑자기 쓴웃음을 지었다.

"대놓고 그런 소리는 하지 말아다오. 나도 모르게 그렇구나, 난 대단하구나 하고 납득할 뻔했잖나."

그리고는 심각한 표정으로 율리안에게 설교를 늘어놓았다. 윗사람을 너무 대놓고 칭찬하는 법이 아니다, 상대가 나약한 자라면 자만에 빠져 결국 사람이 망가질 것이다, 만약 딱딱한 사람이라면 윗사람에게 아첨을 떠는 놈이라고 생각할지도 모른다, 앞으로는 주의해라 운운.

"네, 알겠습니다."

율리안은 그렇게 대답했지만, 양의 억측과 그답지도 않은 진부한 설교가 내심 우스웠다.

이제 막 서른 살이 된 양은 아직 결혼도 하지 않았으면서 율리안에게 아버지 행세를 하는 것이다.

군 정보부의 바그다슈 중령이 하이네센을 탈출해 셔틀을 타고 양에게 온 것은 샴풀이 함락된 당일이었다.

양은 4월 26일에 샴풀 공략을 개시해, 사흘간 전투를 치른 후 이를 반란부대의 손에서 해방했다.

그리 심각할 것도 없는 전투였다. 하이네센처럼 많은 인구와 중무장을 갖춘 행성도 아닌 한 '상륙'이 아닌 '강륙降陸' 작전에는 일정한 패턴이 있어 지휘관의 개성이 발휘될 여지가 별로 없다. 위성궤도상의 제공권을 확보하면 대공 레이더며 방공화기를 우주에서 공격해 파괴하고, 육전대의 셔틀을 호위함과 대기권 내 전투정으로 엄호하며 지상으로 보낸다. 그리고 서로 긴밀한 연락을 취하며 우주와 지상 양쪽에서 목표지점을 제압하면 된다.

그래도 사흘 만에 작전을 완료한 것은 육전대를 지휘한 쉰코프의 전술능력이 뛰어난 덕이었으리라. 평범한 지휘관이었다면 일주일 이상 걸렸을지도 모른다. 그의 작전은 화력을 집중해 점을 확보하고, 여기서 장갑차를 횡렬로 전개해 이어 선으로 만든 후, 이 선을 전진해 면을 확대해나가는 방법이었다.

그리고 이를 만 하루 동안 반복하다, 적이 아군의 전법에 대응할 능력을 갖추기 시작했을 무렵 갑자기 공격패턴을 바꾸었다. 확보한 점 중 하나에서 직선으로 목표를 향해 전진, 무방비한 곳을 전격 돌파한 것이다.

이렇게 횡에서 종으로 이어지는 급속한 변화에 반란부대는 대응하지 못했다. 본거지로 삼았던 동맹군 관구사령부 건물에서 농성을 벌이기는 했으나, 반 이상의 병력이 떨어져 나간 채로는 승패란 불을 보듯 뻔했다. 두 시간에 걸친 총격전과 백병전 끝에 반란부대의 지휘관 마론 대령은 블래스터를 자신의 입에 넣고 방아쇠를 당겼으며, 나머지는 백기를 들었다.

"정말 훌륭했네."

양은 기함으로 돌아온 쇤코프를 칭찬했으나, 육전대 지휘관의 얼굴이며 손이며 옷에 찍힌 무수한 키스마크를 보고 아연실색했다. 2주 남짓한 공포에서 해방된 현지 주민들의 열광을 쉽게 짐작할 수 있었다.

"저도 이 정도 재미는 봐야 하지 않겠습니까?"

쇤코프는 싱글거렸다.

그런 상황에서 바그다슈 중령이 나타난 것이었다.

그는 몸수색을 받은 후 즉시 기함 히페리온 함교로 안내 받았다. 누구나 수도 정보에 갈증을 느끼고 있었다. 그러나 처음으로 질문할 자격은 최고지휘관인 양에게 있었다.

전원이 주시하는 가운데 양이 물은 것은 누가 숙청되었는가에 대해서였다.

"구금된 사람은 있어도 아직까지 숙청된 사람은 없습니다. 앞으로는 어떻게 될지 모르지만요."

"그렇군……."

"그보다도 중대한 정보가 있습니다. 제11함대가 쿠데타에 가담해 이쪽으로 오고 있다는군요."

일동은 숨을 들이켰다. 양은 잠자코 눈짓으로 다음 말을 재촉했다.

"사령관 루글랑주 중장은 정면에서 당당하게 결전하기를 바라며, 책략은 쓰지 않으려는 모양입니다."

"그건 고맙군."

딱히 비아냥거리는 기색도 없이 양은 그렇게 중얼거리더니, 남은 질문의 기회를 부하들에게 양보했다.

피셔와 무라이에게 질문을 받으며 바그다슈는 누군가를 찾듯 시선을 이리저리 돌리다가 양에게 넌지시 물었다.

"그러고 보니 부관인 그린힐 대위가 보이지 않는군요?"

"그녀는 입장이 입장이라서 말일세. 이제르론에 남겨두었지."

양의 대답이 끝나자마자 누가 외마디 비명을 지르는 바람에 일동은 나란히 그쪽을 쳐다보았다. 쇤코프가 가슴에 커피를 엎은 것이었다.

"이거야 원, 귀중한 키스마크가……. 잠시 실례합니다."

그는 양의 눈을 보며 말하더니 회의실을 나갔다.

복도에는 율리안이 서 있었다. 안에 들어갈 자격은 없지만, 그는 항상 양의 목소리가 들리는 곳에서 대기했다.

"그린힐 대위가 지금 어디 있는지 혹시 아나?"

"의무실에 계십니다. 오늘 아침부터 두통이 있다고 해서…… 참 안됐지요."

정신의 피로 때문일 것이다. 고개를 끄덕인 쉰코프는 의무실로 향했다.

키스마크와 커피 얼룩으로 선명하게 채색된 야전복을 보고, 아담한 몸집의 간호사는 기가 막힌 표정을 지으며 그를 밀쳐냈다.

"그린힐 대위가 여기 있지 않나?"

"계시지만 그렇게 불결한 차림으로는 입실하실 수 없습니다."

쉰코프의 어깨에도 미치지 못하는 간호사는 결연히 그의 앞을 막아섰으나, 침대에서 들려온 목소리가 준장을 곤혹에서 해방해주었다.

"난 괜찮아. 들어오십시오, 쉰코프 준장님."

간호사는 불만스러운 표정을 지었지만 잠자코 그를 들여보냈다.

프레데리카는 군복 차림으로 취침의자에 앉아 있었으나 금방 몸을 일으켰다. 쉰코프는 드레스를 입은 그녀를 보고 싶다는 생각을 하면서 간단히 사정을 설명했다.

"양 제독도 수상쩍게 느낀 모양이야. 이런 때 탈주자라니, 타이밍이 너무 딱 맞아떨어지잖나. 제독이 그렇게 말했을 때 내가 일부러 커피를 쏟으며 소리를 질렀으니, 바그다슈는 사람들이 의아해하는 표정을 보지 못했겠지. 혹시 그 친구에 대해 아는 게 있나?"

"바그다슈 중령님이라면 딱 한 번 만난 적이 있습니다. 5년 전 아버지의 서재였습니다만, 현재의 정치체제에 대한 불만을 역설했던 것으로 기억합니다."

프레데리카의 기억력은 정평이 나 있었다.

"그렇군. 그린힐 대위, 그자가 왜 자네의 행방을 물었는지 알겠어. 놈

은 쿠데타 일파 공작원이었던 거야."

쿠데타의 주모자인 그린힐 대장도 믿을 수 있는 사람 수는 그리 많지 않은 모양이었다. 만약 프레데리카의 기억을 통해 수상한 점이 발각된다면 일찌감치 양 제독을 살해하려 들었을지도 모른다. 제11함대와 교전하는 와중에 그런 일이 일어난다면 양 함대는 전멸하고 쿠데타는 성공할 것이다. 암살자 하나가 죽는다 해도 몇 배나 남는 투자인 셈이다.

자유행성동맹 따위 멸망하든 말든 상관할 바가 아니었으나, 양이 죽는다면 앞으로 역사는 지금보다 훨씬 재미가 없어질 것이다.

쇤코프는 금세 어떤 결단을 내렸다.

"바그다슈 중령은 뭘 하고 있나?"

양이 그렇게 물은 것은 저녁을 먹기 전이었다.

"푹 자고 있죠."

"뭔가 했군?"

예측이라도 한 듯한 말투였다.

쇤코프는 한쪽 눈을 찡긋했다.

"특수한 수면제를 썼습니다. 한 2주일은 눈을 뜨지 않을걸요. 정보부원이란 것들은 설혹 감금한다 해도 정신이 말짱한 동안에는 마음을 놓을 수 없으니 말입니다. 전투가 다 끝날 때쯤 깨어나는 게 제일 좋겠지요."

"수고했네."

양의 감사에는 쓴웃음이 섞여 있었다.

II

팽팽한 긴장감 속에서 달력은 5월로 넘어갔다. 3000광년이 넘는 우주 공간을 달려 제11함대가 육박하고 있었다. 그 점만큼은 바그다슈의 정보가 옳았다.

양은 도리아 성계까지 함대를 진격해 정보수집과 분석으로 하루하루를 보냈다. 그러던 5월 10일, 인접한 엘곤 성계까지 정찰 나갔던 구축함으로부터 대함대를 발견했다는 급보가 날아든 직후 통신이 끊어졌다. 전투에 앞선 첫 희생이었다. 양은 더더욱 생각에 잠겼다. 정면으로 싸워도 이길 자신은 있지만, 그는 광대한 우주공간의 각 요소에 숨겨놓은 정찰정으로부터 어떤 보고가 도착하기만을 기다렸다. 단기간에 완승을 거두지 못한다면 쿠데타 전체를 진압하는 것은 어려운 일이었다.

5월 18일, 개인실에서 원을 그리듯 돌아다니던 양 곁에 율리안이 그날 들어 스무 번째 보고서를 가지고 왔다. 그때까지 도착한 열아홉 통은 모두 구겨진 채 바닥에 어질러져 있었다. 양은 시큰둥한 표정으로 보고서 문면에 시선을 돌리더니, 갑자기 소리쳤다.

"해냈다! 드디어 알아냈어!"

흑발의 젊은 사령관은 펄쩍 뛰어오르며 외치곤 보고서를 천장 높이 내던지고, 멍하니 서 있는 율리안의 두 손을 잡고 온 방안을 빙글빙글 돌았다. 아마도 기쁨의 춤인 모양이었다. 그의 손에 휘둘리면서도 소년은 금방 상황을 이해하고 외쳤다.

"각하, 이기는 거죠?! 이길 수 있는 거죠?!"

"그럼, 이기고말고. 양 웬리는 승산 없는 싸움은 하지 않는다며?"

헛기침 소리가 났다. 양은 춤을 멈추고 그쪽을 쳐다보았다. 쉰코프, 프레데리카 그린힐, 피셔 세 사람이 사령관을 뚫어져라 쳐다보고 있었다.

율리안의 손을 놓은 양은 어느새 베레모마저 날아간 머리에 손을 대고 흐트러진 머리를 고쳤다.

"다들 기뻐해 주십시오. 작전이 정해졌으니까. 아무래도 이길 것 같군요."

30분 후, 양이 전군에 제시한 작전 계획은 다음과 같았다. 기다렸던 정보를 얻자마자 양은 놀라울 만큼 단시간에 작전을 입안한 것이었다. 첫 항은 그가 기다리고 있던 바로 그 정보의 내용이었다.

1. 적은 병력을 2개 분함대로 나누었다. 그 의도는 1개 분함대가 항성 도리아의 성식星蝕을 틈타 아군을 좌측면에서 공격하는 동안, 나머지 1개 분함대가 아군 우측 후방으로 우회해 협공하려는 것으로 추정된다.

2. 이에 아군은 적보다 여섯 시간 일찍 행동을 개시, 적이 분산된 것을 역이용해 각개격파에 나선다. 먼저 적 우회부대를 치고, 이와 동시에 좌측면에서 시도될 공격에 대처한다.

3. 응웰 반 티우 제독은 선봉을 맡아 오늘 22시에 행동을 개시하고, 제7행성 궤도를 횡단하여 해당 공역에서 항성 도리아를 배후에 두고 포진한다.

4. 피셔 제독은 후위부대를 지휘해 다음 날 4시까지 현재 공역에 머무를 것. 그 후 제6행성 궤도를 횡단해 해당 공역에 포진하여 좌측면에서

시도될 적 공격에 대응한다. 단, 현재 진지 및 경계법은 다음 날 4시까지 현 상태를 유지할 것. 아울러 적이 행할 정찰과 정보수집에 유의하라.

5. 그 외 분함대는 응웬 반 티우 제독과 함께 이동을 개시하며, 정해진 좌표에 따라 그 좌우와 배후에 포진한다.

6. 아텐보로 제독은 포함砲艦 및 미사일함 부대를 지휘하고, 제7행성 궤도상에 위치해 아군과 이제르론 요새 사이 연락선을 확보함과 동시에 인접 성계에서 원정 병력이 파견될 경우에 대비해 조기경계한다. 또한 적이 다른 성계로 탈출을 꾀할 때는 이를 저지한다.

7. 양 사령관 자신은 중앙전투함대 선두에 선다.

양 사령관이 내린 이러한 명령이 전달되자 전 함대에 긴장과 흥분이 끓어올랐다.

"얼마 전 수도 하이네센에 갔을 때, 저는 우주함대 사령장관 뷰코크 각하께 요청해, '반란이 일어나면 이를 물리쳐 법질서를 회복하라' 는 주지의 명령서를 받았습니다. 법적 근거를 얻은 전투이므로 이는 사전私 戰이 아닙니다."

회의실에서 양이 그렇게 말하자 참모들은 사령관의 통찰력에 할 말을 잃었다. 물론 당사자인 양의 기분은 씁쓸하기 짝이 없었다. 예측은 맞았으나 현재 사태를 방지하지는 못했기 때문이다. 하이네센 시내 공원 벤치에서 양이 뷰코크에게 요청했던 것이 바로 이 명령서였다.

참모들이 물러나자, 양은 개인실로 돌아가 율리안을 불렀다.

"암릿처 회전이 시작되기 전, 뷰코크 제독님이 로보스 총사령관에게 면회를 청한 일이 있었단다. 그런데 총사령관은 낮잠을 자고 있어서 면회를 할 수 없었다더구나. 이 이야기를 어떻게 생각하니?"

"너무했네요. 무책임하고……."

"그래, 그렇지? 그런데 율리안."

"네."

"나는 이제부터 낮잠을 잘 거다. 앞으로 두 시간은 누가 와도 들여보내지 말아다오. 제독이든 뭐든 죄다 쫓아내렴."

제11함대 기함 레오니다스 함교.

"바그다슈 중령에게선 아직도 연락이 없나?"

루글랑주 중장은 정보주임참모를 노려보듯 물었다. 없다는 대답에 눈살을 찡그렸을 때, 통신장교가 사령관을 올려다보았다.

"전 함대에 방송할 준비가 끝났습니다. 언제든지 말씀만 하십시오."

중장은 고개를 끄덕이고, 바그다슈를 잠시 머리에서 밀어낸 후 미리 작성한 원고를 펼쳤다.

"전 장병에게 고한다. 구국 군사혁명의 성패, 나아가 조국의 흥망은 모두 이 일전에 달려 있다. 전원 전심전력을 기울여 자신의 책무를 다하고 조국에 헌신하라. 세상에서 가장 존귀한 것은 헌신과 희생이며, 가장 경멸해야 할 것은 비겁과 이기심이다. 전 장병의 조국애와 용기를 기대해 마지않노라. 분골쇄신 분투하라."

승리의 신념도 굳세게, 제11함대는 허공으로 돌진했다.

가벼운 하품과 함께 양 웬리는 시트 등받이를 일으켰다. 율리안이 뜨거운 타월과 냉수를 가져왔다.

"내가 얼마나 잤지?"

"한 시간 반 정도였어요."

"한 30분쯤 더 자고 싶었는데. 뭐, 이제 와서 다시 잘 수도 없겠지만……. 고맙다. 잘 마셨어."

다 마신 컵을 율리안에게 내밀고, 양은 목깃 스카프를 살짝 고쳤다. 이제부터 연설을 해야만 한다. 양에게는 그리 달가운 일이 아니지만 이 것도 지휘관의 의무이다.

그는 자리에서 일어나 함교로 자리를 옮겼다. 넓은 실내의 전원이 긴 장된 표정으로 사령관을 바라보았다.

"이제 곧 전투가 시작된다. 의미를 찾기 힘든 싸움이지만, 그런 만큼 이기지 못하면 의미가 없다. 승리를 위한 계산은 끝났으니, 무리하지 말 고 마음 편하게 싸워주었으면 한다. 이 전투에 걸린 것은 기껏해야 국가 의 존망일 뿐이다. 개인의 자유와 권리에 비하면 그다지 가치 있는 것도 아니다. ……그러면 다들, 슬슬 시작해 보도록 하자."

마이크를 향해 그가 말을 마쳤을 때, 메인 스크린에는 불길한 흰색으 로 번뜩이는 빛 구름이 나타나고 있었다.

그곳에 비친 것은 제11함대 본대 7000척의 함렬 측면이었다. 그 뒤로 는 별들이 무한히 펼쳐져 있었다.

"적 함대 포착! 전 함대 전투태세!"

III

양은 맹장이라 불리는 타입은 아니지만 전투가 벌어지면 항상 최전선에 섰으며, 특히 패전 때는 반드시 제일 후미에서 아군 퇴각을 엄호했다.

　그것이 지휘관이 갖춰야 할 최소한의 의무라고 생각했다. 그렇지 않고서야 누가 이제 갓 서른밖에 안 된 애송이에게 목숨을 맡기려 하겠는가.

　그의 기함 앞에는 웅웬 반 티우 소장이 지휘하는 3000척 분함대가 숨을 죽인 채 공격명령을 기다리고 있었다. 좌우와 배후에 함대를 전개한 아군도 마찬가지였다.

　"거리 6.4광초, 킬로미터로는 약 192만……."

　오퍼레이터의 목소리도 속삭이듯 낮았다.

　"적은 아군과 수직방향 우에서 좌로 이동 중이며 속도는 0.012광속, 킬로미터로는 초속 3600. 항성계 내 한계속도에 가깝습니다……."

　조명을 낮춘 어둑한 함교 안에서 오퍼레이터의 목소리 외에는 작은 숨소리만이 지배하고 있었다.

　양이 스크린에 시선을 향한 채 오른손을 어깨 높이까지 들어올렸다. 그것이 모든 것을 시작하기 위한 신호였다.

　"발사!"

　전 함대 포수에게 그 명령이 전달되었다.

　다음 순간, 백열하는 에너지가 수만 개의 창이 되어 암흑 우주공간을 꿰뚫었다. 그것은 각 함에서 평행하게 날아가지 않고 적 함대 중앙 한 점을 향해 집중되었다.

　양의 포격전 전법에서 볼 수 있는 두드러진 특징은 한 점에 포화를 집중해 기하급수적으로 파괴력을 증대시키는 것이었다. 작년 암릿처 회전에서 제국군이 승리했는데도 일부가 그의 함대에게 혼쭐이 났던 이유

중 하나도 여기에 있었다. 적함 한 척에 아군함 몇 척의 포화를 퍼부어 적 방어를 가볍게 찢어발기는 것이다.

"에너지파 급속 접근!"

제11함대 오퍼레이터들이 비명 섞인 경고를 터뜨렸다. 그 순간 거대한 에너지 덩어리는 첫 일격으로 함대 측면을 분쇄하고 있었다.

소형 항성을 방불케 하는 열과 빛. 그 안에서 수백 척이 소멸하고, 그서너 배는 되는 함정이 폭발했다.

핵융합폭발이 자아낸 백색광은 한순간에 너울대며 퍼져 나가 마치 스크린을 표백해버린 것만 같았다.

양의 지휘 데스크 옆에는 율리안이 앉아 있었다. 소년은 태어나서 처음으로 우주공간 전투를 두 눈으로 직접 보게 된 것이다. 등줄기의 전율을 자각한 율리안은 공포가 아니라 흥분 때문이라고 자신에게 변명했다. 아직 멀었어. 이제 막 시작됐을 뿐인걸.

"응웬 반 티우에게 연락."

양이 말했다. 그는 지휘 시트가 아니라 지휘 데스크 위에 한쪽 무릎을 세운 채 앉아 있었다. 예의와는 거리가 먼 모습이었지만, 그의 부하들은 그 자세를 보면 어쩐지 마음이 놓인다고 했다.

"전속 전진하여 적 측면을 치도록."

명령을 받은 응웬 함대가 허공을 박차고 나아갔다.

응웬 반 티우는 맹장 타입의 사내로, 총사령관의 냉정한 컨트롤이 있다면 절대적인 파괴력을 떨칠 수 있는 지휘관이었다. 라인하르트의 부하로 치면 비텐펠트와 비슷하다고 할까.

"돌격!"

응웬 반 티우의 명령은 명쾌함 그 자체여서 부하들에게 오해의 여지를 주지 않았다.

"돌격! 돌격!"

사령관을 선두로 응웬 반 티우의 분함대는 최대 전투속도로 적 함대 측면을 향해 육박했다. 활짝 열린 포문에서 에너지 광선과 포탄이 쏟아져 나오고, 발사와 폭발의 섬광이 심연 한구석을 밝혔다.

일제포격으로 뻥 뚫린 거대한 구멍을 통해 응웬의 함대는 적 함렬로 파고드는 데 성공했다.

제11함대 참모들은 낯빛이 바뀌었다. 더 이상 응웬의 전진을 허용한다면 함대가 앞뒤로 분단되고 만다. 분단된 것을 역이용해 상대를 협공하는 것도 이론으로는 가능하지만, 이에 성공하려면 매우 유연하고도 세련된 전술능력이 필요했다. 예를 들자면 양 웬리처럼.

하지만 그들에게는 그만한 자신이 없었으므로 상식으로 대응할 수밖에 없었다. 명령이 떨어졌다.

"전 방향에서 공격하라! 함정이건 인간이건 산 채로 보내지 마라!"

응웬 함대는 즉시 전방과 상하좌우 다섯 방향에서 쇄도하는 적 맹공에 휩쓸렸다. 불덩어리가 작렬하고 진동이 함체를 뒤흔들었으며, 입광량을 조절했는데도 스크린은 망막을 태울 것 같은 섬광으로 가득 찼다.

기함 마우리아 함교에서 응웬 제독은 활기차게 웃음을 터뜨렸다.

"이거 좋구만. 어딜 봐도 적뿐이구나! 조준할 필요도 없겠는걸. 해치워라, 마구 쏴라!"

지휘관의 이런 태도를 대담하다고 감탄하는 자도 있거니와 정신이 나간 것이 틀림없다고 생각하는 자도 있었다. 아무튼 한 가지는 분명했다.

눈앞의 적을 죽이지 않는 한 그들에게는 내일이 없다는 것이다. 싸움의 의미와 살육의 이유를 생각할 겨를 따위는 없었다.

"10시 방향에서 미사일 접근! 응전합니다!"

"제4포탑, 최대 출력!"

침착함을 잃은 목소리, 감정을 억누른 목소리가 통신회로를 가득 메웠으며, 그 뒤를 이은 충격음과 방해전파 노이즈가 한데 뒤섞여선 장병들의 청각을 공격해댔다. 함정 바깥에는 소리 없는 세계가 펼쳐져 있는데도.

시각도 공격당했다. 영원 속에 얼어붙은 별빛을 미사일 궤적이, 에너지 광선의 단단한 광채가 종횡으로 갈라놓았다. 그리고 이 모든 것들을 삼켜버리는 백색광이 압도적인 양감으로 시야를 점령했다.

개전 후 30분. 양의 기함 히페리온도 제11함대 측면과 함수가 맞닿기 직전이었다.

무지갯빛 안개가 히페리온을 에워쌌다. 에너지 중화자장이 함체를 광선의 파괴로부터 막아내고 있다는 증거였다.

"의외로 시간이 걸리는군."

스크린을 보며 양이 혼잣말을 했다. 제11함대의 저항은 상당히 끈질겨, 루글랑주 사령관이 무능하지 않다는 것을 알 수 있었다.

'바그다슈, 이 쓸모없는 놈. 뭣 때문에 양 함대에 잠입했단 말이냐!'

지휘를 계속하며 루글랑주는 속으로 욕을 퍼부을 수밖에 없었다. 거짓 정보로 적을 혼란시키고, 그것이 불가능해졌을 때는 양을 살해하는 것. 바그다슈는 이렇게 막중한 임무를 받아 목숨을 걸고 잠입한 것이었다. 그렇지만 아직까지 성공한 기미는 없었다. 그뿐이랴, 측면에서 기습 공격을 당한 것은 이쪽이었다. 이러다 협공은커녕 각개격파되고 말 것이다.

'역시 간파당했단 말인가?'

루글랑주는 이를 꽉 악다물었다. 기대해선 안 될 자에게 기대를 품었던 것일지도 모른다는 불안과 후회가 보이지 않는 손이 되어 그의 두터운 가슴을 쳐댔다.

지시를 요청하는 오퍼레이터의 목소리가 그의 의식을 현실로 끌어내렸다.

"무슨 일이냐?"

"적이 함대 중앙을 돌파했습니다. 아군은 앞뒤로 분단되었으며, 적은 후방을 반포위하려는 것으로 보입니다."

응웬의 분함대는 치열한 포화 속에서 피해를 입으면서도 마침내 중앙 돌파에 성공한 것이다. 그리고 방향을 오른쪽으로 돌려 분단된 후방을 에워싸듯 진격하고 있었다.

루글랑주는 입을 다문 채 스크린을 노려보았다. 양의 의도를 파악한 것이다.

'그렇군. 이걸 위한 거였어.'

그는 혀를 찼다.

"'기적의 양'이라더니, 정말 여간내기가 아니군."

말하자면 양은 전략 단계에서 양분한 적 분함대를 전술 단계에서 다시 양분해 하나씩 완전히 격파하려는 것이었다.

이로써 양 함대와 제11함대의 전력비는 거의 4대 1이 되었다. 상황이 이렇게 된 이상 총지휘관인 양은 전황에 일희일비할 필요도 없이, 하급 지휘관의 각개격파를 지켜보면 그만이다.

양이 보기에 이런 것은 책략도 뭣도 아니었으며, '적보다도 많은 병력으로 싸우라'는 용병학의 기초 원칙을 지켰을 뿐이었다. 마술이니 기적이라는 말을 들으면 답답할 따름이다.

적과 아군 주력부대가 접촉해 공간에 함정의 밀도가 높아지자 전투 양상은 포격전에서 근접격투전으로 바뀌었다. 단좌식 전투정 스파르타니안이 활약할 때였다. 기함 히페리온의 공전대장 포플랭 소령도 부하들을 모아놓고 대기 중이었다.

그는 출격명령이 떨어짐과 동시에 전원을 탑승시킨 후 모함에서 우주공간으로 뛰쳐나갔다.

"위스키, 보드카, 럼, 애플잭 각 중대 지휘는 중대장에게 맡긴다. 셰리와 코냑은 나를 따르라. 편대를 흐트러뜨리지 마라."

이 사내는 휘하 각 중대에 술 이름을 붙여놓았다.

"인생의 주식은 술과 여자. 전쟁은 뭐, 오후 3시용 간식이지."

그렇게 너스레를 떠는 포플랭다운 센스였다. 일설에 따르면 여성 속옷 이름을 붙이려 했다가 스스로 생각해도 너무했는지 포기했다는 말도 있다.

포플랭이 탑승한 스파르타니안이 심연 속에 보이지 않는 궤적을 그리며 돌진했다. 셰리, 코냑 중대가 에이스를 따르고, 나머지 4개 중대는 적을 찾아 각 방향으로 산개했다.

제11함대에서도 항모 기능을 보유한 함정들이 잇달아 단좌식 전투정을 발진시켰다.

교차하는 포화 속 도처에서 스파르타니안과 스파르타니안의 공중전이 펼쳐졌다. 전투정 성능이 같은 이상 승패는 탑승자의 기술로 결정된다. 전투정 파일럿 중에는 장인 기질을 가진 자가 많았으므로, 이는 바라지도 않았던 시험장이라고 할 수 있었다. 이때 당사자들에게 살육전을 벌인다는 자각은 없었다. 오로지 피 끓는 흥분에 도취되었을 뿐이었다.

발진 후 2분도 지나기 전에 포플랭은 3기의 적을 격추했다. 적만이 아니라 아군의 포화까지 피하면서, 소용돌이치는 에너지가 그려낸 거친 바다를 맹렬한 스피드로 헤엄친다.

포플랭의 체내에서 충실한 삶의 에너지가 급격하게 순환하고 있었다. 반사신경이 한껏 날카로워지면서 전신 세포 하나하나가 약동하는 것만 같았다.

전함 율리시스도 난전 한복판에 있었다. 에너지 검이 함 외벽을 가르고 지나가는 바람에 내부 완충재가 드러나 사방으로 흩어지면서 하얀 구름에 휩싸인 것처럼 보였다. 이 때문에 후방 포탑은 시야가 차단된 데다 센서마저 말을 듣질 않았다. 포수들은 신과 악마를 저주하며 공격을 받은 방향으로 응사할 수밖에 없었다.

사력을 다한 전투가 종식되기까지 8시간이 걸렸다.

양 함대는 제11함대 중앙을 돌파해 후방함대를 격파한 후, 루글랑주 제독이 있는 전방함대를 전 병력으로 포위한 채 함정을 하나하나 파괴해나가고 있었다. 거의 모든 함정이 항복을 거부한 채 광신에 가까운 저항을 멈추지 않았으므로 그럴 수밖에 없었다.

양에게는 내키지 않는 섬멸전도 루글랑주 제독의 자살로 끝을 맺었다. 그는 기함 외의 몇 척만이 남을 때까지 집요하게 저항했던 것이다.

『생애 최후의 전투에서 고명한 양 웬리 제독과 겨룰 수 있었던 것을 명예로 여긴다. 군사혁명 만세.』

그것이 기함 통신장교가 전한 루글랑주의 마지막 말이었다.

참모 파트리체프가 허파를 텅 비울 정도로 큰 한숨을 내쉬었다.

"이거야 원, 대단한 싸움이었습니다."

하지만 아무리 격렬한 전투라 해도 이 자리의 승패 자체는 매우 일찌 감치 정해진 것이었다.

양 함대는 숫자로 봤을 때 적의 두 배였던 데다가 측면을 쳐 적을 분 단하는 데도 성공했다. 압도적으로 유리한 태세에서 승리를 완성할 때 까지 시간이 걸렸던 것은 루글랑주의 용맹한 지휘 아래 제11함대가 선 전했다는 증거였다. 양이 보기에는 무의미한 선전이었다. 일찌감치 두 손을 들어주었더라면 좋았을 것을.

"루글랑주 제독이 무능력했으면 적과 아군의 사상자는 좀 더 적었 겠죠."

쇤코프의 말에 양은 묵묵히 고개를 끄덕였다. 전투가 일단락되자 그 는 피로감에 사로잡힌 것 같았다.

'결국 양 함대는 이 사람 하나뿐이로군.'

쇤코프는 그렇게 생각했다. 젊은 사령관의 지략을 제외한다면 양 함 대는 결코 강하지 않다. 애초에 패잔병과 신병만으로 이루어진 보잘것 없는 혼성부대였다. 하지만 '불패'라는 두 글자로 장식된 사령관의 명 성에 이끌려 싸우고 또 싸우고, 이기고 또 이기며 오늘의 무훈을 세운 것이다. 그렇게 본다면 루글랑주의 패배도 남의 일이 아니다. 양이 무능한 지휘관이었더라면 이 함대는 아직 규모가 크지 않았을 때 궤멸당하고, 대신 수많은 적병이 살아서 고향으로 돌아갔을 테니까.

그것은 과거의 일이라고 차치하더라도, 문제는 미래에 있다. 이 은하계에는 불패의 명성을 자랑하는 다른 자가 있지 않은가.

라인하르트 폰 로엔그람 후작.

그와 양이 정면으로, 모든 능력을 기울여 싸울 날은 반드시 찾아온다. 운명이나 숙명이라기보다는, 급속도로 집약되는 역사의 행보가 그렇게 만드는 것이다. 그때 양 함대는 라인하르트 군을 이길 수 있을까. 아니, 양의 부하들은 라인하르트의 부하들을 이길 수 있을까.

'힘들겠구만.'

쇤코프는 생각했다. 그가 아는 자만 보더라도, 키르히아이스는 모든 면에서 라인하르트의 분신이라 할 만했으며, 미터마이어나 로이엔탈은 작전지휘 능력이 매우 뛰어나다. 응웬 반 티우 정도로는 대항할 수 없을 것이다.

그건 그렇다 쳐도, 이겨서 침울해하는 양의 모습을 보니 유리한 정보를 얻어 기쁜 나머지 춤을 추던 사람과 동일인물로는 여겨지지 않았다. 믿음직스러운 전쟁 예술가의 자질과 성실하고 양심 있는 역사학도의 자질이 양의 내면에서는 항상 자리다툼을 하며, 전투가 끝난 후에는 후자의 기분이 그를 지배하는 모양이었다.

"사령관 각하!"

흑발의 청년 사령관을 돌아보게 한 목소리의 주인은 부관 프레데리카 그린힐 대위였다.

"아직 적은 절반이 남았습니다. 우리가 지체한 만큼 피져 제독에게 부담이 갈 것입니다. 지시를 내려 주시기 바랍니다."

그녀의 발언은 정확했다. 양은 두어 차례 눈을 끔벅이더니 등줄기를
쭉 폈다.

"전 함대 정렬! 반전해 제7행성 궤도 방면으로 향한다!"

그 무렵 양이 있어야 할 공역을 급습해 허탕을 친 제11함대 별동대에
서는 격론이 오가고 있었다. 일부는 반전해 양과 싸워야 한다고 주장했
으나, 다른 일부는 이렇게 말했다.

"이렇게 된 이상 조급하게 싸우지 말고 잠시 도리아 성계 밖으로 이탈
해 양 함대가 하이네센을 포위할 때까지 기다리는 것이 어떤가? 그때
뒤를 치는 것이다. '아르테미스의 목걸이'가 있는 이상 아무리 양 웬리
라 해도 단시일 내에 하이네센을 공략할 수는 없을 것이다. 그때 배후를
친다면, 어쩌면 이길 수 있을지도 모른다."

진지한 토론이 이어졌다. 금방 결론이 나지 않는 것은 최고책임자가
명확하게 정해지지 않았던 데서 나오는 결함이었다.

결국 양 함대를 찾아 전투를 벌이기로 결정하고, 그들은 함대 방향을
돌려 이동하기 시작했다. 이러는 동안 시간을 허비해, 양이 루글랑주 제
독과 싸우며 지체한 시간은 어느 정도 상쇄되었다.

그러나 그때 적 별동대가 이동하는 것을 감시하던 피셔는 태양풍의
흐름을 거슬러 가는 적 함렬이 흐트러진 것을 확인하자마자 포격 명령
을 내렸다.

피셔의 포격 전법도 양을 본뜬 것이라 한곳에 집중포화를 퍼붓는 것
이 특징이다. 측면에서 생각지도 못한 에너지 광선 호우를 얻어맞고 제

11함대는 심각한 피해를 입었다.

피셔는 함대운용의 달인으로, 그가 있는 한 아무리 멀고 험한 원정길을 간다 해도 함대가 자신의 위치를 잃거나 함정이 탈락해 함렬을 흐트러뜨리는 일은 없었다. 반면 전투지휘관으로서는 겨우 수준에 다다른 정도라고 할 수 있으리라. 그러나 그는 자신의 역량을 정확하게 파악했으며, 결코 과신하지 않았다.

그는 제11함대 본대를 격파한 양이 달려올 때까지 아군 피해를 최소한도로 억제하며 시간을 벌려 했다. 이 의도는 성공을 거두었다. 제11함대 별동대는 피해를 무시하지 못하고 피셔 함대와 교전을 시도했다. 그러자 피셔는 후퇴했다. 별동함대가 다시 전진하면 후방에서 쫓아가며 공격을 가했다. 이런 밀고 당기기가 되풀이되는 사이에 양의 본대가 나타나, 앞뒤에서 적을 협공하는 형태가 되었다.

루글랑주도 없이 지휘체계도 통일되지 않은 별동함대는 용감하지만 무익한 전투 끝에 패멸했다. 양은 근접전을 피하고 철저한 집중포화를 퍼부어 적을 분단한 후, 각개격파를 통해 거의 피해를 입지 않고 승리를 거두었다.

IV

"제11함대 패배. 루글랑주 제독은 자결."

"양 함대는 보급과 정비 후 하이네센으로 진공할 태세."

"각 행성 경비대 및 의용병은 속속 양 제독 아래 집결."

이러한 보고가 도착하자 수도 하이네센의 구국군사회의는 무거운 공기에 휩싸였다.

누군가가 중얼거렸다.

"내우외환內憂外患이 따로 없군."

그들은 수도에 계엄령을 선포하고 정치, 경제, 사회 각 방면을 군사력으로 통제 운영하려 했으나 혼란을 막을 도리는 없었다. 외출금지령으로 일반 범죄와 사고는 감소되었다고 하지만, 제일 먼저 물가가 폭등하기 시작했으며 소비물자가 현저히 부족해졌다. 시민의 불만과 불안이 높아질 것을 우려한 구국군사회의는 조사에 착수하고, 페잔에서 온 사업가에게 자문을 구했다.

그의 발언은 혹독했다.

"당신네 군인들은 경제를 요만큼도 모르는군. 지금 하이네센은 다른 성역과 단절된 상태요. 폐쇄된 채, 그 자체에서만 돌고 도는 단일 경제 단위가 됐거든. 그런데도 생산보다 소비가 훨씬 많은 기형적인 상태란 말이오. 그러니 시장경제 체제를 따르는 한 물가가 오르는 건 당연한 일이지. 우선 유통기구의 통제를 풀고, 보도규제를 완화해 인심을 안정시키시오. 안 그러면 경제도 사회도 제대로 돌아가지 않을 거요."

이야기를 듣고 있던 것은 경제 통제를 위임받은 에반스 대령이었다. 그에게 이 정론은 전혀 고맙지 않은 것이었다. 구국군사회의의 얼마 안되는 인원으로 행성 하이네센을 지배하려면 반드시 통신, 유통, 수송을 통제해야만 했으며, 경제의 건전화는 사실 둘째 문제였던 것이다. 군인이 경제정책을 고안하면 대부분 통제와 관리에 의한 국가사회주의 체제로 바뀌고 만다. 페잔에서 온 사업가는 대령도 예외가 아니라는 것을 깨달았다.

"경제란 생물이오. 통제한다고 생각대로 돌아가는 법은 절대 없소. 군대에선 상관이 부하를 때려서라도 명령을 듣게 할 수 있겠지만, 그런 감각으로 경제를 논하면 안 되지. 차라리 우리 페잔에게 맡겨준다면……."

"쓸데없는 소리는 하지 마라!"

대령은 소리를 질렀다.

"우리는 은하제국의 전제주의자들을 타도하고 인류사회에 자유와 정의를 회복할 것이다. 그렇게 되는 날에는 너희 페잔의 배금주의자들에게도 정의가 무엇인지를 가르쳐주지. 금전으로 인심과 사회를 지배할 수 있다고 생각하지 마라!"

"그거 명언이군."

사업가의 눈에 조용한 조롱의 파도가 일렁이고 있었다.

"하지만 살짝 바꿔보는 게 어떻겠소? '금전'이란 말을 '폭력'으로 말이오. 아마 짚이는 구석이 꽤 있을 거요."

에반스 대령은 격노해 블래스터에 손을 가져갔으나 차마 뽑아 들지는 못했다. 부하에게 명해 사업가를 집무실에서 쫓아내도록 하는 데 그쳤을 뿐이었다. 하지만 물가가 뛰고 소비물자가 부족한 사실은 방치할 수 없었다. 결국 그는 몇몇 악덕 사업가를 체포해 그렇게 징발한 물자를 방출했을 뿐, 근본적인 해결에는 조금도 기여하지 못했다.

게다가 그 무렵에는 기이하고도 심각한 소문까지 흐르기 시작했다. 구국군사회의 내에 트뤼니히트 정부와 내통하는 자가 있다는 것이었다.

애초에 트뤼니히트 의장은 어떻게 도망칠 수 있었단 말인가. 쿠데타가 터진 직후부터 누구나 그 의문을 품었다. 통합작전본부장 대행도 우주함대 사령장관도 구금되었는데, 어떻게 의장만이 습격을 피할 수 있었는가.

트뤼니히트는 쿠데타 정보를 미리 파악하고 있었던 것은 아닌가? 그것도 내부에 내통자가 있어서, 쿠데타 발생 일시까지 알고 있었다고밖에는 생각할 수 없었다. 그렇지 않고서야 마치 타이밍을 잰 것처럼 관저에서 모습을 감출 리가 없다. 우주함대 사령장관 뷰코크 제독도 어찌어찌 막연한 정보를 손에 넣었던 모양이지만, 그런데도 손을 쓰지 못했다. 그것만 봐도 트뤼니히트는 상당히 자세한 정보를 알고 있었음이 틀림없다.

그린힐 대장은 베이 대령이라는 사내에게 명해 이러한 의견을 억눌렀다. 얼마 안 되는 동지들끼리 서로를 의심해봤자 득 될 것은 없다고 생각했기 때문이었다. 하지만 의문을 품는 목소리는 낮아졌을 뿐 사라지지는 않고, 그들 사이에선 음습한 분위기가 떠돌기 시작했다.

초조함과 불안 속에 며칠이 지나가고 상황은 좀처럼 개선될 기미를 보이지 않은 채 파국이 찾아왔다. 훗날 '스타디움 학살'이라는 이름으로 기록될 사건이었다.

하이네센 기념 스타디움은 행성 이름과 마찬가지로 국부의 이름을 따 건립되었다. 이따금 국가 규모의 식전이 치러지는 장소로, 국가의식 고취를 꾀하는 의미에서 이런 이름을 붙인 것이다. 독창성이라고는 전혀 찾아볼 수 없는 이름도 어쩔 수 없다면 어쩔 수 없는 노릇이다.

그날, 6월 22일.

30만 명의 관객을 수용할 수 있는 대형 스타디움에 시민들이 모였다.

사람들의 흐름은 아침부터 시작되어 정오에는 20만 명에 달했다.

계엄령은 대규모 집회를 금지하고 있었다. 공공연히 이를 무시한 행위에 구국군사회의는 놀랐고, 집회의 목적을 안 다음에는 분노로 안색이 창백해졌다. '폭력에 의한 지배에 반대하며 평화와 자유를 회복하기 위한 시민 집회'라는 슬로건은 너무나도 대담하고 도전적이었다.

"주모자가 누구냐?!"

이를 알아냈을 때 그들은 신음소리를 냈다.

"그 여자로군……!"

제시카 에드워즈. 테르누젠 성구에서 선출된 의원이며 반전파의 급선봉. 한때 대중 앞에서 당시 국방위원장이었던 트뤼니히트를 규탄했으며, 언제나 전쟁과 군대의 어리석음을 비판하는 여성이다. 계엄령이 선포되었는데도 그때까지 구금되지 않았던 데는 이유가 있었다. 구국군사회의의 인력으로는 정부와 군부의 최고 간부를 붙들어놓는 것까지가 사실상 한계였으며, 의회 내의 야당 세력에까지 손을 댈 수는 없었기 때문이었다.

"집회를 해산하고 에드워즈 의원을 구금하라."

이 명령을 받아 무장한 병사 3000명을 이끌고 스타디움으로 달려간 것은 크리스티앙 대령이라는 자였는데, 훗날 구국군사회의 간부들은 이 인선을 후회하게 된다.

크리스티앙 대령은 처음부터 군중을 조용히 달랠 생각이 없었다.

무장한 병사들을 이끌고 스타디움으로 쳐들어가, 입구를 가로막은 채 총으로 군중을 위압한 크리스티앙 대령은 제시카를 찾아내 끌고 오라고 부하에게 명령했다.

제시카는 스스로 대령 앞에 나타나, 타협의 여지도 없는 어조로 왜 무장한 병사들이 평화적인 시민의 집회를 방해하는지 따졌다.

"질서를 회복하기 위해서다."

"질서라고 하셨나요? 가장 먼저 폭력으로 질서를 어지럽혔던 것은 당신네 구국군사회의가 아니었나요? 대체 질서란 무엇을 가리키는 말인가요?"

"질서가 무엇인지는 우리가 결정한다."

크리스티앙 대령은 오만하게 내뱉었다. 무제한의 권력과 권위를 손에 넣었다고 믿어 의심치 않는 자의 광기가 두 눈에 깃들어 있었다.

"중우정치 밑에서 해이해진 동맹 사회를 우리가 정상으로 돌려야만 한다. 무책임하게 평화론을 부르짖는 놈들이 목숨을 걸고 지껄일 수 있는지 어디 확인해 주지. 이봐! 아무나 좋으니 열 놈만 끌고 와서 내 앞에 한 줄로 세워."

명령을 받은 병사들이 참가자들을 열 명 정도 끌어냈다. 스타디움에 갇힌 시민들 사이에서 항의하는 목소리가 터져 나오기 시작했으나 대령은 이를 무시했다. 그는 허리의 블래스터를 여봐란 듯이 뽑아 들더니, 이를 보고 안색이 창백해진 사내들 앞에 섰다.

"고매하신 이상을 품고 계신 시민 제군?"

조롱하면서 일동을 둘러본다.

"평화적인 언론이 폭력을 이긴다는 게 제군의 주장인 모양인데, 맞나?"

"그렇다."

한 청년이 떨리는 목소리로 대답했다. 그 순간 대령의 손이 번뜩이고,

블래스터의 개머리판이 청년의 광대뼈를 박살 냈다.

"다음 놈."

소리도 내지 못하고 쓰러진 청년에게는 눈길 한 번 주지 않고 대령은 말라깽이 중년 사내에게 물었다.

"너도 똑같은 소리를 지껄일 테냐?"

대령은 블래스터를 들이댔다. 그 개머리판에 묻은 피 색깔이 사내를 공포에 빠뜨린 모양이었다. 그는 온몸을 부들부들 떨며 흙빛이 된 얼굴 위로 식은땀을 뻘뻘 흘렸다.

"용서해 주십쇼. 난 처자식이 있는 몸입니다. 제발 죽이지만 마십시오……!"

크리스티앙 대령은 낄낄 웃더니 블래스터를 치켜들어 사내의 안면을 개머리판으로 세차게 내리쳤다. 윗입술이 터지고 부서진 앞니와 피가 튀었다. 비명을 지르며 쓰러지려는 사내의 멱살을 붙잡은 대령은 다시 일격을 날렸다. 코뼈가 부러지는 소리가 났다.

"죽을 각오도 없는 주제에 큰소리만 치고 앉았어……. 자, 어디 말해 봐라. 평화는 군사력으로만 유지될 수 있다, 무기 없는 평화는 존재하지 않는다고. 말해 봐. 어서!"

"그만두세요!"

쓰러진 청년의 머리를 끌어안고 있던 제시카가 청년을 살며시 내려놓고 일어났다. 대령은 그녀의 두 눈에서 분노의 불꽃이 번쩍이는 것을 보았다.

"죽을 각오가 있다면 어떤 어리석은 짓을 해도, 어떤 끔찍한 짓을 저질러도 된단 말인가요?"

"닥쳐! 이······."

"폭력으로 자신이 믿는 정의를 남에게 강요하는 그런 종류의 인간이 있죠. 거물 중에는 은하제국의 시조 루돌프 폰 골덴바움부터 소인배 중에는 대령, 당신에 이르기까지. 당신은 루돌프의 못난 제자에 불과해요! 그 사실을 자각한다면 당장 여기서 나가세요!"

"이년이!"

한번 피를 본 대령의 이성이 소리도 없이 끊어졌다. 이미 두 사람의 피로 범벅이 된 블래스터가 제시카의 얼굴에 꽂혔다. 세 차례, 네 차례, 있는 힘껏 내리치는 대령의 두 눈은 광기로 넘쳐났다. 피부가 찢어지고 피가 튀어 대령의 군복을 점점이 물들였다.

시민들도 병사들도 대령의 광란을 멍하니 지켜보고 있었으나, 선혈에 물들어 쓰러지는 제시카의 얼굴을 대령이 군화로 짓밟기 시작했을 때, 폭발하듯 소리를 지르며 한 시민이 대령에게 몸을 부딪쳤다. 대령은 비틀거리고 분노로 얼굴을 일그러뜨리며 사내의 등에 총을 내리쳤다. 그 둔중한 소리는 무수한 노성과 함께 뛰쳐나온 시민들의 발소리에 묻혀 사라졌다. 본격적인 충돌이 일어났다. 대령의 모습은 군중의 발밑으로 사라졌다.

병사들은 빔 라이플을 쏘아 시민들을 쓰러뜨렸으나, 에너지가 떨어지거나 시민들에게 총을 빼앗긴 후에는 분노로 미친 인해人海 앞에 속수무책이었다. 주먹질에 쓰러진 후에는 그저 짓밟힐 뿐이었다.

스타디움에서 일어난 소동을 알아차린 구국군사회의는 놀라 이를 진정시키려 했으나, 시민에게 라이플 수십 정을 빼앗겼다는 사실이 판명되자 대화의 여지가 없다고 보고 강제 진압에 나섰다.

다량의 무력화 가스가 스타디움에 투하되었다. 가스 자체는 살상 능력이 없는 것이었지만 가스탄에 직격당해 적잖은 사망자가 나왔다. 구국군사회의는 가스를 마시고 쓰러진 사람들을 계엄령 위반으로 체포해 형무소에 가두었다. 그래도 상당수 시민이 도망치는 데 성공했다. 이를 추적해 체포하기에는 인력이 부족했으며, 치안경찰은 협력은 고사하고 명령을 무시하는 움직임마저 보였다. 또한 보도를 규제해도 모든 사람들의 입을 막는 것은 불가능했다. 사후처리는 불가능에 가까웠다. 사망자만 해도 시민 약 2만 명, 병사 1500명을 넘어선 것이다.

"전 행성에서 일제히 봉기를 일으키기라도 한다면 어떻게 되겠는가. 도저히 우리 손으로는 감당하지 못할 텐데. 모조리 죽일 수도 없고……."

구국군사회의는 자신들이 시민의 지지를 받지 못하는 소수파라는 사실을 새삼스럽게 깨달았다.

V

수면제로 잠들었던 바그다슈 중령이 겨우 눈을 떴다. 사정을 깨달은 그는 한동안 아연실색했으나, 무슨 생각을 했는지 양에게 면회를 신청했다.

양은 투덜거리면서 식후 채소 주스를 다 마신 참이었다. 홍차와는 달리 채소 주스에는 브랜디를 넣을 수 없었다. 그때 쉰코프와 함께 나타난 바그다슈는 자신의 임무가 최종적으로 양 웬리를 암살하는 데 있었다는 사실을 선선히 인정한 후 말을 이었다.

"제가 쿠데타에 참가한 것도 다 승산이 있다고 생각했기 때문입니다. 터무니없는 오산은 아니죠. 당신의 지략이 우리 전원의 예측을 넘어섰 던 건 어떻게 할 도리가 없는 거니까 말입니다."

양은 잠자코 종이컵 밑바닥만 보고 있었다.

"나 원, 당신만 없었더라면 만사가 잘 돌아갔을 텐데. 참으로 쓸데없 는 짓을 해 주셨습니다."

진심으로 원통해하는 모습을 보니 양은 쓴웃음을 지을 수밖에 없었다.

"그래서, 귀관이 면회를 청한 것은 내게 불평을 늘어놓기 위해서인 가?"

"아니죠."

"그럼 무엇을 위해서지?"

"전향하겠습니다. 밑에서 써 주셨으면 합니다."

텅 빈 종이컵을 양은 손바닥 안에서 의미도 없이 빙글빙글 돌렸다.

"그렇게 쉽게 주의주장을 버리고 전향할 수 있는 법인가?"

그는 움츠러드는 기색도 없이 말했다.

"주의주장이란 건 말입니다, 결국 살아가기 위한 방편이죠. 그것 때 문에 살아가는 데 방해가 된다면 버려야 하지 않겠습니까?"

이렇게 바그다슈는 투항자 대우로 기함 히페리온에 연금되었으나, 태 도가 거만하기 짝이 없었다. 식사에 와인이 빠졌다고 트집을 잡고, 식사 를 가져오는 병사도 여성으로, 그것도 빼어난 미인으로 해 달라고 청원 을 넣었다. 감시하던 장교가 화를 내며 그 태도를 양에게 호소했으나 젊 은 사령관은 딱히 괘념치도 않는 모양이었다.

"뭐, 그렇게 해 주게. 여성 병사는 그렇다 처도 와인 정도는 상관없지 않나."

주눅 드는 기색도 없이 뻔뻔하게 구는 자에 대한 관대함은 아무래도 라인하르트와 양의 기묘한 공통점인 모양이었다.

2, 3일이 지나 바그다슈는 다시 양 앞에 나타났다. 양은 개인실에서 도리아 성역 회전 사후처리며 앞으로의 작전, 부대 재편 등 사무를 보느라 한창 바쁠 때였다.

"솔직히 말해 나도 이젠 공짜로 먹고 자는 데 질렸습니다. 일을 좀 하고 싶은데, 뭔가 맡길 만한 임무 없습니까?"

"조바심 내지 말게. 조만간 자네에게도 역할이 떨어질 테니."

양은 책상 서랍에서 총을 한 자루 꺼냈다.

"내 총이야. 귀관에게 맡기지. 내가 가지고 있어봤자 도움이 안 되거든."

양의 사격실력이 형편없다는 것은 정평이 나 있었다.

"이거 고맙습니다."

중얼거리며 총을 받아든 바그다슈는 에너지 캡슐이 장전되어 있는 것을 확인하더니, 서류에서 시선을 떼지 않는 양을 노려보며 조용히 총구를 들이댔다.

"양 제독!"

그 목소리에 고개를 든 양은 자신에게 향한 총구를 보고도 딱히 표정을 바꾸지는 않고, 다시 서류에 눈을 돌렸다.

"총을 귀관에게 맡겼다는 건 비밀일세. 무라이 소장 같은 사람은 잔소리가 많거든. 그것만 알고 있으면 돼. 언젠가 귀관의 신분이 확정되면 정식으로 총을 지급하지."

바그다슈는 짧게 웃더니 눈에 뜨이지 않게 가슴 안주머니에 총을 집어넣었다. 양에게 경례를 한 후 문 쪽으로 돌아섰다. 그리고 그때 처음으로 표정을 굳혔다.

율리안 민츠가 날카로운 시선으로 바그다슈의 얼굴을 노려보고 있었던 것이다. 그의 손에 들린 총은 정확하게 그의 심장을 겨누고 있었다.

바그다슈는 크게 헛기침을 하더니 두 손을 흔들었다.

"어허, 그렇게 무서운 얼굴 하지 말라고. 너도 봤으니 알 거 아니냐? 장난이었어. 내가 양 제독을 쏠 리가 없잖아. 은인인데."

"한순간이라도 진심이 아니었다고 말할 수 있나요?"

"뭐?"

"양 제독을 죽이면 역사에 이름이 남는다…… 설혹 악명이라 해도. 그 유혹에 사로잡히지 않았다고 할 수 있느냔 말입니다."

"어, 야……."

바그다슈는 신음했다. 율리안의 자세에는 허점이 없어, 그는 손가락 하나 까딱하지 못한 채 가만히 서있어야만 했다. 마침내 그는 구원을 청했다.

"제독님, 뭐라고 말 좀 해 주십시오."

양이 대답하기 전에 율리안이 외쳤다.

"제독님, 전 이자를 신용할 수 없습니다. 지금은 충성을 맹세하는 척해도 나중에는 어떻게 될지 모르는 거 아닌가요?"

양은 손에 들고 있던 서류를 툭 내려놓더니 두 다리를 책상 위에 얹고 팔짱을 끼었다.

"장래가 위험하다고 해서 지금 죽일 이유는 안 된단다, 율리안."

"저도 압니다. 하지만 제 말에는 확실한 근거가 있습니다."

"그게 뭐지?"

"포로이면서도 양 웬리 제독의 총을 빼앗아 제독을 암살하려고 했습니다. 죽여 마땅하죠."

타협의 여지가 없는 율리안의 표정을 바라보는 바그다슈의 얼굴에 땀방울이 맺혔다. 율리안의 주장은 누구라도 납득할 것이다. 바그다슈는 자신이 상상도 못한 궁지에 빠졌다는 것을 자각했다.

양이 소리를 내 웃었다.

"이젠 됐으니 그만하고 용서해주렴. 바그다슈도 충분히 간담이 서늘해졌을 테니. 불쌍하게도 저 뻔뻔한 사람이 식은땀을 다 흘리잖냐."

"하지만 제독님……."

"괜찮아, 율리안. 그러면 중령, 이제 그만 물러가보게."

율리안은 총을 내렸으나 바그다슈를 노려보는 표정은 여전히 냉혹했다. 중령은 어깨를 들썩이며 숨을 헐떡거렸다.

"이거야 원, 예쁘장한 얼굴에 안 어울리게 무서운 꼬마로군. 네 눈이 언제나 내 등 뒤에서 빛나고 있다는 걸 잊지 않으마."

그 말을 남기고 바그다슈가 나가자 율리안은 영 불만스러운 듯 보호자를 돌아보았다.

"제독님, 명령 한마디만 내리셨으면 저자를 산 채로 내보내지 않았을 텐데요."

"그 정도면 됐어. 바그다슈는 계산에 밝은 자니, 내가 이기는 동안에는 배신하지 않을 거야. 당분간은 그 정도면 충분해. 게다가……."

양은 책상에 얹었던 다리를 내렸다.

"가능하다면, 네가 사람을 죽이는 건 보고 싶지 않구나."

그것이 자신의 이기심이라는 것을 양은 알고 있었다. 남의 집 아들들에게는 사람을 죽이도록 명령하고 있으니까. 하지만 역시 양의 솔직한 심정은 그러했다.

수도 하이네센에서 일어난 '스타디움 학살 사건' 소식이 보도규제의 그물을 빠져나와 양에게 도달한 것은 7월에 접어든 후였다. 제시카 에드워즈의 죽음을 알게 된 양은 그에 대해 한마디도 하지 않았다. 다만 선글라스를 써서 표정을 감추고, 그날 하루 내내 그것을 벗지 않았다. 다음 날에는 다시 평소와 다를 바 없는 태도로 돌아왔지만.

후방환경을 완전히 정비한 양이 바라트 성계 제4행성 하이네센을 향해 함대를 움직이기 시작한 것은 7월 말이었다. 이 출전으로 내란에 결판이 날 것은 분명했으므로, 양 외에는 모두가 긴장의 빛을 감추지 못했다.

제 6장

용기와 충성

I

라인하르트 곁을 떠나 별동대를 지휘해 변경성역을 공략하던 지크프리트 키르히아이스에게 새로운 명령이 떨어진 것은 7월로 접어들고 얼마 지나지 않아서였다.

키르히아이스는 용병도, 점령지의 행정도 자유롭게 재량에 따라 도맡고 있었다. 위험한 농담이기는 하나, 그를 '변경성역의 왕'이라고 부르는 자도 있을 정도였다. 물론 면전에서 대놓고 말하지는 못하지만.

붉은 머리 청년은 젊은 제국원수의 전폭적인 신뢰를 받으며 착실하게 변경성역을 평정해나갔다. 비록 대규모 회전은 없었으나, 60차례를 넘는 전투에서 모조리 완승을 거두었다. 한편 점령한 행성은 모두 민중 자치에 맡겼으며, 행성과 행성 사이 치안을 지키는 데도 부심했다. 약탈을 엄금한 것도 그들과 귀족들의 차이를 민중에게 알리는 데 큰 효과가 있었다.

그런 키르히아이스에게 라인하르트가 새삼 명령을 내린 데는 이유가 있었다.

명령서를 읽은 키르히아이스는 두 부사령관, 아우구스트 자무엘 바렌과 코르넬리우스 루츠를 불렀다.

그들은 키르히아이스보다 연장자였다. 아니, 정확히 말하자면 라인하르트와 키르히아이스보다 젊은 장성급 장교는 제국에도 동맹에도 없다.

"무슨 일이십니까, 사령관 각하?"

"로엔그람 후작님의 명령입니다."

붉은 머리 청년은 연장자에게 정중한 태도로 대답했다.

"적의 부맹주 리텐하임 후작이 브라운슈바이크 공작과 불화를 일으킨 끝에 5만 척의 함대를 이끌고 이쪽으로 향하고 있다고 합니다. 변경 성역을 탈환하겠다는 것이 명목이지만, 사실상 분파 행동이라고 보아도 좋을 것입니다. 이를 물리치라고 하셨습니다."

루츠와 바렌은 긴장했다. 이번 내전에서 이만한 대군과 맞서게 된 것은 처음이었기 때문이다.

활발한 정보수집이 시작되어, 마침내 리텐하임 군이 키포이저 성역에 진주進駐하고 있다는 사실이 밝혀졌다. 그 성역에는 제국군의 요새 가르미슈가 있다. 그곳이 그들의 근거지였다.

"결전은 키포이저 성역에서 치르겠군요. 저는 본대로 800척을 이끌겠습니다."

"겨우 800척으로 말입니까?"

바렌과 루츠는 눈을 크게 떴다. 하지만 키르히아이스는 태연하게 고개를 끄덕였다.

적은 총 5만 척이나 되지만 함정을 기능별로 배치한 것이 아니라 고속순항함 옆에 포함을, 대형전함 옆에 공뢰정空雷艇을 배치하는 식으로 잡다하게 늘어놓았을 뿐이었다. 화력과 기동성이 모두 다른 함정이 무질서하게 뒤섞인 셈이다. 이것은 적의 전술구상과 지휘체계에 일관성이 없다는 것을 뜻한다.

"쉽게 말하자면 오합지졸이지요. 두려워할 것 없습니다."

키르히아이스는 단언하고, 작전을 설명했다.

루츠와 바렌은 적의 정면에 함대를 전개한다. 횡진이 아니라, 좌익의 루츠는 전방으로 돌출하고 우익의 바렌은 약간 물러나 사선진斜線陳을 펼치는 것이다. 적이 일제히 공격해 오면 우선 루츠가 맞서 싸운다. 뒤로 물러나 함대를 전개한 바렌이 적과 충돌할 때까지의 시차를 이용해 고속순항함 800척을 지휘하는 키르히아이스는 적의 우측으로 돌아간다. 그리고 바렌이 전투상태에 들어갔을 때 단숨에 적의 중추로 돌진해 타격을 입히고 좌측으로 빠져나온다. 적이 혼란에 빠진 틈에 루츠와 바렌은 전력을 다해 공세로 들어간다.

"아마 이 정도로도 이길 겁니다. 그 후엔 지나치게 깊이 추격하지 않도록 조심하면 그만입니다."

붉은 머리의 젊은 제독은 미소를 머금고 두 부사령관을 보았다. 루츠와 바렌은 경악을 감추느라 고심해야만 했다. 언뜻 얌전해 보이는 이 청년은 '사령관이 직접 진두지휘하는 일격이탈 전법'이라는 가공할 작전을 제시해놓고는 긴장하는 기색도 없이 웃고 있는 것이다.

'과연, 로엔그람 후작의 둘도 없는 심복답군.'

그들은 그렇게 생각했다. 단순히 죽마고우라 중용하는 것만은 아니라는 사실은 이미 잘 알고 있었으나, 새삼 감명을 받은 것이다.

키르히아이스의 작전안은 전 함대를 고속기동부대와 후방지원부대로 나눈다는 양 웬리의 구상을 전술 단계에서 가장 세련된 형태로 구현한 것과 마찬가지였다.

키포이저 성역 회전은 리텐하임 군의 주포 일제사격으로 막을 열었다. 수만 가닥의 빛줄기가 암흑 허공에 빛의 다리를 놓으며 키르히아이스 군이 펼친 에너지 중화자장으로 달려들었다. 입자의 동족상잔 현상이 발생해 무지갯빛 안개가 키르히아이스 군을 에워쌌다.

키르히아이스 군은 주의 깊게 사선진형을 유지하며 전진했다. 마침내, 전방으로 돌출되어 있던 루츠의 좌익 함대가 600만 킬로미터 거리에서 포문을 열었다.

압도적인 에너지의 호우가 리텐하임 군 함정으로 쏟아졌다. 교차하는 빛의 모자이크 속에서 폭발물들이 서로 다른 모양을 그렸다. 마침내 루츠 함대의 전선이 적과 접촉해, 함포전 일변도였던 전투에 발퀴레를 이용한 근접격투전이 더해졌다.

바렌 함대는 아직도 적과 거리가 멀어 함포전도 본격적으로 시작하지 않은 상태였다.

키르히아이스는 기함 바르바로사의 지휘 시트에서 일어나 800척의 직속 고속함대에 진격 명령을 내렸다. 전진을 계속하는 바렌 함대 뒤에 숨은 채 전진하던 그들은, 절호의 타이밍을 노려 단숨에 뛰쳐나가 호를 그리며 리텐하임 군의 측면을 쳤다.

전방에 전개한 적의 대함대를 향해 돌진하던 리텐하임 군은 생각지도 못한 방향에서 포화가 날아들자 우왕좌왕했다. 응전 지령이 내려져 함대는 기습부대 쪽으로 함수를 돌리려 했다. 그러나 이번엔 전방에서 무시무시한 광선과 미사일이 날아들었다. 드디어 사정거리 내에 목표를 포착한 바렌 함대가 공격을 개시한 것이다.

어느 적을 상대해야 한단 말인가. 리텐하임 군은 혼란에 빠졌다. 한순간의 혼란. 그러나 키르히아이스에게는 그것으로도 충분했다.

기함 바르바로사의 주포가 일제사격 3연사를 가하고 빛의 검이 리텐

하임 군 함렬을 갈라놓았다. 일련의 폭발이 빛과 함께 사라진 후, 각 함마다 속도 차이가 있는 적 함대 중앙에 공간이 뚫렸다. 그 공동을 통해 바르바로사는 적진 한가운데로 돌입했다. 800척이 그 뒤를 따랐다.

리텐하임 군 진형 한가운데에 거대한 쐐기가 박혔다. 게다가 이 쐐기는 고속으로 이동할 수도 있었다. 리텐하임 군 제독들은 침입해 온 적을 포위하려 했으나, 빠르고 가변성 뛰어난 이 움직임에 대응하지 못한 채 피해만 입고 말았다.

키르히아이스의 기습부대는 왼쪽으로 빠져나갔다. 일격이탈 전법은 일단 성공을 거두었지만 그대로 멈추지 않고 방향을 바꾸어 다시 적진으로 재돌입했다. 키르히아이스는 800척 고속함을 나선형으로 움직여 대군의 내부를 헤집어냈다.

함대 내부의 혼란이 확대되어 바깥쪽까지 퍼져 나가자 루츠와 바렌은 전력을 기울여 적에게 돌진했다. 안으로부터의 혼란과 밖으로부터의 혼란이 결합된 순간 리텐하임 군은 패배에 직면했다. 게다가 기함 오스트마르크는 지근거리에서 바르바로사의 눈에 걸려들고 말았다.

"저것이 리텐하임 후작의 기함이다. 속히 추격해 전란의 원흉을 잡아라!"

키르히아이스의 명령이 초광속통신을 타고 날아가자 전 함대는 승리를 더욱 완벽히 하기 위해 적 기함으로 돌진했다.

리텐하임 후작은 완전히 기가 꺾이고 말았다. 스크린 속에서 아군 전함이 집중포화를 받아 백열하는 구름으로 변하며 소멸했다. 그것이 기함 바로 옆에서 일어나고 있는 상황이란 것을 깨달은 순간 그를 지배하던 감정은 공포로 변했다. 비명에 가까운 사령관의 명령이 터져 나오자 오스트마르크는 미친 듯이 침로를 바꾸어 도주하기 시작했다.

키르히아이스와 싸우기 전에 리텐하임 후작은 이렇게 말했다.

"기왕 애송이와 싸울 거라면 금발을 상대하고 싶었는데 말이오. 붉은 머리 부하 가지고는 당최 성이 차지 않지만, 어쩔 수 없지."

그 호언장담을 리텐하임 후작은 전장 어딘가에 내팽개치고 말았다.

이윽고 도주하는 앞길에 무수한 광점이 나타났다. 아군 수송함대가 장기전이 되었을 때 보급을 위해 후방에 대기하고 있었던 것이다. 그러나 지금 이 순간, 리텐하임 후작에게 그들은 퇴로를 가로막는 장애물일 뿐이었다.

"포격하라!"

명령을 들은 포술장교는 자기 귀를 의심했다.

"하오나 각하, 저것은 아군 수송함대입니다. 저것을 쏘란 말씀은……."

"아군이라면 어째서 내가 도망…… 전진하는 것을 방해한단 말이냐! 상관하지 말고 쏴라! 쏘란 말이다!"

이렇게 키포이저 회전에서 가장 비참한 장면이 연출되었다. 비무장 수송함대가 도주로를 확보하려는 아군에게 포격을 당한 것이다. 그것은 전쟁 그 자체의 부조리함을 그로테스크하게 상징하는 사건이었다.

수송함대는 아군이 자신들 쪽으로 도주하는 것을 알고 완만하게 방향을 바꾸려 했다. 하지만 그런 와중에 오퍼레이터들이 경악에 찬 비명을 질렀다.

"에너지파 및 미사일 급속 접근! 회피 불가능!"

"적인가?!"

장교들이 놀라 외친 것도 당연했다. 전장에서 떨어진 후방에 있다고 생각했는데, 근처에 적이 매복하고 있었단 말인가.

"아닙니다, 아군이……."

말이 끝나기도 전에 섬광이 모든 것을 앗아갔다.

처음 아군의 포화에 희생된 배는 파사우 3호였다. 레일 캐논이 쏜 중성자탄두를 맞은 것이다.

미쳐 날뛰는 중성자 폭풍이 순식간에 선내를 가득 채우고 모든 승무원을 문자 그대로 휩쓸어버렸다.

거의 즉사였다. 단 한 사람, 선내 중앙 창고에서 화물 보관 시스템을 점검하던 쿨리히 중사만이 두꺼운 내벽과 화물에 에워싸인 덕에 수십 초 정도 오래 살아남을 수 있었다.

일어날 힘도 없이 바닥에 쓰러진 채 중사는 자신의 몸에 무슨 일이 일어났는지조차 깨닫지 못했다.

'앞에 있었던 게 아군이 아니었나? 누구에게 공격을 받아 이렇게 된 거지? 아니면 혹시 무슨 사고라도 일어났나?'

아무튼 일어나야만 한다. 밖으로 나가 무슨 일이 일어났는지 확인해야 한다. 살아서 돌아가기 위해. 아내와 갓 태어난 쌍둥이가 집에서 그를 기다리고 있었다.

하지만 그는 일어나지 못했다. 벽에 기댄 중사의 손등에 보라색 반점이 생기고 차츰 퍼져 나가며 피부를 뒤덮더니, 마침내 거품을 내며 생체조직을 침식하기 시작했다.

수송함 뒤렌 8호의 부장 린저 대위는 폭발하는 순간 벽에 내동댕이쳐졌다. 이어서 오른팔에 날카롭고 뜨거운 감각을 느끼며 의식을 잃었다.

정신이 들었을 때, 주위에는 연기와 시체밖에 없었다. 기침하며 일어나려다 균형을 잃고 쓰러졌다. 그는 자신의 몸을 내려다보고 오른팔에 눈길이 멈추었다. 그의 오른팔은 팔꿈치 아래가 잘려 나간 채 없었던 것이다. 폭발할 때 기기 파편이 날아와 팔을 잘라버린 모양이었다. 하지만 워낙 창졸간에 절단되었기에 순간 근육이 수축되어 출혈과 고통은 의외로 적었다.

"아무도 없나!"

린저 대위는 바닥에 주저앉은 채 소리를 질렀다. 세 차례 외쳤을 때야 기운 없는 대답이 들리더니 조그만 실루엣이 비틀비틀 다가왔다.

린저는 미간을 찡그렸다. 황금색 머리는 흐트러지고 얼굴은 피와 그을음으로 지저분했지만, 상대의 얼굴은 아직도 소년으로밖에 보이지 않았기 때문이었다.

"왜 애가 이런 데 있지?"

"……유년학교 생도입니다. 상병 대우로 가르미슈 요새에 배속되던 도중입니다."

"아, 그랬군. 몇 살이냐?"

"열세 살입니다. ……앞으로 닷새 후면."

"말세로군. 어린애가 전장에 나오다니."

대위는 한숨을 쉬었으나, 세상이 말세이든 아니든 자신과 소년의 부상은 치료해야만 했다. 그는 소년에게 구급 키트가 있는 곳을 알려주고 가져와 달라고 부탁했다.

냉각 스프레이로 통각신경을 마비시킨 다음 소독하고 보호 필터로 환부를 감쌌다. 소년은 타박상과 찰과상, 그리고 가벼운 화상이 전부였다. 운명의 편애를 받는 모양이었다. 소년이 파손을 면한 스크린 하나를 보며 숨을 들이켰다.

"적이 접근하는 것 같습니다."

"적?"

대위가 되물었다.

"적이란 게 어느 쪽을 말하는 거냐. 우리를 이런 꼴로 만든 게 누군데……."

균형을 잡느라 고심하면서 일어난 후, 린저는 긴급신호탄 발사 시스템의 전원을 켜고 녹색 버튼을 눌렀다.

"우리는 항복한다. 부상자가 있다. 인도人道에 따라 구조를 바란다."

인도라. 대위는 입술을 일그러뜨렸다. 적을 구하는 것이 인도라면, 아군을 죽이는 것은 무엇이라 불러야 한단 말인가.

"항복하시는 겁니까?"

"싫으냐, 꼬마야?"

"꼬마라고 부르지 마십시오. 콘라트 폰 모델이라는 어엿한 이름이 있습니다."

"오, 그거 우연인걸. 나도 콘라트다. 콘라트 린저. 그래, 어린 콘라트 군은 항복하는 것이 싫다면 어떻게 하고 싶지?"

어른 콘라트가 놀리듯 말하자 소년은 당혹한 표정을 지었다.

"모르겠습니다. 항복은 싫지만 이 상태로는 싸울 수도 없고, 어떻게 해야 좋을지 저는 모르겠습니다."

"그럼 나한테 그냥 맡겨."

왼손으로 서툴게 소독용 알코올 병의 뚜껑을 따면서 린저는 말했다.

"너보다도 14년은 오래 살았으니까, 그나마 연륜이란 게 좀 있거든. 하기야 자기가 섬기는 사령관의 정체도 간파하지 못한 어중간한 연륜이다만."

술 대신 소독용 알코올을 마시는 젊은 대위의 모습을 어린 콘라트가 반쯤은 기가 막혀서, 반쯤은 걱정스럽게 바라보았다.

"왜 표정이 그러냐? 이건 약용이야. 설마 인체에 해롭겠어?"

대위의 말꼬리에 부저 소리가 겹쳐졌다. 구조대가 와준 것이다.

적의 구조대가.

II

구체형 인공행성 가르미슈 요새로 도망치는 데는 성공했으나, 리텐하임 후작의 함대는 거의 전멸 상태였다. 5만 척 함정 중 사령관을 따라 가르미슈까지 온 것은 3000척도 되지 않았으며, 5000척은 전장을 이탈한 후 정처 없이 어디론가 도망쳤다. 1만 8000척이 완전히 파괴되었으며, 나머지는 모조리 나포되거나 항복했다. 아군을 쏘면서까지 도주한 리텐하임 후작의 추태가 장병들의 사기를 바닥까지 떨어뜨렸던 것은 의심할 여지가 없었다.

키르히아이스는 가르미슈 요새를 포위하고 공략전을 준비하고 있었다. 그때 포로 중 한 명이 면회를 신청했다. 아직 의수가 마련되지 않아 옷 오른쪽 소매를 덜렁 늘어뜨린 20대의 청년 장교. 바로 린저 대위였다.

"각하께 도움을 드리고자 합니다."

입을 열자마자 대위는 그렇게 말했다.

"어떻게 말인가?"

"아시다시피 저는 리텐하임 후작이 도주를 위해 부하들을 죽였다는 사실의 산 증인입니다."

"그렇군. 수송선단에 있었다지?"

"이 팔은 아군의 포격으로 날아간 것입니다. 그 사실을 요새에 있는 친구들에게 알리겠습니다."

"리텐하임 후작에 대한 충성심은 이제 없는 건가?"

"충성심 말입니까?"

린저의 목소리에는 냉소가 담겨 있었다.

"그것 참 아름다운 말이군요. 하지만 다들 자기 좋을 대로 남용하는 경향이 있지요. 이번 내전은 충성심이라는 것의 가치를 모두가 다시 생각할 수 있는 좋은 기회를 줄 겁니다. 어떤 사람은 부하에게 충성심을 요구할 자격이 없다는 실제 사례를 수만 명이 목격했으니 말입니다."

키르히아이스는 대위의 말이 옳다는 것을 인정했다. 분명 충성이란 무조건 발휘되는 것이 아니다. 충성의 대상이 되는 자는 당연히 그에 합당한 자격을 갖춰야만 하는 것이다.

"그러면 경에게 협력을 부탁하겠네. 가르미슈에 초광속통신을 보내 장병들에게 항복을 권고해 주게."

"사실 대놓고 말해……."

대위의 눈에서 복잡한 심경이 광채가 되어 교차하고 있었다.

"만약 저와 같은 심정을 가진 사람이 요새에 다섯 명만 있으면 리텐하임 후작의 목은 곧 몸통에서 떨어져 나갈 겁니다."

가르미슈 요새 전체에 숨을 죽이는 듯한 분위기가 자리 잡았다. 사령관인 리텐하임 후작 자신부터 공포와 패배감에 발버둥치고 있었다. 게다가 자신의 행위에 대한 수치심이며 브라운슈바이크 공작에 대한 체면 등등으로 혼란에 빠져, 이제는 술로 도피하기만 했다.

하지만 리텐하임 후작이 도망쳐 온 후 한나절쯤 지났을 무렵, 키르히아이스 군의 추격을 간신히 벗어나 요새에 도착한 전함 한 척이 있었다. 여기서 하선한 한 장교가 후작의 집무실로 나아갔다.

그는 피가 밴 붕대를 머리에 감은 채, 오른쪽 어깨에는 사람의 몸을 얹고 있었다. 아니, 정확히 말하자면 반쪽 몸이라고 해야 할 것이다. 그 시체는 허리 아래쪽이 없었다.

몸집이 큰 이 장교는 기이한 침묵 속을 태연하게 나아가 위병들의 앞에 섰다.

"베저 저격병대대의 라우디츠 중령이다. 리텐하임 후작님을 뵙고 싶다."

위병장은 침을 꿀꺽 삼켰다.

"용무가 있으시다면 후작님께 전해드리겠습니다만, 그 지저분한 피투성이 시체는 어떻게 좀 해 주셔야……."

"더럽다고?!"

중령의 두 눈이 위험한 빛을 띠었다. 한 차례 숨을 들이키더니 노성이 쩌렁쩌렁 울려 퍼졌다.

"더럽다니, 그게 무슨 망발이냐! 이것은 끝까지 후작님을 모신 충신의 유체다! 후작님을 위해 목숨을 걸고 적과 싸우다, 사령관이 도망치는 바람에 죽어 나자빠진 내 부하란 말이다!"

중령이 크게 한 걸음을 내딛자 위병들은 흠칫해 좌우로 물러났다. 중령의 표정과, 무엇보다도 오른쪽 어깨의 시체에 압도당한 것이다.

문이 열리고, 테이블 너머에 앉아 있던 리텐하임 후작의 모습이 보였다.

"무엇하러 온 게냐, 무엄한 놈……."

테이블 위에서 술병과 잔이 숲을 이루고 있었다. 후작의 피부는 하루 전의 탄력과 윤기를 잃고 거무죽죽해졌으며 두 눈은 뻘겋게 충혈되어 있었다. 꾸짖는 목소리조차 생기가 없었다.

"파울스 일병……. 네가 목숨을 버리면서 지켜드리려 했던 리텐하임 후작님이 바로 이분이시다. 충성에 대한 보답으로, 하다못해 감사의 입맞춤이라도 받고 와라!"

말이 끝나자마자 중령은 어깨에 짊어졌던 병사의 시체를 있는 힘껏 그들의 사령관에게 내던졌다.

피할 틈도 없었다. 저도 모르게 두 팔을 치켜든 리텐하임 후작의 동작은 날아든 병사의 상반신뿐인 시체를 되레 끌어안는 꼴이 되고 말았다.

"——!"

당사자도 무슨 말인지 모를 절규를 지르며 리텐하임 후작은 호화로운 의자와 함께 바닥에 나뒹굴었다. 쓰러진 후에도 한동안 병사의 시체를 끌어안고 있다가, 그 사실을 알아차리자 괴이한 비명을 질러대며 내팽개쳤다. 중령이 껄껄 웃었다.

"죽여라! 이 무엄한 놈을 죽여라!"

리텐하임 후작이 외쳐댔다.

중령은 도망치려 하지도 않고 그 자리에 서 있었다. 메마른 피와 기름이 들러붙은 얼굴에 기이한 미소가 넘쳐났다. 위병들의 블래스터가 그를 겨누었다.

함교에 있던 전원이 메인 스크린에 시선을 돌렸다.

화면 한가운데에서 가르미슈 요새가 은회색 구체 형태로 비치고 있었다. 그 외벽 일부가 새하얀 섬광을 발하며 터져 나가는가 싶더니, 이내 붉고 노란 빛줄기가 둔중하게, 그러나 양감을 띠고 넘쳐났다.

"······폭발했습니다."

오퍼레이터는 사실을 있는 그대로 보고하였으나, 스크린 영상 앞에서는 너무나도 얼빠진 소리처럼 들렸다.

"저건 사령관실 근처입니다만······."

린저 대위의 목소리도 이유 없이 낮아졌다.

"그렇군. 알았네."

키르히아이스는 주어진 기회를 놓치지 않았다. 전 함대에 지령을 내려 포위망을 좁히고, 포격을 가한 후 양륙함을 보내 장갑병을 투하했다.

저항은 있었으나 산발적이었다. 전의를 잃은 병사들은 장교의 노성을 무시하고 차례차례 무기를 버렸다. 장교들도 마침내 무익한 저항을 포기하고 두 손을 들었다.

키르히아이스는 요새를 점거했다. 정확하게는 폭발을 면한 4분의 3을 점거한 것이었다. 리텐하임 후작은 시체조차 발견되지 않았다. 제플입자가 인화해 발생한, 아마도 인위적인 폭발사고로 말미암아 몸이 산

산조각 난 것으로 보였다.

귀족연합군은 부맹주와 전 병력의 3할을 잃었다.

III

"귀족연합군은 전의는 과다하나 전략은 과소하다."

금은요동의 소유자 오스카 폰 로이엔탈은 한때 그렇게 평한 적이 있다.

쉽게 말해 혈기 왕성한 저능아들이라는 신랄하기 짝이 없는 평가였다. 사실 이제까지의 전투는 로이엔탈의 평가에 정당성을 부여하듯 그와 동료들에게 수많은 무훈을 안겨주었다.

그런데 승승장구하던 샨타우 성역에서 적 대군과 맞닥뜨렸을 때, 로이엔탈은 이제까지와는 다른 적의 모습을 보고 생각을 바꿀 필요성을 느꼈다.

여전히 혈기는 왕성했다. 하지만 그것이 효율적으로 조직되어 정밀한 제어를 받고 있다는 것을 인정해야 했다. 로이엔탈은 비록 세 차례에 걸친 적의 공세를 모두 격퇴했으나, 공격할 때의 끈기와 통일된 움직임은 그를 놀라게 했다. 피해도 의외로 커서 로이엔탈은 생각을 바꿔야만 했다.

적의 움직임이 좋아진 이유는 금세 알아차렸다. 지휘관이 바뀐 것이다. 아마도 메르카츠가 전선에 나선 것이리라. 메르카츠 제독 외에 이렇게 능숙하게 병력을 움직일 수 있는 자는 귀족연합군에 존재하지 않는다.

그렇다면 병력의 차이만큼 로이엔탈이 불리하다. 그는 몽상가가 아니기에 적의 역량을 정확하게 평가할 수 있었다.

'물러나야 하는가?'

후퇴해야 할 때 후퇴를 결단하는 능력도 명장의 자격이다.

샨타우 성역을 포기한다 해도 전략적으로는 그다지 문제가 되지 않는다. 작전 전체에 반드시 필요한 성역도 아니다. 그저 세력이 확대됨에 따라 확보했을 뿐이다. 이참에 적에게 줘도 전혀 상관없지만, 로이엔탈이 결단을 주저한 이유는 적과 아군에 미칠 심리적 효과를 깊이 생각했기 때문이었다.

귀족연합군에게 샨타우 성역을 얻는다는 것은, 곧 내전이 시작된 이래 그들이 첫 승리를 거둔다는 것을 뜻한다.

지금까지는 패배와 후퇴의 연속이었으므로 귀족연합군의 사기는 크게 올라갈 것이며, 다음 전투에선 그 기세를 타고 임할지도 모른다. 높은 사기가 상대의 치밀한 작전을 압도해 승리한 예는 얼마든지 있었다.

생각에 잠겨 있던 로이엔탈은 갑자기 검고 푸른 눈에 짓궂은 미소를 지었다.

"좋아, 후퇴한다. 큰 희생을 치러서까지 사수할 가치는 없지. 탈환은 로엔그람 후작님께 맡기도록 하자."

부하가 점령한 성역을 상관이 빼앗긴다면 상관의 체면이 서지 않는다. 하지만 반대로 부하가 잃은 성역을 상관이 탈환한다면 부하보다도 탁월한 능력을 보유했다는 것을 증명하는 결과가 된다. 물론 한때의 패배에 상관이 불쾌해할 수도 있다. 그러나 자신의 능력이 미치지 못함을 인정하고 용병의 진가를 보여 달라고 부탁한다면 길게 보았을 때는 오히려 상관의 자존심을 만족시켜 주면서 좋은 인상을 심을 수 있을 것이다.

로이엔탈은 그렇게 계산했다. 압도적인 승리를 바랄 수 없는 이상 그것이 가장 현명한 방법이리라. 강하기만 할 뿐 사고방식은 단순한 무인이 할 수 있는 계산이 아니었다.

결단을 내린 로이엔탈은 후퇴 준비에 착수했다. 상대가 메르카츠라면 이것도 쉬운 일은 아니다. 용병가의 진가를 보여주어야 할 순간이었다.

7월 9일, 로이엔탈은 모든 전선에 걸친 공세에 나섰다. 몇몇 포인트에 병력을 집중 투입해 각지에서 적에게 심대한 피해를 입혔다.

그러나 귀족연합군은 이제까지처럼 혼란에 빠지지 않고 질서정연하게 응전하더니, 마침내 로이엔탈 군의 전선이 한계까지 늘어난 시점을 포착해 반격에 나섰다. 메르카츠가 얼마나 유능한 지휘관인지는 이 함대운용만 보아도 잘 알 수 있었다.

로이엔탈은 적의 반격에 대해 재반격하지 않고 중앙부대를 후퇴시켰다. 그러는 한편 좌우 양익의 부대는 조금씩 각도를 바꾸며 옆으로 전개했다. 이런 움직임을 서로 연동시키며, 그것도 적에게 드러내보이듯 펼쳤던 것이다. 이를 천정 방향에서 부감한다면 로이엔탈 군은 전군을 U자 진형으로 편성해 돌출된 적을 세 방향에서 치려 하는 것처럼 보일 것이다.

메르카츠의 참모들도 그렇게 생각했다. 그들은 사령관에게 아군의 진격 스피드를 늦춰 적의 작전에 넘어가지 않도록 해야 한다고 진언했다.

기함 함교에서 메르카츠는 팔짱을 꼈다. 그의 눈에는 로이엔탈 군의 움직임이 부자연스럽게 비춰지고 있었다.

'손꼽히는 용병가인 로이엔탈이 무언가 터무니없는 꿍꿍이를 생각하고 있는 것은 아닐까. 이를테면 싸우는 척하면서 도망치려 한다든가……'

하지만 결국 메르카츠는 참모들의 의견을 받아들였다. 아군의 전의가 과다하다는 것은 항상 메르카츠의 두통거리였으며, 이 때문에 그의 용병은 아무래도 신중해질 수밖에 없었다. 따라서 로이엔탈이 도주하려 한다면 이 이상 피를 흘리지 않고 샨타우 성역을 확보할 수 있을 터. 상대가 라인하르트 본인이라면 모를까, 그렇지 않은 이상 위험한 도박은 피하고 싶었다.

귀족연합군은 추격 속도를 늦추었다. 로이엔탈은 이를 확인했으나 긴장을 풀지 않은 채 U자 진형을 유연하게 움직이며 주의 깊게 후퇴했다. 마침내 샨타우 성역의 끄트머리에 도달해 적과 아군의 거리가 충분히 벌어지자, 재빨리 전군을 구형진으로 재편성해 최대 속도로 도주했다.

샨타우 성역은 귀족연합군 손에 떨어졌다.

"로이엔탈 이놈, 내게 숙제를 떠넘겼군."

보고를 들은 라인하르트는 쓴웃음을 지었다. 일부러 샨타우 성역을 사수하지 않은 로이엔탈의 속셈이 손에 잡힐 듯이 보인 것이다.

물론 라인하르트는 전황을 전술 단계 이상으로 파악하지 못하는 단순한 무인보다는 사고의 틀과 시야가 넓은 로이엔탈 같은 사내를 바람직하게 여겼다. 이러한 사내에게는 대가 없는 충성심을 기대할 수 없다. 재능과 기량으로 그의 상관에 적합하다는 것을 항상 제시해주어야만 한다. 그러나 그러한 상하관계가 주는 긴장감이 라인하르트는 싫지 않았다. 그렇기 때문에 오베르슈타인처럼 아무도 좋아할 수 없는 인물도 그의 곁에서 일할 수 있는 것이다.

바로 그 오베르슈타인이 말했다.

"메르카츠 제독은 각하께서 태어나시기 전부터 군인으로 명성이 높왔던 인물입니다. 그가 자유로운 수완을 발휘하도록 내버려둔다면 사태는 매우 힘들어질 것입니다."

"자유로운 수완이라. 그 점이 문제로군. 다만 메르카츠를 그렇게 내버려둘 만큼 브라운슈바이크 공작의 그릇이 크리라는 생각은 들지 않는걸."

"그렇습니다. 메르카츠 제독을 상대하기보다는 그 뒤에서 그를 고민케 할 소인배를 상대해야 합니다."

IV

기뻐 날뛰는 귀족들이 가이에스부르크로 돌아온 메르카츠에게 온갖 미사여구를 쏟아냈다. 하지만 그는 조금도 웃지 않았다.

"이것은 아군이 쟁취했다기보다는 적이 포기해 얻은 승리입니다. 아군의 힘을 과신하는 것은 금물입니다."

자신이 보기에도 진부한 설교였지만, 귀족들의 위태로움을 보고 있노라면 기초부터 다져나가야만 한다는 생각이 들었다.

"그렇소⋯⋯? 총사령관은 실로 신중하군."

다소 머쓱해진 브라운슈바이크 공작이 말했다. 고지식한 자라고 생각한 것이 분명했다. 그렇게 생각하든 말든, 그것은 사실이었으므로 메르카츠는 아무런 느낌도 들지 않았다. 이 성격이 손해가 될지 득이 될지는 알 수 없다. 수많은 무훈을 얻었는데도 아직까지 원수 자리에 오르지 못한 이유도 그 고지식한 성격 때문이리라. 하지만 음모가 횡행하는 궁정에서 함정에 빠지지 않고 오늘까지 살아올 수 있었던 것 또한 이 성격

덕이 아니었을까.

라인하르트의 고전적인 도전장이 가이에스부르크로 날아온 것은 7월 말이었다.

그 도전장은 VTR로 귀족연합군 간부들 앞에서 재현되었으며, 그들의 격노를 초래하기에 충분하고도 남을 만한 효과가 있었다.

라인하르트는 말했다.

『무지몽매하고 비열한 귀족들이여, 쥐새끼 꼬리 끄트머리만큼이라도 용기가 있거든 요새에서 나와 당당히 결전하라. 그럴 용기가 없다면 실속 없는 자존심 따위 내팽개치고 투항하라. 목숨을 살려주는 것은 물론 무능한 네놈들이 먹고살기에 곤란하지 않을 만큼 재산도 남겨주마. 얼마 전 리텐하임 후작은 비열한 인품에 어울리는 비참한 최후를 맞았다. 똑같은 길을 걷고 싶지 않다면 없는 지혜를 쥐어짜내 더욱 나은 길을 선택하라.』

"네 이놈, 금발 애송이…… 아주 멋대로 입을 놀리는구나!"

젊은 귀족들은 분노한 나머지 발광할 정도였다. 라인하르트의 의도가 맞아떨어지는 순간이었다.

'이 정도로 이성을 잃는 상대에게는 이 정도 도발이면 충분한 법이지.'

메르카츠는 씁쓸하게 인정할 수밖에 없었다. 젊은 귀족들 중에는 병사를 전기 채찍으로 후려갈기며 분노를 발산하는 자마저 있었다. 이 청년은 어렸을 때부터 아버지 영지의 농노를 채찍질하며 분풀이를 하던 자였다.

마침내 라인하르트 군 선봉 미터마이어의 함대가 가이에스부르크 주위에 출몰하기 시작했다. 명백한 도발이었다. 요새포 사정거리 밖에서

233

행진을 하기도 하고, 접근했다가는 멀어지고, 멀어졌다가는 접근했다.

메르카츠는 엄명을 내려 출격을 금지했다.

"미터마이어의 행동은 아이들 장난으로밖에는 보이지 않으나, 그 뒤에는 가공할 간계가 숨어있을 것이오."

그렇게 타일렀으나 귀족들은 납득하지 못했다.

그리고 사흘이 지났을 때. 마침내 격발이 일어났다. 몇몇 젊은 귀족들이 금지령을 어기고 출격해 미터마이어에게 덤빈 것이었다.

미터마이어 군은 방심했는지 금세 혼란에 빠졌다. 사령관 미터마이어는 상당한 양의 군수물자를 포기한 채 도주했다. 적어도 젊은 귀족들의 눈에는 그렇게 보였다.

"그놈, 아주 잽싸게 도망치는군. 질풍 볼프라더니, 질풍이 바로 그런 뜻이었나?"

"가공할 간계는 무슨 간계. 그런 게 어디 있단 말인가. 메르카츠 총사령관도 신중함이 지나친걸."

함정이며 군수물자를 대량으로 노획한 젊은 귀족들은 가슴을 펴고 개선했다. 그러나 으스대는 그들을 기다리던 것은 준엄한 통지였다.

『사령관이 출격을 금지했는데도 명령을 어기고 적과 무단 교전한 죄는 무겁다. 군율에 의거해 처단하겠다. 계급장과 총을 반납하고 군법회의에 출두할 준비를 하라.』

메르카츠의 통첩은 군 조직의 질서를 지키기 위해 당연한 것이었다. 결과가 승리로 끝났다고는 하나, 사령관의 명령을 무시한 사례는 앞으로도 지장을 초래할 것이다.

하지만 젊은 귀족들은 물론 불평을 터뜨렸다. 그들은 이미 승리에 도취되어 영웅 행세를 하고 있었다. 소장 계급장을 단 플레겔 남작은 스스로 계급장을 뜯어내 바닥에 내팽개치더니 고전 비극의 주인공처럼 울부짖었다.

"죽음은 두렵지 않다. 그러나 적과 싸우다 전장에서 쓰러지는 것이 아니라 용기와 자존심을 모르는 사령관에게 처단당하는 것은 견딜 수 없는 고통이다. 군법회의 따위 필요치 않다. 이 자리에서 자결하겠노라!"

"플레겔 소장님의 말씀이 옳다!"

젊은 귀족들이 입을 모아 외쳤다.

"소장님만 돌아가시게 할 수는 없다. 우리 모두 이 자리에서 자결해 제국 귀족의 긍지를 후세에 알려야 하지 않겠는가!"

자아도취의 극치였다. 브라운슈바이크 공작은 이를 말리려 하지도 않았다.

"이는 **전투**에 관한 일이 아니므로, 맹주인 내가 최종 결단을 내리는 것은 당연한 권리이자 의무 아니겠소?"

리텐하임 후작이 죽었다는 소식을 들은 후로 그의 맹주 행세는 눈 뜨고 볼 수 없을 지경이라 메르카츠는 진저리가 났다. 브라운슈바이크 공작은 흥분한 청년들의 앞에 나가 일장연설을 늘어놓았다.

"제군의 용기와 자존심은 제국 귀족 정신의 정수를 만방에 떨친 바, 무엄한 평민들에게는 지엄한 철퇴가 되었을 것이다. 미터마이어는 물론, 후작이니 원수를 참칭하는 금발 애송이조차 두려워할 필요가 없다. 우리는 승리하리라. 그리고 이 승리로 정의가 존재함을 증명하리라. 제국 만세!"

"제국 만세!"

젊은 귀족들은 열광 어린 외침으로 호응했다. 이를 지켜보던 메르카츠는 이제 한마디도 하지 않았다. 그의 실망이 절망으로 바뀐 것은 어쩌면 이 순간이었을지도 모른다.

"이젠 때가 되지 않았을까, 오베르슈타인?"
라인하르트가 말했다.
"됐을 겁니다."
의안의 참모장도 고개를 끄덕였다.
라인하르트 휘하 제독들이 기함 브륀힐트에 모였다. 치밀한 지시가 내려지고, 제독들은 함대를 지휘해 각자 맡은 구역으로 발진했다.

V

"미터마이어 함대 내습!"
8월 15일, 가이에스부르크에 도착한 보고였다. 전과 달리 이날 미터마이어는 장거리용 레이저 수폭 미사일을 쏘며 적극적으로 공세를 펼쳤다.
"패군지장이 아직 혼이 덜 난 모양이구나. 또 패배하러 온 것이냐? 이기지 못할 놈은 몇 번을 싸워도 이기지 못한다는 사실을 가르쳐 주마."
이미 귀족들은 메르카츠의 명령이며 군율 따위는 거들떠보지도 않았다. 앞을 다투어 승함해 관제관의 지시도 지키는 둥 마는 둥 출격했다.
미터마이어는 미터마이어대로 조소를 금치 못했다.
"귀족 집안의 멍청한 자제들이, 구멍 속에 틀어박혀 있으면 그나마 오래 살 수 있을 것을. 굳이 우주 먼지가 되겠다고 기어 나오는구나."

나이만 따지자면 그는 '멍청한 자제들'과 같은 세대였다. 그러나 전장의 경력과 무훈은 비교가 되지 않았다. 지난번의 패주가 위장전술이었다는 것조차 간파하지 못하는 자들과 싸워야 하다니, 어리석기 짝이 없다는 생각마저 들었다.

그러나 이날은 맹주 브라운슈바이크 공작도 출격한다는 것이 확인되었다. 미터마이어의 책임은 막중했다. 꾹 참고 두세 번 정도는 져줘야 한다.

양측은 격돌했다.

무수한 화포가 무수한 빛줄기를 뿜어냈다. 지향성 에너지가 상대의 함정을 때려대고 꿰뚫었으며, 솟아오르는 폭발의 빛을 새로운 빛이 갈라놓았다.

하지만 그것도 그리 오래가지 않았다. 미터마이어 군이 조금씩 후퇴하더니, 연합군이 총력을 기울여 공세에 나서자 저항도 하지 않고 줄행랑을 친 것이었다.

"보라, 저 추태를. 한번 도망치는 버릇이 들면 수치를 수치라고도 생각하지 않게 되는 것이다. 단숨에 놈을 장사 지내고 금발 애송이까지 붙잡아 교수대에 올리자."

귀족들은 환성과 함께 앞을 다투어 돌진했다.

그러나 미터마이어가 이렇게 약한 모습을 보이는 것을 수상하게 생각한 인물이 있었다. 브라운슈바이크 공작과 메르카츠의 한가운데에서 중립을 지키던 파렌하이트 중장이었다. 그는 라인하르트나 메르카츠와 같은 전장에 선 적도 있는 노련한 지휘관이었다.

파렌하이트는 혈기왕성한 젊은 아군에게 주의를 환기시켰다.

"너무 멀리 쫓아가지 마라. 함정일지도 모른다."

충분히 그럴 수 있었다. 귀족들은 돌격을 중지하고 아군 태세를 정비하려 하였다.

그러나 귀족연합군이 추격 속도를 늦추자 미터마이어는 즉시 반격에 나섰다. 이에 다시 반격하면 싸우면서 후퇴해 연합군의 전진을 재촉한다. 그것이 몇 차례나 반복되었다. 미터마이어의 타이밍은 절묘하기 짝이 없었다.

이렇게 귀족연합군은 라인하르트와 오베르슈타인이 치밀하게 짜놓은 종심진縱深陳 안쪽으로 안쪽으로 유인당해 들어갔다. 전선이 앞뒤로 길게 늘어나 아군 간 통신에도 지장이 생기기 시작했을 무렵, 미터마이어가 또다시 반격에 나섰다.

"또 그 수법이냐?"

이를 경시한 귀족들이 재반격을 시도하려는 순간, 미터마이어 군은 믿을 수 없는 스피드와 압력으로 연합군을 향해 육박하며 첫 일격으로 선두함대를 분쇄했다.

무슨 일이 벌어진 것인지 이해하지 못한 채 수많은 귀족들이 배와 함께 불덩어리로 변했다. 제1격을 모면한 각 함 오퍼레이터들이 전황이 급변했음을 외쳤을 때, 이미 그들 주위는 파괴와 살육의 전시장으로 뒤바뀌었다. 빔 직격을 받아 산산조각 난 전함 파편이 새로운 빔의 광채를 반사해 스테인드글라스처럼 반짝이고, 핵융합 폭발의 에너지파가 함정을 뒤흔들었다.

"봤느냐, 귀족 집안의 멍청한 자제들아. 전투란 이렇게 하는 거다. 원

숭이보다 못한 네놈들 머리로 기억해둘 수 있는 만큼 기억해놓아라."

미터마이어는 보복의 희열을 만끽했다. 젊은 귀족들의 저열함에 비하면 그의 전투지휘는 예술품이라고 불러 마땅했다.

귀족연합군의 함렬이 흐트러졌다. 통일된 지휘체계는 이미 그보다도 전에 사라졌다. 미터마이어의 더할 나위 없이 교묘한 전술 앞에 그들은 함정 단위로 각개격파를 시도하며 자신의 운명을 시험해볼 수밖에 없었다.

물론 그런 식으로 대항할 여지는 없었다. 한 척, 또 한 척 희생양이 늘어만 갔다.

"후퇴하라, 후퇴! 아군을 신경 쓸 때가 아니다. 도망쳐라!"

전황이 불리하다고 판단한 파렌하이트가 스스로 급속 후퇴하며 지시하자 귀족들도 이를 따랐다.

그러나 전투공역에 아군을 내팽개친 채 도주하는 연합군의 양 측면에서 새로운 포화가 날아들었다. 왼쪽에서 켐프, 오른쪽에서 메크링거가 막대한 병력을 단숨에 투입한 것이었다.

라인하르트 군의 포격에 연합군은 1분 1초마다 아군을 잃었다. 함렬은 점점 가늘어졌으며 밀도도 엷어졌다.

귀족연합군은 도망치기 바빴다. 간신히 켐프와 메크링거의 맹공을 벗어났다고 생각했을 때 이번엔 비텐펠트와 뮐러 함대가 양측에서 쇄도했다. 갈팡질팡하는 귀족들의 함대는 눈 깜짝할 사이에 금속 잔해로 변해 우주를 떠돌았다.

기함 브륀힐트 함교에서 라인하르트는 회심의 미소를 짓고 있었다.

그것은 더할 나위 없이 신랄한 전법이었다. 적의 도주 루트를 미리 계산해 그곳에 다수의 병력을 매복해놓는다. 이 경우 도주 루트는 처음 진격 루트와 동일하므로 쉽게 예측할 수 있었다. 그리고 이때 도주하는 적 앞을 가로막아 필사적인 반격을 초래하는 일은 없도록 한다. 적 선두를 흘려보낸 후 측면 또는 배후에서 공격했다. 이것은 위치상 유리할 뿐만 아니라 전투보다도 도주에 주의를 기울이는 적을 심리적으로 압도할 수 있는 전법이기도 했다.

"생사는 불문한다. 브라운슈바이크 공작을 내 앞으로 끌고 와라. 성공한 자는 일개 병졸이라 해도 제독으로 승진시켜 주마. 상금도 내리겠다. 기회를 붙잡아라!"

라인하르트가 아군을 격려했다.

욕망이 전의를 가속시켰다. 투지를 잃고 도주하는 귀족연합군은 이제 사냥감일 뿐이었다. 여기저기에서 궁지에 몰리고, 포위당해, 짧고도 절망적인 반격 끝에 파괴되어갔다.

브라운슈바이크 공작이 문득 정신을 차리고 보니 기함 주위에 아군의 함정이라고는 한 척도 없었으며, 배후에는 미터마이어와 로이엔탈 함대가 무수한 광점이 되어 육박하고 있었다.

극심한 충격이 함을 뒤흔들었다. 레일 캐논 일격이 후방 포탑을 날려버린 것이다. 이어서 에너지 광선이 자아내는 빛의 창이 함체를 스치면서 외벽을 깎아 금속 티끌을 흩뿌렸다. 보이지 않는 거대한 죽음의 손이 점점 기함으로 다가오고 있었다.

그때 전방에 거대한 빛의 벽이 출현했다. 후위에서 대기하고 있던 메르카츠가 재빨리 달려와 적에게 근거리에서 주포 일제사격을 퍼부은 것이었다.

이 맹렬하고도 질서정연한 포화로 말미암아 라인하르트 군의 선두 함대는 적잖은 피해를 입었다.

미터마이어와 로이엔탈이 황급히 후퇴할 것을 지시했으나 돌진하는 기세가 격렬했던 데다 장병 대부분이 전의가 넘쳐 냉정함을 잃는 바람에 그 명령은 철저히 지켜지지 못했다.

적이 혼란에 빠지자 메르카츠는 만전의 출격태세를 갖춘 직속함대에 명령을 내렸다. 이는 대형 전함은 없지만 경쾌한 운동성을 지닌 구축함, 공뢰정, 그리고 단좌식 전투정 발퀴레로 구성된 근접전 특화부대였다.

이들이 혼란에 빠진 라인하르트 군에 짓쳐들어와, 밀집대형을 이룰 수밖에 없었던 함정들을 정확무비한 저격으로 잇달아 파괴해나갔다. 이제는 라인하르트 군 선두함대가 불덩어리에 휩싸이며 작렬하는 모습이 더 눈에 뜨였다. 추격은커녕 자기방어에 전념해야 할 판국이었다.

로이엔탈도 미터마이어도, 이 정도까지 궁지에 몰아놓고도 적장 브라운슈바이크 공작을 놓친 원통함과 아군의 추태에 대한 분노로 이를 갈았다. 하지만 그들은 전장에서 감정에 휘말리는 우를 범했을 때 어떤 결과가 기다리고 있는지를 잘 알았다. 무너져가는 함렬을 호통으로 정비하고, 후퇴와 재편을 동시에 수행했다. 평범한 지휘관이라면 불가능했을 지휘였다.

메르카츠에게 충분한 병력이 있었더라면 두 용장을 완패로 몰아넣었을지도 모른다. 그러나 그의 병력은 얼마 되지 않았으며, 그럴 생각도 없었다. 이윽고 메르카츠는 브라운슈바이크 공작을 호위하며 퇴각했다.

"메르카츠 놈, 나이를 헛먹지 않았구나. 과연 명장이로다."

젊은 원수는 적장을 칭송했다.

어차피 적을 가이에스부르크에 몰아넣었으니, 조급해할 필요는 조금도 없었다.

IV

"어째서 더 빨리 구하러 오지 않았나!"

메르카츠와 재회했을 때 브라운슈바이크 공작이 내뱉은 첫마디였다.

역전의 명장은 안색조차 바꾸지 않았다. 오히려 예상했다는 듯한 표정으로 잠자코 고개를 숙였으나, 곁에 있던 슈나이더 소령이 두 눈에 노기를 번뜩이며 한 걸음 앞으로 나섰다. 상관이 오히려 그의 팔을 붙잡고 별실로 데려가야 했다.

메르카츠는 아직도 분노에 떠는 슈나이더를 타이르듯 말했다.

"너무 화내지 말게. 브라운슈바이크 공작은 환자니까."

슈나이더의 눈이 슬쩍 커졌다.

"병이 있단 말씀이십니까?"

"정신에 말일세."

메르카츠가 생각하는 브라운슈바이크 공작의 병이란 무의식 속의, 상처 입기 쉬운 자존심이었다. 본인은 그 사실을 알 리 없겠지만, 자신을 가장 위대하고 완벽한 존재라고 믿기 때문에 남에게 감사할 줄 모르고, 자신과 다른 생각을 가진 사람을 인정하지도 못하는 것이다. 그와 다른 생각을 품은 자는 반역자로밖에 보지 않으며, 충고는 비방으로만 들린다. 따라서 슈트라이트와 페르너처럼 그를 위해 책략을 세워준 자들도 받아들여지지 못한 채 오히려 그의 진영에서 쫓겨나고 만 것이다.

당연하게도 이러한 기질을 가진 사람은 사회에 다양한 사상과 가치관이 존재한다는 것도 인정하지 못한다.

"언젠가 말했던 500년에 걸친 귀족의 특권이 그 병을 키운 걸세. 공작도 사실 피해자라고 봐야겠지. 100년 전이라면 그것도 통했겠지만…… 불운한 사람이야."

아직 젊은 슈나이더는 상관만큼 관용을 가질, 혹은 체념할 생각이 없었다. 그는 메르카츠 앞에서 물러나 엘리베이터를 타고 요새 전망실에 올라갔다. 반구형을 이루는 투명한 외벽 너머로 이리저리 얽힌 항성들의 무미건조한 빛이 매우 멀게 느껴졌다.

"그래, 브라운슈바이크 공작은 불운한 사람일지도 모르지. 하지만 그에게 미래를 맡겨야만 하는 사람들은 더더욱 불운하지 않을까……."

젊은 사관의 묵묵한 질문에 별들은 그저 침묵을 지키고 있었다.

브라운슈바이크 군과는 반대 방향에서 가이에스부르크로 도망쳐 온 자가 있었다. 공작의 조카로, 백부를 대신해 행성 베스터란트의 방어와 통치를 맡았던 샤이트 남작이었다.

베스터란트는 녹음과 물이 부족한 건조성 행성이지만 변경치고는 많은 편인 200만 명의 인구를 거느리고 있었다. 토지 자체는 비옥한 덕에 드문드문 떨어진 오아시스에서 집약 농경과 희토류希土類 원소 채취가 이루어졌다. 평화로운 시대였다면 다른 행성에서 수조 톤의 물을 실어 와 활발하게 개발했을지도 모른다.

샤이트 남작은 무능한 통치자는 아니었으나, 젊은 탓도 있어 시책에 유연함이 부족했다. 또한 백부 브라운슈바이크 공작을 배후에서 원조하려는 의도 때문에 민중 착취가 극심해졌다.

지금까지는 그 정도로도 넘어갈 수 있었다. 하지만 라인하르트가 급격히 대두함에 따라 대귀족 지배 체제 틀이 느슨해졌으며, 그것이 내전으로 발전했음을 주민들도 알고 있었다. 반항의 기운이 싹텄다. 놀라고 분노한 샤이트 남작은 이를 탄압했다. 반항의 내압은 더더욱 높아졌다.

몇 차례 이를 되풀이한 끝에, 마침내 주민들은 대규모 폭동을 일으켜 샤이트 남작의 압정에 보복을 가했다. 얼마 안 되는 경비병은 홍수처럼 밀려드는 민중에게 휩쓸렸으며, 샤이트 자신도 중상을 입은 끝에 셔틀을 타고 도망치기는 했으나 가이에스부르크에 도착하고 얼마 지나지 않아 사망했다.

"천한 것들이…… 더러운 손으로 내 조카를 죽이다니."

특권을 가진 자는 그것을 가지지 못한 사람들의 모든 존재와 인격을 쉽게 부정할 수 있다. 브라운슈바이크 공작은 평민에게 압정에 반항할 권리는커녕 대귀족의 허가 없이 살아갈 권리조차 인정하려 들지 않았다. 환자나 노인 등 귀족에게 봉사할 수 없는 평민은 가축보다도 무익하므로 살 가치도 없다고 확신했다.

그런 '천한 것들'이 대귀족에게 반항했을 뿐만 아니라 조카까지 죽인 것이다. 브라운슈바이크 공작은 미칠 듯이 분노했으며, 자신의 분노를 정당한 것이라 믿어 의심치 않았다.

그는 결심했다.

"은혜도 모르는 놈들에게 정의의 철퇴를 내려주마! 베스터란트에 핵 공격을 가하겠다. 천한 것들을 한 놈도 살려두지 마라!"

아무리 공작의 명령이라 해도 이런 명령에 모두가 찬성하지는 않았다. 핵공격이란 곧 열핵병기를 사용하는 것을 뜻한다. 어마어마한 죽음의 재를 흩뿌리는 이 공격법은 과거 지구가 죽음에 직면했던 '13일 전쟁' 이래 터부시되었다. 부하들이 공작의 명령에 선뜻 고개를 끄덕일 수 없었던 데는 이러한 배경도 있었다.

개중에 사려가 깊다고 알려진 안스바흐 준장이 냉정함을 잃은 맹주를 설득했다.

"공작님의 진노는 헤아리고도 남음이 있으나, 베스터란트는 소중한 영지입니다. 핵공격만은 재고해 주시기를 바랍니다."

"……."

"게다가 로엔그람 후작과 대치한 이 상황에서 병력을 분산할 수는 없습니다. 모든 주민을 벌하기보다는 주모자만을 색출해 벌하심이 마땅한 줄 아뢰옵니다."

"닥쳐라!"

공작은 일갈했다.

"베스터란트는 내 영지이므로 내게는 그 행성을 천한 것들과 함께 날려버릴 정당한 권리가 있다! 루돌프 대제께서는 과거 수억 명이나 되는 폭도를 주륙해 제국의 기초를 다지시지 않았더냐!"

설득을 단념한 안스바흐는 맹주 앞에서 물러나며 한숨과 함께 혼잣말을 내뱉었다.

"골덴바움 왕조도 이제 끝났구나. 스스로 자신의 손발을 자르고 어떻게 설 수 있으리오."

이를 누군가가 밀고했다. 브라운슈바이크 공작은 격노하며 안스바흐를 체포했으나, 그의 공적과 인망을 고려해 죽이지는 않고 감금하는 데 그쳤다.

메르카츠는 브라운슈바이크에게 면회를 청해 베스터란트 핵공격 계획을 중지하고 안스바흐를 석방할 것을 호소하려 했으나 공작은 사령관을 만나주지도 않았다.

브라운슈바이크 공작의 복수는 실행에 옮겨졌다.

VII

베스터란트 출신의 한 병사가 가이에스부르크를 탈출해 라인하르트 진영으로 달려간 것은 핵공격이 실시되기 전날이었다.

보고를 받은 라인하르트는 베스터란트에 함대를 파견해 공격을 저지하려 했으나, 오베르슈타인 참모장이 이를 제지했다. 냉철한 참모장은 말했다.

"아예, 눈이 뒤집힌 브라운슈바이크 공작이 이 잔학한 공격을 실행하도록 내버려두어야 합니다. 그 모습을 촬영해 대귀족들의 비인도성에 대한 증거로 삼는다면, 그들의 지배하에 있는 주민들, 연합군의 평민 출신 병사들은 분명히 등을 돌릴 것입니다. 저지하는 것보다 그 편이 효과가 있습니다."

두려움을 모르는 금발 젊은이가 이때만큼은 움츠러드는 기색을 보였다.

"200만 명을 죽게 내버려두라는 말인가? 그중에는 여자와 어린아이들도 있을 텐데."

"이 내전을 오래 끈다면 사상자는 더더욱 늘어납니다. 또한 만에 하나 대귀족들이 승리한다면 이러한 일은 앞으로 수없이 자행될 것입니다. 그러니 그들의 흉악함을 제국 전체에 알려, 그들에게 우주를 통치할 권리가 없다고 선전할 필요가 있습니다. 지금은 부디……."

"눈을 감으란 말인가?"

"제국 250억 인민을 위해서입니다, 각하. 그리고 더욱 신속한 패권 확립을 위해."

"……알았다."

라인하르트는 고개를 끄덕였으나, 표정에는 특유의 화사함이 보이지 않았다. 곁에 있던 것이 키르히아이스였다면 그런 일은 절대로 권하지 않았으리라.

베스터란트에는 50개 남짓한 오아시스가 여기저기 흩어져 있다. 이를 제외하면 불그스레한 바위산과 황회색 사막, 하얀 염호鹽湖 등이 지평선까지 펼쳐져 있을 뿐이라 사람 하나 살지 않는다.

바꾸어 말하자면, 오아시스마다 핵미사일을 떨어뜨릴 경우 행성의 전 주민 200만 명을 문자 그대로 전멸시킬 수 있는 것이다.

그날, 한 오아시스에서 집회가 열렸다. 귀족의 지배를 무력으로 배제하기는 했으나 장래의 계획은 아직 세우지 못했다. 이제부터 어떻게 하면 좋을까, 어떻게 주민의 평화와 행복을 확보해야 할까, 그것이 의제가되었다. 귀족 통치 밑에서 자주적으로 토의를 해 본 것이 너무도 오랜만이었던 사람들에게 집회는 일대 사업이었으며, 또한 기념할 만한 축제라 해도 과언이 아니었다.

"로엔그람 후작은 평민 편이라던데, 그분께 맡기는 건 어떨까요?"

그런 의견이 나오자 찬성하는 목소리가 여기저기서 들렸다. 사실 그 외의 길은 없어 보였다. 의제가 그렇게 정리되어 갈 때였다.

"엄마, 저게 뭐야?"

어머니에게 안겨 있던 어린아이 하나가 하늘 한쪽을 가리켰다. 사람들은 청회색 하늘을 한 줄기 궤적이 비스듬히 가로지르는 것을 보았다.

순백 섬광이 모든 광경을 탈색시켰다.

그 직후, 진홍의 반구가 지평선에 떠오르며 어마어마한 속도로 팽창하더니 1만 미터나 되는 높이에 달해 버섯 모양의 기괴한 구름을 만들어냈다.

폭풍이 밀어닥쳤다. 초속 70미터, 섭씨 800도를 넘는 열기의 해일이 지표를 태우고, 얼마 안 되는 식물을 태우고, 건물을 태우고, 사람들의 몸을 태웠다. 입고 있는 옷이며 머리카락에서 불길이 솟았으며 짓무른 피부에서 물집이 일어나더니 곧 켈로이드 상태가 되며 부풀어 올랐다.

산 채로 불타는 어린아이의 비명이 열풍 속을 헤매다 금세 가늘어졌다. 아이의 이름을 부르는 어머니의 목소리며 가족을 걱정하는 아버지의 목소리도 곧 끊어졌다.

폭풍에 휘말려 높은 하늘까지 솟아오른 대량의 흙먼지는 모래 폭포가 되어 지상에 떨어졌으며, 죽은 자들의 불탄 몸을 묻어주었다.

모니터 TV 화면을 보던 젊은 장교가 창백한 얼굴로 자리에서 일어나더니 바닥에 웅크리고 위액을 토하기 시작했다. 그 누구도 그를 나무라지 않았다. 감시위성에서 보낸 영상에 시선을 고정한 채, 모두 한마디도

하지 못했다. 그들은 새삼스레 깨달은 것이다. 강자가 약자에게 가하는 일방적인 폭거만큼 우주의 법칙을 더럽히는 일은 없다는 사실을.

"이 영상을 온 제국에 보내십시오. 귀족들과 우리 중 어느 쪽이 정의인지는 어린아이라도 알게 될 것입니다. 귀족들은 스스로 자기 목을 조른 셈입니다."

오베르슈타인은 냉정한 어조로 설명했으나 반응은 돌아오지 않았다.

"왜 그러십니까, 원수 각하?"

라인하르트의 표정은 침통했다.

"경은 나에게 눈을 감으라고 했다. 그 결과가 바로 이 참극이다. 새삼 후회해봤자 소용없겠지만, 달리 방법은 없었나?"

"있었을지도 모릅니다만, 제 지혜로는 다른 방법은 찾을 수 없었습니다. 말씀하신 대로 새삼 후회해봤자 소용없는 일입니다. 이렇게 된 바에야 상황을 최대한 이용해야 합니다."

라인하르트는 참모장을 노려보았다. 푸른 얼음빛 눈동자에 떠오른 혐오의 빛이 상대에 대한 것인지 자기 자신에 대한 것인지는 분명치 않았다.

베스터란트의 참극은 초광속통신을 타고 제국 전토에 알려졌다. 이는 각지에서 분노와 동요를 낳았다. 민심은 대귀족이 지배하는 구체제에서 급격히 떠나갔으며, 귀족들마저 브라운슈바이크 공작에게 미래가 없다는 견해를 굳혔다.

변경성구를 완전히 평정한 키르히아이스는 라인하르트와 합류하기 위해 가이에스부르크를 향해 함대를 움직이고 있었다. 그도 그 영상을 보고 대귀족에 대한 분노를 금치 못했다. 그러던 어느 날 바렌 함대가 셔틀 한 대를 나포했다. 여기에는 한 병사가 타고 있었다.

그 병사는 브라운슈바이크 공작의 부하였던 자로, 베스터란트 핵공격에 참가하게 되었으나 도중에 도망쳤다고 했다. 그것은 그렇다 처도, 그의 발언 중에는 그냥 들어 넘길 수 없는 내용이 있어 키르히아이스는 귀를 의심하고 되물었다.

"몇 번이라도 말씀드리죠. 베스터란트에서 귀족연합군이 200만 명의 주민을 학살한다는 정보는 로엔그람 후작의 귀에도 들어갔습니다. 후작은 그걸 무시하고 주민들을 죽게 내버려둔 겁니다. 정치적 선전을 위해서요."

"그건 정보를 믿지 못하셨기 때문 아닐까? 후작님께서 고의로 베스터란트 주민을 죽게 내버려두었다는 증거라도 있나?"

병사는 냉소했다.

"증거요? 그런 영상이 존재한다는 것 자체가 증거 아닙니까? 아니면 우연히 촬영했다는 말씀이신지? 그건 성층권 부근의 근거리에서 지상을 촬영한 영상이었습니다."

키르히아이스는 잠자코 그 병사를 물러나게 한 후 부대 전체에 함구령을 내렸다. 믿을 수 없는 일이었으며, 믿고 싶지 않은 일이었다. 과연 그것은 진실일까.

"조만간 라인하르트 님을 뵐 수 있다. 그때 진위를 직접 확인하면 될 일이다."

그러나 확인해서 어쩌겠다는 것인가. 거짓이라면 다행이다. 그러나 만약 진실이라면 어떻게 할 것인가.

키르히아이스는 자문했다. 명쾌한 해답은 나오지 않았다.

이제까지 라인하르트의 정의는 곧 키르히아이스 자신의 정의이기도 했다. 그것이 일치하지 않는 날이 온단 말인가. 라인하르트와 키르히아이스는 반목해서 등을 돌린 채로는 살아갈 수 없는 존재인데도.

제 7 장

누구를 위한
승리인가

I

페잔의 젊은 독립상인 보리스 코네프는 언짢은 표정을 감추지 못했다. 전장을 가로지르는 위험을 무릅쓰며 지구교도 순례단을 실어 날랐으나 이익은 보잘것없었기 때문이다. 대출금을 청산하고, 부하들에게 급료를 주고, 베료즈카 호를 도크에 넣고 보니 생활비 외에 남은 것이라고는 우주선의 외각용 자재를 10평방 센티미터나 살 수 있을까 말까 한 금액뿐이었던 것이다.

"기분이 언짢아 보이는군."

책상 앞 인물이 굵은 목소리로 말하자 코네프는 황급히 변명했다.

"아니요, 언제나 이런 얼굴이라서요. 결코 각하 앞이라 이러는 것이 아닙니다."

뒷말은 누가 봐도 쓸데없는 발언이었으므로 말한 당사자도 크게 후회했으나, 정작 당사자, 즉 란데스헤르 루빈스키는 기분이 상한 것 같지도 않았다.

"자네는 지구교 신자를 성지에 실어 날랐다지?"

"예."

"그들에 대해 어떻게 생각하나?"

"잘은 모르겠습니다만, 종교나 그런 것에 대해서 제 생각을 말씀드리자면…… 가난한 사람이 신의 공정함을 믿는 건 큰 모순이라고 생각합니다. 신이 공정하다면 가난뱅이가 생길 리가 없지 않습니까?"

"일리가 있군. 자네는 신을 믿지 않나?"

"전혀 안 믿죠."

"그래?"

"신이란 걸 생각해낸 놈은 역사상 최대의 사기꾼일 겁니다. 그 작자의 상상력과 장삿속만큼은 존경하지요. 고대에서 근대에 이르기까지, 어느 나라나 내로라하는 부자들은 귀족과 지주와 사원 아니었습니까?"

란데스헤르 루빈스키는 관심을 담아 젊은 독립상인을 바라보았다. 코네프는 영 어색한 기분이었다. 란데스헤르는 매서운 인상을 품은 40대 전반의 인물로, 머리에는 머리카락이 한 올도 없다. 이 기이한 용모의 사내가 뿜어내는 시선을 미녀의 시선과 똑같이 생각할 수 없는 것은 당연한 노릇이다.

"제법 재미있는 의견이네만, 그건 자네 자신의 독창적인 이론인가?"

"아니요."

코네프는 다소 유감스러운 표정으로 부정했다.

"그렇다면 좋겠지만서도, 대부분 남에게 들은 말입니다. 어렸을 때요. 그게 벌써 16, 7년 전이군요."

"흐음."

"저는 아버지를 따라 별에서 별로 여행을 하며 자랐는데 말입니다, 어느 날 비슷한 처지인 친구와 만났습니다. 상대가 두 살 위였지만 금방 친해졌지요. 두세 달쯤 사귀었는데, 정말 똑똑하고, 생각이 깊은 놈이었죠. 그 친구가 했던 말입니다."

"그 친구의 이름은 뭐였나?"

"양 웬리입니다."

코네프의 표정은 새로운 기술에 성공한 마술사 같았다.

"지금 그 친구는 군인이라는 저열한 직업에 종사하는 모양이라, 자유인인 저는 동정을 금할 수 없지만요."

젊은 선장은 매우 낙담했다. 란데스헤르가 그리 놀란 것처럼 보이지 않았기 때문이었다. 몇 초의 침묵 끝에 루빈스키는 무겁게 입을 열었다.

"보리스 코네프 선장, 자치령 정부는 자네에게 중대한 임무를 내리고자 하네."

"예?"

코네프가 눈을 껌뻑인 것은 놀랐다기보다 경계했기 때문이었다. 제국에서도 동맹에서도 '폐잔의 검은 여우'라고 불리는 이 란데스헤르는 널찍하고 두툼한 육체 속에 타산과 책략을 파이 껍질처럼 몇 겹으로 담아 두고 있다는 것이 세간의 평가였다. 코네프 자신도 그 평가를 부정할 만한 근거가 전혀 없었다. 애초에 일개 상인이 왜 란데스헤르에게 불려 나온 것인지도 알지 못했다. 추억담을 듣기 위해서도 아닐 테고. 대체 무슨 임무를 주려 한단 말인가.

이윽고 정부청사 건물을 나온 코네프는 두 팔을 크게 휘저었다. 눈에 보이지 않는 사슬을 끊어버리려는 듯.

노부인이 데리고 나온 강아지가 높은 소리로 짖어댔다. 코네프가 강아지에게 주먹을 휘두르는 시늉을 하자 노부인이 비명을 질러댔다. 그 소리를 배경음악 삼아, 그는 어딘가 화난 듯한 발걸음으로 걸어갔다.

배로 돌아오자 사무장 마리네스크가 늙수그레한 얼굴에 가득 미소를 짓고 있었다. 앞으로 베료즈카 호는 일체 연료 걱정을 하지 않아도 된다는 통첩이 에너지 공단에서 내려왔다는 것이다.

"대체 무슨 마법을 부린 겁니까? 우리 같은 영세상선에는 완전히 기적 같은 일인데."

"정부에 몸을 팔았거든."

"네?"

"빌어먹을. 그 여우 자식."

황급히 주위를 둘러본 것은 오히려 사무장이었다. 당사자는 목소리를 낮추려고도 하지 않았다.

"뭔가 음흉한 짓을 꾸미고 있는 게 틀림없어. 선량한 시민을 말려들게 해놓고는."

"대체 뭐가 어떻게 된 겁니까? 정부에 몸을 팔았다니, 흠…… 공무원이라도 됐나요?"

"공무워언?!"

사무장의 지극히 독특한 표현에 코네프는 노기가 떨어져 나간 듯한 얼빠진 표정을 지었다.

"공무원은 공무원이지. 정보공작원이 되어 자유행성동맹에 가라고 하더라고."

"오오."

젊은 선장의 목소리가 높아졌다.

"우리 코네프 가문은 말이야! 200년 동안 범죄자와 공무원만은 배출하지 않았다는 게 자랑이었어. 자유 시민이라고, 자유 시민! 그런데 뭐야, 하필이면 스파이라니! 한꺼번에 양쪽 다잖아?!"

"정보공작원이에요, 정보공작원."

"말만 바꾼다고 될 일이 아니야! 암을 감기라고 하면 암이 감기가 되나? 사자를 생쥐라고 하면 물려도 안 죽느냐고!"

마리네스크는 대답하지 않았으나, 마음속으로는 시답잖은 비유라고 생각하고 있었다.

"내가 어렸을 때 양 웬리와 친했다는 걸 어디선가 뒷조사를 해서 알아냈던 거야. 짜증 나는군. 아예 양에게 전부 다 불어버릴까?"

"하지만 그건 무리 아닐까요?"

"왜?"

"그야 그렇죠. 선장님을 공작원으로 삼았다고 그걸로 끝낼 리가 없을 테니까요. 뒤에 당연히 감시의 눈이 붙지 않겠습니까? 감시 플러스 제재의 눈이."

"……"

"자, 어디 자세히 좀 들어보죠."

마리네스크는 커피를 타 왔다. 지나치게 신맛이 강해 싸구려라는 것은 묻지 않아도 알 수 있었다. 코네프의 두 배나 되는 시간을 들여 아끼듯 커피를 마시면서 마리네스크는 사정을 들었다.

"그렇게 된 거였군요. 하지만 듣고 보니 선장님, 란데스헤르 각하 앞에서 양 웬리라는 이름을 꺼낼 필요는 없지 않았나요? 하기야 선장님이 말하지 않았더라도 저쪽에서 이야기를 꺼냈겠지만."

"나도 알아. 입이 말썽이지. 앞으로는 조심해야겠어."

코네프는 쓸쓸하게 자신의 실수를 인정했다. 그렇다고는 하나 그것은 루빈스키의 명령을 정당화하고 받아들인 것은 아니었다. 눈에 보이지 않는다 해도 사슬은 사슬이었으며, 묶여있다는 불쾌함은 돈을 벌지 못하는 것과는 비교도 할 수 없을 정도였다.

보리스 코네프라는 인간에게 그나마 존재 가치가 있다고 한다면 그것은 속박받지 않는 자유인이라는 점이었다. 폐잔 란데스헤르 루빈스키는 그 긍지를 아무렇지도 않게 짓밟았다. 게다가 기분 더럽게도, 당사자는 마치 은혜라도 베푸는 듯한 태도를 보였다!

권력을 가진 사람은 시민이 권력기구 말단에 가담하는 것을 매우 큰 특권이라고 생각하는 모양이다. 루빈스키 정도 되는 사내라 해도 그 착각에서 벗어날 수는 없는 모양이다.

'그렇다면 한동안은 그 착각을 진실이라고 믿게 만들어주지.'

코네프는 슬쩍 웃었다.

마리네스크는 사려 깊은 눈으로 젊은 선장을 바라보며 주전자를 내밀었다.

"한 잔 더 하시겠습니까?"

II

8월이 되어 바라트 성역 변두리에 도착한 양 웬리는 함대를 포진시켜놓은 채 하이네센으로 진격할 기회를 살피고 있었다.

하이네센까지의 거리는 6광시, 약 65억 킬로미터였다. 항성과 항성 사이를 항행하는 우주함대에는 지척이라 해도 좋을 거리였다.

양이 이런 근거리까지 진출한 데에는 군사적인 것만이 아니라 정치적인 의미도 있었다.

하이네센을 점거한 구국군사회의는 바라트 성역조차 실효지배하지 못한 행성 수준의 정치세력에 불과하다는 점, 제11함대의 패배로 인해 그들은 우주공간에서 발휘할 수 있는 전력을 잃었다는 점, 이상으로 미루어 볼 때 구국군사회의는 패배했고 쿠데타는 실패했으며, 동맹헌정질서 부활은 시간문제라는 점. 이러한 사실들을 행동으로 동맹 전체에 과시했던 것이다.

효과는 어마어마했다. 물론 양의 명성(본인의 말에 따르면 허명) 또한 이를 증폭하는 데 한몫했다. 그때까지 평의회 정부와 쿠데타 일파 중 어느쪽을 지지할지 결단을 내리지 못했던 자들마저 잇달아 깃발 색을 결정하고 양 곁으로 모여들었다. 각 행성의 경비대, 지방주둔 순찰함대, 퇴역장병에서, 의용대로 참가하기를 희망하는 민간인에 이르기까지.

물론 의용대 편성은 순조롭지는 않았다. 원래 양은 민간인이 전쟁에 말려드는 것을 싫어했으며, 솔직히 말하자면 전쟁에 참가하고 싶다는 민간인의 정신구조를 의심하고 싶은 기분이었다. 하지만 그들의 자발적인 의사를 거부할 수는 없었다. 그들은 동맹헌장 조문에 있는 '저항권', 즉 국민이 권력의 부정함에 대해 무력으로 저항할 권리까지 들먹이면서 망설이는 청년 사령관을 밀어붙였던 것이다.

결국 양은 의용대 참가 자격에 연령제한을 덧붙여 18세 미만과 56세 이상을 배제하기로 했다. 그러나 절대 여든 살 이하로는 보이지 않는 노인이 자신은 쉰다섯이라고 주장하는가 하면, 열일곱 살짜리 지원자가 율리안을 보고는 자기보다 연상인 것 같지 않다고 담당자에게 대드는 일도 있었다.

"쉽지는 않네요."

프레데리카 그린힐 대위는 쓴웃음을 지었다.

그런 와중에 양을 기쁘게 했던 것은 은퇴해 고향으로 돌아갔던 전 통합작전본부장 시드니 시톨레 원수가 와서 지지를 표명해준 일이었다. 그는 양의 사관학교 생도 시절 교장이기도 했다. 양은 그를 존경하는 반면 교활한 사람이라는 인상도 품고 있었다. 그러나 그런 만큼 적으로 돌리지 않아도 된다는 것이 기뻤다. 그런 사람은 그린힐 대장만으로도 충분했다.

전에는 구국군사회의에 동조하는 언동을 보이던 사람들도 다수 참가했다. '스타디움 학살 사건'이 알려진 탓도 있었겠지만, 쿠데타 일파를 비난하는 그들의 목소리는 유달리 요란했다.

고지식한 무라이 참모장은 그들의 변절과 기회주의적인 자세를 혹독하게 비판했으나 양은 이렇게 말했다.

"인간은 누구나 자신의 안전을 꾀하는 법이죠. 저도 좀 더 책임이 가벼운 입장이었다면 형세가 유리한 쪽에 붙으려고 했을지 모릅니다. 하물며 남이라면 말할 나위도 없고요."

역사를 보더라도 동란 시대의 인간이란 그런 법이다. 그러지 않고서는 살아남을 수 없으며, 상황판단 능력과 유연성이라 표현한다면 비난할 수도 없다. 오히려 부동의 신념이라는 것이 타인이며 사회에 해악을 주는 경우가 많았다.

민주공화제를 폐지하고 은하제국 황제가 되어, 전제정치에 반대하는 국민 40억 명을 살해한 루돌프 폰 골덴바움은 신념이 강하기로 따지자면 그 누구도 따르지 못한다. 실제로 지금 하이네센을 점거한 쿠데타 일파도 신념으로 행동하고 있을 것이다.

인간의 역사를 돌아보면 아마게돈, 즉 '절대선과 절대악의 전쟁'은 없었다. 있었던 것은 주관적인 선과 주관적인 선의 다툼이었으며, 정의로운 신념과 정의로운 신념의 상극이었다. 일방적인 침략전쟁의 침략자조차 자신이야말로 정의롭다고 믿었다. 전쟁이 끊이지 않는 것은 그 때문이다. 인간이 신과 정의를 믿는 한 다툼은 사라지지 않을 것이다.

신념이라는 말 중에서도 양은 '필승의 신념'이라는 말을 들을 때마다 닭살이 돋는 것을 느꼈다.

"신념으로 이길 수 있다면야 그보다 쉬운 일은 없겠지. 누구나 이기고 싶어하는데."

양은 그렇게 생각했다. 그가 보기에 신념이란 '강력한 소망'에 불과했으며, 그 어떤 객관적 근거도 없는 것이었다. 신념이 강하면 강할수록 시야는 좁아지며, 정확한 판단이나 통찰은 불가능해진다. 애초에 신념이니 하는 낯부끄러운 단어는 사전에만 실려 있으면 그만이지, 입 밖으로 낼 것은 못 된다.

"그게 바로 각하의 **신념**이군요."

양의 말에 율리안은 이렇게 대꾸하며 웃음을 터뜨렸다.

물론 말로는 어떻게 반응하더라도, 이 소년은 양이 하고 싶은 말은 모두 이해하고 있었다.

그건 차치한다 쳐도, 국부의 이름을 딴 행성 하이네센을 무력 공격하는 역사상 최초의 인물은 제국인이 아니었다.

"바로 나 양 웬리란 말이지."

양은 율리안에게 싱긋 웃었다. 그로서는 웃을 수밖에 없는 기분이었다. 민주정치를 지킨다는 신념에 따라 눈물을 삼키며 고향을 공격하는 것도 주저하지 않는다느니, 그런 비장한 미학은 양과 무관한 것이었다.

율리안은 공연히 위로하려 들지 않고 대꾸했다.

"은하제국 수도를 공격하시는 건 제가 다 큰 다음에 해 주세요. 얼른 자랄 테니까."

"오딘 말이냐? 그건 네게 맡기마. 난 하이네센만 해도 지긋지긋해. 냉큼 퇴역해서 염원하던 연금생활이나 누리련다."

"아, 그럼 제가 군인이 되어도 괜찮단 말씀이죠?"

양은 허겁지겁 자신의 말을 취소했다. 율리안은 대함대를 이끄는 우주 군인을 지망하고 있었으나, 양은 아직 그 건에 대해 결론을 내지 못하고 있었다.

율리안에 대해서는 둘째 치고.

대함대 간 결전에 의한 패권전쟁이라는 형식 자체가 낡은 것은 아닐까, 양은 요즘 그런 생각을 하게 되었다.

결국은 필요한 시간에 필요한 공간을 확보하면 되지 않겠는가. 일정한 우주공간을 일정한 시간 사용할 수 있으면 족하다. 항구적으로 공간을 확보하려 하기 때문에 자연스럽게 항로도 제한되고, 전장도 한정되고, 전투도 피할 수 없는 것이다. 하지만 적이 없는 장소를 적이 없는 동안만 사용한다면 되지 않겠는가.

양은 이 전략사상을 임시로 '공역관제空域管制'라 명명하고, 함대 결전으로 판가름이 나는 기존 전략을 '공역지배空域支配'라 칭해 이보다도 훨씬 유연하고 합리적인 전략사상으로 체계화해 보고 싶다는 생각을 하고 있었다.

어찌 보면 쇤코프가 놀리는 것도 당연하다. 양은 전쟁을 싫어하는 주제에, 어떤 의미로는 최고의 지적 게임인 전략과 전술에 무관심할 수 없었던 것이다.

그 무렵, 행성 하이네센 지하 깊은 곳에서 한 사내가 동지들을 격려하고 있었다.

"아직 괜찮다. 아직 우리에게는 '아르테미스의 목걸이'가 있다. 이것이 있는 한 제아무리 양 웬리라 해도 하이네센의 중력권 안으로 돌입할 수는 없을 것이다."

그린힐 대장은 힘주어 말했다. 일동의 얼굴에 어렴풋한 빛이 떠오르는 것을 보고 그는 거듭 말했다.

"우리는 아직 지지 않았다."

III

'우리가 아직 이긴 건 아니지.'

스크린에 비친 아름다운 비취색 행성에 시선을 던지며 양은 생각했다.

'아르테미스의 목걸이'에 대해서는 처음부터 염두에 두지 않았다. 아무리 강력한 것이라 한들 병기나 요새 따위 하드웨어를 두려워한 적은 한 번도 없었다. '아르테미스의 목걸이'를 무력화할 수단 정도는 얼마든지 있었다.

유인행성을 무력으로 점령하는 것은 원래 쉬운 일이 아니다. 유인행성이란 그 자체가 거대한 보급 및 생산기지나 마찬가지이므로 이를 공격하기 위해서는 어마어마한 군수물자가 필요하다.

암릿처 회전 초기에 동맹군이 수많은 유인행성을 점령할 수 있었던 것은 제국군의 전략적 후퇴와 맞물린 결과였으며, 다시 말하자면 함정으로 가는 길에 뿌려진 먹이를 분별도 없이 주워 먹은 것뿐이었다. 하이네센의 경우에는 그럴 수 없다.

그러나 하이네센의 약점은 '아르테미스의 목걸이'라는 하드웨어에 대한 신앙에 있다. 신앙의 대상을 분쇄해버린다면 그와 동시에 저항 의지도 꺾일 것이다.

360도 모든 방향에 대한 공격능력을 보유한 열두 개의 군사위성. 레이저 포, 하전입자荷電粒子 광선포, 중성자 광선포, 열선포熱線砲, 레이저 수폭 미사일, 레일 캐논 등등 온갖 병기와 준準완전경면장갑으로 무장하고, 태양열을 이용해 반영구로 동력을 보급하는 열두 개의 구체. 엷은 무지갯빛 반사광을 흩뿌리는 은색의, 고귀할 정도로 아름다운 대량살인 시스템.

그러나 그것은 한 번의 무훈도 자랑하지 못한 채 양 웬리의 손에 파괴되고 말 것이다.

그가 두려워하는 것은 민간인과 군인을 불문하고 행성 하이네센에 있는 10억 명의 인구였다. 그들은 모두 쿠데타 일파에게 귀중한 인질이 될 수 있는 것이다.

만약 쿠데타 일파가 전 주민과 함께 행성 하이네센을 자폭시키겠다고 협박한다면, 혹은 뷰코크 제독의 머리에 블래스터를 들이대고 교섭을 요구한다면 양은 두 손을 들 수밖에 없다.

그린힐 대장이 그런 짓까지 저지르리라고는 생각하고 싶지 않았다.

하지만 그가 쿠데타 주모자 중 하나라는 것 자체가 양의 상상을 넘어서는 일이 아니었던가.

이에 대해 양은 모종의 방법을 구상해야만 했다. 그들의 집념에 타격을 주고 무익한 저항을 포기하도록 하려면 어떻게 해야 하는가.

이 쿠데타가 당사자들의 뜻과는 관계없이 은하제국의 로엔그람 후작에 의해 계획되었다는 사실을 밝히면 된다.

물증은 없다. 그러나 실제로 제국 내에서는 대규모 내전이 발발했다. 이를 정황증거로 삼을 수는 있을 것이다. 혹은 쿠데타를 진압한 후 물증을 발견할 수 있을지도 모른다. 아무튼 필요한 것은 이를 증언해줄 인물이다.

양은 한 사람을 선택했다.

호출을 받은 바그다슈 중령은 발걸음도 가볍게 양의 집무실로 들어섰다. 부관 프레데리카에게 자리를 비워달라고 부탁한 후 양은 말을 꺼냈다.

"귀관이 해 주었으면 하는 일이 있네."

"말씀만 하십시오."

대답하며 바그다슈는 실내를 둘러보더니 율리안이 없다는 것을 확인하고 안심했다. 그는 그 아름다운 소년을 슬금슬금 피하는 경향이 있었다. 본인이 생각해도 어처구니가 없는 일이었으나, 한번 기선을 제압당하고 나니 그 기억이 꼬리를 끄는 모양이었다.

"제가 뭘 하면 되겠습니까? 명령만 내리신다면 하이네센에라도 잠입해서……"

"그리고 그린힐 대장에게 달려갈 텐가?"

"에이, 그런 섭섭한 말씀을."

"농담일세. 사실은 증인이 되어주었으면 하네."

"증인? 무슨 증인 말입니까?"

"이번 구국군사회의 쿠데타는 은하제국의 로엔그람 후작이 사주해 일으킨 것이라는 사실의 증인 말일세."

바그다슈는 몇 차례 눈을 깜빡거렸다. 그제야 비로소 양이 무슨 말을 한 것인지 이해하고 입을 쩍 벌렸다. 마치 다른 사람을 쳐다보는 듯한 눈으로 바그다슈는 젊은 사령관을 주시했다.

"터무니없는 생각을 다 해내셨군요……."

그는 쿠데타의 정당성을 완전히 박살 내기 위한 선전공작이라고 받아들인 모양이었다. 분명 틀린 말은 아니다.

"사실일세. 물증은 아직 없어. 그러나 사실일세, 이건."

양이 단언했지만 바그다슈의 표정에서는 놀라움과 의혹의 빛이 사라지지 않았다. 양은 설명을 덧붙이려다가 결국 상대를 납득시키는 것을 포기했다.

"뭐, 됐네. 믿지 못하는 것도 무리는 아니지."

자포자기에 가까운 심정이었다. 사실 다른 사람이라 해도 양의 말을 믿어주었을지는 미심쩍었다. 믿어줄 수 있는 사람이라고는 쿠데타가 일어나기 전 양에게서 이야기를 들은 뷰코크, 그리고 율리안이 고작일 것이다. 쉔코프나 프레데리카라 해도 과연 어떨지. 쉔코프는 짓궂은 미소를 지으며 이런 말을 할지도 모른다.

"그럴듯하지만 너무 직설적이군요. 후하게 쳐서 80점 드리지요."

프레데리카는 항의할지도 모른다.

"그렇게까지 아버지를 멸시하지는 말아주십시오. 아버지는 제국의 앞잡이가 되실 분이 아닙니다."

……양은 머리를 한 차례 가로저어 뇌리에 떠오른 몇몇 얼굴들을 털어버렸다.

"아무튼 증언해주게. 자세한 대본과 물증이 필요하다면 만들어주겠네. 비열하다는 것도 알고 하는 일일세. 어떤가, 할 수 있겠나?"

양의 표정과 목소리는 딱히 냉엄하지는 않았다. 그러나 바그다슈는 그의 내면에서 저항하기 어려운 무언가를 느꼈다.

"알겠습니다. 저는 전향자니, 뭐든 도움이 되어야겠지요."

적어도 당분간 바그다슈는 그의 운명을 양에게 맡길 수밖에 없는 것이다.

바그다슈를 물러나게 한 후, 양은 가벼운 자기혐오를 느끼며 프레데리카 그린힐 대위를 불렀다.

"'아르테미스의 목걸이'를 공격할 방법에 대해 기술상의 문제를 검토하고 싶은데, 사람들을 회의실로 불러줘."

"예."

프레데리카는 온몸에 긴장의 빛을 드러냈다. 강력무비하다고 정평이 나 있는 열두 개의 군사위성을 파괴한다는 어려움 때문이리라. 얼마나 큰 희생이 있을지 상상도 할 수 없다. 하지만 양은 그것을 눈치 챈 것처럼 말했다.

"걱정하지 말게, 그린힐 대위. '아르테미스의 목걸이'를 파괴하는 데는 군함도 인명도 전혀 희생하지 않겠다고 약속하지."

그런 말이 면죄부가 될 거라고 생각하지는 않았지만.

통신 스크린에 바그다슈 중령이 나타난 것은 궁지에 몰린 구국군사회의 멤버들에게 불쾌하기 짝이 없는 놀라움이었다. 그는 양 웬리를 암살한다는 중요한 임무에 실패해 아군을 위기로 몰아넣었을 뿐만 아니라, 지금은 이 쿠데타가 라인하르트 폰 로엔그람 후작의 책모에 의해 일어났다는 터무니없는 증언을 해 그들의 대의를 완전히 부정하고 있었다.

"바그다슈! 파렴치한 배신자 주제에 만인 앞에 얼굴을 드러내다니."

넘쳐나는 노성에는 음습한 그늘이 느껴졌다. 그 배신자에게 보복할 수단이 존재하지 않기 때문이다. '아르테미스의 목걸이'조차 최후의 패배를 얼마간 연기하는 효과밖에는 없다는 것을 그들은 너무나 잘 알고 있었다.

이제 '구국군사회의'가 지배하는 곳은 행성 하이네센의 지표와 지하 일부뿐이었다. 다른 3차원 공간은 모조리 적의 수중에 있다.

적…… 양 웬리라는 애송이 사령관. 그가 쿠데타를 실패로 몰아넣었다. 그는 제11함대를 격파해 구국군사회의가 보유한 우주전 능력을 빼앗았으며, 쿠데타의 성과를 하이네센이라는 행성 하나에 가둬 거취를 결정하지 못했던 사람들을 자신의 휘하에 끌어들이고 말았다. 훌륭한 능력이다. 그러나 단 하나, 그린힐은 양에게 할 말이 있었다.

"양 웬리라는 사내를 내가 잘못 보았군. 우리가 제국의 앞잡이라니, 그런 속 보이는 정치선전을 할 줄이야. 그렇게까지 우리를 멸시할 필요는 없었을 텐데."

일동이 크게 주억거렸다. 그것을 보며 그린힐이 말을 이었다.

"이 거사는 우리 자신의 의사에서 비롯되었다. 아울러 린치 소장이 제국에서 귀환하며 훌륭한 작전계획을 가져다주었기 때문에 실행 가능했다. 로엔그람 후작과는 관계없지. 안 그런가, 린치 소장?"

린치는 취기로 흐려진 눈을 붉게 빛내더니, 어떤 충동에 사로잡힌 듯한 표정을 지었다.

"칭찬해 주셔서 황송합니다만, 그 작전을 세운 건 내가 아니었소."

"뭐야?!"

그린힐 대장의 얼굴에 불길한 의혹이 스치고 지나갔다. 그는 몇 초 동안 망설인 후에 질문했다.

"그럼 누구인가. 누가 그만한 작전을 세웠단 말인가?"

질문과 대답 사이에 상당한 침묵이 이어졌다.

"은하제국 원수, 라인하르트 폰 로엔그람 후작."

다시금 일동의 머리 위로 떨어진 침묵은 소리 없는 비명으로 가득했다. 핏기가 있는 얼굴은 하나도 없었다.

"뭐라고……?"

"양 웬리는 옳은 말을 했소. 이 쿠데타는 로엔그람 후작, 그 금발 애송이의 머리에서 태어난 거요. 놈은 내전에서 귀족들을 해치우는 동안 동맹이 내부 분열을 일으키길 원했지. 댁들은 이용당한 거라고."

"귀관은 우리가 로엔그람 후작의 손바닥 위에서 꼭두각시놀음을 하게 만들었단 말인가?"

캐묻는 목소리는 갈라지고 잔뜩 쉰 것이었다.

"바로 그렇소. 다들 제법 잘 놀아나던걸. 크리스티앙 대령 같은 저능아는 두말할 것도 없지만, 그린힐 대장. 댁도 마찬가지야."

독살스러운 조소. 알코올 냄새가 나는 숨결을 타고 눈에 보이지 않는 악마가 실내를 뛰어다니며 사람들의 심장을 창으로 따끔따끔 찔러댔다.

누군가가 신음소리를 내는 것이 들렸다.

"이걸 보시오. 로엔그람 후작이 내게 제시한 작전계획이지."

린치의 손에서 조그맣고 얄팍한 파일이 날아가 책상 위에 메마른 소리를 내며 떨어졌다. 그린힐이 낚아채듯 이를 집어 들어 페이지를 펼쳤다.

『변경 행성에서 소란을 일으킨다. 그것도 한 곳이 아니라 여러 곳에서. 이렇게 수도 병력을 분산해 진공상태를 만든 후 그 상태를 틈타 정치 및 군사상 요점을 점거한다⋯⋯.』

그린힐은 거친 숨을 몰아쉬며 파일을 내팽개쳤다.

"거기까지는 시나리오대로 돌아갔지. 하지만 그다음부터는 사면초가였어. 연기자인 댁들에게 실력이 없었기 때문이라고."

"린치 소장, 왜 로엔그람 후작의 책략을 받아들인 건가? 그가 그렇게나 매력적인 조건을 제시했나? 제국군 제독이라도 시켜주겠다고 하던가?"

"그것도 있었지⋯⋯."

린치의 목소리는 높낮이가 일정하지 않았다. 갑자기 높아졌다가 낮아지곤 했다. 그도 목소리를 제어할 노력을 보이지 않았다.

"하지만 그것만은 아니야. 딱히 누가 어쨌다는 건 아니지만, 자신이 옳다고 믿어 의심치 않는 치들에게 변명할 수도 없는 부끄러움을 주고 싶었지. 이젠 출세 따위, 인생 따위 어떻게 되든 상관없어."

린치의 충혈된 눈에 깃든 빛을 본 일동은 두려움에 몸을 떨었다.

"어떠신가, 그린힐 대장? 구국군사회의라는 요란뻑적지근한 조직이, 제국의 야심가가 만들어낸 도구에 지나지 않았다는 사실을 안 기분이?"

말꼬리는 웃음으로 바뀌었다. 리듬감 없는 괴상한 웃음소리가 사람들의 마음을 산酸처럼 침식했다. 엘 파실에서 도망쳐 자신의 과거를 오욕으로 물들이고 변명할 여지도 없이 술에 빠져 9년간을 지냈던 아서 린치. 그는 그동안 풀 길 없는 원념으로 자신의 몸을 불태웠던 것은 아니었을까.

"의장님, 적 공격이 시작되었습니다!"

오퍼레이터를 맡은 장교가 굳은 목소리로 말했다. 그것이 얼어붙은 일동을 한순간 녹여주었다. 그린힐이 장교를 바라보며, 악몽에서 깨어난 듯한 목소리로 말했다.

"열두 개의 위성 중 어느 것에 공격을 가했나."

대답에는 곤혹스러운 감정이 드러나 있었다.

"그게…… 열두 개를 모조리 동시에……."

일동의 시선이 교차했다. 놀라움이라기보다는 당혹스러운 표정이었다. 궤도 위를 자유로이 움직이는 열두 개의 위성은 서로를 방어하고 지원한다. 따라서 여러 개 위성을 동시에 공격하는 것이 바람직하나, 그러자면 전력을 분산하는 위험을 감수해야 한다. 열두 개 위성 모두를 동시에 공격하는 것은 상식을 벗어난 행위였다. 대체 양 웬리의 의도는 무엇이란 말인가.

스크린이 연결되자, 위성을 향해 우주공간을 직진하는 물체가 비쳤다. 그 정체가 판명된 순간, 실내에 술렁임이 일어났다.

"얼음……."

그린힐 대장이 신음했다. 그것은 거대한, 전함보다도 훨씬 거대한 얼음덩어리였다.

IV

300년 전, 은하제국.

혹한의 알타이르 성계 제7행성에서 노예에 가까운 강제 광산노동에 시달리던 공화주의자 청년이 있었다. 그의 이름은 알레 하이네센이었다.

그는 이 행성을 탈출해 멀리 별의 바다 너머에 공화주의자들만의 새로운 국가를 건설하고 싶다고 염원했다. 그러나 문제는 사람들을 태울 우주선을 건조할 재료였다.

어느 날 하이네센은 어린아이가 장난감 배를 만들어 노는 모습을 보았다. 그 배는 얼음으로 만든 것이었다. 청년은 하늘의 계시를 받았다.

그는 알타이르 제7행성에 무한히 널려 있는 천연 드라이아이스로 우주선을 만들어, 시간으로는 50년, 거리로는 1만 광년에 달하는 기나긴 여정에 나섰다.

자유행성동맹의 아버지 하이네센의 찬란한 전설이다.

"이 작전은 국부 하이네센의 이야기에서 따온 겁니다."

그렇게 말하는 양의 어조에는 자랑하는 감정이라고는 조금도 없었다. 본인은 블랙 유머 삼아 말한 것이리라.

그 작전이란 아래와 같은 것이었다.

바라트 성계 제6행성 스리나가르는 한랭한 얼음 행성이다. 이곳에서 열두 개의 얼음덩어리를 잘라낸다. 얼음덩어리 한 개의 부피는 1입방

킬로미터. 질량은 10억 톤이 된다.

잘라낸 얼음덩어리를 무중력상태 우주공간으로 옮긴다. 우주공간은 절대영도, 즉 섭씨 영하 273.15도이므로 얼음이 녹을 염려는 없다.

여기서 각 얼음덩어리에 항행용 엔진을 장착한다. 얼음덩어리를 원통형으로 깎고 그 중심선을 레이저로 도려내 버사드 램제트 엔진Bussard ramjet engine을 장착하는 것이다.

이 엔진은 전방에 거대한 깔때기 모양 자기장을 투사해, 이온화되어 전기를 띤 성간물질을 끌어모은다. 성간물질은 얼음덩어리로 다가오면서 매우 짧은 시간 동안 압축 가열되고, 엔진 내에서 핵융합 반응조건에 도달해 전방에서 들어올 때보다 훨씬 거대한 에너지로 바뀌어 후방으로 분출된다.

그동안 얼음으로 만든 무인우주선은 쉴 새 없이 가속해, 스피드가 광속에 가까워질수록 성간물질 흡입 효율은 높아진다. 이렇게 해서 얼음 우주선은 아광속에 도달할 수 있다.

여기서 극히 초보적인 상대성이론을 떠올려보자.

광속에 다가갈수록 물질의 실효질량은 증대한다. 예를 들어 광속의 99.9퍼센트 속도로 항행하는 우주선의 질량은 원래 질량의 약 22배를 넘는다. 광속의 99.99퍼센트에 달하면 70배가 되고, 99.999퍼센트면 223배가 된다.

223배라면 10억 톤짜리 얼음덩어리의 질량은 2230억 톤이 된다. 60층 건물 300만 개 무게의 거대한 얼음덩어리가 아광속으로 충돌한다면 어떻게 될 것인가. '아르테미스의 목걸이'를 이루는 군사위성 따위 한 방에 분쇄되고 말 것이다.

다만 위성을 부순 얼음덩어리가 하이네센 본성에 돌입하는 일이 없도록 발진 각도를 신중하게 조정해야만 한다. 열두 개의 위성도 무인, 열두 개의 얼음덩어리도 무인인 이상 피 한 방울 흘릴 일 없으리라.

"······질문 있는 분?"

그 물음에 슬쩍 거수한 것은 쉔코프였다.

"열두 개를 모조리 없애도 상관없겠습니까?"

훗날을 위해 몇 개는 남겨놓는 게 좋지 않겠느냐고, 냉소적으로 말한 것이었다.

"상관없네. 모두 없애버리자고."

양은 아주 선선히 말했다. 몇몇 인간이 쿠데타 따위가 성공하리라는 망상을 품을 수 있었던 원인 중 하나는 이 '아르테미스의 목걸이'가 아닐까, 양은 그렇게 생각했다.

다른 성계가, 다른 행성이 모조리 적에게 제압당해도 하이네센만은 살아남는다는 얄팍한 생각의 상징이 바로 이것이다. 하지만 하이네센 앞까지 적이 쳐들어왔다는 것은 전쟁이 패배 직전이라는 것을 뜻한다. 애초에 적을 이곳까지 침입시키지 않으면 될 문제이다. 그보다는 전쟁을 회피할 정치적, 외교적인 노력을 하는 것이 선결과제 아니겠는가.

군사적 하드웨어로 평화가 유지되기를 기대한다는 것은 경직된 군국주의자들의 악몽이 만들어낸 잡상에 불과하다. 생각하는 수준은 어린이용 입체 TV의 액션 드라마와 다를 것이 없다. 어느 날 갑자기 우주 저 멀리에서 추악하고 호전적인 에일리언이 이유도 원인도 없이 쳐들어와, 평화와 정의를 사랑하는 인류가 어쩔 수 없이 저항한다. 그러기 위해서는 강대한 병기와 시설이 필요하다는 식의 발상.

아름다운 행성을 에워싼 위성 무리를 볼 때마다 양은 여신의 목에 얽힌 뱀을 연상하고 기분이 언짢아졌다.

다시 말해 '아르테미스의 목걸이'라는 물건이 옛날부터 마음에 들지 않았던 양은 하드웨어 신앙에 대한 충격요법도 겸해 이참에 모두 없애버리기로 마음먹은 것이었다. 평소에도 '아르테미스의 목걸이'를 무력화할 방법은 몇 가지나 생각해두었다. 양이 그중에서도 가장 거창한 수단을 택한 것은 그런 이유 때문이었다.

작전은 실행되었다.

열두 개의 거대한 얼음덩어리가 열두 개의 군사위성을 향해 돌진했다.

그것은 상상을 초월하는 광경이었다. 속도가 상승함에 따라 얼음덩어리의 질량이 늘어나고, 그 크기와 질량 자체를 무기 삼아 점점 강화되는 것이다.

위성에 설치된 레이더와 센서 등 관측 시스템은 급속히 접근하는 얼음덩어리를 감지했다. 그러나 그것은 에너지파도 금속덩어리도 아니었으며, 수소와 산소 화합물일 뿐 그 자체는 아무런 위험도 없는 것이었다. 하지만 그 질량과 속도를 위험인자로 인식하고 위성 컴퓨터는 작동을 개시했다.

레이저 포가 얼음덩어리를 조준한 후 초고열 에너지 원기둥을 토해냈다.

얼음덩어리 벽에 직경 3미터 정도의 동심원형 구멍이 뚫렸다. 하지만 고출력 레이저 광선도 이 얼음을 관통할 수는 없었다. 레이저 특유의 지향성이 오히려 화근이 되어 파괴를 확산시키지 못했다. 그뿐만이 아니

었다. 얼음 일부가 증발해 대량의 수증기를 일으키는 바람에 레이저의 열에너지를 빼앗아갔다. 게다가 수증기는 절대영도의 진공 속에서 발생한 직후 급격히 냉각되어 미세한 얼음 구름으로 변하더니 그대로 관성의 법칙에 따라 아광속으로 돌진을 계속했다. 이번에는 미사일이 발사되고 폭발광이 얼음덩어리를 뒤덮었다. 그래도 눈에 뜨이는 효과는 없었다.

양의 기함 히페리온 함교에서는 사람들이 아무 말도 없이 그 광경을 지켜보고 있었다. 오퍼레이터들은 질량계가 나타내는 숫자의 격변에 눈이 돌아갈 지경이었다. 얼음덩어리의 속도가 광속에 가까워질수록 질량은 점점 거대해져만 갔다.

그리고 충돌했다.

얼음덩어리는 박살 났다. 위성과 함께. 얼음 파편이 난무하며 태양광과 행성광을 반사해 주위 공간에 눈부신 빛줄기를 흩뿌렸다. 얼음조각 하나만 해도 질량은 수백 톤이나 된다. 그러나 스크린 속에서 아름답게 반짝이는 그것은 눈송이보다도 가벼워 보였다. 위성 파편 따위는 이미 구분도 가지 않았다.

V

"전멸……. 아르테미스의 목걸이가…… 한 개도 남지 않고…… 전멸……."

오퍼레이터는 넋이 나간 채 '전멸'이라는 말만을 반복했다. 구국군사회의 멤버들은 소금 기둥으로 변한 것처럼 멍하니 서 있었다.

똑같은 말만이 무한히 귓속에서 울려 퍼지는 것이 아닌가 싶었을 때, 무언가 무거운 물체를 내던지는 듯한 소리가 들렸다. 그린힐이 의자에 털썩 주저앉은 것이었다. 집중되는 동지들의 시선 속에서 그는 갈라진 목소리를 쥐어짜냈다.

"모두 끝났다. 군사혁명은 실패했어. 우리는 패배한 거야. 인정하세."

몇 초의 침묵을 거쳐, 반대하는 목소리가 나왔다. 에반스 대령이 소리 높여 동지들을 격려했다.

"아닙니다, 아직 끝나지 않았습니다. 우리에게는 인질이 있습니다. 하이네센의 10억 주민이 아직 고스란히 우리 수중에 있습니다."

대령은 손바닥을 테이블에 내리치며 주장했다.

"게다가 통합작전본부장도, 우주함대 사령장관도 우리가 확보하지 않았습니까? 조건에 따라서는 교섭이 성립될 가능성도 있습니다. 아직 포기하기는 이릅니다!"

"그만두세. 이 이상의 저항은 무익할 뿐만 아니라 국가와 국민의 재통합에 해를 끼칠 걸세. 이미 끝난 게야. 하다못해 막이라도 깔끔하게 내려야 하지 않겠나."

대령의 어깨가 축 늘어지고, 윤기를 잃은 입술 사이에서 기운 없는 목소리가 새어 나왔다.

"그러면 우리는 이제부터 어떻게 되는 겁니까? 항복해 재판을 받아야 합니까?"

"그러고 싶은 자는 그렇게 하게. 나는 다른 길을 선택하겠네만, 그 전에 해야 할 일이 있지. 우리의 숭고한 행동이, 제국의 한 야심가가 꾸민 책략으로 말미암은 것이라는 증거와 증인을 남겨두어서는 안 될 테니."

그린힐의 눈이 불쾌한 감정과 함께 린치를 노려보았다.

"린치 소장, 나는 옛날부터 귀관에게 많은 기대를 품었다. 사관학교에서 귀관이 두 계급 아래였던 무렵부터. 9년 전 엘 파실 사건이 일어났을 때는 참으로 유감이었지. 그렇기 때문에 이번에는 귀관의 명예도 회복될 수 있을 거라 생각해 감싸주려 했건만……."

"댁에게 사람 보는 눈이 없었던 거지."

알코올에 찌든 전 소장은 냉정하게 사실을 지적했다. 그린힐 대장의 낯빛이 일변했다. 분노, 절망, 패배감, 증오. 많은 감정이 혼연일체가 되어 그의 몸속에서 폭발한 것 같았다.

섬광 두 줄기가 실내를 내달렸다. 한 줄기는 그린힐의 미간으로 빨려들어갔으며, 나머지 한 줄기는 린치의 왼쪽 귀를 스치고 피부와 근육 일부를 갈라놓았다. 고함소리에 이어 여러 줄기의 빛이 전후좌우에서 날아와 린치의 몸에 가느다랗게 작열하는 터널을 뚫었다. 그린힐보다 몇 초 늦게 그도 바닥에 쓰러졌다.

"멍청한 놈들……."

린치 소장은 피거품과 함께 마지막 웃음을 토해내고는 자신을 쏜 장교들을 둘러보았다.

"나는 그린힐의 명예를 구해준 거야. 그것도 모르냐……? 살아서 재판을 받느니, 차라리 죽는 게 낫지……. 흐흐, 명예라…… 같잖군."

피거품을 토해내고, 부릅뜬 두 눈에서 초점이 사라졌다. 다가가 그 얼굴에 침을 뱉은 후 에반스 대령이 외쳤다.

"이 괘씸한 파일을 불태워라. 린치의 시체도 처리해야 한다. 우리의 대의를 더럽힐 우려가 있는 것들은 모조리 치워라!"

"양 제독의 함대가 궤도상에 전개해 강하작전을 시작하려 합니다. 어떻게 할까요?"

오퍼레이터의 목소리가 갈라져 있었다. 에반스는 이마를 찡그렸으나, 마침내 결심한 듯 고개를 끄덕였다.

"통신회로를 열어라. 내가 양 웬리와 이야기하겠다."

이윽고 스크린에 검은 군용 베레모를 약간 비스듬히 쓴 젊은 제독의 모습이 나타났다. 등 뒤에는 그의 참모들이 서 있었으며, 그 가운데 그린힐 대장의 딸이 보이자 에반스는 잠시 움찔했다.

"구국군사회의 의장 대행으로서 동맹군 대령 에반스가 귀관과 이야기를 하고 싶다. 공격할 필요는 없다. 우리는 패배를 인정하며, 무익한 저항을 단념코자 한다. 모든 것이 끝났다."

『그건 고맙지만⋯⋯.』

당연히 양은 의아해하는 모양이었다.

『구국군사회의 의장 그린힐 대장은 어떻게 되었는가. 모습이 보이지 않는다.』

잠시 숨을 고른 후, 에반스는 대답했다.

"각하께서는 자결하셨다. 훌륭한 최후였다."

그 말을 듣고 프레데리카 그린힐 대위가 짤막한 비명을 지르다 한 손으로 입을 막았다. 어깨가 가늘게 떨리고 있었다.

"양 제독, 우리의 목적은 민주공화정치를 정화하고 은하제국의 전제정치를 이 세상에서 말살하는 데 있었다. 그 이상이 실현되지 못한 것이 실로 유감이다. 양 제독, 귀관은 결과적으로 전제주의 존속에 기여한 셈이다."

『전제주의가 무엇인가? 시민의 선택을 받지 못한 위정자가 권력과 폭력으로 시민의 자유를 억압하고 지배하는 체제를 말하는 것이 아니었나? 그것은 곧 하이네센에서 귀관들이 저질렀던 일들을 말한다.』

"……."

『귀관들이야말로 전제자다. 그렇지 않나?』

양의 목소리는 부드러웠으나 내용은 지극히 신랄했다.

"그렇지 않다!"

『어디가 아니라는 거지?』

"우리는 우리 자신의 권력을 추구했던 것이 아니다. 이는 일시적인 방편이었을 뿐이다. 부패한 중우정치로부터 조국을 구하고, 제국을 타도할 때까지 필요한 한순간의 모습이었다."

"일시적인 방편이라……."

양은 씁쓸하게 중얼거렸다. 자신을 정당화할 때는 그 어떤 구실도 끌어들일 수 있는 법이다. 설혹 그렇다 해도 그 일시적인 방편인지 뭔지가 대체 얼마나 많은 희생을 요구했단 말인가.

"그럼 묻겠다. 우리는 150년의 세월에 걸쳐 제국과 싸우고도 타도하지 못했다. 앞으로 150년을 더 허비한다 해도 타도할 수 있을지는 미지수다. 그렇게 됐을 때, 귀관들은 권력의 자리에 계속 매달린 채 끊임없이 시민의 자유를 빼앗고, 그때도 일시적인 방편이라고 주장할 생각인가?"

에반스 대령은 말문이 막혔다. 하지만 방향을 바꾸어 반론하기 시작했다.

『작금의 정치가 부패했다는 것은 누구나 잘 아는 사실이다. 그것을 바로잡기 위해 과연 어떤 방법이 있었단 말인가?』

"정치의 부패란 정치가가 뇌물을 받는 것이 아니다. 그것은 개인의 부패일 뿐이다. 정치가가 뇌물을 받아도 이를 비판할 수 없는 상태를 바로 정치의 부패라고 하는 것이다. 귀관들은 언론 통제를 포고했다. 그것만으로도 귀관들이 제국의 전제정치와 동맹의 현재 정치를 비난할 자격은 없다고 본다. 그렇게 생각하지 않나?"

『우리는 목숨과 명예를 걸었다……!』

대령의 목소리는 굳어졌다.

『그 점에 관해서는 그 누구도 우릴 비방하지 못한다. 우리는 정의를 잃었던 것이 아니다. 운과 실력이 아주 조금 부족했을 뿐. 단지 그것뿐이다.』

"에반스 대령……."

『군사혁명, 만세!』

통신 스크린 화면이 회색으로 물들었다.

무라이 참모장이 한숨을 쉬었다.

"끝까지 자기 잘못을 인정하지 않는군요."

"사람마다 정의는 다 다른 법이니까요."

양은 침울하게 대답한 후 쉰코프에게 상륙을 준비하도록 지시했다.

이렇게 양 함대는 하이네센 지상에 무혈상륙을 이루었다.

양은 지위와 입장에 비하면 비상식적이라 해도 할 말이 없을 정도로 복장에 격식을 차리지 않았으며, 혼자서도 아무렇게나 쏘다니기 때문에 부하들은 호위에 신경을 써야만 했다. 하물며 지금은 쿠데타 일파 잔당이 어디에 숨어있을지 알 수 없다.

무라이 소장이 귀에 못이 박히도록 조심하라고 당부하는 것을 흘려들으며, 양은 자기 발로 우주함대사령부에 나갔다. 그리고 투항한 부사관에게 뷰코크 제독이 감금된 장소를 물었다. 즉시 석방해 병원으로 이송하도록 지시했다.

4개월이 넘는 긴 감금생활에 노제독의 몸은 쇠약해졌으나 눈에는 강한 빛이 어려 있었으며 목소리도 또렷해 양은 마음을 놓았다.

"면목이 없구먼. 귀관에게 전혀 도움이 되지 못했네. 기껏 정보를 얻었는데도 말이지."

"별말씀을 다 하십니다. 저야말로 늦어져서 이렇게 폐를 끼치고 말았습니다. 무언가 필요하신 건 없으십니까?"

"그럼 일단 위스키부터 한잔 얻어 마시도록 할까?"

"당장 준비하지요."

"그린힐 대장은 어떻게 됐나?"

"돌아가셨습니다."

"……그래. 또 노인만 살아남고 말았군."

인질로 억류했던 고관이나 시민을 길동무로 삼지 않은 그린힐 대장의 양심에 양은 감사했다. 다만 통합작전본부장 대행을 풀어주었을 때는 그렇게만 생각할 수도 없었다.

아울러 산더미 같은 사후처리가 양 앞에 버티고 서 있었다.

쿠데타가 진압되어 헌정질서가 돌아왔음을 전 동맹에 알리는 한편 피해상황도 조사하고, 구국군사회의 생존자들도 체포해야 할 것이다. 아울러 그린힐 대장이나 에반스 대령 등 사망자에 대해 검시 보고서도 작성해야 한다. 생각하면 할수록 일은 계속 튀어나온다. 양은 골치가 아팠다.

이럴 때 부관 프레데리카 그린힐의 유능함은 괄목할 만한 것이었다. 아버지의 사망 소식을 들은 그녀는 양에게 이렇게 말했다.

"한 시간, 아니, 두 시간만 시간을 주실 수 있겠습니까? 금방 회복하리라 생각합니다만, 지금 당장은 어려울 것 같습니다. 그러니……"

양은 고개를 끄덕였다. 제시카 에드워즈가 학살당했다는 것을 알았을 때, 그도 자신이 다시 회복될 때까지 시간이 얼마나 걸릴지를 계산할 수밖에 없었으니까.

양은 그녀의 아버지가 자결했다고는 생각하지 않았다. 미간에 총구를 내고 자살하는 일은 없다. 아마 남에게 살해당했을 것이다. 하지만 그것을 굳이 입 밖에 낼 필요는 없으리라.

프레데리카가 물러나려 했을 때, 젊은 제독은 말했다.

"어…… 대위, 그, 뭐랄까…… 너무 상심하지 말게."

그는 우주 전장에서는 100만, 1000만 대군을 자유로이 지휘할 수 있다. 그러나 반면 혀 하나 마음대로 움직일 수 없을 때도 있는 법이다.

두 시간이 지나 개인실에서 나온 프레데리카는 물 흐르는 듯한 속도로 일을 처리해나갔다. 양 앞에는 '결재' 사인이 된 파일이 산을 이루기 시작했다. 양이 감탄하면서 페이지를 들춰보는 사이에 전승 퍼레이드 코스를 선정하고 시간까지 정해놓은 수완은 훌륭하다고밖에 형언할 수 없었다. 그녀에게는 격무가 나름 구원이 되어주었을지도 모를 일이다.

시가지 순찰을 나갔던 쇤코프로부터 연락이 들어왔다. 율리안이 사건 최고책임자를 발견했다는 것이었다. 양은 고개를 갸웃했다.

"누구 말인가?"

『이름을 들으면 기분 잡치실 텐데요. 최고평의회 의장 각하입니다.』

정말로 듣자마자 기분 잡치는 이름이었다.

쿠데타 발생 이래 행방불명되었던 트뤼니히트가 모습을 나타냈다는 소리였다.

입원한 뷰코크 제독의 간병을 마친 율리안은 양에게 돌아가고 있었다. 낡은 건물 옆을 지날 때, 어떤 인물이 그가 탄 랜드카를 손짓해 세웠다.

"당신은……."

상대를 본 소년은 말문이 막혔다. 그의 보호자가 이 세상에서 가장 싫어하는 인물이 웃고 있었다.

"나를 모르지는 않겠지. 자네들의 국가원수일세."

자유행성동맹 최고평의회 의장 욥 트뤼니히트는 부드러운 어조로 말했다. 율리안은 등줄기가 오싹해지는 것을 느꼈다. 소년의 감성은 양에게 많은 영향을 받고 있었다.

"자네가 율리안 군이로군. 양 제독의 피보호자인. 장래 유망한 소년이라는 소문을 들었지."

율리안은 조용히 형식적으로만 인사했다. 자신의 존재를 알고 있다는 것에 대해서는 놀라움보다도 경계심을 품을 수밖에 없었다.

트뤼니히트의 뒤에는 네댓 명의 남녀가 있었다. 표정에 애교가 없는 사람들이었다.

"이분들은 나를 보호해주신 지구교도 분들일세. 나는 이분들의 지하교회에 숨어 극악무도한 군국주의자를 타도하기 위해 오랫동안 노력했다네."

노력? 무엇을 노력했다는 말인가? 안전한 곳에 숨어 있다가 모든 것이 끝난 후에야 기어 나온 것뿐 아닌가. 율리안은 그렇게 말하고 싶었지만 양의 입장을 생각해 잠자코 있었다.

"자아, 나를 공관으로 데려가 주게. 내가 무사하다는 것을 전 국민에게 알리고 기뻐하는 모습을 보아야겠군."

어쩔 수 없이 율리안은 랜드카에 트뤼니히트를 태우고 공관으로 달려가, 그 앞에 있던 쉰코프와 부하들에게 그를 떠넘겼다.

"이거야 원. 산 넘어 산이라더니."

자초지종을 들은 양은 국가원수를 장애물이나 재난 정도로 치부하며 어깨를 으쓱했으나 웃어넘길 수만은 없을 것 같았다.

지구교 신자들이 트뤼히니트를 구해주고, 오랜 기간 보호했다고 한다. 한때 '우국기사단'이 그러했듯, 지구교도들도 트뤼니히트에게 이용당하고 있는 것은 아닐까.

아니면……

제 8 장

황금수黃金樹는
쓰러졌다

I

인간이 누구나 마음 한구석에 신성한 규범을 품고 있다면, 지크프리트 키르히아이스의 경우 그것은 11년 전에 황금색 머리카락을 가진 소녀가 안개꽃 같은 미소와 함께 했던 말이었다.

"지크, 동생과 친하게 지내주렴."

당시 열다섯 살이었던 안네로제에게 그 말을 들은 것을 붉은 머리 소년은 얼마나 자랑스럽게 생각했는지 모른다. 건강한 키르히아이스는 밤에 숙면을 취하지 못하는 일이 거의 없었으나, 그날만은 한밤중이 되어도 잠을 이루지 못한 채 침대 위에서 몸을 뒤척여야 했다. 그러면서 남매의 충실한 기사가 되겠노라고 스스로 맹세했다.

라인하르트는 황금색 곱슬머리에 피부는 하얀색이었으며, 날개를 감춘 천사처럼 아름다운 소년이었다. 그러므로 얌전히만 군다면 같은 연배 소년소녀들 사이에서 우상처럼 숭배를 받을 것이 틀림없었다. 하지만 그는 얼굴에 걸맞지 않게 불손하고 호전적이기까지 해 금세 수많은 적에게 에워싸였다. 마을 소년들 사이에서 실력과 인망을 겸비했던 키르히아이스가 함께 붙어있지 않았더라면 길을 걷는 것조차 불가능했을지도 모른다.

라인하르트나 키르히아이스보다도 한 살 많으며 체격도 완력도 뛰어난 소년이 있었다. 그와 일대일로 싸워 이길 수 있었던 사람은 타고난 싸움대장인 키르히아이스밖에 없었다. 그 소년이 키르히아이스가 없는 틈을 타 건방진 라인하르트에게 제재를 가하려 했다. 아름다운 금발 소년을 굴복시켜 자신의 부하로 삼고자 했던 것일지도 모른다.

위협하는 문구를 늘어놓는 상대의 얼굴을 라인하르트는 얼어붙은 보석 같은 푸른 눈동자로 바라보더니, 느닷없이 상대의 낭심을 걷어찼다. 그렇게 상대가 고꾸라지자 돌을 들어 가차 없이 내리쳤다. 전의를 잃고 피투성이가 된 소년이 비명을 질러대도 멈추지 않았다. 키르히아이스가 다른 친구에게 그 소식을 듣고 달려가 라인하르트를 겨우 떼어놓을 수 있었다.

라인하르트는 상처 하나 없었다. 태도도 당당했으며 주눅 들지도 않았다. 그러나 옷에 피가 묻었다고 키르히아이스가 가르쳐주자 갑자기 기운을 잃었다. 누나가 이 사실을 알까 두려웠던 것이다. 안네로제는 꾸중을 하는 법은 없었다. 다만 자상한 눈에 슬픔을 담아 바라볼 뿐이다. 그것이 라인하르트에게는 더할 나위 없이 견디기 어려웠다.

두 사람은 상담 끝에 공원 분수에 옷을 입은 채 뛰어들어 라인하르트의 옷에 묻은 피를 지워버렸다. 싸움을 한 것보다는 분수에 빠졌다는 쪽이 그나마 조용히 넘어갈 수 있기 때문이다.

생각해 보면 키르히아이스까지 물에 빠진 생쥐 꼴이 될 필요는 전혀 없었으나, 중고 세탁 로봇이 소리 높여 존재의의를 주장하는 동안 라인하르트와 같은 이불을 뒤집어쓰고 안네로제가 타준 뜨거운 초콜릿을 마신 것은 아늑한 체험이었다.

다만 라인하르트에게 당한 소년이 부모에게 고자질하지는 않을까 걱정이 들었다. 그러나 평소 완력을 과시하고 다닌 만큼 체면을 생각했는지 소년은 이 건에 부모를 개입시키려 들지 않았다. 다만 보복당할 위험은 있었으므로 그 후 키르히아이스는 라인하르트 곁을 떠나지 않았다.

상대가 집단으로 몰려오면 라인하르트 한 사람에게는 벅차다. 하지만 결국 그것은 기우로 그쳤다. 라인하르트만이라면 모를까, 키르히아이스까지 적으로 돌릴 만큼 악동들도 무모하지는 않았던 것이다.

그 후 얼마 지나지 않아 안네로제는 소녀의 몸으로 황제 프리드리히 4세의 후궁이 되었으며, 라인하르트는 유년학교에 들어가 키르히아이스를 데리러 왔다. 옛 시절이 끝나는 날이었다.

이후 라인하르트는 야망의 계단을 일직선으로 뛰어올랐으며, 붉은 머리 벗에게도 자신을 따라오도록 요구했다.

키르히아이스는 그에 호응했다. 그의 생애는 이 금발 남매와 함께하고 있었다. 그는 여기에서 깊은 충실감과 행복을 느꼈다. 또한 키르히아이스 외 그 누가 하늘을 나는 듯한 라인하르트의 발걸음을 따라갈 수 있었을까.

"키르히아이스, 수고했다."

재회한 라인하르트는 빛을 뿜어내는 듯한 미소로 말했다.

별동대를 지휘해 제국 각지에서 싸운 키르히아이스는 라인하르트의 분신으로서 임무를 완벽히 수행했다. 귀족연합군의 부맹주 리텐하임 후작을 우주 먼지로 만들었으며, 항복한 병력을 흡수 재편해 변경을 완전히 평정했다. 그리고 지금 막 라인하르트 본대와 합류한 것이다.

"키르히아이스 제독의 무훈은 지나치게 거대하다."

라인하르트의 사령부에서 이제는 그렇게 속삭이는 자들마저 나타나고 있었다. 그것은 칭송인 동시에 시샘이었으며, 경계심이기도 했다.

라인하르트가 브라운슈바이크 공작이 이끄는 귀족연합군 본대와 싸우는 데만 전념할 수 있었던 가장 큰 요인은 키르히아이스가 주변을 공략하고 안정시킨 것이었다. 그 사실은 만인이 인정했으며, 라인하르트 자신도 남에게 그렇게 말했다. 키르히아이스의 무훈이 아무리 크다 해도 이는 모두 라인하르트를 위해 세운 것이란 사실을 그는 잘 알고 있었다.

"피곤할 테지. 일단 앉아. 포도주와 커피 중 어느 쪽이 좋겠어? 누님의 사과 타르트가 있다면 금상첨화겠지만, 전선에서 배부른 소리를 해선 안 되겠지. 돌아간 다음에 기대하자고."

"라인하르트 님, 물어볼 것이 있습니다."

호의에 감사하면서도, 키르히아이스는 한시라도 빨리 사태의 진위를 확인코자 했다.

"뭐지?"

"베스터란트에서 200만 명의 주민이 학살당한 사건 때문입니다."

"그게 왜?"

라인하르트의 수려한 얼굴에 한순간 불안한 표정이 스치고 지나갔다. 키르히아이스는 그것을 놓치지 않았다. 마음속으로 서늘한 무언가가 방울져 떨어지는 것이 느껴졌다.

"라인하르트 님께서 그 계획을 알면서도 정략적으로 묵인했다고 하는 자가 있었습니다."

"……."

"사실입니까?"

"……그래."

마지못해 라인하르트는 인정했다. 옛날부터 안네로제와 키르히아이스에게는 거짓말을 하지 못했다.

키르히아이스의 표정은 혹독할 정도로 심각해, 보아하니 사태를 적당히 얼버무리고 넘어갈 생각은 전혀 없을 것 같았다. 그는 온몸으로 한숨을 내쉬며 말했다.

"라인하르트 님께서 패권을 추구하신 이유는 현재의 제국, 다시 말해 골덴바움 왕조에 공정함이 없었기 때문입니다. 그런 만큼 라인하르트 님께서 이를 망각하셔서는 안 될 것입니다."

"그런 건 네가 말할 필요도 없어."

라인하르트는 자신이 불리함을 자각했다. 일대일이라는 것이 화근이었는지도 모른다. 대등했던 소년 시절로 돌아가게 된다. 그러기를 바랐고, 그것이 당연하다고 생각했던 라인하르트였으나, 이럴 때만큼은 일갈로 부하를 물리칠 수 있는 상하관계가 바람직했다. 물론 그렇게 생각하도록 만든 요인은 베스터란트 학살에 대해 그가 품었던 양심의 가책이었다.

"대귀족들이 멸망하는 것은 말하자면 역사의 필연, 500년 동안 묵은 빚을 청산하는 것이므로 유혈도 어쩔 수 없는 방편이었습니다. 하오나 민중을 희생양으로 삼으셔서는 안 됩니다. 새로운 체제는 해방된 민중을 기반으로 삼아 확립되는 것입니다. 그런데도 민중을 희생하신다면 자신의 발밑을 파내 넘어뜨리는 것과 마찬가지가 아닙니까?"

"나도 안다고 했잖아."

라인하르트는 잔에 담긴 포도주를 단숨에 비우고 붉은 머리 벗을 불쾌한 표정으로 노려보았다.

"라인하르트 님."

붉은 머리 청년의 목소리에 작은 분노와 큰 슬픔이 깃들어 있었다.

"상대가 대귀족들이라면 사태는 대등한 권력투쟁으로 이어지는 바, 그 어떤 책략을 동원한다 해도 부끄러울 것이 없습니다. 하오나 민중을 희생하신다면 손은 피로 더럽혀집니다. 그 어떤 미사여구를 늘어놓는다 해도 그 피를 씻어낼 수는 없을 것입니다. 라인하르트 님 같은 분이 어찌 한순간의 이익을 위해 자신을 수렁에 몰아넣으십니까?"

금발 청년의 얼굴은 이제 창백해졌다. 올바른 주장에 대해 자신이 패배에 직면했다는 것을 인정할 수밖에 없었다. 그리고 부조리하게도 그 인식은 그만큼 강렬한 반발을 낳았다. 반항적인 아이 같은 눈초리로 그는 붉은 머리 벗을 노려보았다.

"설교는 그만해!"

라인하르트는 소리를 질렀다. 그 순간 자신의 행위에 부끄러움을 느끼고, 그것을 덮으려 하다가 더더욱 그릇된 결과를 낳고 말았다.

"애초에 키르히아이스, 내가 이 일에 대해 네게 의견을 구한 적이 있나?"

"……."

"네게 의견을 구했느냐고 묻고 있다."

"아니요, 그렇지 않습니다."

"그렇지? 너는 내가 필요할 때만 의견을 제시하면 되는 거다. 이미 지난 일이야. 이젠 아무 소리 하지 마라."

"하오나 라인하르트 님. 귀족들은 해서는 안 될 일을 저질렀으나, 라인하르트 님은 마땅히 해야 할 일을 하지 않으셨습니다. 어느 쪽의 죄가 더 크다고 생각하십니까?

"키르히아이스!"

"예."

"넌 대체, 나의 무엇이냐?"

새파랗게 질린 얼굴과 날카로운 안광이 라인하르트의 분노를 말해주었다. 그만큼 그가 붉은 머리 벗에게 아픈 곳을 찔렸다는 뜻이었다. 또한 이를 상대에게 들키지 않기 위해서라도 더욱 격렬하게 화를 낼 수밖에 없었다.

라인하르트의 질문에 그러한 의도가 담긴 이상 키르히아이스도 더 이상은 버틸 수 없었다.

"저는 각하의 충실한 부하입니다, 로엔그람 후작님."

이 질문과 대답으로, 눈에 보이지 않는 귀중한 무언가가 소리도 없이 균열을 일으키는 것을 두 사람 모두 깨닫고 있었다.

"알고 있다면 됐다."

라인하르트는 시치미를 뚝 떼고 말했다.

"너를 위한 개인실을 마련해두었다. 명령이 있을 때까지 편히 쉬도록."

묵묵히 예를 올린 후 키르히아이스는 퇴실했다.

자신이 지금 어떻게 해야 하는지, 사실 라인하르트는 잘 알고 있었다. 키르히아이스를 찾아가 자신의 행위를 사과하고, 이제 그런 짓은 절대로 하지 않겠노라고 맹세하면 된다. 남이 보는 앞에서 그럴 필요도 없다. 단둘만 있는 자리면 충분하다. 그러면 모든 응어리가 얼음 녹듯 풀릴 것이다. 단지 그것만으로도……

그러나 단지 그 행위가 라인하르트에게는 불가능했다.

'키르히아이스도 이해해 주면 좋을 것을.'

라인하르트에게는 그런 생각이 있었다. 무의식적인 어리광이었으리라.

어린 시절, 키르히아이스와 몇 번을 싸웠던가. 원인은 언제나 라인하르트에게 있었고, 웃으며 용서해주는 것은 키르히아이스였다.

그러나 이번에도 과연 그렇게 될 것인가. 라인하르트는 어쩐지 자신이 없었다.

II

인공천체 가이에스부르크 요새는 포위망 속에 고립되어 있었다.

내부에 갇힌 사람들은 믿을 수 없는 심경이었다. 바로 반년 전만 해도 수천 귀족과 그들의 군대가 모여들어, 은하제국 수도를 옮겨놓은 듯한 활기로 넘쳐나던 가이에스부르크가 아니었던가. 그런데 이제는 마치 거대한 관으로 변해버린 것만 같았다. 그 원인은 잇따른 민중의 반항, 병사의 탈영, 군사적 패배였다.

"어쩌다 이렇게 되었지?"

귀족들은 기가 막힐 따름이었다.

"이제는 어쩐단 말이오? 맹주께서는 아직도 방침을 정하지 못하셨소?"

"아무 말씀도 없으시오. 애초에 방침이 있는지조차 의심스럽소만."

맹주, 즉 브라운슈바이크 공작의 권위와 인망은 땅에 떨어졌다. 전에는 보이지 않았던, 혹은 보여도 무시했던 온갖 결함들이 이제는 더 크게 비치고 있었다. 미숙한 판단력, 둔감한 통찰력, 부족한 통솔력. 무엇이라도 비난 대상이 되기에는 차고도 넘칠 정도였다.

물론 브라운슈바이크 공작을 비방하는 것은 곧 그를 맹주로 추대하고 그의 주도 아래 내전에 돌입했던 자신들도 함께 비방하는 셈이다. 결국 귀족들은 맹주를 책망하지 못한 채 자신들의 선택을 저주하고, 얼마 남지 않은 갈림길 중에서 불행을 최소화할 수 있는 방법을 강구할 수밖에 없었다.

전사, 자살, 도망, 항복. 네 가지 중 어느 것을 선택할 것인가.

앞의 두 가지 중 하나를 선택하기로 결심한 자들은 고민이 별로 없었다. 그들은 용감하지만 무익한 죽음을 향해 각자 준비를 시작했다. 삶을 선택한 자들이 망설임의 바다 한복판에 생각의 쪽배를 띄워놓고 표류할 뿐이었다.

"설혹 항복했다 한들 금발 애송이…… 아니, 로엔그람 후작이 이를 받아주겠소? 지금까지 했던 일들을 생각해 본다면."

"맞는 말이오. 맨손으로는 불안하지. 그러나 선물을 들고 간다면……."

"선물?"

"맹주의 머리를 말하는 거요."

그들은 목소리를 낮추고 주위를 둘러보았다. 자신들의 생각에 양심의 가책을 느끼지 않을 수는 없었던 것이다.

이미 자살하는 사람이 나왔다. 주로 나이 든 귀족이나 내전으로 아들을 먼저 보낸 자들이었다. 어떤 이는 모든 것을 포기하고 독을 마셨으며, 또 어떤 이는 라인하르트에 대한 증오와 저주를 쏟아낸 후 고대 로마인들처럼 손목 혈관을 칼로 그었다.

자살하는 사람이 하나씩 늘 때마다 살아남은 사람들은 몰락을 체감했다.

브라운슈바이크 공작은 술독에 빠졌다. 그는 알 턱이 없었겠지만, 그것은 리텐하임 후작의 마지막 모습과 너무나도 흡사했다. 다만 브라운 슈바이크 공작이 과거의 경쟁상대보다는 그나마 긍정적이었다. 그는 젊은 귀족들을 모아 요란한 연회를 벌였다. 알코올의 힘으로 감정을 고취해선, 벼락출세한 금발 애송이를 죽여 두개골로 술잔을 만들겠노라 고래고래 소리를 질러대는 것이었다. 그나마 아직 양식이 있는 이들은 그 모습에 눈살을 찌푸리며 장래에 대해 점점 더 비관적인 생각을 품게 되었다.

아직까지 투지를 잃지 않은 것은 플레겔 남작을 비롯한 젊은 귀족들이었다. 그들 중 일부는 터무니없이 낙천적이었다.

"일전을 벌여 금발 애송이 하나만 잡으면 되는 것 아닙니까? 그러면 역사가 바뀌고 과거의 패배는 모두 뒤집을 수 있습니다. 마지막 일전에 나서야 합니다. 그 외에는 방법이 없습니다."

그들은 그런 주장으로 연회에서 맹주 브라운슈바이크 공작을 설득하는 데 성공했다. 그리고 남은 병력을 재정비해 기사회생의 결전을 준비하기 시작했다.

기함에 도착한 편지들 중 가장 위에 얹힌 것을 보고 젊은 제국원수는 미소를 지었다.

"호오. 프로이라인 마린도르프의 편지로군."

힐다, 즉 힐데가르트 폰 마린도르프의 지성과 활력으로 넘쳐나는 눈빛이 떠올랐다. 그것은 불쾌함과는 거리가 먼 인상이었다.

VTR을 재생기에 넣자 백작영애의 생생한 영상이 그에게 말을 걸었다.

힐다의 편지는 대부분 제국 수도 오딘에서 라인하르트 파 귀족과 관료들이 어떻게 움직이고 있는가에 관한 것으로, 거의 보고서에 가까웠다. 다만 그의 눈길을 끈 것은 제국재상 리히텐라데 공작에 관한 부분이었다.

『재상 각하는 국정 전반을 총괄하시는 한편 수도의 귀족들 사이를 열심히 오가고 있습니다. 아무래도 무언가 원대한 계획을 품고 계신 모양이지요.』

힐다의 표정과 목소리에는 비아냥거리는 듯한, 그러면서도 진지한 감정이 느껴졌다. 라인하르트에게 주의를 촉구하는 것이다.

"너구리 영감이 내 등을 칠 준비를 서두르는 모양이군."

날카로운 안광, 눈처럼 새하얀 은발, 날카로운 콧날의 소유자인 일흔여섯 살의 노인을 뇌리에 그리며 라인하르트는 냉소했다. 음모를 좋아하는 노재상에 대해서는 그도 나름 준비를 갖추고 있었다. 그러나 시기를 서둘러야만 할지도 모른다. 노인은 황제와 국새를 쥐고 있다. 편지한 통이면 라인하르트의 지위를 합법적으로 빼앗을 수 있는 것이다.

라인하르트는 두 번째에서 여섯 번째 편지를 잇달아 무시하고 일곱 번째 편지를 펼쳤다. 누이 안네로제에게서 온 것이었다.

동생이 건강한지를 묻고, 이런저런 주의며 충고와 함께 안네로제는 이런 말로 끝을 맺었다.

『……네게 가장 소중한 것이 무엇인지를 언제나 잊지 말렴. 때로는 그것이 성가시게 여겨질 수도 있겠지만, 잃은 후에 후회하는 것보다는 잃지 않았을 때 귀중함을 이해한다면 좋겠구나. 무엇이든 지크에게 상담하고 지크의 의견을 들으렴. 너희가 돌아올 날을 고대하고 있단다. 그러면, 다시 만날 그날까지.』

라인하르트는 모양 좋은 턱에 나긋나긋한 손가락을 대고 생각에 잠겼다가, 다시 한 번 편지를 재생했다.

기분 탓일까. 아름답고도 자상한 누이의 얼굴에 그늘이 느껴지는 것은.

그것은 차치하고서라도, 무엇이든 지크프리트 키르히아이스와 상담하라는 누이의 말은 현재의 라인하르트에게는 고맙다기보다 불만스러웠다.

'누님은 나보다도 키르히아이스의 판단력을 높게 평가하신단 말인가?'

베스터란트 학살사건을 언뜻 떠올리고 라인하르트는 기분이 우울해졌다.

'정말로, 그럴지도 모르지. 하지만 나라고 좋아서 그랬던 것은 아니야. 충분한 이유가 있었단 말이다. 베스터란트 사건 이후 민심이 완전히 브라운슈바이크 공작을 떠났고, 내전은 당초 예상보다도 훨씬 일찍 끝나려하고 있지 않은가. 전체 국면을 본다면 이편이 민중에게 더 크게 기여한 셈이지. 키르히아이스는 이상에 집착해 형식주의에 빠져든 거야.'

그리고 라인하르트는 한 가지를 더 깨달았다. 지크에게 안부를 전해달라는 누이의 말이 없었던 것이다. 이는 키르히아이스에게 누이가 별도로 편지를 보냈다는 사실을 뜻하는 것이 아닐까? 그렇다면 누이는 키르히아이스에게 무슨 말을 했을까. 라인하르트는 그것을 알고 싶었으나, 키르히아이스에 대한 고집을 버리지 못한 채 그 사실을 속으로 삼켰다.

그러나 키르히아이스와의 사이에 무슨 일이 있었다 해도, 오베르슈타인에게서는 붉은 머리의 벗을 철저하게 감싸주었다.

"전 우주가 나의 적이 되더라도 키르히아이스는 내 편을 들 것이다. 지금까지 언제나 그러했듯. 그러니 나도 그에게 보답하는 것뿐이다. 그것이 어디가 잘못이란 말이냐."

라인하르트의 열기 어린 말에 의안의 참모장은 냉정하게 대답했다.

"각하, 키르히아이스 제독을 숙청하거나 추방하라는 말씀이 아닙니다. 로이엔탈이나 미터마이어와 똑같이 부하 중 하나로 대우해 주십사 부탁드리는 것입니다. 조직에 2인자는 필요하지 않습니다. 2인자란 무능하다면 무능한 대로, 유능하다면 유능한 대로 조직을 해치게 마련입니다. 1인자에 대한 부하의 충성심에 대용품이 있어서는 안 됩니다."

"알았다, 그만 됐다. 정말 집요하군."

라인하르트는 말을 끊어버렸다. 그에게 가장 불쾌했던 점은 논리적으로 오베르슈타인의 말이 옳다는 것이었다. 하지만 이자가 하는 말은 왜 옳은데도 상대에게 감명을 주지 못한단 말인가.

미터마이어는 로이엔탈의 개인실을 방문해 포커를 즐기고 있었다. 테이블 위에는 커피포트까지 놓여있어 장기전에 대비하는 분위기가 역력했다.

"아무래도 로엔그람 후작님과 키르히아이스 사이가 이상한 모양이더군."

미터마이어의 말에 로이엔탈이 금은요동을 강하게 빛냈다.

"그게 사실인가?"

"소문이야. 아직까지는."

"하지만 영 위험한 소문인걸, 그건."

"아주 위험하지. 무언가 우리가 할 수 있는 일은 없을까?"

"귀찮게 됐군. 만약 사실이 아니라면 누군가가 꾸민 모략일 수도 있지. 사실이라면 더더욱 위험하고. 어찌 됐든 내버려둘 수는 없겠는걸⋯⋯."

"그렇지만 함부로 손을 썼다가는 긁어 부스럼을 만들 우려도 있으니."

두 사람은 카드를 본 후 세 장씩 교환했다. 이번에는 로이엔탈이 입을 열었다.

"전부터 마음에 걸렸던 점이네만, 우리 참모장은 로엔그람 후작님이 키르히아이스를 공사公私에서 모두 중용하시는 것이 내키지 않는 모양이야. 자네도 잘 아는 2인자 유해론 말일세. 이론으로는 일리가 있지만⋯⋯."

"오베르슈타인이라."

미터마이어의 목소리에선 호의가 느껴지지 않았다.

"머리는 좋지. 그건 인정해. 하지만 자꾸만 평지풍파를 일으키려는 버릇이 있어. 이제까지 아무 탈도 없었던 것을 이치에 맞지 않는다고 억지로 고칠 필요는 없잖아? 특히 인간관계는 더더욱 그렇고."

카드를 보더니 미터마이어의 딱딱하던 표정이 풀렸다.

"내가 이겼군. 잭 포카드야. 내일 포도주는 경이 사야겠어."

"나도 포카드."

금은요동의 사내는 심술궂은 미소를 지었다.

"퀸 석 장에 조커거든. 안됐군, 질풍 볼프."

혀를 찬 미터마이어가 카드를 테이블에 툭 던졌을 때 경보가 울려 퍼졌다. 가이에스부르크 요새에서 적이 출격했다는 것이었다.

무모하다고밖에 여겨지지 않는 출격이었다. 브라운슈바이크 공작이 이 무모한 출격을 결심하도록 부추긴 것은 플레겔 남작을 비롯한 과격파 청년귀족들이었다.

그러나 귀족연합군의 총력을 기울인 출격은 아니었다. 메르카츠는 묵묵히 따랐으나 유력자 중 하나인 파렌하이트 제독이 출전을 거부한 것이다.

"요새의 이점을 살려 적을 소모시키고, 장기전으로 끌고 가며 상황이 변화하기를 기다려야 하는데, 지금 출전하여 무슨 의미가 있단 말입니까. 오로지 패배를 앞당길 뿐입니다."

그는 엷은 하늘색 눈동자에 분노와 경멸하는 빛을 담아 그렇게 내뱉었다.

그뿐만이 아니었다. 파렌하이트는 이전부터 느꼈던 불만을 한꺼번에 늘어놓았다.

"애초에 공작님과 소관은 동지일 뿐 주종관계가 아니었습니다. 신분에 높고 낮음이 있다 해도 같은 은하제국의 신하이며, 로엔그람 후작의 독주로부터 골덴바움 왕조를 지키고 섬기겠다는 한 가지 목적으로 맺어진 사이가 아니었는지요. 소관은 군사 전문가로서 최악의 결과를 초래하지 않도록 충고하는 것입니다. 그런데도 명령조로 자기 의사를 강요하시다니, 공작님께서는 무언가 잘못 생각하고 계신 것이 아닙니까?"

파렌하이트의 발언은 통렬하기 짝이 없었다.

브라운슈바이크 공작의 얼굴은 분노로 붉으락푸르락했다. 예전의 그였다면 이런 불손한 발언은 절대로 내버려두지 않았을 것이다. 분노에 사로잡혔을 때 테이블 위의 술병이며 술잔을 시종에게 내던지는 일은 그리 드물지도 않았다. 행성 베스터란트의 주민들을 학살했던 것도 그 연장선상에 있었다.

그러나 브라운슈바이크는 인심이 급속도로 떠나간다는 것을 지금 피부로 느끼고 있었다. 그리고 무엇보다도 그에게는 반드시 승리하리라는 자신감이 없었다. 공작은 거칠게 숨을 몰아쉬더니, 자신의 유약함을 조롱하듯 내뱉었다.

"비겁자에게는 볼일이 없다."

그리고 파렌하이트를 무시한 채 출격하도록 명령을 내렸다.

III

출격한 귀족연합군은 격렬한 포격을 가한 후 뱃머리를 나란히 하고 돌격에 나섰다. 힘으로 밀어붙여 승패를 결정짓겠다는 생각이었다.

이에 대해 라인하르트는 고출력 대구경 광선포를 갖춘 포함을 3열 횡대로 편성, 돌진하는 적 함대에 연속 일제사격을 퍼부었다.

귀족연합군의 사기는 낮지 않았다. 피해를 입을 때마다 후퇴해 함렬을 재정비하고는 집요한 파상공격을 펼쳤다. 연전연패를 거듭해 궁지에 몰렸는데도, 그들의 사기는 어떤 면에서는 훌륭하다고 칭찬할 만했다.

마침내 라인하르트는 후방에 남겨두었던 고속순항함대에 최대 전투속도로 역습할 것을 명령했다.

절묘한 타이밍이었다. 전후 여섯 차례에 걸친 파상공세를 모조리 분쇄당해 귀족연합군은 심신 모두 지친 상태였던 것이다. 게다가 이 고속 순항함대 지휘관은 지크프리트 키르히아이스 상급대장이었다.

이 전투에서 가장 중대한 임무를 라인하르트는 붉은 머리 벗에게 맡긴 것이다. 다만, 예전 같았으면 직접 구두로 전달했을 명령을 이번에는 오베르슈타인을 통해 전달시켰던 데서 라인하르트의 복잡한 심정을 엿볼 수 있었다.

지크프리트 키르히아이스라는 이름만 듣고도 귀족연합군 병사들은 동요를 감추지 못했다. 패배를 모르는 붉은 머리 젊은 제독은 이미 적에게 그만한 위압감을 안겨주는 존재가 되었던 것이다.

"붉은 머리 애송이 따위 두려워할 필요도 없다. 리텐하임 후작의 원수를 갚을 절호의 기회가 아니냐!"

지휘관이 그렇게 소리를 질러대 봤자 허세 이상의 가치는 없었다. 키르히아이스가 지휘하는 고속순항함대는 압도적인 기세와 속도로 연합군 함정을 하나하나 격침했으며, 여기에 미터마이어, 로이엔탈, 켐프, 비텐펠트 함대가 가세했다. 라인하르트 군은 전면공세에서 쟁취한 우세에 가속도를 붙여 거의 한순간에 승리를 확정 지었다.

패주하는 적을 쫓아가는 로이엔탈에게 통신이 날아들었다. 적장 중하나인 플레겔 남작이 보낸 것이었다. 통신 스크린에 나타난 남작은 스스로 패배를 인정하면서, 로이엔탈에게 기함 간 일대일 승부를 청했다.

"멍청한 놈. 상대할 필요도 없다. 패잔병과 포화를 주고받아 무슨 의미가 있단 말이냐. 혼자서 짖으라고 내버려둬라."

로이엔탈은 냉정하게 내뱉으며, 도발하는 플레겔 전함을 무시하고 전진을 계속했다.

로이엔탈에 이어 플레겔의 전방에 나타난 것은 '슈바르츠 란첸라이터'를 이끄는 비텐펠트였다. 그러나 맹장으로 알려진 그조차 플레겔의 광기 어린 도전에는 호응해주지 않았다. 승패는 정해졌거늘, 공연히 이제 와서 죽음을 각오한 적과 싸워봤자 무의미하게 부하만 죽일 것이 뻔하기 때문이다.

스크린에 고함을 질러대는 상관의 추태를 보다 못한 참모 슈마허 대령이 그를 말렸다.

"이젠 그만하십시오. 아무도 남작님과 싸우려 들지 않을 겁니다. 의미가 없기 때문입니다. 이렇게 된 이상 목숨을 부지한 것을 다행으로 여기고, 어디론가 멀리 달아나 재기를 꾀해야 하지 않겠습니까?"

"닥쳐라!"

남작은 부하의 충고를 일축했다.

"목숨을 부지한 것을 다행으로 여기라니, 이 무슨 망발이냐! 나는 죽음 따위 두렵지 않다. 최후의 병사 하나가 남을 때까지 싸우고 또 싸워, 영광에 찬 역사를 살아온 제국 귀족으로서 멸망의 미학을 완성할 것이다!"

"멸망의 미학이라고요?"

냉소라고 하기에는 다소 씁쓸한 반응이었다.

"그런 잠꼬대나 하니 전쟁에 지는 겁니다. 다시 말해 자신의 무능함을 미화하면서 자아도취에 빠진 것뿐 아닙니까?"

"무, 무어라고……!"

"이젠 지긋지긋하군. 죽음의 미학인지 뭔지를 원한다면 당신 혼자 관철하시지? 우리까지 당신의 자아도취에 휘말려 함께 죽어야 할 이유는 없으니까."

"네 이놈!"

남작은 소리를 지르며 블래스터를 뽑으려다 꼴사납게 바닥에 떨어뜨리고 말았다. 주워 들어 다시 참모의 가슴을 겨누었다.

그러나 그보다도 먼저, 여러 자루의 총에서 뿜어져 나온 에너지 광선이 남작의 몸을 꿰뚫고 있었다.

남작은 군복에 수없이 구멍이 뚫린 모습으로 서너 걸음 비틀거렸다. 활짝 뜨인 눈은 현실의 부하들이 아니라 잃어버려 두 번 다시 돌아오지 않을 영광에 찬 역사를 응시하고 있는 것 같았다. 남작이 바닥에 쓰러졌을 때 입술이 움직이는 것을 본 사람은 몇 명이나 있었으나 '제국 만세'라는 목소리를 들은 자는 한 사람도 없었다.

슈마허 대령이 곁에 무릎을 꿇고 앉아 남작의 눈을 감겨주었다.

상관을 사살한 병사들이 대령의 주위에 몰려들었다.

"참모님은 이제부터 어떻게 하실 겁니까?"

병사들은 이성적인 참모를 신뢰하고 있었다.

"이제 와서 로엔그람 후작 진영으로 갈 수도 없지 않겠나. 나는 페잔 자치령에서 잠시 몸을 숨기겠다. 그다음 일은 그 후에 생각해 보지."

"저희도 함께 가도 되겠습니까?"

"상관없다. 그리고 싶지 않은 자가 있다면 알려다오. 로엔그람 후작에게 가고 싶은 사람도, 고향으로 돌아가고 싶은 사람도 각자 자유로이 행동하라."

한때 플레겔 남작 것이었던 전함은 이렇게 새로운 지휘관 밑에서 전장을 이탈했다. 싸움에 지치고 상처 입은 모습은 우주의 심연 속으로 사라졌다.

다른 함에서는 다른 사태가 벌어지고 있었다. 자폭해 전원 자결해야 한다고 주장하는 함장을 싸늘하게 굳은 표정으로 지켜보던 부사관이 말 없이 허리의 블래스터를 뽑더니 함장의 얼굴을 날려버린 것이었다.

"네 이놈, 반역죄다!"

그렇게 소리를 지른 부장은 블래스터에 손을 대려던 모습 그대로 사 살당해 함장의 시체 위에 쓰러졌다. 그때 이미 함내는 총화의 광채에 휩 싸였다. 장교와 병사들이 편을 갈라 살육전을 시작한 것이었다.

고급장교와 병사의 이러한 충돌은 군함 한 척만으로 그치지 않았다. 평민 출신인 하급장교, 부사관, 병사들이 마지막 순간 대귀족들의 저승 행 길동무가 되기를 거부한 것이다.

어떤 함에서는 병사들이 그동안 자신들을 학대하던 함장을 산 채로 핵융합로에 처넣었다. 어떤 함에서는 유달리 미움을 사던 두 고급장교 가 병사들의 위협 속에서 한쪽이 죽을 때까지 맨주먹으로 싸워야 했다. 이긴 쪽은 에어록에서 진공 속으로 내던져졌다. 어떤 함에서는 함장의 스파이가 되어 동료의 언동을 밀고했던 병사가 목에 밧줄이 감긴 채 함 내를 질질 끌려 다니다 사살당했다.

5세기에 걸쳐 사람들의 마음속에 축적된 분노, 불만, 원념이 전장의 광기를 촉매로 끓어 넘친 것 같았다. 귀족연합군 각 함은 반란과 골육상 쟁과 집단 린치의 장으로 변했다.

병사들에게 제압당한 수많은 함정은 라인하르트 군을 향해 항복의 뜻 과 선처를 부탁하는 신호를 띄우며 동력을 정지하고 투항했다.

개중에는 복수에 열중한 나머지 병사들이 항복 신호를 보내는 것을 잊는 바람에 라인하르트 군의 포화에 휩쓸려 폭발해버린 함정도 있었다. 또한 도주하는 아군에게 함포 사격을 가해 행동으로 자신들의 의지를 표명한 함정도 있었다.

귀족연합군의 패색이 짙어진 순간, 그들이 500년에 걸친 불공정한 사회제도 아래 거듭해왔던 퇴폐가 마침내 결과가 되어 돌아오고 만 것이다. 그 누구도 원망할 수 없는 비참한 자업자득의 모습이었다.

"프로이라인 마린도르프가 말했지. 귀족 장교에 대한 평민 병사들의 반감은 내가 승리할 요인 중 하나가 될 것이라고. 멋지게 적중했군."

기함 브륀힐트 함교에서 스크린을 바라보던 라인하르트가 말하자 참모장 오베르슈타인 중장이 대답했다.

"솔직히 말해 올해 안으로 끝날 줄은 몰랐습니다만, 의외로 일찍 결판이 났군요. 물론 적도군에 한해서만 말씀드리는 것입니다."

"적도군이라."

라인하르트는 싸늘하게 중얼거렸다. 그가 이기고 귀족들이 패한 이상, 제국의 공식 기록은 그가 귀족연합군에 붙였던 공식 명칭에 정당한 가치를 부여할 것이다. 패자를 심판하는 것은 승자에게 주어진 당연한 권리이며, 라인하르트는 이 권리를 마음껏 행사할 생각이었다.

만약 라인하르트가 패했더라면 적도군이라는 이름과 불명예스러운 죽음은 그에게 주어졌을 것이다. 그것을 생각한다면 권리 행사를 주저할 이유는 없었다.

"이제 전방의 적은 힘을 잃었다. 경은 조만간 오딘으로 돌아가 배후의 적에 대비하라."

라인하르트의 지시는 간결했으나, 오베르슈타인에게는 그것만으로도 충분히 전해졌다.

"존명."

다음 전장은 우주에서 궁정으로, 무기는 광선포에서 음모로 바뀔 것이다. 그것은 분명 대함대 간의 전투 못잖은 처참한 싸움이 되리라.

IV

메르카츠 기함과 가이에스부르크 요새 사이에는 승리의 기쁨을 만끽하는 적 함대와 완연한 절망이 얽혀 길을 가로막고 있었다.

메르카츠는 개인실에 들어가 블래스터를 꺼내 바라보았다. 그의 인생에서 사용할 마지막 도구가 이것이었다. 메르카츠가 이를 고쳐 들고 관자놀이에 총구를 겨누려 했을 때, 문이 열리고 부관이 뛰어들었다.

"이러지 마십시오, 각하. 목숨을 소중히 여기셔야 합니다."

"슈나이더 소령……."

"용서하십시오, 각하. 혹시 이런 일이 있을까 하여 조금 전 에너지 캡슐을 빼놓았습니다."

소령의 손에는 둔중한 광택을 발하는 캡슐이 놓여 있었다.

메르카츠는 쓴웃음을 짓더니 무용지물이 된 블래스터를 책상 위에 툭 내려놓았다. 소령이 그것을 주워 들었다.

개인실에 구비된 그리 크지 않은 스크린은 귀족연합군이 패배해 무너져가는 광경을 선명히 비춰주고 있었다.

"아마도 이렇게 될 거라 예상은 했네. 그리고 그대로 되고 말았지. 내가 한 일은 이런 날이 오기를 아주 조금 연장한 것에 불과했네."

메르카츠는 부관에게 시선을 돌렸다.

"그건 그렇다 쳐도, 전혀 몰랐군. 대체 언제 캡슐을 빼놓았나?"

소령은 묵묵히 블래스터의 총신을 꺾었다. 캡슐은 그곳에 그대로 들어 있었다. 메르카츠의 입가에 가벼운 웃음이 떠올랐다.

"이거 내가 속았구먼. 그렇게까지 해서라도 내가 죽는 것을 막겠다는 겐가, 소령?"

"예, 그렇습니다."

"허나 이제는 어떻게 살아가란 말인가? 나는 패군지장이며, 새로운 권력체제에서 보자면 명백한 반역자일세. 이젠 제국 어디에도 내가 살 곳은 없어. 행여나 항복한다면 로엔그람 후작은 나를 용서해줄지도 모르나, 나도 무인으로서 수치가 무엇인지는 아네."

"각하. 주제넘은 말씀입니다만, 로엔그람 후작이 아직 전 우주를 지배한 것은 아닙니다. 은하계가 그리 넓지 않다 해도 그의 손이 미치지 못한 곳이 아직 남아있지 않습니까? 그곳에서 머무르시며 권토중래捲土重來하십시오."

"……망명하라는 말인가?"

"그렇습니다, 각하."

"권토중래라고 했으니, 경이 권하는 망명지는 페잔이 아니겠군. 나머지 한쪽이겠지?"

"예, 각하."

"자유행성동맹이라……."

메르카츠는 중얼거려보았다. 그 명사가 의외로 신선하게 느껴졌다.

생각해 보면 오랫동안 현실을 무시하고 '반란군' 이라 부르는 데 익숙해졌던 것이다.

"나는 40년 이상이나 그들과 싸웠네. 부하를 수도 없이 잃었고, 마찬가지로 그들을 죽였지. 이런 나를 그들이 받아들여 줄까?"

"고명한 양 웬리 제독에게 몸을 의탁해 보심이 어떻겠습니까? 조금 괴짜이긴 하지만 관대한 인물이라 들었습니다. 밑져야 본전 아니겠습니까. 만약 실패한다면 그때는 저도 함께하겠습니다."

"말 같지 않은 소리를. 경은 살아야지. 아직 서른도 되지 않았잖나. 경의 능력이라면 로엔그람 후작도 중용해 줄 것이 분명하거늘."

"로엔그람 후작을 싫어하는 것은 아닙니다만, 제 상관은 각하 한 분뿐이라고 정한 지 오래입니다. 결단을 내려 주십시오, 각하."

슈나이더는 기다렸다. 그의 인내는 올바르게 보답 받았다. 메르카츠는 고개를 끄덕이며 말했다.

"알았네. 경에게 내 신병을 맡기지. 양 웬리 제독에게 가보세."

V

가이에스부르크 요새는 죽음에 직면했다.

외벽은 포화에 상처 입고, 내부는 혼란과 무질서와 소음이 지배했다.

"안스바흐 준장……. 안스바흐, 게 없느냐……?"

귀족연합군의 맹주 브라운슈바이크 공작은 힘없이 불러댔다. 몇몇 장병이 그의 주위를 바쁘게 뛰어다녔지만 초라한 귀족의 모습에는 눈길한 번 주지 않고 곁을 지나쳤다. 마지막 기로에 놓인 그들은 남에게 신경을 쓸 여유 따위 없었던 것이다.

"안스바흐 준장……!"

"여기 있습니다, 공작님."

공작이 돌아서자 충실한 심복의 모습이 보였다. 몇몇 부하들을 대동하고 있었다.

"오오, 거기 있었느냐. 감옥에 모습이 보이지 않아 이미 도망친 줄 알았다."

"부하들이 구해주었습니다."

투옥한 당사자를 원망하는 말은 한마디도 없이, 준장은 깊이 고개를 숙였다.

"참으로 애석하게 됐습니다, 각하."

"으음. 설마 이렇게 될 줄은 몰랐다만, 이제는 도리가 없지. 강화講和를 맺을 수밖에."

"강화라고 하셨습니까?"

준장은 눈을 깜빡였다.

"놈에게 유리한 조건을 제시하는 거다."

"어떤 조건을?"

"놈의 패권을 인정하겠다. 나를 비롯한 귀족들이 놈을 전면 지지한단 말이다. 어떠냐, 괜찮은 조건 아니냐?"

"……공작님."

"그, 그래, 내 딸을…… 엘리자베트를 놈에게 주겠다. 그러면 놈은 선제의 손자사위가 되지. 황실을 계승할 정당한 권리가 생긴단 말이다. 찬탈자라는 오명을 쓰는 것보다는 그 편이 놈에게 훨씬 낫지 않겠느냐?"

무거운 한숨이 이에 대답했다.

"소용없습니다. 공작님. 로엔그람 후작이 그런 조건을 받아들일 리가 있겠습니까? 반년 전이라면 모를까, 지금 그에겐 공작님의 지지 따위 전혀 필요하지 않습니다. 그는 실력으로 지위를 손에 넣었으며, 그 누구도 이를 막을 수는 없을 것입니다."

준장의 눈에는 발악하는 주군을 연민하는 빛이 담겨 있었다. 공작은 몸을 떨며 구슬땀을 흘렸다.

"나는 브라운슈바이크 공작이다. 제국 귀족 중에서도 최고 명문가의 당주란 말이다. 그런데도 금발 애송이는 나를 죽인단 말이냐!"

"아아…… 아직도 모르시겠습니까, 공작님? 바로 그렇기 때문에 로엔그람 후작이 공작님을 살려두지 않으려 한다는 것을……!"

공작의 혈관에는 무거운 유동물이 가득 찬 것 같았다. 몸 여기저기에서 피 돌기가 멈추었다가 불규칙하게 흐르는 것처럼 한순간마다 피부색이 바뀌었다.

준장은 가차 없이 덧붙였다.

"아울러, 인도의 적으로서."

"무엇이라……?!"

"베스터란트 학살사건 말입니다. 설마 잊으신 것은 아니겠지요."

온몸의 힘을 쥐어짜내 공작은 소리를 질렀다.

"가당찮은 소리! 천한 것들을 죽였기로서니 무엇이 인도에 어긋난다는 것이냐! 나는 귀족으로서, 지배자로서 당연한 권리를 행사한 것 아니더냐!"

"평민들은 그리 생각하지 않을 것입니다. 로엔그람 후작도 그들의 손을 들어줄 테지요. 이제까지 은하제국은 공작님을 비롯한 대귀족들의 논리로 움직였으나, 앞으로는 다른 논리가 우주의 절반을 지배할 것입니다. 이를 알리기 위해서라도 로엔그람 후작은 각하를 죽일 것입니다. 죽여야만 합니다. 그렇지 않고서는 그의 대의명분이 성립하지 않을 테니까요."

긴긴 한숨이 공작의 몸 밖으로 빠져나왔다.

"알았네. 나는 죽겠다. 허나 금발 애송이가 제위를 찬탈하는 것만은 못 참겠구나. 놈은 나와 함께 지옥으로 떨어져야 한다."

"……"

"안스바흐 준장, 부디, 놈이 찬탈하는 것을 저지해다오. 그렇게 맹세해준다면 나는 내 목숨을 아끼지 않겠노라. 놈을 죽여다오."

맹주의 두 눈에 망집의 불꽃이 타오르는 것을 안스바흐는 가만히 바라보고 있었다. 그리고 이내 냉정한 결의를 표정으로 드러냈다.

"알겠습니다. 맹세코 로엔그람 후작을 죽이도록 하겠습니다. 그 누가 다음 제위를 수중에 넣을지는 모르나, 적어도 그는 아닐 것입니다."

"그래…… 좋다."

은하제국 최고 귀족이었던 사내는 메마른 입술을 혀로 핥았다. 결심을 내리기는 했으나, 공포를 완전히 떨치지는 못한 모양이었다.

"가급적…… 가급적 편히 죽고 싶다."

"그 마음 충분히 이해합니다. 독을 선택하심이 옳을 줄로 압니다. 사실은 이미 준비해 두었습니다."

그들은 공작의 호화로운 개인실로 자리를 옮겼다. 도주하던 병사들이 쑥대밭을 만들어 놓았지만, 장식장에는 아직 포도주와 코냑 병이 남아 있었다.

준장은 주머니에서 새끼손가락 손톱만 한 캡슐을 꺼냈다. 그 안에는 두 종류의 약제가 섞여 있었다. 하나는 뇌세포가 산소를 흡수하는 것을 막아 빠르게 뇌사를 촉진한다. 하나는 통각신경을 마비시키는 효과가 있었다.

"급속도로 졸음이 오며, 아무런 고통도 없이 그대로 죽을 수 있습니다. 포도주에 섞어 드십시오."

안스바흐는 장식장에서 포도주를 꺼냈다. 410년산 명품임을 라벨로 확인하고 유리잔에 부은 후, 캡슐을 쪼개 안에 들어 있던 과립을 섞었다.

등받이가 높은 의자에 앉아 바라보던 브라운슈바이크 공작은 온몸을 부들부들 떨며 목이 졸린 듯한 소리를 냈다. 눈에서는 이성의 빛이 사라졌다.

"안스바흐, 싫어, 죽기 싫다. 난 죽기 싫어. 놈에게 항복할 거다. 영지와 지위를 바쳐서라도 목숨만은……!"

준장은 무거운 한숨을 내쉬더니 좌우의 부하들에게 눈짓을 보냈다. 체격이 다부진 거한 둘이 앞으로 나와 공작의 몸을 붙들었다. 아마 한 사람이라도 충분했으리라.

"무슨 짓이냐! 무엄하다, 놓아라!"

"브라운슈바이크 공작가의 마지막 당주로서, 제발 깨끗하게 자결하십시오……."

안스바흐는 포도주잔을 들어, 꼼짝도 못하는 공작의 입가에 가져갔다. 공작은 굳게 입을 다문 채 한사코 독을 먹지 않으려 했다. 안스바흐

의 왼손이 공작의 코를 쥐었다. 숨을 쉬지 못하게 된 공작의 얼굴이 시뻘겋게 물들고, 견디지 못해 입을 벌린 순간 독이 든 포도주는 새빨간 폭포가 되어 대귀족의 목 깊이 흘러 들어갔다.

공작의 눈에 공포의 파도가 넘실거렸다. 그러나 그것도 몇 초에 지나지 않았다. 안스바흐가 무표정하게 지켜보는 가운데, 공작의 눈이 감기고, 근육이 풀리기 시작했다. 고개가 숙여졌을 때, 준장은 공작의 몸을 의무실로 옮기도록 지시했다. 부하가 이에 따랐다.

"하지만 이미 돌아가시지 않았습니까?"

"그러니 하는 말이다. 내가 시키는 대로 해라."

준장의 대답은 이상했다. 부하들이 고개를 갸웃거리면서도 명령에 따르는 것을 지켜보며, 안스바흐는 낮은 목소리로 혼잣말을 했다.

"황금수Goldenbaum, 골덴바움는 이제 사실상 쓰러졌다. 푸른 숲Grunewald, 그뤼네발트이 과연…… 그 뒤를 이을지."

그뤼네발트 백작부인이란, 라인하르트의 누이 안네로제가 선제 프리드리히 4세로부터 받은 칭호였다.

조그만 계산기를 든 노병이 통로를 어슬렁어슬렁 걷고 있었다. 수소동력차를 운전하던 부사관이 차를 멈추고 외쳤다.

"자네는 이런 데서 뭘 하는 건가? 도망치든 백기를 만들든 하란 말이다. 이제 곧 로엔그람 후작의 군대가 쳐들어올 텐데."

몸을 돌려 부사관을 쳐다본 노병은 조금도 동요하지 않았다.

"댁은 계급이 어떻게 되시오?"

"계급장을 보면 모르나? 상사다. 그게 어쨌단 건가?"

"상사라. 그럼 2840제국마르크로군."

"이봐, 병사……."

"여기, 제국은행의 입금증명서요. 어느 행성의 지점에 가도 이것만 있으면 현금으로 바꿔줄 거요."

상사는 한숨을 쉬었다.

"이봐, 지금 무슨 일이 일어났는지 모르나? 오늘부터 세상이 뒤집힌단 말일세."

노인은 어디까지나 의연했다.

"오늘은 월급날이오. 난 총무과였고. 세상이 뒤집혀봤자 윗사람이 바뀌는 것 아뇨? 우리 같은 아랫것들은 먹고살아야 하고, 먹고살려면 월급을 받아야지. 그건 누가 지배해도 변함이 없는 거요."

"알았네, 알아. 아무튼 타라고. 항복할 놈들이 모여 있는 곳에 데려가 줄 테니까."

부사관과 노병을 태운 차가 떠난 후, 대령 계급장을 단 젊은 귀족이 중화기를 찾아 통로에 나타났다. 아직 항전할 생각을 버리지 않았던 것이다.

"이 창고는 분명 비어 있었지?"

중얼거리며, 그래도 무언가가 남아있을지 모른다고 문을 연 대령의 눈에 이상한 광경이 비쳤다.

실내에는 군수물자 산이 있었다. 식량, 의약품, 의복, 모포, 총기에 탄약까지. 그 옆에선 대여섯 명의 부사관과 병사가 생각지도 못한 난입자의 모습에 깜짝 놀라 멍하니 서 있었다. 대령은 소리를 질렀다.

"이게 뭐냐? 이 엄청난 물자들은!"

부사관은 대령의 표정에 겁을 먹었다. 그래도 가슴에 끌어안은 휴대 식량을 내려놓으려 하지 않자 대령의 분노는 더욱 커졌다.

"말을 못하겠다 이거군. 그럼 내가 대신 말해주마. 네놈들은 이 물자를 전선에 보내지 않고 횡령할 생각으로 숨겨놓은 것이다."

부사관의 표정이 대령의 힐난에 대한 정확한 대답이었다. '건방진 평민 놈들'에 대한 분노가 대령의 이성을 찢고 터져 나왔다.

"염치도 모르는 것들. 거기서 꼼짝들 마라, 내 친히 군율을 가르쳐 주마!"

비명과 노성이 교차했다. 그러나 대령이 머리끝부터 모포를 뒤집어쓴 채 행동의 자유를 잃고 사살당하기까지는 10초도 걸리지 않았다. 이러한 상황 속에서도 젊은 귀족 대령은 병사가 상관의 제재에 저항하지 않을 것이라 믿어 의심치 않았던 것이다.

산발적인 저항도 끝나고 요새가 완전히 제압된 후, 라인하르트 군의 제독들 중 첫걸음을 내디딘 것은 미터마이어와 로이엔탈이었다. 그들은 홀로 이어지는 통로 좌우에 포로가 된 귀족들이 주저앉아 있는 것을 보았다. 그들은 라인하르트 군 병사들의 총에 떠밀려 상처 입고 지저분해진 몸을 바닥에 붙이고 있었다.

미터마이어가 슬쩍 고개를 가로저었다.

"대귀족 놈들의 저런 처량한 꼴을 보게 될 줄은 상상도 못했는걸. 이건 새로운 시대가 시작됐다고 봐도 좋으려나?"

"적어도 낡은 시대가 끝났다는 것은 분명하지."

로이엔탈이 대답했다. 귀족들은 두 사람을 올려다보았으나 그 눈에 적의라고는 조금도 없었다. 공포와 불안, 그리고 승자에게 아첨하는 감정이 담겨 있을 뿐이었다. 시선이 마주치자 비굴한 웃음을 짓는 자마저 있었다.

미터마이어와 로이엔탈은 처음에는 어이없어하고, 다음으로는 혐오감을 품었다. 그러나 생각해 보면 그것이야말로 자신들이 승리했다는 명확한 증거가 아니겠는가.

"놈들의 시대는 끝났어. 이제부터는 우리들의 시대야."

두 청년 제독은 당당하게 머리를 들고 패자들이 나란히 주저앉은 복도 한가운데를 걸어 나갔다.

제 9 장

안녕, 옛날이여

I

9월 9일, 가이에스부르크 요새.

전승 축하식이 치러질 홀 입구에서 지크프리트 키르히아이스는 휴대한 무기를 반납하라는 위병의 주의를 받았다. 붉은 머리 청년은 허리춤의 블래스터를 꺼내 든 후 문득 생각이 나 물었다.

"나는 키르히아이스 상급대장인데, 그래도 역시 무기는 놓고 가야 하나?"

"설령 키르히아이스 제독님이라 해도 특례는 인정하지 말라는 명령을 받았습니다. 죄송합니다."

"알았네. 아니, 괜찮아."

키르히아이스는 위병에게 블래스터를 건넸다. 지금까지 라인하르트는 다른 제독들이 비무장일 때에도 키르히아이스만은 무기를 휴대할 수 있도록 허락했다. 그렇게 해서 키르히아이스가 2인자라는 사실을 뭇 제독들에게 알렸던 것이다. 그러나 아무래도 관습이 바뀐 모양이었다.

그는 먼저 도착한 제독들 사이로 들어가며 그들과 인사를 나누었다. 로이엔탈과 미터마이어의 눈에 미묘한 감정이 담긴 것이 엿보였다. 분명 라인하르트와 키르히아이스 사이에 일어난 일을 알고 있는 것이리라.

특권의식을 가져서는 안 된다고 키르히아이스는 자신을 타일렀다. 그러나 서운함이 치미는 것은 어쩔 도리가 없었다.

라인하르트와 그의 관계는 이제 주군과 부하의 관계로 한정 지을 수밖에 없는 것일까.

'그럴 수밖에 없지.'

키르히아이스는 머리 한구석에서 떨어지지 않는 서운함을 떨쳐내려 했다. 하급자가 상급자에게 대등한 관계를 요구해서는 안 되는 것이다.

'조금만 참자. 라인하르트 님이라면 한순간의 망설임이나 잘못은 있어도 언젠가는 깨달으실 테니까. 이제까지 11년간 계속 그러지 않았던가.'

이제까지?

키르히아이스는 자신의 마음속에서 불안감을 발견했다. 이제까지는 분명히 그랬다. 그것이 영원히 이어지리라 믿고 있었다.

그러나 그것은 자만이었을지도 모른다.

의전관이 폐활량을 과시하듯 외쳤다.

"은하제국군 최고사령관 라인하르트 폰 로엔그람 후작 각하께서 입장하십니다!"

진홍색 융단을 밟으며 라인하르트가 입실하자 좌우에 열석한 장교들이 일제히 경례했다.

이 경례도 머잖아 최고 예우 경례로 바뀔 것이다. 그것은 지존의 관을 쓴 은하계 우주의 유일한 인물에게 보내는 경례이다. 앞으로 2년이 될까, 3년이 될까. 그때, 이름만 귀족일 뿐 가난한 집안에서 태어난 금발 젊은이는 자신의 야망에 구두점을 찍는 것이다.

키르히아이스와 시선이 마주치려던 순간 라인하르트는 눈을 획 돌렸다. 키르히아이스에게 무기를 휴대하는 특권을 허락하지 말라는 오베르슈타인의 진언을 받아들였던 것이 떠올랐기 때문이다. 라인하르트는 패자霸者이며 주군이다. 키르히아이스는 부하 중 하나에 불과하다. 특권의식을 품게 해서는 안 된다. 지금까지는 공사를 혼동했던 것이다. 앞으로는 라인하르트의 이름을 부르는 것도 금지하고, 다른 제독들처럼 '로엔 그람 후작님'이나 '원수 각하'라 부르게 해야 한다. 권력과 권위는 주군 한 사람만의 것이어야 한다.

전승 축하식은 포로가 된 고급장교들을 접견하는 순서로부터 시작되었다. 몇 명이 지나 차례가 돌아온 것은 라인하르트와 안면이 있는 파렌하이트 제독이었다.

"파렌하이트 제독이로군. 오랜만이오. 아스타테 회전 이후 처음 아닌지?"

"그렇습니다."

엷은 하늘색 눈을 한 제독은 조금도 주눅이 들지 않았다. 라인하르트도 선전한 패장을 모욕할 생각은 없었다.

"브라운슈바이크 공작 같은 자에게 가담한 것은 경답지 않은 실수였소. 앞으로 나를 따라 진정한 무인의 삶을 누릴 생각은 없소?"

"소관은 제국 군인입니다. 각하께서 제국의 군권을 쥐고 계신 한 기꺼이 따르겠습니다. 먼 길을 돌아오긴 했습니다만, 앞으로 만회하겠습니다."

라인하르트는 고개를 끄덕이고 파렌하이트의 수갑을 풀어준 후 다른 제독들과 함께 세워주었다.

이처럼 인재는 속속 그의 진영에 모여들고 있다. 굳이 키르히아이스 한 사람에게 의지할 필요는 없지 않은가. 메르카츠를 놓친 것이 영 아쉽기는 하지만.

홀 입구에서 술렁임이 일어났다.

특수 유리 케이스에 보관된 브라운슈바이크 공작의 유체가 실려 나온 것이다. 사람들은 군인으로서 예장을 갖추고 케이스 안에 누워 있는 제국 최고 귀족의 생명 없는 모습을 저마다의 감회를 품으며 지켜보았다.

안스바흐 준장이 영구 옆에 대동하고 있었다.

고故 브라운슈바이크 공작의 심복으로 알려진 그는 홀 입구에서 무표정하게 젊은 패자에게 경례를 올린 후 느린 걸음으로 다가오기 시작했다.

매우 엷은, 그러나 명백한 냉소가 참석자들 사이에서 새어 나왔다. 주군의 시체를 들고 와 항복을 청했다는 비열한 사내에 대한, 무인다운 솔직한 반감의 표명이었다.

그 냉소는 소리 없는 채찍이 되어 안스바흐의 온몸을 두드렸을 것이다. 이를 제지하지 않는 것이 라인하르트의 성격에 내포된 젊은이다운, 가차 없는 결벽성의 일말이었다.

라인하르트 앞에 나선 안스바흐는 공손히 예를 올리더니 버튼을 눌러 케이스의 뚜껑을 열었다.

패사敗死한 주군의 시체를 승자에게 확인시키려는 것일까.

그렇지 않았다.

목격한 사람들은 자신이 보고 있는 광경의 의미를 곧바로 알아차리지는 못했다. 안스바흐는 주군의 시체에 손을 뻗어 군복을 젖히더니, 그곳에서 원기둥과 입방체를 합쳐놓은 듯 기괴하게 생긴 물체를 끄집어낸 것이다. 그것은 백병전에서 사용하는 강력한 소형화기, 핸드 캐논이었다.

안스바흐는 시체의 내장을 들어내고 그 안에 핸드 캐논을 숨겨두었던 것이다!

역전의 용장들이 완전히 허를 찔린 나머지 그 자리에 못 박혔다. 그들만이 아니라 라인하르트 자신조차 모든 상황을 인식하고 있는데도 수의근을 전혀 움직이지 못했다.

포구는 금발 젊은이를 겨누었다.

"로엔그람 후작, 주군 브라운슈바이크 공작님의 원수를 갚겠노라."

안스바흐의 목소리가 침묵을 짓누르고 울려 퍼지더니, 마침내 굉음을 울리며 핸드 캐논이 불꽃의 혀를 토했다.

핸드 캐논의 화력은 장갑차나 단좌식 전투정조차 일격에 파괴한다. 라인하르트의 몸은 고기조각이 되어 흩어질 운명이었다. 그러나 조준은 빗나갔다. 라인하르트에게서 왼쪽 2미터 정도 떨어진 벽이 파편과 연기를 흩뿌리며 붕괴되고, 강한 충격파가 라인하르트의 뺨을 때렸다.

안스바흐의 입에서 통한의 절규가 터져 나왔다. 모두가 살아있는 화석이 되어 손가락 하나 꼼짝하지 못했던 무한의 한순간 속에서, 오로지 한 사람, 안스바흐에게 뛰어들어 핸드 캐논의 포구를 밀쳐낸 자가 있었던 것이다. 바로 지크프리트 키르히아이스였다.

핸드 캐논이 바닥에 떨어져 요란한 소리를 냈다. 젊음, 기민함, 체력. 모든 면에서 상대를 압도하는 붉은 머리 청년은 대담한 암살자의 한쪽 손목을 붙잡아 바닥에 짓누르려 했다. 안스바흐의 얼굴에 처절한 표정이 번뜩였다. 그는 아직 자유로운 손을 재빨리 움직여 키르히아이스의 가슴에 손등을 가져다댔다.

은백색 빛줄기가 붉은 머리 청년의 등에서 솟아 나왔다. 안스바흐는 반지로 위장한 레이저 총까지 준비해놓았던 것이다.

살인광선에 가슴 한복판을 꿰뚫린 키르히아이스는 불타는 듯한 통각이 작열하는 것을 느꼈으나 암살자의 손목을 놓지 않았다. 반지가 또다시 불길하게 번뜩이고, 이번에는 빛줄기가 경동맥을 뚫었다.

몇 가닥이나 되는 하프의 현이 끊어지는 듯 기이한 소리와 함께 키르히아이스의 목덜미에서 선혈이 뿜어져 나와 소나기처럼 대리석 바닥을 적셨다.

10초 동안이나 이어진 경악의 주박을 푼 것은 그 소리였을지도 모른다. 제독들이 군용 부츠 소리를 울리며 쇄도해 안스바흐를 구속하고 바닥에 짓눌렀다. 둔탁한 소리와 함께 안스바흐의 손목뼈가 부러졌다. 두 번이나 치명상을 입고 대량의 피를 잃으면서 키르히아이스는 아직도 암살자의 손목을 붙잡고 있었던 것이다.

바닥에 무릎을 꿇은 키르히아이스의 목덜미에 미터마이어가 손수건을 가져다댔다. 하얀 비단천이 눈 깜짝할 사이에 새빨갛게 물들었다.

"의사! 의사를 불러라!"

"이미…… 늦었어."

붉은 머리 청년은 머리만이 아니라 온몸을 붉게 물들인 채 신음했다. 제독들은 말문이 막혔다. 수많은 경험으로 비추어 보아 손쓸 방법이 없음을 깨달았기 때문이다.

안스바흐는 키르히아이스가 만들어낸 피 웅덩이 속에 쓰러져 켐프와 비텐펠트에게 붙들려 있었으나, 갑자기 메마른 웃음소리를 낸 제독들을 다시 놀라게 했다.

"브라운슈바이크 공작님, 용서하십시오. 이 무능한 자는 맹세를 지키지 못했습니다. 금발 애송이가 지옥으로 떨어지려면 앞으로 몇 년은 더 있어야겠군요……."

"무슨 소리를 지껄이는 거냐, 이 파렴치한 놈!"

켐프가 따귀를 때렸을 때, 얻어맞은 얼굴을 바닥 위에서 꺼떡거리면서도 안스바흐는 계속 말했다.

"부족한 소관이 함께 가겠습니다……."

"──막아라!"

안스바흐의 의도를 눈치 챈 로이엔탈이 외치며 암살자의 몸에 달려들었다. 하지만 그의 두 손이 닿기도 전에 안스바흐의 아래턱이 미세하게 움직여 어금니에 감추어둔 독약 캡슐을 깨물었다. 로이엔탈의 손이 목으로 파고들었다. 독을 삼키지 못하게 하려는 것이다. 그러나 그의 집념도 결실을 맺지는 못했다.

안스바흐의 두 눈이 크게 벌어지더니 초점을 잃어갔다.

라인하르트는 암흑 속에 있었다.

제독들의 모습도, 그를 죽이려던 사내의 모습도 그의 푸른 얼음빛 눈동자에는 비치지 않았다. 그는 그저 그의 생명을 구해준 붉은 머리의 벗만을 바라보고 있었다.

이번만이 아니었다. 키르히아이스는 언제나, 무슨 일이 있어도 그를 도와주었다. 처음 만났던 소년 시절부터 적이 많았던 그를 감싸고, 그의 말을 들어주었으며, 그의 어리광을 받아들였던 붉은 머리 벗. 벗이라고? 아니, 그 이상인, 형제 이상인 지크프리트 키르히아이스. 그런데도 라인하르트는 키르히아이스를 다른 제독들과 똑같이 취급하려 했다. 키르히아이스가 총을 들고 있었더라면 암살자는 핸드 캐논을 손에 든 순간 사살당하고, 키르히아이스 자신도 피 한 방울 흘리지 않았을 것이다.

자신 때문이다. 키르히아이스가 피를 흘리고 쓰러져 있는 것은 자신

때문이다.

"키르히아이스……."

"라인하르트 님…… 무사하셨군요."

예복이 피로 물드는 것도 아랑곳 않은 채 곁에 무릎을 꿇고 앉아 손을 잡은 금발 청년은 키르히아이스의 시야에선 이미 흐릿하게 보였다.

'이것이 죽는다는 것이구나.'

오감이 멀어지면서 세상이 급격히 좁게, 어둡게 변해간다. 보고 싶은 것이 보이지 않았으며, 듣고 싶은 것이 들리지 않았다. 신기하게도 공포는 없었다. 그의 두려움은 오히려 여생을 라인하르트와 함께 살아갈 수 없으리라는 그 가능성에 있었을지도 모른다. 그보다도, 모든 생명력이 빠져나가기 전에 해야만 할 말이 있었다.

"이제 저는 라인하르트 님께 도움이 될 수 없겠군요……. 용서하십시오."

"멍청한 소리……."

라인하르트는 절규하려 했으나 겨우 새어 나온 소리는 작고도 약했다. 너무나도 아름다운 젊은이가, 나면서부터 남을 압도할 정도로 강렬한 매력을 지닌 젊은이가 이 순간만큼은 벽에 기대지 않고서는 걸을 수도 없는 무력한 아기처럼 보였다.

"이제 곧 의사가 올 거야. 이 정도 부상은 금방 나아. 나으면 누님께 가서 승리 보고를 해야지. 응? 그러자."

"라인하르트 님……."

"의사가 올 때까지 말하지 마라."

"우주를 손에 넣으십시오."

"……그래."

"그리고, 안네로제 님께 전해 주십시오. 지크는 옛 맹세를 지켰다고……."

"싫다."

금발 청년은 색을 잃은 입술을 떨었다.

"나는 그런 말은 전하지 않겠어. 네가 전하란 말이다. 네가 직접. 나는 전하지 않을 거다. 알았나? 함께 누님께 가는 거야."

키르히아이스는 어렴풋이 미소를 지은 것 같았다. 그 미소가 사라졌을 때, 금발 청년은 한순간의 전율과 함께 자신의 반신이 영원히 사라졌다는 것을 깨달았다.

"키르히아이스…… 대답해라, 키르히아이스. 왜 아무 말도 않는 거냐?!"

보다 못한 미터마이어가 젊은 제국원수의 어깨에 손을 얹고 위로했다.

"그만하십시오. 이미 죽었습니다. 이젠 편안하게 잠들도록……."

그는 말을 삼켰다. 이제까지 본 적도 없는 광채를 젊은 상관의 눈에서 보았기 때문이다.

"거짓말하지 마라, 미터마이어. 경은 거짓말을 하고 있어. 키르히아이스가, 나를 놔두고 죽을 리가 없단 말이다."

II

"로엔그람 후작님은 어떠신가?"

"여전하시네. 가만히 앉아만 계실 뿐……."

묻는 목소리에도 대답하는 목소리에도 심각함이 배어 나왔다.

가이에스부르크 요새의 고급장교 클럽에 라인하르트 군의 제독들이 모여 있었다. 대귀족들이 지극히 사치스럽게 꾸며놓은 넓고도 호화로운 장소였으나, 승리자들에게는 아무런 감흥도 주지 못했다.

전승 축하식의 참사에 대해 제독들은 엄중하게 함구령을 내려놓고 군율에 따라 요새를 공동 관리하고 있었으나, 그것도 이미 사흘. 곧 한계에 도달할 것이다. 수도 오딘에 언제까지고 침묵을 지킬 수도 없었다.

키르히아이스의 유체는 케이스에 넣어 저온보존 중이며, 후회에 사로잡힌 라인하르트는 그의 곁을 떠나지 않은 채 식사도 수면도 거르고 있어 제독들은 걱정이 이만저만 아니었다.

"하지만 솔직히 말해 후작님께 그렇게 약한 면모가 있는 줄은 몰랐습니다."

"나나 경이 죽어도 그렇게 되시지는 않을 걸세. 지크프리트 키르히아이스는 특별한…… 특별했던 존재니까. 후작님은 말하자면 자신의 절반을 잃은 셈이지. 그것도 자신의 실수로."

뮐러의 말에 미터마이어가 대답했다. 그의 생각이 옳다는 것을 다른 제독들도 똑같이 인정했으나, 이대로 시간을 허비하는 데 대한 초조함도 강해지고 있었다.

로이엔탈이 금은요동을 날카롭게 빛내더니 강한 어조로 동료들에게 말했다.

"로엔그람 후작님은 일어나야만 하네. 우리를 위해서라도 그래야만 해. 그렇지 않으면 우리 모두 은하의 심연을 향해 멸망의 노래를 합창하게 될 걸세."

"그렇다고 뭘 어떻게 하겠나? 어떻게 해야 후작님께서 다시 일어나신 단 말인가."

당혹스러워하는 목소리는 비텐펠트의 것이었다. 켐프, 바렌, 루츠도 무겁게 침묵을 지키고 있었다.

이 자리에 있는 제독들이 한 손을 들면 수만 척의 함대가 움직이고 수백만의 병사가 총을 든다. 행성을 파괴하고 항성계를 정복하고 별들의 대해를 마음대로 오가는 용사들도 비탄과 상실감에 빠진 젊은이를 재생시킬 방법에 대해서는 알지 못했다.

"타개책이 있다면, 그자일 텐데."

마침내 그렇게 중얼거린 것은 로이엔탈이었다. 미터마이어가 고개를 갸웃했다.

"그자라니?"

"자네도 알잖나. 이 자리에 없는 자일세. 오베르슈타인 참모장."

제독들은 얼굴을 마주 보았다.

"놈의 지혜를 빌려야 한단 말인가……."

미터마이어의 목소리에는 숨길 수 없는 언짢은 감정이 배어 나왔다.

"어쩔 수 없지. 놈도 로엔그람 후작님이 있어야 자신이 있다는 것을 잘 알 테니. 그런 자가 이제까지 움직이지 않았다는 것은 아마도 우리 방문을 기다리기 때문일 걸세."

"그럼 놈에게 빚을 져야 하는 것 아닌가? 만약 놈이 스스로 모든 일에 우선권을 행사하려 든다면 어쩌지?"

"오베르슈타인도 포함해 우리는 로엔그람 호라는 우주선에 탄 몸일세. 자기 자신을 구하기 위해 배를 구하지 않을 수는 없겠지. 만약 오베르슈타인이 이 위기를 틈타 자신만의 이익을 꾀한다면, 우리도 그에 상응하는 보복에 나설 수밖에."

로이엔탈이 말하자 제독들은 모두 고개를 끄덕였다. 그때 경비담당 장교가 나타나 오베르슈타인이 찾아왔음을 알렸다.

"타이밍 한번 기가 막히는군."

미터마이어의 말은 어디를 보아도 호의에서 비롯된 것은 아니었다.

입실한 오베르슈타인은 일동을 둘러보더니 냉철하게 비판했다.

"경들의 토의는 시간만 오래 끌 뿐 결론을 내질 못하는걸."

"현재 아군에는 1인자와 2인자가 없다 보니 방향성이 잡히질 않으니 말이오."

로이엔탈의 말도 냉철했다. 결과만 놓고 보자면 오베르슈타인의 2인자 무용론이 키르히아이스의 죽음을 초래했다는 사실을 꼬집은 것이다.

"그래, 참모장께선 좋은 방법이라도 있으신지?"

"없는 것도 아니지."

"흠?"

"로엔그람 후작의 누님께 부탁을 드리세."

"그뤼네발트 백작부인 말이오? 그 생각은 우리도 해 봤소만, 그것만으로 해결이 될지?"

로이엔탈은 그렇게 말했으나 사실은 안네로제에게 보고할 역할을 아무도 맡으려 하지 않았기 때문이었다.

"그쪽은 내가 맡겠네. 하지만 경들도 해야 할 일이 있지. 바로 키르히아이스를 죽인 범인을 색출하는 것일세."

명민한 로이엔탈조차 그 한마디는 의미를 파악하지 못한 채 금은요동을 슬쩍 크게 떴다.

"무슨 소리를 하는 건지……. 범인은 안스바흐였잖소."

"그는 피라미야. 진정한 범인은 따로 있었다고 하세. 매우 대단한 거물로."

"그게 무슨 뜻이오?"

오베르슈타인은 제독들에게 설명했다.

"일종의 도착심리라고 해야겠지만, 원수 각하는 마음속으로 거물 범인을 찾고 계시네. 키르히아이스가 브라운슈바이크 공작의 부하였던 안스바흐 따위에게 살해당했다는 사실이 견딜 수가 없는 거지. 키르히아이스는 훨씬 거대한 적에게 죽은 것이어야만 하네. 그렇다면 안스바흐를 배후에서 조종한 거물이 필요하지 않겠나? 물론 그런 것은 실존하지 않으나, 만들어내면 되는 걸세."

"흐음. 허나 누구를 주모자로 삼는단 말이오? 대귀족들도 거의 다 죽고 대가 끊겼으니, 적당한 인물이 있을지."

"어엿한 후보자가 있지 않은가."

"그게 누구요?"

미터마이어는 의심스러운 목소리로 물었다.

"제국재상 리히텐라데 공작."

"──!"

말에 얻어맞은 것처럼 미터마이어는 휘청거렸다. 다른 제독들도 경악해 의안의 참모장에게 시선을 집중했다. 위기를 역이용해 잠재적인 적을 배제하자는 오베르슈타인의 의도를 깨달은 것이었다.

"무슨 일이 있어도 경은 적으로 돌리지 말아야겠소. 이길 리가 없을 테니."

미터마이어의 말에 담긴 깊은 혐오감을, 오베르슈타인은 적어도 겉으로는 무시했다.

"리히텐라데 공작은 늦든 이르든 배제해야만 하네. 게다가 그의 마음이 천사처럼 맑고 깨끗할 리가 없지. 그자는 그자대로 로엔그람 후작님을 배제할 음모를 꾸미고 있을 것이 분명해."

"완전히 무관하지는 않단 말이군. 사실이 그렇지. 그 노인은 모사꾼이니까."

로이엔탈의 중얼거림은 스스로를 납득시키기 위한 것이나 마찬가지였다.

"가급적 신속하게 오딘으로 돌아가 리히텐라데 공작을 체포하고 국새를 빼앗아야 하네. 그러면 로엔그람 후작님의 독재권을 확립할 수 있지."

"하지만 국새를 손에 넣은 자가 그대로 오딘에 머물며 스스로 독재자가 된다면 어쩌려고 그러시는지?"

미터마이어가 비아냥거리며 오베르슈타인의 계획에 의문을 제기하자 참모장은 대답했다.

"걱정하지 말게. 한 사람이 그런 야심을 품는다 해도 동격인 다른 제독이 이를 막을 테니. 이제까지 동격이었던 자의 밑자리에 서고도 가만있을 경들이 아니잖은가? 내가 2인자가 불필요하다고 말하는 까닭도 사실은 이 때문일세."

권력은 권력을 획득한 수단이 아니라 획득한 권력을 어떻게 행사하느냐에 따라 정당화된다.

그러한 인식이 제독들에게 어마어마한 결단을 내리도록 촉구했다.

"음모와 속임수도 가리지 않겠다. 이 기회에 궁정 내에 숨은 로엔그람 후작의 적을 일소하고 국정의 모든 권력을 탈취해야 한다."

"오베르슈타인의 책략을 실행하라. 수수방관하다간 적의 선제공격을 허락할 뿐이다."

제독들은 행동을 개시했다. 가이에스부르크의 경비는 오베르슈타인과 메크링거, 루츠에게 맡긴 후 나머지는 엄선한 정예들을 이끌고 수도 오딘으로 급행한 것이다.

리히텐라데 공작이 언젠가 일으킬 궁정 쿠데타에 선수를 친다. 그 결의가 그들의 등을 떠밀어 가이에스부르크에서 오딘까지 20일 남짓한 거리를 14일 만에 도달했다. '질풍 볼프' 미터마이어는 부하들을 질타했다.

"탈락자는 내버려둬라! 언젠가 오딘에 도착만 하면 된다!"

이로 인해 가이에스부르크를 출발할 때 2만 척이 넘었던 고속순항함은 워프를 거듭할 때마다 줄어들어, 오딘이 있는 발할라 성역에 도달했을 때는 3000척밖에 남지 않았다.

뮐러가 800척으로 위성궤도를 제압하고 다른 제독들은 대기권으로 돌입했다. 동시다수 강하는 우주항의 관제능력을 넘어섰으므로 함대 반절 정도는 호수에 착수着水해야만 했다.

황궁 '노이에 상수시' 일대는 밤이었다. 미터마이어는 재상부로 향했다. 리히텐라데 공작의 저택을 습격한 것은 로이엔탈이었다. 침실 침대에 몸을 기대고 책을 읽던 재상은 문을 박차고 들어온 금은요동의 청년

346

장교를 보고 날카롭게 꾸짖었다.

"이게 무슨 짓이냐. 미천한 것이 소란스럽구나."

"제국재상 리히텐라데 공작님, 당신을 체포하겠습니다."

그때 늙은 권력자의 마음에서 솟아난 것은 놀라움이 아닌 패배감이었다. 라인하르트의 등에 비수를 꽂아 권력을 독점하려 했던 노인은 오베르슈타인의 통찰력과 제독들의 행동력에 선수를 빼앗긴 것이었다.

"죄목은?"

"로엔그람 후작님에 대한 암살 미수 사건의 주범입니다."

노재상은 눈을 크게 떴다. 그는 한동안 로이엔탈의 얼굴을 노려보다 말라빠진 몸을 부르르 떨며 일갈했다.

"멍청한 것들이, 무슨 증거가 있어서 그런 망발을 지껄이느냐! 나는 제국재상이다. 네놈들의 머리 위에서 황제폐하를 보필하는 몸이다!"

"……그와 동시에 간사하기 짝이 없는 모사꾼이기도 하지요."

로이엔탈은 냉정하게 단언하더니 부하들에게 외쳤다.

"구금하라!"

예전 같았으면 범접할 수조차 없었던 고귀한 노인의 팔을 평민 출신 병사들이 난폭하게 붙들었다.

그 무렵, 미터마이어가 지휘하는 부대는 재상부 건물에 난입하고 있었다. 목적은 국새를 탈취하는 것이었다.

"국새는 어디 있나?"

미터마이어가 숙직을 맡은 늙은 관료에게 힐문했다. 총구에 에워싸인 관료는 안색이 창백해지면서도 국새가 있는 곳을 대답하지 않으려 했다.

"무슨 권한이 있어 국새 있는 곳을 물으시오? 이곳은 천하의 재상부 국새실이오. 직무와 관계가 없는 무관이 함부로 들어올 곳이 아니오. 당장 물러나 주시오."

그 말을 듣고 병사들이 살기를 피우는 것을 미터마이어가 저지했다. 늙은 관료의 용기가 가상했기 때문이지만, 그렇다고 물러날 수는 없었다. 그가 손짓하자 병사들은 실내로 흩어져, 조금 전까지만 해도 각 행정부의 상서나 제국원수라 해도 무단으로는 입실할 수 없었던 성역聖域을 수색하기 시작했다. 캐비닛이며 책상이 쓰러지고, 외부로 유출되어서는 안 될 중요 서류는 바닥에 흩어졌으며, 그 위를 군화가 짓밟고 지나갔다. 노인이 소리쳤다.

"이러지 마시오! 제국의, 황실의 권위를 어떻게 알고 이러는 것이오? 신민臣民의 길을 벗어난 행위를 부끄러워하시오!"

미터마이어는 짐짓 너스레를 떨었다.

"황실의 권위라. 옛날에는 그런 것이 있었다는 말을 들은 것도 같은데. 하지만 결국 실력이 있어야 권위도 서는 법. 권위가 있다고 실력이 있는 것은 아니지. 이 모습을 보면 그것도 일목요연하지 않소?"

한 병사가 환성을 질렀다. 높이 치켜 든 손안에는 작은 상자가 있었다. 뚜껑에도 주위에도 고풍스러운 포도덩굴 문양이 새겨져 있었다.

"찾았습니다! 이겁니다!"

늙은 관료가 비명을 지르며 그 병사에게 달려들려 하자 다른 병사들이 주먹을 휘둘러 저지했다. 직무에 충실한 노인은 깨진 이마에서 피를 흘리며 바닥에 쓰러졌다.

"이것이 국새로군."

상자를 연 미터마이어는 별 감흥도 없이, 진홍색 벨벳 천에 감싸인 황금 장식 도장을 바라보았다. 손잡이를 이룬 쌍두독수리 국장國章이 살아 있는 듯 그를 노려보았다.

미터마이어는 희미하게 웃고는, 바닥에 쓰러진 노인에게 의사를 불러 주도록 부하들에게 명령했다.

제국 수도 오딘은 내전이 시작된 날과 끝나는 날 모두 라인하르트 휘하 제독들에게 철저히 제압당한 것이다.

마린도르프 백작영애 힐다는 취침 중이었으나, 시내에서 소동이 일어났다는 전갈을 듣고는 파자마 위에 나이트가운을 걸치고 저택 발코니로 나왔다.

밤바람을 타고 군대가 빚어내는 고저강약의 온갖 교향악 음색을 듣고 있으려니 하인이 부들부들 떨며 말했다.

"어느 군대일까요, 아씨?"

"군대는 어디서 솟아나는 게 아니야. 이만한 병력은 로엔그람 후작님의 군대 말고는 없어."

짧은 머리를 밤바람에 살짝 흩날리며 힐다는 혼잣말했다.

"활기가 넘치는 시대가 올 것 같아. 조금 시끄럽긴 하겠지만, 침체되어 있는 것보다는 훨씬 낫지."

III

……꿈을 꾼 것일까.

라인하르트는 주위를 둘러보았다. 실내는 어스름하고 싸늘했으며, 아무 소리도 들리지 않았다. 라인하르트 외에 있는 것이라고는 특수 유리 케이스 안에 누운 키르히아이스와 말라붙은 냉기뿐이었다. 붉은 머리 벗도 꼼짝하지 않은 채, 소리도 내지 않고, 숨조차 쉬지 않았다.

역시 꿈이었던 것이다. 라인하르트는 어깨를 늘어뜨리고 군용 망토의 옷깃을 여미며 눈을 감았다.

……황제에게 휴가를 받은 안네로제가 프로이덴 산장으로 라인하르트와 키르히아이스를 초대했다. 1년 반 만의 재회. 금발 소년과 붉은 머리 소년은 유년학교 예복을 입고, 서로 모자며 옷깃을 고친 후 답답한 기숙사를 뛰쳐나왔다.

랜드카로 여섯 시간 걸리는 여행. 황실 소유지 상공은 비행이 금지되어 있기 때문에 육로를 이용해야만 하는 것이다.

만년설이 덮인 산과 꽃밭. 순백과 무지갯빛의 대조적인 아름다움은 천둥소리와 함께 암회색 비에 뒤덮였으며, 휴가 기간 내내 세 사람은 산장에 틀어박혀 있어야만 했다. 그러나 그것은 그것대로 즐거웠다. 난로에 장작을 넣으며, 황금색 불꽃을 눈동자에 머금으며, 알고 있는 노래를 모조리 불렀다…….

회상은 갑작스럽게 끊어졌다.

"각하, 오베르슈타인입니다. 제국 수도 오딘으로부터 초광속통신이 도착했습니다만……."

감정도 생기도 없는 목소리가 짧은 침묵 후에 대답했다.

"누구에게서 온 것이냐."

"누님이신 그뤼네발트 백작부인이십니다."

조각이 갑자기 움직인 것처럼 보였다. 몇 시간이나, 며칠이나 꼼짝도 하지 않았던 금발 젊은이는 의자를 박차고 일어났다. 두 눈에서 푸른 불꽃이 쏟아져 나오는 것 같았다.

"네놈이 입을 놀렸구나. 키르히아이스에 대해 누님께 지껄였구나!"

끓어오르는 분노의 에너지를 의안의 참모장은 주눅 드는 기색도 없이 받아넘겼다.

"말씀드렸습니다. 조금 전, 초광속통신으로."

"쓸데없는 짓을 하다니."

"하오나 설마 평생 감추실 생각은 아니시겠지요."

"시끄럽다!"

"두려우십니까, 누님이?"

"뭐라고……?"

"그렇지 않으시다면 만나십시오. 각하, 저는 당신을 아직 포기하지 않았습니다. 자신을 책망할 뿐 제게 책임을 떠넘기지 않는 모습은 훌륭하십니다. 하오나 더 이상 과거만을 돌아볼 뿐 미래를 쳐다보지 않는다면 당신도 그것으로 끝입니다. 우주는 남의 손에 넘어가겠지요. 키르히아이스 제독이 발할라에서 한심하게 생각하지 않겠습니까?"

라인하르트는 시선으로 태워 죽일 것처럼 오베르슈타인을 노려보고 있었으나, 이내 거친 걸음걸이로 그의 곁을 지나 통신용 개인실로 들어갔다.

통신 스크린에 안네로제의 청초한 모습이 떠올라 있었다. 젊은 제국

원수는 떨리는 몸과 두근대는 심장을 억누르느라 고심했다.

"누님……."

그렇게 말한 후 라인하르트의 혀는 더 이상 움직이지 않았다.

안네로제는 동생을 바라보았다. 뺨이 창백할 정도로 새하얗다. 푸른 눈에 눈물은 없었다. 그곳에 맺힌 것은 그 이상의 것이었다.

『가엾은 라인하르트…….』

안네로제가 속삭였다. 그 낮은 목소리는 금발 청년의 가슴을 저몄다. 누이의 말에 담긴 의미를 그는 완전히 이해하고 있었다. 그는 권력과 권위를 위해 자신의 반신을 일개 부하로 취급하려 했으며, 그 좁은 도량에 혹독한 벌을 받은 것이었다.

『네겐 이제 더 이상 잃을 것이 없구나, 라인하르트.』

"……아닙니다. 아직 제게는 누님이 있잖습니까. 그렇지요, 누님? 그렇지요?"

라인하르트는 간신히 목소리를 쥐어짜냈다.

『그래. 우리 남매에게는 서로를 제외하면 이젠 아무것도 남지 않았지…….』

그 목소리가 라인하르트의 정신을 일깨웠다. 동생의 표정이 변한 것을 안네로제는 알아차렸을까.

『라인하르트, 나는 슈바르첸의 저택에서 나가고 싶구나. 아무 곳이든 좋으니 조그만 집을 얻어 줄 수 있을까?』

"누님……."

『그리고 당분간은 서로 만나지 말기로 하자꾸나.』

"누님!"

『나는 네 곁에 있지 않는 편이 좋겠어. 살아가는 방식이 다르니…….
나에겐 과거가 있을 뿐. 하지만 네게는 미래가 있잖니.』

"……."

『지쳤을 때는 내게 오려무나. 하지만 아직은, 지쳐서는 안 돼.』

그렇다. 라인하르트는 과거를 그리워할 자격을 잃었으며, 지쳐 쉴 수
도 없는 몸이 되었다. 키르히아이스가 맹세를 지킨 이상 그도 키르히아
이스에게 한 맹세를 지켜야만 한다.

우주를 손에 넣는 것. 이를 위해서라면 어떤 일이든 해야만 한다. 잃
어버린 것이 얼마나 큰지를 생각해본다면, 하다못해 그 정도는 손에 넣
어야만 하지 않겠는가.

"알겠습니다. 누님께서 그렇게 말씀하신다면, 분부대로 따르지요. 그
리고 우주를 손에 넣은 후에 찾아뵙도록 하겠습니다. 하지만 작별하기
전에 한 가지만 가르쳐 주십시오."

라인하르트는 침을 꿀꺽 삼키고 숨을 골랐다.

"누님께서는 키르히아이스를…… 사랑하셨던 겁니까?"

그리고, 조심스럽게 누이의 얼굴을 보았다.

대답은 없었다. 다만 라인하르트는, 그때만큼 투명한, 그때만큼 슬픈
누이의 얼굴을 본 적이 없었다. 그 표정은 평생 잊을 수 없으리라.

……그리고 그의 생각은 옳은 것이었다.

가이에스부르크에 연락할 책임은 로이엔탈이 맡았다. 자청한 것은 아
니었다. 제독들이 서로 발뺌을 하고 떠넘긴 끝에 카드를 뽑아 결정하기
로 합의를 보았던 것이다. 그 결과 금은요동의 청년은 철저하게 운세에

배신당했다.

로이엔탈은 라인하르트의 원수부에서 송신했다. 라인하르트는 즉시 화면에 나타났다. 푸른 얼음빛 눈동자에 이성과 예리한 기운이 번뜩이고 있어, 그것을 본 로이엔탈은 젊은 주군이 자아를 회복했다는 것을 깨달았다. 목소리에도 힘이 있었으며 지극히 또렷했다. 다만 어딘가 무미건조하게 느껴지기는 했지만.

『사정은 오베르슈타인에게 들어 알고 있다. 경들이 떠난 날이었지.』

"예……."

『경들의 공적에는 후히 보답할 것이다. 나도 곧 오딘으로 귀환하겠다. 도중까지 누가 마중을 나와줄 수 있겠나?』

"예. 그러시다면 미터마이어를 보내겠습니다."

동료에게 은근슬쩍 떠넘기면서 로이엔탈은 중요한 용건을 알렸다.

"리히텐라데 공작 일족을 모두 체포해 가두었습니다. 귀환하신 후 재가를 내려 주십시오."

『내가 돌아갈 때까지 기다릴 것도 없다. 형 집행은 경들에게 맡기지. 괜찮겠나?』

"하오면 리히텐라데 공작 자신의 처치는 어떻게 하시겠습니까?"

『제국재상이나 되는 분을 사형시킬 수는 없으니, 자살을 권하도록. 괴로움이 없는 방법으로.』

"알겠습니다. 일족은 어떻게 하시겠습니까?"

『여자와 아이들은 변경으로 유배형.』

라인하르트의 목소리는 얼음덩어리끼리 부딪치는 소리처럼 느껴졌다.

『열 살 이상의 남자는, 모두 사형.』

"……알겠습니다."

로이엔탈도 이 말에는 즉시 대답할 수 없었다.

"아홉 살 이하는 괜찮으시겠습니까?"

그렇게 물은 것은 어쩌면 에둘러 인정을 베풀기를 청한 것일지도 모른다. 불필요한 유혈은 이 용장이 원하는 바가 아니었다.

『내가 유년학교에 들어간 것이 열 살 때였다. 그 나이가 되기 전에는 아직 제 몫을 다하지 못한다고 볼 수 있으니, 목숨은 살려주겠다. 만약 성장해 나를 치려 한다면, 그것도 좋겠지. 실력이 없는 패자가 타도되는 것은 당연한 노릇이니.』

라인하르트는 웃었다. 화려한 웃음소리였으나 그것은 이전과는 어딘가 살짝 다른 울림을 내포한 것 같았다.

『경들도 마찬가지다. 나를 쓰러뜨릴 만한 자신과 각오가 있다면 언제든 도전해도 상관없다.』

단아한 입가에 아지랑이처럼 흐릿한 미소가 흘렀다. 로이엔탈은 온몸의 신경망을 타고 전율의 파도가 퍼져 나가는 것을 느꼈다.

"농담이 과하십니다."

그렇게 대답하는 목소리는 자신이 생각해도 딱딱했다.

라인하르트는 탈피脫皮한 것이다. 반신을 잃은 그는 이를 메우기 위해 무언가를 새로이 얻으려 하고 있다. 그것이 누구에게 환영받고 누구에게 기피당할지, 로이엔탈은 판단이 서질 않았다.

통신이 끝나자 오베르슈타인이 라인하르트 앞에 나타났다. 관찰하듯 젊은 주군을 바라본다.

"각하. 앞으로 한 시간 후면 브륀힐트의 출항 준비가 끝납니다."

"좋아. 30분 후에 가겠다."

"하오나, 리히텐라데 일족에 대해서는 정말로 그리 조치하실 것입니까?"

"나는 이제까지 많은 피를 흘렸다. 앞으로도 그럴 것이다. 여기에 리히텐라데 일족의 피가 몇 방울 더해진다 한들 무엇이 달라지겠느냐."

"그렇게 생각하신다면, 알겠습니다."

"어서 가지 못하겠나. 가서 경의 직무를 다하라."

오베르슈타인은 잠자코 경례를 올렸다. 그리고 자리에서 물러날 때, 의안이 형용하기 힘든 빛을 뿜어냈다.

참모장을 내보낸 라인하르트는 의자에 장신을 묻고 전망 스크린에 시선을 돌려 그가 나아가야 할 별들의 바다를 바라보았다.

마음에 갈망이 있었다.

키르히아이스를 영원히 잃고, 누님을 잃었다.

골덴바움 왕조를 멸하고, 신 은하제국을 일으키고, 자유행성동맹을 정복하고, 페잔 자치령을 병합해 전 인류의 지배자가 되었을 때. 그때는 이 마음의 갈망을 채울 수 있을 것인가.

'그러지는 못하리라.'

라인하르트는 생각했다. 이 마음의 굶주림이 채워지는 일은 없을 것이다. 아마도, 영원히.

그러나 라인하르트에게는 더 이상 다른 길이 없었다. 싸우고 또 싸우고, 끊임없이 정복해 마음의 굶주림에 대항할 수밖에 없었다.

그러려면 적이 필요하다. 강력하고도 유능한 적일수록 그의 굶주림을 오래 잊도록 해줄 것이다. 한동안은 국내를 다지는 데 전념한다 쳐도, 내년이 되면 자유행성동맹과의 군사충돌이 예상된다.

그리고 동맹에는 매우 강력하고도 유능한 적이 있다.

IV

라인하르트가 마음에 그린 강력한 적은 그 무렵 지극히 불만이었다.

그는 하이네센을 탈환한 후 네프티스, 카파, 팔메렌드 세 행성을 돌며 반란부대의 항복을 받아내고 수도로 돌아온 참이었다. 그때 정부 특사인 지 뭔지가 찾아와서는 말했다. 정부 주최로 헌정질서의 회복과 군국주의 세력에 대한 민주주의의 승리를 기념하는 행사가 열릴 텐데, 그때 사람들 앞에서 트뤼니히트 의장과 악수를 해 주었으면 한다는 것이었다.

그 말을 들었을 때 양의 반응은 정말 어른스럽지 못했다.

"왜 내가 트뤼니히트 같은 자식하고……!"

큰 소리를 지른 후에야 자신의 실수를 인식하고 말을 고쳤다.

"트뤼니히트 의장과 악수를 해야 한단 말인가."

그는 트뤼니히트가 털끝 하나 다치지 않고 지하에서 모습을 나타냈을 때 산 넘어 산이라는 생각을 했으나, 물론 그것이 적중했다고 좋아하지는 않았다. 일련의 추악하기 짝이 없는 희극에 눈조차 어지러울 만큼 요란한 색깔의 막이 내려오려 하고 있었다.

아니, 내려오고 끝난다면 그냥 참고 말겠지만, 앙코르가 나오지 않으리라는 보장은 아무 데도 없었다.

쿠데타까지 일어났음에도 자신의 정치태세를 반성하지는 못할망정

정략의 기술과 민중조작으로 권력을 유지하려 드는 트뤼니히트의 이기심을 생각하면 양은 진심으로 속이 끓었다. 그런 트뤼니히트와 대중 앞에서 악수를 한다는 것은 양에게는 정조를 팔아 치우는 것과 마찬가지였다.

그러나 앞으로도 전투에서 승리함에 따라, 지위가 높아짐에 따라…… 다시 말해 정치적 이용도가 높아짐에 따라 이러한 사태는 늘어만 갈 것이다. 그것을 피하려면 어떻게 해야만 하는가.

지면 된다. 싸워서 참패하면 된다. 그러면 양의 명성은 땅에 떨어지고, 칭송의 목소리는 단숨에 비난으로 바뀐다. '살인자' 라는 지극히 정당한 평가가 주어질 것이며, 양이 퇴역해 사회적 지위를 버린다 해도 다들 이를 당연히 여길 것이다. 말리는 사람은 있어봤자 극소수이리라.

그렇게 양은 고용살이 지옥에서 벗어날 수 있는 것이다. 사람들의 눈을 피해 사회 한구석에서 조용히 살아가는 것도 나쁘지 않겠지. 조그만 전원주택에서 추운 밤에는 바람 소리를 들으며 브랜디 잔을 기울이고, 비 오는 날에는 대기 속을 유영하는 장대한 물의 여행에 마음을 기울이며 와인을 즐기는 생활.

"이거야 원, 술만 마시고 앉았네."

양은 쓴웃음을 지으며 사소한 공상을 뇌리에서 털어냈다. 그렇게 한다면야 그는 구원받겠지만 그보다도 수만 배나 되는 사람이 구원받지 못할 것이다. 패배란 많은 사망자를 낸다는 뜻이며, 남편을 잃은 아내, 아들을 잃은 어머니, 아버지를 잃은 아들을 대량으로 만들어낸다는 뜻이니까.

싸우는 이상 이겨야만 한다. 그렇다면 승리의 의미는 무엇인가. 적에게 많은 사망자를 내고, 적의 사회에 상처를 입히고, 적의 가정을 붕괴로 몰아넣는다. 방향만 다를 뿐 결과는 같다.

'결국 어느 쪽이든 글러먹었잖아.'

사관학교를 졸업해 군인이 된 지 어느덧 10년. 양은 이 문제를 아직까지도 해결하지 못했다. 초급 계산문제도 아니니 생각해봤자 명쾌한 결론이 나올 리도 없다. 생각의 미궁에 빠져 벗어나지 못하리라는 것을 알면서도 생각을 버리지 못했다.

그건 그렇다 쳐도 하필 트뤼니히트와 악수를 해야 하다니!

거절해봤자 그들의 보복은 두렵지 않다. 그러나 정부와 군부의 협력을 보여준다는 대의명분이 있는 이상 이를 거절할 수는 없었다. 군부는 정부를, 나아가서는 시민을 따라야 한다고 생각하기 때문에 양은 쿠데타 일파와 싸웠던 것이었으므로.

행사는 야외에서 이루어졌다.

초가을 햇살이 부드럽게 사람들을 감싸고 나뭇잎에는 황금색 막이 드리워지는 아름다운 날이었다. 하지만 양의 마음은 쾌청함과는 거리가 멀었다.

트뤼니히트와 악수를 하는 것이 아니라 국가원수인 최고평의회 의장과 악수를 하는 것이다……. 양은 그렇게 생각해 자신의 감정을 꾹꾹 억눌렀다. 물론 그런 이론은 자기기만일 뿐이었으며, 그것을 아는 만큼 양의 불쾌함은 한층 더할 뿐이었다.

이런 일을 견뎌내야 하는 의무를 지느니 차라리 출세하지 말 것을 그랬다. 출세했다, 지위가 올라갔다고 남들은 부러워하지만, 피라미드란 정상에 가까워질수록 발밑은 좁고 위험해지는 법이다. 그런 위험은 생각하지도 못하고 지위만 향상되기를 바라는 인간들이 존재한다는 점이 양에게는 신기하기 짝이 없었다.

그 점은 차치하고서라도, 귀빈석은 왜 이리 불편하단 말인가. 작년 아스타테 회전 후에 치러진 위령제 때는 그나마 일반석에 있었다. 지금에 비하면 훨씬 편안한 신분이었다.

트뤼니히트가 연설을 하고 있었다. 이류 선동가의 공허한 웅변. 사망자를 칭송하라, 국가를 위한 희생을 찬미하라, 은하제국을 타도할 성전을 위해 개인의 자유와 권리 주장을 버려라 운운. 대체 몇 년 전부터 반복한 말인지.

'인간은 죽는다. 항성에도 수명이 있다. 우주조차 언젠가는 존재를 잃는다. 국가만이 영원할 리가 없다. 거대한 희생 없이는 존속할 수 없는 국가라면 냉큼 멸망해버려도 전혀 상관할 바 아닌데……'

그렇게 생각하는 양에게 날아드는 목소리가 있었다.

"양 제독."

자리에 돌아온 트뤼니히트의 단정한 얼굴에 사람 좋은 미소가 어려 있었다. 수십억 명의 유권자를 매료시켰던 미소이며, 그를 지지하는 자들은 정책도 사상도 아닌 그 미소에 귀중한 투표권을 행사했다고 한다. 물론 양은 선거권을 얻은 이래 그 일원이었던 적은 한 번도 없다.

"양 제독. 하고 싶은 말은 많겠지만, 오늘은 조국이 군국주의에서 해방된 것을 기념하는 기쁜 날 아니오? 정부와 군부 사이에 의견 차이가 있다는 것을 광고해 공통의 적에게 허점을 보일 필요는 없을 텐데."

"……"

"그러니 오늘은 피차 미소를 잃지 말고, 주권자인 국민들에게 예의를 갖추도록 노력하는 것이 어떻겠소?"

정론을 주장하는 자는 분명 훌륭한 사람이리라. 그러나 믿지도 않는 정론을 주장하는 인간은 과연 어떨까. 트뤼니히트를 볼 때마다 양은 그런 의문을 품었다.

"그러면 이제, 민주주의를 위해, 국가의 독립을 위해, 국민의 자유를 위해 싸운 두 분의 투사, 민간 대표인 트뤼니히트 최고평의회 의장과 군인 대표인 양 웬리 대장이 악수를 나누겠습니다. 시민 여러분, 큰 박수로 맞아 주시기 바랍니다!"

목소리를 높인 것은 이 행사의 사회자인 에이런 두멕이었다. 문학자에서 정치평론가로, 정치평론가에서 직업 정치가로 전직한 사내로, 트뤼니히트의 측근이며 보스에게 비판적인 언론기관이나 보스의 정적을 공격하고 중상해 자신의 존재의의를 증명하고 있는 자였다.

트뤼니히트가 일어나 청중에게 손을 흔든 후 그 손을 양에게 내밀었다. 양도 자리에서 일어났으나, 이 자리에서 뒤도 돌아보지 않고 도망치고 싶다는 충동을 꾹 참는 것이 고작이었다.

두 사람이 손을 맞잡은 순간 청중의 함성은 한층 드높아졌으며 박수 소리는 가을 하늘을 압도했다. 양은 1초라도 빨리 손을 놓고 싶었는데도, 무혈無血의 고문이 겨우 끝나 해방된 순간에는 터무니없는 생각을 떠올렸다.

'내가 트뤼니히트라는 사내를 과소평가하고 있었던 것은 아닐까?'

그 생각은 구름 틈에서 새어 나오는 햇빛처럼 양의 마음에 스며들었다. 그는 한순간 숨을 멈출 만큼 큰 놀라움에 사로잡혀 자신의 마음을 돌아보았다. 왜 갑자기 그런 생각을 한 것인지 스스로도 알지 못한 채 그는 과거의 사태를 재검토하기 시작했다.

트뤼니히트는 쿠데타 때 아무것도 하지 않았다. 지구교 신자들의 보호를 받으며 지하에 잠복했을 뿐이었다.

함대를 지휘해 싸운 것은 양 웬리였으며, 국민을 대표하여 언론과 집회를 통해 싸운 것은 제시카 에드워즈였다. 트뤼니히트는 사태 해결에 1그램도 공헌하지 않았다. 그러나 지금 살아서 청중의 환호를 한 몸에 받고 있는 것은 그였으며, 제시카는 살해당해 묘지에 있다.

동맹군에게는 실로 불명예스러운 암릿처 회전 때는 어떠하였는가. 그때까지 입만 열면 주전론을 부르짖었던 트뤼니히트가 표결 때는 손바닥을 뒤집듯 태도를 바꾸어 출병에 반대하지 않았던가. 철저히 패배한 결과 주전론자는 신뢰와 지위를 잃었다. 상대적으로 트뤼니히트의 명성은 올라갔으며, 당시에는 국방위원장이었던 그가 지금은 최고평의회 의장에 취임해 동맹 원수가 되었다.

그리고 이번 쿠데타.

트뤼니히트는 한 번도 다친 적이 없다. 격발해 상처 입고 쓰러지는 것은 항상 그가 아닌 다른 자들이었다. 폭풍을 불러왔으면서, 폭풍이 일어날 때는 안전한 곳에 숨은 채 하늘이 맑아진 후에야 기어 나오는 자.

이자는 그 어떤 위험에 직면해도, 아무것도 하지 않고, 아무 일도 당하지 않고, 그리고 마지막에는 오로지 혼자 승리해 살아남는 것이 아닐까.

양은 전율했다. 양 웬리가 암살을 두려워한 적은 없다. 몇 배나 되는 적을 앞에 두고 움츠러든 적도 없다. 그러나 지금, 내리쬐는 한낮 햇살 아래, 양은 깊은 공포의 포로가 되었다.

트뤼니히트가 다시 양에게 말을 걸었다. 완벽하게 제어된, 성실함이 라고는 조금도 없는 미소와 함께.

"양 제독, 모두들 당신을 부르고 있지 않소? 호응을 해 드려야지."

높고 낮은 칭송의 파도가 양을 포위하고 있었다. 그의 허상을 찬양해 마지않는 사람들에게 양은 기계처럼 손을 흔들었다.

'내가 이번엔 트뤼니히트를 과대평가하려는 것은 아닐까?'

양은 그렇게 생각했으나, 그것은 한순간의 도피에 불과했다. 양은 썩은 입냄새를 맡고 말았던 것이다. 그것은 대기의 미립자 속에 스며들어 호흡이 곤란할 정도로 양을 괴롭혀댔다.

V

숙소인 관사로 돌아오자 양은 화장실에 틀어박혀 소독액을 이용해 몇 번이고 손을 씻었다. 트뤼니히트에게 잡혔던 손에서 더러움을 씻어내려는 것이었다. 이럴 때 양의 정신수준은 어린아이와 다를 바가 없었다.

양이 화장실에 틀어박힌 동안 율리안은 현관에서 불청객을 상대하고 있었다. 뭐라 뭐라 하는 출판사에서 온 자로, 양에게 자서전을 쓰도록 권하러 온 것이었다.

"초판은 500만 부를 생각하고 있습니다."

양이 희망대로 무명 역사학자가 되었더라면 책을 출판한다고 해봤자 그 1000분의 1도 팔리지 않았을 것이다.

"각하께서는 관사에 계실 때는 개인 용무로 손님을 만나지 않으십니다. 돌아가 주십시오."

율리안은 공식론으로 상대를 쫓아냈으나, 그는 소년의 의젓한 태도 이상으로 허리에 찬 권총을 염려했을지도 모른다. 미련은 남은 모양이었지만, 아무튼 자리를 떴다.

율리안은 거실로 돌아가 홍차를 끓였다. 양이 화장실에서 나왔다. 손등에 후후 입김을 불고 있는 것은 지나치게 문질러 피부가 시큰거리기 때문이리라.

양은 브랜디를, 율리안은 우유를 넣어 홍차를 마셨다. 두 사람 모두 이상하게 말이 없어, 한동안은 골동품 시계의 초침 소리만이 실내에서 울리고 있었다.

거의 동시에 두 사람은 첫 잔을 비웠다. 율리안이 차를 재탕하려 했을 때, 처음으로 양이 입을 열었다.

"오늘은 위험했어."

몸에 무언가 위기가 닥쳤던 것인가 싶어 소년은 온몸에 놀라움과 긴장의 빛을 띠고 보호자를 쳐다보았다.

"아니, 그런 뜻이 아니고."

양은 소년의 걱정을 털어준 후 빈 찻잔을 빙글빙글 돌리며 말했다.

"트뤼니히트를 만났을 때, 혐오감은 더더욱 커졌다만 문득 그런 생각이 든 거야. 이런 놈에게 정당한 권력을 준 민주주의란 무엇일까, 이런 놈을 끊임없이 지지하는 민중이란 무엇일까, 하고."

한숨이 새어 나왔다.

"겨우 제정신을 차리고 보니 소름이 끼치더구나. 옛날의 루돌프 폰 골덴바움이나, 얼마 전에 쿠데타를 일으킨 자들은 계속 그런 생각을 하다가, 결국 해결할 수 있는 자가 자기밖에 없다고 확신했던 게 분명해. 역설적이지만 루돌프를 극악무도한 전제주의자로 만든 것은 전 인류에 대한 그의 책임감과 사명감이었던 셈이지."

양의 말이 끝나자 율리안이 생각에 잠긴 표정으로 물었다.

"트뤼니히트 의장에게는 그런 책임감과 사명감이 있을까요?"

"글쎄, 그건 과연 어떨지."

양은 트뤼니히트에게 느낀 이상한 공포에 대해 언급할 마음은 없었다. 소년의 걱정만 더할 뿐이다. 한동안은 자신만의 사고회로 속에 가둬놓자고 생각했다.

트뤼니히트는 사회의 악성 암세포 같은 존재일지도 모른다. 건전한 세포를 좀먹어 자신을 증식하고, 강화하고, 마침내는 숙주의 몸 그 자체를 죽음으로 몰아간다. 어느 때는 주전파를 선동하고 어느 때는 민주주의를 주장하지만, 책임을 지는 일은 결코 없으며 자신의 권력과 영향력은 확실하게 증대시킨다. 그가 강해지면 강해질수록 사회는 쇠약해지고, 마침내 그에게 잡아먹힌다. 그리고 그런 트뤼니히트를 보호해준 지구교도들은…….

"각하……?"

정신이 들고 보니 율리안이 걱정스러운 표정으로 보호자의 얼굴을 들여다보고 있었다.

"무슨 일 있나요?"

"아니, 아무것도 아니다."

누구나 할 수 있는, 그리고 전혀 효과가 없는 대답을 반사적으로 입에 담았으나, 그때 옆방에서 TV 전화 호출음이 울렸다.

율리안은 전화를 받으러 자리를 떴다. 그 뒷모습을 지켜보던 양은 식어가던 홍차를 재빨리 마셔버린 후 찻잔에 브랜디를 가득 채웠다.

병을 테이블 위에 내려놓은 것과 동시에 율리안이 뛰어왔다.

"엄청난 소식이에요! 통합작전본부에 계시던 무라이 소장님께서 연락을 하셨는데……."

"공연히 호들갑을 떠는구나. 세상에 호들갑을 떨고 소리를 지를 만한 일이 어디 있다고."

양은 잔을 입가로 가져가며 마치 철학자라도 된 양 거들먹거리는 소리를 했다. 율리안은 반론하려다가, 갑자기 무언가를 생각하는 표정을 지었다.

"각하, 메르카츠 제독을 아시나요?"

"제국군의 명장 아니냐. 로엔그람 후작만큼 화려하거나 스케일이 크지는 않다만, 노련하고 빈틈이 없는 용병을 구사하지. 인망도 있고. 하지만 그 메르카츠 제독이 어쨌다는 거냐."

"그 제국군의 명장 말씀인데요……."

율리안이 목소리를 높였다.

"망명했어요. 양 제독님께 몸을 의탁해, 제국에서 망명을요! 지금 이제르론에 도착했다고 카젤느 소장님에게서 연락이 왔대요!"

양은 즉시 자신의 철학을 배신했다. 황급히 자리에서 일어나다 테이블 다리에 발을 거세게 부딪쳤던 것이다.

VI

이제르론 요새에 도착한 메르카츠를 맞이한 임시 사령관 카젤느는 우선 메르카츠에게 소지한 무기를 제출할 것을 요구했다. 그러자 부관 슈나이더가 노기를 담아 외쳤다.

"무엄하다! 그게 무슨 소리인가! 메르카츠 제독님께서는 포로의 몸이 된 것이 아니다. 자유 의지로 망명을 하셨으니 손님으로 대우하는 것이 예의가 아닌가? 아니면 자유행성동맹에는 예의라는 것이 존재하지 않나?"

카젤느는 상대의 말이 옳음을 인정하고 사죄하였으며, 손님으로 메르카츠 일행을 대우함과 동시에 하이네센에 체류 중인 양에게 초광속통신을 날린 것이다.

양은 참모들을 소집했다. 카젤느로부터 직접 이야기를 들은 무라이 소장이 신용할 수 없다는 의견을 제시하자 양이 물었다.

"메르카츠 제독님은 가족을 데려오셨다고 하나요?"

"아닙니다. 그 점은 저도 카젤느 소장에게 물어보았으나, 가족은 제국에 있다 합니다."

"그렇군. 그럼 괜찮겠네요, 뭐."

"괜찮지 않습니다. 가족이 제국에 있다는 것은 말하자면 인질을 남겨두고 온 것이나 마찬가지 아닙니까? 메르카츠 제독이 불온한 목적으로 왔다고 보는 것이 자연스럽고도 타당하다고 생각합니다."

"아니, 그게 아닙니다. 처음부터 저를 속일 생각이었다면 가족을 제국에 남겨두고 왔다고는 하지 않았을걸요. 감시를 겸한 가짜 가족이 따라오지 않았을까 싶네요."

양은 이번엔 참모 중 한 사람에게 시선을 돌렸다.

"만약 정보부에서 공작을 한다면 그렇게 하지 않을까, 바그다슈?"

"뭐, 그렇게 하지 않을까요?"

양을 암살하려다 실패해 전향하고, 어느새 그의 부하가 된 사내는 그렇게 대답했다.

"메르카츠 제독이라는 사람은 순수한 무인이라, 첩보활동이니 파괴공작과는 인연이 없을 겁니다. 믿어도 될 것 같은데요."

"자네보다는 훨씬 말이지."

"농담이 과하십니다, 쇤코프 준장님."

"농담이 아닌데?"

쇤코프가 표정 하나 바꾸지 않고 말하자 바그다슈는 언짢은 얼굴을 했다. 대조적인 두 사람을 바라보며 양은 결론을 내렸다.

"저는 메르카츠 제독님을 믿기로 했습니다. 그리고 힘이 닿는 한 그의 권리를 옹호하겠습니다. 제국의 숙장이라 불리는 분이 제게 몸을 의탁하셨다면, 그에 호응해 드려야지요."

"꼭 그러셔야겠습니까?"

무라이는 약간 불만스러운 표정이었다.

"제가 좀 아부에 약하거든요."

그렇게 대답하며 양은 이제르론과의 사이에 직통 초광속통신 회로를 열게 했다.

카젤느의 뒤를 이어, 중후한 인상을 풍기는 초로의 사내가 화면에 나타나자 양은 자리에서 일어나 정중하게 경례했다.

"메르카츠 제독님이십니까? 양 웬리라고 합니다. 뵙게 되어 기쁩니다."

전혀 군인답지 않은 흑발 청년을 메르카츠는 눈을 가늘게 뜨고 지켜보았다. 그에게 만약 아들이 있다면 이 정도 나이가 아닐까.

『패잔한 몸을 각하께 의탁코자 합니다. 저 자신에 대해서는 어떤 처분을 내리시더라도 감내하겠습니다만, 부하들에게는 부디 관대한 조치를 내려 주십사 부탁드립니다.』

"훌륭한 부하들을 두신 모양이군요."

양의 시선을 받고, 화면 구석에서 슈나이더가 몸을 곧게 폈다.

"아무튼 양 웬리가 책임지도록 하겠습니다. 심려치 마십시오."

그 말에는 메르카츠를 믿게 하는 무언가가 있었다. 망명한 제독은 부관의 진언이 옳았음을 깨달았다.

양이 메르카츠와 처음으로 대면하고 있을 때, 하이네센의 트뤼니히트 저택에서 몇몇 정치가들이 회동을 가지고 있었다.

네그로폰테, 카플랑, 보네, 두멕, 아일랜즈…… 모두 트뤼니히트 파벌 간부들이었다.

화제는 그들을 위협하는 적에 관한 것이었다. 적이란 은하제국도, 국내 군국주의 세력도 아닌 양 웬리라는 청년을 가리키는 것이었다.

전에 그들의 목적은 트뤼니히트라는 맹주를 얻어 정치권력을 획득하는 것이었다. 현재는 획득한 정치권력을 유지하는 것이 목적이다. 그러기 위해서는 그들 손에서 권력을 탈취할 가능성이 있는 자를 배제할 필요성이 당연히 대두되는 것이다. 얼마 전까지 그들의 제일가는 경계 대상은 반전파 대표 제시카 에드워즈였으나, 그녀는 쿠데타 일파에 의해 살해당했다. 적이 적을 죽여준 셈이었다.

보네가 술잔을 테이블에 놓으며 말했다.

"이번에는 내전이고 했으니 양 제독에게 훈장만 안겨주고 끝났습니다만, 다음에 무훈을 세우면 또 승진시켜야 할 텐데 말입니다."

"이제 겨우 서른을 넘긴 원수라니."

카플랑이 입술을 일그러뜨렸다.

"그리고 퇴역해 정계로 들어오겠지요. 불패의 명장에, 젊고, 게다가 독신 아닙니까? 대량득표로 당선될 것은 불을 보듯 뻔합니다."

"당선은 되겠지만, 문제는 정치 재능이겠지. 전장의 명장이라고 해서 정계에서도 재능을 발휘할 수 있는 것은 아니니."

"하지만 명성에 이끌려 몰려들 놈들이 있지 않겠나? 아무런 이상도 없이 권력만 탐내는 놈들이. 그렇게 되면 질은 둘째 치더라도 규모로는 무시할 수 없는 세력이 될 걸세."

보네가 한 말은 결코 자신들을 돌아보며 하는 것이 아니었다. 듣는 사람들도 그것을 이상하게 여기지 않았다. 그들에게 정의란 자신들의 특권을 지키는 것이었으며, 모든 발상은 그곳에서 출발했다.

"도리아 성역 회전이 시작되기 전에 그 친구가 휘하 장병들에게 이런 연설을 했다더군요. 국가의 존망 따위 개인의 자유와 권리에 비하면 가치가 없는 것이라고. 괘씸한 소리 아닙니까?"

"위험한 사상이군요, 그거."

두멕이 몸을 앞으로 내밀었다.

"그건 결국 개인의 자유와 권리만 지켜지면 동맹이 멸망하고 제국이 들어서도 상관없다는 소리 아닙니까? 조국에 대한 충성심에 의문을 품을 수밖에 없는걸요."

"기억해 둘 만한 재료로군. 계속 캐 나가면 더 나올 걸세."

이러한 대화를 들은 양이 자신은 정치가가 될 생각이 없다, 퇴역하면 연금으로 먹고살며 아마추어 역사가가 될 것이라고 맹세해봤자 그들은 비웃으며 믿지 않을 것이다. 그들은 권력을 탐하지 않는 인간은 절대 없다고 자신의 기준에서 생각하기 때문이다.

처음으로 트뤼니히트가 입을 열었다.

"양 제독의 재능은 동맹에 필요한 것일세. 제국이라는 적이 있는 이상 말이지. 하지만 치명적인 것이 아니라면 가끔씩은 실수를 하는 것도 본인을 위해 좋을 것 같군."

트뤼니히트의 입술 양끝이 살짝 말려 올라가며 가면 같은 웃음을 지었다.

"하지만 뭐, 어찌 됐든 서두를 필요는 없네. 무리는 금물이니. 한동안 정세의 추이를 지켜보세나."

일동은 고개를 끄덕이고, 최근 하이네센에서 인기를 양분하는 여성 가수들의 이야기로 화제를 돌렸다.

트뤼니히트는 일동의 잡담을 한쪽 귀로 듣고 한쪽 귀로 흘리며 양 웬리에 대해 생각하고 있었다. 그 청년은 한때 그의 연설에서 청중이 모두 일어났을 때 혼자 자리를 고수했던 적이 있다. 축하 식전에서 악수를 나누었을 때는 그에게 마음을 허락하지 않았다. 재능도 그렇고 정신도 그렇고, 많은 의미에서 위험성을 내포한 인물이다. 조급하게 굴 필요는 없지만, 언젠가는 복종시킬지 배제할지 선택을 내려야 할 순간이 올 것이다. 바라건대 전자를 선택하고 싶었다. 그렇게 되면 잠복하도록 도와준 지구교도들과 함께 그는 강대한 아군을 손에 넣을 수 있는 것이다. 눈앞에 있는 애완견 같은 패거리들이 아니라.

그러기 위해서는 설혹 사소해 보이는 수단이라 해도 아낌없이 써야
할 것이다.

VII

은하제국력 488년 10월.

라인하르트 폰 로엔그람은 작위를 공작으로 높이고 제국재상 자리에
앉았다. 이미 획득한 제국군 최고사령관 칭호도 그대로 그의 수중에 있
었다. 정치와 군사 양대 대권은 금발 청년이 독점하게 되었다.

로엔그람 독재체제가 탄생한 것이다. 여섯 살 난 어린 황제 에르빈 요
제프 2세가 국정 실권을 쥔 중신의 꼭두각시 인형이라는 점은 작년과
다를 바가 없었다. 유일한 차이는 인형을 조종하는 줄이 두 가닥에서 한
가닥으로 줄었다는 것뿐이다.

리히텐라데 공작 밑에서 부재상을 맡았던 겔라흐는 스스로 지위를 반
납하고 근신해 자신과 일족 멸망을 면했다.

그를 지지하던 사람들도 새로운 지위를 얻었다.

로이엔탈과 미터마이어, 오베르슈타인 셋은 상급대장으로, 켐프, 비
텐펠트, 바렌, 루츠, 메크링거, 뮐러, 케슬러, 그리고 항복한 파렌하이트
는 대장으로 승진했다.

고인이 된 지크프리트 키르히아이스는 제국원수에 추서追敍되었으며,
생전으로 거슬러 올라가 군무상서, 통수본부총장, 우주함대 사령장관,
여기에 제국군 최고사령관 대리, 제국재상 고문이라는 칭호까지 주어졌

다. 아무리 세속적인 명예를 준다 한들 라인하르트는 붉은 머리의 벗에게 다 보답하지 못할 것 같았다. 그러나 그가 키르히아이스를 위해 선택한 묘비의 문구는 지극히 간결한 '나의 벗' 한마디뿐이었다.

안네로제는 옛날 동생과 키르히아이스와 휴가를 보내던 프로이덴의 산장으로 옮겨 갔다.

한편 양 웬리는 대장 자리에 머물러 있었다. 전투에서 꺾은 상대가 은하제국이고 달리 현역 원수가 있었더라면 양이 원수 지위를 얻었을지도 모른다. 그러나 통합작전본부장과 우주함대 사령장관이 아직까지 대장인데, 그보다 아래인 실전부대장에게 더 높은 계급을 줄 수는 없었다고 정부는 설명했다. 양에게는 아무래도 상관없는 일이었다.

양이 받은 것은 자유전사 일등훈장, 공화국 영예장, 하이네센 기념 특별무공대장 등등 거창한 이름이 붙은 몇몇 훈장이었다. 집으로 돌아온 양은 훈장이 든 상자를 꼭 맞는 크기라며 비눗갑으로 썼으며, 훈장은 로커 한구석에 처박아두고 말았다. 버리지 않은 것은 언젠가 골동품상에 팔아넘겨 역사서나 술을 살 돈으로 바꾸기 위해서일 거라고 율리안은 추측했다.

그런 것보다도 양은 메르카츠를 중장 대우 객원제독이라는 신분으로 이제르론 요새 사령관 고문에 임명할 수 있었던 점을 더 기뻐했다. 언젠가 정식으로 제독이 될 것은 확실했으며, 전방의 적과 싸우든 후방의 아군을 상대하든 메르카츠의 경험과 사려는 양에게 귀중한 조력이 될 것이다. 특히 내년쯤 제국의 로엔그람 공작과 큰 전투가 있을지도 모르는 상황에서는 더더욱.

양의 부하들도 훈장과 감사장의 산에 파묻혔으나, 양 자신이 승진하지 못했으므로 그들의 계급도 그대로였다. 예외는 있었다. 쇤코프는 행성 샴풀 해방전에서 세운 공적으로 소장에 서임되었다. 샴풀 주민들의 강한 요청 때문이라는 설명이 붙었으나, 단 한 사람만 승진시켜 양 함대의 인적 결속에 균열을 일으켜 보겠다는 통합작전본부장 대행 도슨 대장의 얄팍한 술책이란 설도 있었다. 쿠브르슬리 대장이 퇴원해 현역으로 복귀하게 되었으므로 이것이 본부장 대행의 마지막 업무가 되었다.

또한, 고급장교라고 할 수는 없지만 군무원 신분이었던 율리안은 병장 대우에서 중사 대우로 승격되었다. 부사관인 것이다. 트뤼니히트 의장이 직접 담판해 결정된 일이라고 했다. 아무튼 이는 그가 스파르타니안 같은 전투정에 탑승할 자격을 얻었다는 것을 뜻했다. 양의 입장에서 보자면 율리안의 장래희망을 인정할지 말지 결단을 내려야 할 순간이 왔다는 것을 뜻한다.

또한 베이 대령이 준장으로 승진해 트뤼니히트의 경호실장에 임명되었다. 그는 처음에 쿠데타에 가담했던 인물로 알려졌으나, 그 계획을 평의회 의장에게 알려 탈출을 도운 공로로 용서를 받은 것뿐만 아니라 새로운 지위까지 얻게 되었다고 한다.

또한 이러는 동안 하이네센에선 페잔의 상인 보리스 코네프가 판무관 사무소 일원으로 도착하고 있었다……

은하제국 수도 오딘에서 수천 광년 떨어진 변경 행성. 그 한구석 황량한 산악지대의 낡은 석조 건물에서 어떤 집회가 치러지고 있었다.

검은 옷을 걸친 사내들의 이야기를 모두 들은 후, 마찬가지로 검은 옷을 입은 한 노인이 메마른 목소리로 말했다.

"그대들의 불만은 모르는 바 아니니라. 금번 분쟁에서 루빈스키의 실력은 반드시 좋았다고만은 할 수 없었다. 그것은 분명하노라."

"그것만이 아니옵니다, 예하. 오히려 열의가 없다고 느껴질 정도였사옵니다. 대의를 잊고 사욕으로 치달은 결과가 아니겠사옵니까? 앞으로 2, 3년, 앞으로 2, 3년밖에 남지 않았거늘."

개탄의 감정이 배어 나오는 비교적 젊은 목소리가 대답했다.

"조바심 내지 마시오. 우리는 800년을 기다려왔소. 앞으로 2, 3년 기다리는 것이 뭐 그리 대수란 말이오? 당분간 루빈스키에게 시간을 줍시다. 만약 그가 어머니 지구를 버리려 한다면 그는 죽음이라 불리는 다른 차원으로 떠나게 될 것이오."

총대주교는 창문 너머로 서쪽 지평선을 바라보았다. 오렌지색으로 빛나는 원반이 땅과 하늘을 물들이고 있었다. 태양은 늙은 조짐조차 보이지 않은 채 삶을 구가하고 있는데 그 자식인 지구의 노쇠함은 어떠한가.

수목은 말라비틀어지고, 토양은 양분을 잃고, 하늘에는 새가, 바다에는 물고기가 자취를 감춘 지 오래였다. 그리고 인류는 오염과 파괴 끝에 모성을 버리고 우주 저 너머에서 어리석은 살육에 광분하고 있다.

그러나 그것도 곧 끝나리라. 인류의 고향은 되살아나고, 역사는 다시 지구에서 시작되리라. 그 전에, 8세기에 걸친 그릇된 역사, 인류가 지구를 버렸던 시대의 역사를 소멸해야만 한다.

전진이 없었던 것은 아니다. 한 세력의 권력자는 그들 수중에 있다. 언젠가 나머지 한쪽도 반드시 그리 되리라. 총대주교는 말라빠진 피부 아래에서 뜨거운 확신을 품고 있었다.

……우주력 797년, 제국력 488년은 인류사회를 양분하는 세력 사이에 포화가 오가지 않았던 점에서 특이한 해였다. 양국 모두 내전과 수습에 에너지를 소비해 지난해와 같은 대규모 전력을 적국에 쏟아부을 수 없었기 때문이다.

저마다의 내전은 저마다의 승자를 낳았다. 그러나 승자가 승리에 만족하고 있을지 어떨지는 또 다른 문제였다. 한쪽은 거대한 것을 얻음과 동시에 귀중한 것을 잃었으며, 한쪽은 아군을 늘림과 동시에 배후의 위험도 늘리게 되었으므로.

어찌 됐든, 한 해의 평화가 이듬해의 평화를 보장하지는 않는 시대이다. 은하제국과 자유행성동맹 양측의 인물들은 조약을 맺은 것도 아닌 올해의 휴전상태가 이듬해의 포화를 약속하는 것처럼 느껴져, 오히려 불안을 품을 수밖에 없었다.

이해, 라인하르트 폰 로엔그람은 스물한 살, 양 웬리는 서른 살이었다. 두 사람 모두 과거보다도 미래에 많은 것들을 내다볼 나이였다.

은하영웅전설을
만드는 법

다나카 요시키 인터뷰____Part 2

—

구성

라이트스태프

지난 회(여명편 수록)는 라인하르트와 양을 중심으로 이야기를 여쭈어보았는데요, 이번에는 그들 외의 캐릭터에 대해서 말씀을 듣고자 합니다.

다나카__ 예, 알겠습니다.

우선 'Part 1'에서 '철저하게 멋있게 해주자고 생각했다'는 제국 사이드에 대해서 말씀해주실 수 있을까요?

다나카__ 『아루스란 전기』에서도 그랬지만, 제가 군상극 같은 이야기를 생각할 때는 우선 각 캐릭터의 기능을 생각합니다. 말하자면 이런 거죠. "함대 사령관이 필요한데. 열 명은 있어야겠지?" 하고. 그렇게 자리가 정해지면 각 역할에 걸맞은 배우를 고릅니다. 배역표가 있어서 "그럼 이 역할은 이 배우로." 뭐 이렇게 정하는 거죠. 그리고 그 위에 이런저런 성격과 처지의 변화를 덧붙여나갑니다.

그렇군요.

다나카__ 야구를 예로 들어보면, 유격수라고 하면 가장 이상적인 인재는 몸집이 작고 민첩한 선수겠지요. 이걸 조금 바꿔서, 일부러 몸집이 큰 강타자를 배치해 보는 겁니다. 그러면 의외로 몸놀림이 부드럽고 수비도 잘하지만, 예상대로 중요한 곳에 허점이 생기게 되겠지요. 그 차이에서 캐릭터의 깊이가 나오지 않나 싶어요. 몸집이 작고 민첩한 선수를 배치한다면 그건 그거대로, 원숭이가 나무에서 떨어지는 경우도 있겠지요. 하지만 이게 어느 정도 쌓이면 이번엔 작가가 조금 바꿔볼까 생각해도 좀처럼 바뀌질 않아요. 캐릭터가 혼자 살아서 움직이는 거죠.『은하영웅전설』에서 어떤 캐릭터가 어떤 부분에서 그렇게 되었는지 따로 설명하기는 어렵지만요.

그러면 캐릭터 설정은 어떻게 하셨나요? 예를 들면 로이엔탈은 복잡한 과거를 가지고 있지 않나요? 그런 세부사항은 처음부터 모두 생각해 두시는 건가요?

다나카__ 처음에는 '유능하고 어디까지나 쿨하다' 는 정도만 생각합니다. '여명편' 에서는 그 정도면 충분했으니까요. 하지만 지난 회에도 말씀드렸듯 단순한(웃음) 라인하르트가 전력질주를 하고 있으니 누군가 삐딱한 캐릭터가 필요하겠더라고요. 라인하르트는 정말 어떤 의미로는 단순한 캐릭터죠. 사실은 비텐펠트랑 비슷해요. (웃음)

비텐펠트가 라인하르트를 따르는 데에도 그런 이유가 있을지도 모르겠네요. 삐딱한 캐릭터 이야기로 돌아가자면, 라인하르트의 삶이 로이엔탈이나 오베르슈타인을 이끌어 준다는 뜻인가요?

다나카__ 아니요. 오베르슈타인은 의외로 삐딱하지 않아요. 그건 삐딱하다기보다는 깨닫고 있는 거죠. "이건 이렇게 해야만 한다. 그러니 이렇게 한다." 그런 식으로요. 마치 방정식을 제시한 다음 이것밖에 없다는 해답을 내리는 것 같달까, 그런 면이 있어요. 방정식이 있어야 답도 나오니, 다른 방법을 찾을 필요는 없다는 거죠. 그래서 의외로 오베르슈타인은 삐딱하지 않아요.

모든 행동에는 나름의 이유가 있다는 말씀이군요.

다나카__ 그렇죠. 오베르슈타인의 행동은 그에게는 모두 필연적인 것입니다.

그런 오베르슈타인의 방정식은 남에게 공감을 받을 수는 없겠지만요.

다나카__ 맞아요. 그러니까 비텐펠트 같은 친구는 속이 끓죠. "자네가 하는 말은 무슨 소린지 도통 모르겠어." 이러면서. (웃음)

그럼 비텐펠트는 오베르슈타인이 하려는 말을 알고 싶지 않은 것뿐인가요?

다나카__ 알게 되면 이놈과 똑같은 짓을 할 수밖에 없게 되지 않을까⋯⋯ 그런 느낌을 품고 있다고 할까요? 이 점이 좀 미묘한데, 비텐펠트가 그런 자기 자신의 행동원리를 이해하고 있을지 어떨지. (웃음)

잠시 비텐펠트가 굉장히 불쌍해졌어요.

다나카__ 비텐펠트의 입장에서 보자면 그냥 "저놈은 마음에 안 들어."일 거라고 생각하지만요.

처음에 삐딱하다고 말씀하신 로이엔탈도, 혼자 있을 때는 눈에 뜨이지 않지만 누가 봐도 올곧은 미터마이어가 곁에 있으니 삐딱함이 눈에 뜨이는 거겠지요?

다나카__ 미터마이어는 모든 의미에서 바른 길을 걷는 캐릭터죠. 반대로 바른 길을 알면서도 일부러 옆길로 가는 캐릭터가 있고요.

그런 캐릭터 조형의 수법은 『은하영웅전설』 이후로 계속 바뀌었나요?

다나카__ 기본적인 조형법은 그리 바뀌지 않았을 겁니다. 이런 말을 하면 스스로 생각해도 참 그렇지만, 『은하영웅전설』 때 굉장히 많은 것을 배웠어요. 생각난 것들은 아무튼 모조리 해보자는 식이었달까요. 그래서 독자 분들의 반응을 보면서, 생각지도 못한 반응을 받으면 "흐음, 이런 거구나." 하고.

의외의 반응도 있었나요?

다나카__ 예를 들어, 오베르슈타인의 개를 내보냈을 때는 그렇게 반응이 좋을 줄 몰랐지요. (웃음)

그러셨군요.

다나카__ 네. 인명사전 풍으로 말하자면 【오베르슈타인: 오베르슈타인의 개의 주인】 이랄까.

382

설마 그건 아니겠지만요. (웃음)

다나카＿＿ 하지만 그때는 정말로 제가 당황할 정도로 반응이 좋았거든요. 거기서 정확하게 법칙성을 발견했더라면 그걸로 먹고살았겠지만, 그 정도로 확연했던 것도 아니어서요. 매우 조그만 에피소드라는 것이 실제의 역사 속에서도 의외로 인상에 남는 것과 마찬가지로, 아주 사소한 캐릭터에 대한 집착이나, 비유하자면 갑옷의 균열 같은 면이 독자 분들에게 매우 큰 공감을 불러일으키는구나, 하는 부분은 공부가 되었습니다. 이런 거창한 소리는 함부로 해서는 안 되겠지만, 독자 분들의 기대를 좋은 방향으로 배신한다는 말이 있는데 이 '좋은 방향'이라는 것이 정말 모를 놈이라서 말이죠. 설마 이 캐릭터에게 이런 면이 있을 줄은 몰랐다는 의외성에서 캐릭터의 입체적인 면모가 드러나는 건가, 뭐 그런 걸 느꼈습니다.

처음으로 읽은 분들께는 조금 나중의 일이 되는지라 죄송하지만, 오베르슈타인과 개의 장면은 미묘한 밸런스에서 반향이 있었던 걸 잘 알겠습니다. 그렇게 생각하면 의외성이 없는 사람도 반대로 있을 테지만요. 누구라고는 말 못하겠지만. (웃음)

다나카＿＿ 비텐펠트라든가. (웃음)

그리고 라인하르트도.

다나카＿＿ 머리 좋은 것과 삶이 단순하다는 것은 양립하는 겁니다. 머리가 좋으니 복잡한 삶을 선택하느냐 하면 그렇지도 않으니.

칭찬인가요? (웃음)

다나카__ 제가 배운 기법 중 하나는 캐릭터를 칭찬해서 꼭 좋지만은 않다
는 것이었습니다. 오히려 깎아내리면 독자가 감싸주거든요. (웃
음) 다른 회사에서 낸 작품이긴 하지만 『창룡전』을 예로 들자면,
'류도 하지메는 고색창연하고 가부장 의식이 강하다'고 쓰면 "그
게 좋은 거잖아. 무슨 소릴 하는 거야." 뭐 그런 반응이 나와요. 그
래서 장점을 아무리 늘어놓아도, 그것만 가지고는 도덕교과서밖
에 안 되지요. 사려 깊고, 자상하고, 성격 원만하고, 친구를 소중
히 여기고…… 그렇게 써봤자 "흐음~ 그래서?"가 되고 말아요.
그런 해설을 하는 것보다는 조금이라도 좋으니까 구체적인 묘사
를 써놓는 편이 낫더군요. 자신이 과연 그것을 할 수 있는지 없는
지는 차치하고서라도, 캐릭터 묘사의 중요한 포인트는 어떻게 단
점을 매력적으로 그리는가가 아닐까, 그게 지금 제 나름의 결론
중 하나입니다.

그러면 라인하르트의 단순함이라는 것도 매력 중 하나겠군요.

다나카__ 그러니까 누나를 데려간 상대가 황제라서 '제국을 박살 낸다'는
결론을 내렸죠. 만약 동네 부자였다면 어떻게 됐을까, 하고 작가
는 좀 짓궂은 생각을 해보기도 했습니다.

어쩐지 굉장히 스케일이 작은 『은하영웅전설』이 됐겠군요.

다나카__ 라인하르트니까 "제국 최고의 상인이 되어 찍소리도 못하게 해
줄 테다."라고 생각할지도 모르죠. 만약 길거리의 화가가 누나를
데려갔다면 『은하화가전설』이 됐을지도요.

다행이네요. 상대가 황제라. (웃음)

다나카__ 작가가 이것저것 태클을 걸 여지가 있어서 라인하르트의 인생은 즐거운 겁니다.

그리고 제국 쪽에는, 이번 야망편에서 아깝게 젊어서 죽은 사람도 있지요.

다나카__ 으음. 그를 죽인 다음 독자 분들로부터 엄청난 양의 편지를 받았어요. "누구하고 누구는 제발 죽이지 마세요."라는 내용이었죠. 양식 있는 분들은 설마 거기서 그를 죽여버릴 줄은 몰랐던 모양이에요. "이 다나카 요시키란 놈은 내버려두면 무슨 짓을 할지 모른다."고 독자 여러분들에게 위기감을 심어 주었다는 것이 그의 공적이라고 할까요. (웃음)

그렇군요.

다나카__ 덕분에 캐릭터는 사랑받을 때 죽이는 것이 매력이라는 걸 절실히 느꼈습니다.

그 인물에게 어울리는 죽음을 어떻게 연출하느냐 하는 것도 어려울 것 같은데요.

다나카__ 저는 지금 『악비전』이라는 작품을 쓰고 있습니다만, 악비의 어릴 적 친구들이 악비의 부하가 되고 나서 계속 함께 싸우죠. 그런데 그 후에 하나하나 죽어 나가요. 그 부분의 괴로움을 제대로 묘사해나가야겠지요.

하지만 개중에는 죽이려다가 죽이지 못한 사람도 있겠군요.

다나카__ 네, 비텐펠트도 그랬지요. 죽이려고 했던 적이 있다고 할까, 싸울 때마다 그런 생각을 품었지만, 어쩐지 살아남더라고요.

그건 무운武運이라기보다는 악운惡運이겠군요.

다나카__ 현실의 역사에도 그런 인물들이 있잖아요. 몇 번을 싸우고 져도 죽지 않는 사람이 있는가 하면, 첫 패전에서 죽고 마는 사람도 있는 것처럼. 이게 바로 남의 눈으로 보면 재미있는 면이겠지만요.

비텐펠트가 싸우는 모습을 보면 언제 죽어도 이상하지 않을 것 같은데 말이지요.

다나카__ 그래서 비텐펠트는 이미 오쿠보 히코자에몬[2]이 될 수밖에 없을 거예요. 젊은 놈들을 모아놓고는 "내가 왕년에는 말이지……." 하고.

이번에는 어쩐지 비텐펠트 이야기가 끊이질 않네요.

다나카__ 그 친구는 작가에게 이상적인 단점의 소유자라고나 할까요. (웃음)

To be continued

2__ 오쿠보 히코자에몬大久保彦左衛門: 본명은 오쿠보 다다타카. 전국시대에서 에도 시대 초기의 장수. 전국시대에는 뛰어난 무용으로 공을 세웠으나 평화가 찾아온 후에는 소외되어, 자신의 불운을 '미카와 이야기'라는 자서전에 담았다.

© Mayo Hoshino, Sota Ishiki, Shinano, Kanami Minakami 2020
FutabashaPublishers Ltd.

YOASOBI 소설집 밤을 달리다

호시노 마요, 이시키 소우타, 시나노, 미나카미 카나미 지음 | 김진아 옮김

「소설을 음악으로 만들어내는 유닛」
YOASOBI의 음악
「밤을 달리다」
「그 꿈을 덧그리며」
「아마도」
「앙코르」의 모티브가 된 원작 소설집!

GC
BOOKS

너는 달밤에
빛나고

너는 달밤에 빛나고

사노 테츠야 지음 | loundraw 일러스트 | 박정원 옮김

"이제 곧 마지막 순간이 다가옵니다. 이것이 정말 마지막 부탁입니다……."

소중한 사람이 죽은 뒤로 모든 것을 포기한 채 살아가던 나는
고등학교에서 '발광병(發光病)'으로 입원 중인 소녀를 만나게 된다.
소녀의 이름은 와타라세 마미즈.
그녀가 걸린 '발광병'은 달빛을 받으면 몸이 희미하게 빛나고,
죽음이 가까워질수록 그 빛이 강해진다고 한다.
나는 시한부 인생인 마미즈에게 죽기 전에 하고 싶은 일을 듣고 제안한다.
"그거, 내가 도와줘도 될까?"
"정말?"
그 약속을 계기로 멈추었던 나의 시간이 다시 움직이기 시작한다.

지금 이 순간을 살아가는 모든 이들에게 전하고픈 최고의 러브 스토리
제23회 전격소설대상 대상 수상작!

라이트노벨의 새로운 빛! L노벨의 신간은 매월 10일에 발매됩니다. http://cafe.naver.com/lnovel11

D&C BOOKS

©TETSUYA SANO 2017 ILLUSTRATION:loundraw(FLAT STUDIO)
KADOKAWA CORPORATION

이 세상에 i를 담아서

사노 테츠야 지음 | loundraw 일러스트 | 박정원 옮김

「현실에 기대를 하니까 안 되는 거야.」

삶에 어려움을 느끼며 지루한 학교생활을 보내던 나에게
어느 날 날아온 한 통의 메일.
그러나 그것은 도착할 리 없는 메일이었다.
뒤틀려버린 나의 유일한 이성 친구이자 천재 소설가, 요시노 시온.
반년 전에 죽은 그녀가 보내는 이 비현실적인 메일로
나는 잃어버린 시간을 되찾아간다.

하지만
그녀가 남긴 마지막 말에 다다랐을 때,
그곳에서는 충격적인 결말이 기다리고 있었는데…….

소설을 사랑하는 모든 이들에게 전하는 최고의 감동!

라이트노벨의 새로운 빛! ㄴ노벨의 신간은 매월 10일에 발매됩니다. http://cafe.naver.com/lnovel11

블레이드&바스타드 1~4권

카규 쿠모 지음 | so-bin 일러스트 | 김성래 옮김

아무도 공략한 적 없는 《미궁》 깊은 곳에서 발견된
던전

존재하지 않아야 하는 모험가의 시체―.

솔로
소생했지만 기억을 잃어버린 남자 이알마스는 단독으로 《미궁》에 진입해서

모험가의 시체를 회수하는 나날을 보내고 있었다.

카도르토
《소생》이 성공하든 실패해서 재가 되든 개의치 않고

대가를 요구하는 모습을 멸시하면서도 실력은 인정해주는 모험가들.

이처럼 재투성이로 살아가는 이알마스의 일상은

괴멸된 모험가 파티의 유일한 생존자,

가비지
「잔반」이라고 불리는 소녀 검사와의 만남을 계기로 변화를 맞이한다!

카규 쿠모와 so-bin이 선보이는 다크 판타지, 등장!!

라이트노벨의 새로운 빛! L북스의 신간은 매월 20일에 발매됩니다. http://cafe.naver.com/lnovel11

황금의 경험치 1~2권

하라준 지음 | fixro2n 일러스트 | 김장준 옮김

주인공 레아가 정신력 능력치를 올리고 얻은
히든 스킬 『사역』.
그것은 권속이 된 캐릭터가 획득한 경험치를
자신에게 집약하는 어처구니없는 스킬이었다.
레이드 보스급 몬스터마저 다채로운 정신 마법으로 굴복시키며
줄줄이 권속을 늘려나간 레아는 끝없이 불어나는 경험치로
자신과 부하를 강화!
자신만의 최강 군단을 만든 끝에
결국 이 세계에서 「특정 재해 생물」로 판정받는데……?

모처럼 마왕이 됐으니까 멸망시켜 볼까, 인류를!

라이트노벨의 새로운 빛! L북스의 신간은 매월 20일에 발매됩니다. http://cafe.naver.com/lnovel11

춘하추동 대행자 봄의 춤 上, 下권

아카츠키 카나 지음 | 스오우 일러스트 | 송재희 옮김

세상에 계절은 겨울밖에 없었고,
겨울은 고독을 견디다 못해 자신의 생명을 깎아 봄을 만들었다.
그리고 대지의 소원으로
여름과 가을이 탄생하여 사계절이 완성되었다.

세상에 계절을 불러오는 자,
「사계의 대행자」.

사계의 신으로부터 받은 계절은 「봄」.
어머니에게 받은 이름은 「히나기쿠」.

그녀의 마음속에는,
신화와 같이 겨울을 향한 연모가 있었다.

라이트노벨의 새로운 빛! L북스의 신간은 매월 20일에 발매됩니다. http://cafe.naver.com/lnovel11